《诗探索》编辑委员会在工作中始终坚持：

　　发现和推出诗歌写作和理论研究的新人。

　　培养创作和研究兼备的复合型诗歌人才。

　　坚持高品位和探索性。

　　不断扩展《诗探索》的有效读者群。

　　办好理论研究和创作研究的诗歌研讨会和有特色的诗歌奖项。

　　为中国新诗的发展做出贡献。

诗探索 ⑦

POETRY EXPLORATION

作品卷

主编 / 林莽

2017年 第3辑

作家出版社

主　管：中国当代文学研究会

主　办：首都师范大学中国诗歌研究中心

　　　　北京大学中国诗歌研究院

《诗探索》编辑委员会

主　任：谢　冕　杨匡汉　吴思敬

委　员：王光明　刘士杰　刘福春　吴思敬　张桃洲　苏历铭

　　　　杨匡汉　陈旭光　邹　进　林　莽　谢　冕

《诗探索》出品人：北京人天书店有限公司

社　长：邹　进

《诗探索·理论卷》主编：吴思敬

通信地址：北京市西三环北路 83 号首都师范大学

　　　　　中国诗歌研究中心《诗探索·理论卷》编辑部

邮政编码：100089

电子信箱：poetry_ cn@ 163. com

特约编辑：王士强

《诗探索·作品卷》主编：林　莽

通信地址：北京市丰台区晓月中路 15 号

　　　　　《诗探索·作品卷》编辑部

邮政编码：100165

电子信箱：stshygj@ 126. com

编　辑：陈　亮　谈雅丽

目　录

诗坛峰会

诗人三子

作者简介

三子（1972—），男，江西瑞金人。中国作家协会会员。诗歌在《诗刊》《人民文学》《花城》《十月》《北京文学》《上海文学》等刊物发表。2003年参加诗刊社第19届青春诗会。诗集《松山下》入选"21世纪文学之星"丛书2008卷。

诗人三子

诗探索7　作品卷　2017年　第3辑

三子诗歌三十五首

云端的日子

一个地方待久了，你不免
要用剪刀
在纸上裁出云端的日子
先拆去多余的房屋，搬掉屋子四周的
树和花草
台阶是要删除的，台灯应该直接拧熄
这样，我们就和星星
一起住进了黑里。你问晚餐吃什么
选择至少有两种
一种是浮现在脑中的面孔，另一种
是所谓的孤独
如果回忆也被剪掉，在云端的日子
我们还可以坐在鸟背上，一起飞
到更高的云上
你说：那个用墨汁在腋下画翅膀的人
是谁
我忽然一惊，就栽了下来

大哭一场

有时他想大哭一场
像一个婴儿，或者是疯子，傻子
无忌无惮，无牵无碍
有时他总想大哭一场
不为离别，不为相见，不为门楣之外江河
的涨落，也不为白云苍狗，突然
就泪流满面

有时，他总忍不住想大哭一场
暮色里，千山万水重新走过

一地月光
——兼致布衣

贫穷的时候，我们饮水为食
要不画饼充饥
力气一点点地长出来，就可以去爬
画在远处的那座山
需要的话，可以在山上
画一座庙，庙里画两个和尚
两个和尚，一个长得像你，另一个自然
像我
四目相对，免不了有些诡异
而他会不会问：你是怎么找到这里的
若有此问
那才是有意思的事
贫穷的时候
我们还可以将想爬的山，画得更远一些
路上，会有一地的月光
怎么走都走不完

无 常
——给L兄

那时，我们踏着秋日的暖阳
到河滩上漫步，茅草匍匐成一片
低过了土堤和我们的腰
河水在十米以外，缓缓地流着
那时我们不说话，只看着夕光
在十米以外的水面，一步一步地

诗探索7 作品卷 2017年 第3辑

跳跃。一只鸟，忽然从河滩掠起
落入对岸的暮色，而石桥
依旧停留在不远处，等待我们经过
如同来时一样。那时，我们踏着秋日暖阳
在河滩上漫步，覆盖在肩上、手上
的光线，很软很轻，仿佛山河静止
那时山河静止，我们不知晓
河水无声，里面藏着一个无常

大雨滂沱

大雨滂沱，把纸上的山河旧事
一瞬打翻
连同内心这一支小小的灯盏

此刻，我承认自己
是孤独的，甚至——是失败的

此刻，我什么也不做
我什么也不做，只是静静坐着

听——
窗外大雨滂沱

悲伤总是这样突然来临

雨一直在窗外下着，大一些
小一些，又大一些

可是你知道，是雨
就会有停的时候，如同——

是火车，就会有开远的时候
是相见，就会有别离的时候
现在，雨还在窗外下着
雨中的树，再次缩紧了它的身子

它缩紧着身子，告诉你
悲伤总是这样突然来临

九月之诗

我难以说出内心的泪水，如同
我无法写下这秋日
被一只虫子所窥见的诗篇
——低处
草列着队，开始了又一次
不慌不忙的撤退。而在高处，更高处
是缓慢旋转的天空
没有鸟飞过
只有风一阵一阵，吹过身边

写　信

在桌上铺上白纸
提起笔
我想给一个人写一封信

是我的爱人，还是我的兄弟
在这样的夜晚
那窗沿，是否洒着同样的月色

诗探索 7　作品卷　2017年　第 3 辑

"风声中的岁月渐渐老了"
叙事省略了，索性——
把抒情也省略去吧

剩下一张白纸，比月光更白

夕 光

夕光中有慈悲，飞鸟落于疏林
走畜归于圈
爬虫隐于四野

而隔着江岸
人间的灯火，开始渐次亮起
与夕光中的秩序，形成如期的对应

——忽然
我有一霎的恍惚
不为这坠落的夕光，只为曾经

那片刻的欢愉

一个诗人

他说："关于故乡，我还有四十首好诗
没有写出"
为什么是四十，为什么是故乡，我想问
终究没有开口。坐在人群里
他有点矮，头发愈显稀落的脑袋不易发现
找到时，他的两只手撑住椅把
避免蜷着的身子向下滑落。春天，下雨的天气
我看见他的汗，在皱起的额头渗出

一滴滴集聚，这无声的对抗
仿佛要用尽剩余的力气。那年，也是春天
披着月光，骑一辆摩托去看他
十里外的乡间，青龙小学有间小屋
亮着灯。他捧出了一沓稿纸
潦草的字迹，在昏暗的灯下跳动
昏暗的灯，昏暗的故乡还在跳动
静默的丘陵里，还埋着他的四十首诗歌
那是一种难言的隐疾，春风吹时就要发作
就要顺着丘陵倾斜的方向奔跑，一直
跑到我们已知的某个尽头

4月2日，听雨

小楼一夜听春雨。那窸窣声
如虫，如蚁
顺着窗格，往墙根
往一丛芭蕉的空隙里爬

室内，我不点灯
我不点灯
守着内心的漆黑，我给自己朗诵一首
古代的诗歌——
小楼，一夜，听春雨

我的朗诵
被窗外窸窣的雨声淹没

再 见

再见——

其实
有一些人，再也不会见了
还有些人，再也见不着了

再见，再见——

抬头处，天地如洗
唯有银河之沙在指缝间漏过

深夜的火车

深夜，总能听到火车的声音
轰隆隆——
从远处的郊外，碾到十四楼的屋顶

露水上的大地
露水上未熄的灯火，轻轻摇晃着
仿佛一颗孤悬、不安的内心

我不知道深夜的火车
要开到哪里，也不知道有多少人
没有进入安睡——轰隆隆

火车穿过铁路桥
穿过晃动的灯火，以及头顶上静止的
星光，开过去了

四周陷入
突然的寂静。而更多的火车
正从更远处，悄无声息地驶来

墓　地

阳光下的墓地，与小镇咫尺为邻
那条茅草覆盖的小路
到夜间，自有陌生的亡魂逡巡、游动

即使擦肩而过，我也无法
和他们相遇。这种情景往往和梦境类似
"所谓行走，只是在自己的世界里"

现在是下午
阳光下的墓地，其实是小镇的一部分
穿过茅草覆盖的小路——

我看到了那些土丘
它们一个个微微隆起，低于我的屋檐
高于我的膝盖、胸腹和肩骨

短　诗

秋天了，晴朗的天气适宜久坐
适宜揉草为绳，将天上的云朵和地上的蚂蚱
牵住。秋天了
我的关节痛在暮色下加深
没有丝毫办法阻止

春风四行

我准备好了。山坳的梨花已经开过
你需要的诗篇已被春风和河水共同完成

诗探索 7　作品卷　2017年　第 3 辑

我准备好了，并庆幸自己终被忽略
毫无疑问，这一切正是受于万物的旨意

从　来

从来都不是只有美好，像一场雨
带来秋日的清凉，同时
也打落了一棵桂树上细碎的花瓣

从来都不是只有拥有或
舍弃——饱含温热的泪水，怀着天空
昨日的蔚蓝，以及此刻默默转身的孤单
桂花落到地上，你知道的——
如同从来都不是只有简单的爱，和恨
我不能假设一切没有发生

更不会说出：一切已经走远

晚　安

晚安，傍晚七点的林荫道
林荫道的几只小灰雀。晚安
堤岸下流动的江水，堤上的石椅

和石椅上的温热。傍晚七点
它们在——
零点的此刻，我知道它们依然都在

我知道，此刻的零点
有一列火车向北，轰隆穿过了灯火下的
赣江铁路大桥——晚安，火车

晚安，我的火车和它怀里的某个乘客

江　水

傍晚里有空洞的时光
江水远去，下游的运沙船远去
挑水的妇人，和她的木桶一同远去

看着眼前熟悉的一切，我能说出的
不比昨日更多
我所遗失的，不比傍晚的江水更少

比如，那些运沙船上载着的时光
那些木桶里晃动的时光
那些自我的身体之内，瞬间穿过的时光

它们落入水中，不发半点声响

弹　奏

用九月的草屑垫好身子，用十月的露水
洗净手指——
秋天，请听我孤独的弹奏

我的琴盒，是柔软的骨骼做的
琴弦，是最小的触须化成
在旷野的中央，月光铺成了大地的温床

最后的温床
最后的，孤独的弹奏
秋天——如果你在月光下偶然听见

我已把你给予的，悉数交回到你的胸前

日　记

"他将在某一天里忽见到一生"——我是说
这个春天，他恐怕会遭遇一种毫无理由的气味
像梨花的白，又或许似桃花的静。小镇上，
他关上木门，守着院落的天井，等待某一天的
到来。可是——"他能否等到某一天的到来？"
我放弃了猜测。揉揉发酸的手指，我在日记上
写下："冷香宜人，晓星渐落，对影如水。"

星　辰

当小镇已经熟睡，在我所不知的角落
依然有事物运行的轨迹。譬如
墙角的一只爬虫，墙外几棵樟树
晃动的枝叶

譬如，那些枝叶之上
散落着的星辰
以及，被遥遥星辰再次照见的垂落之水

轻微的蓝

这是入秋的午后，抬头时
天空现出轻微的蓝

如果此刻，碰巧没有
合适的事可做，那就翻开册页
念念《心经》吧——
是诸法空相，不生不灭，不垢不净，不增不减

也不忽略，正如
窗格外一小块轻微的蓝

小镇越来越安静

在黄昏，我等不到那个邮差了
吹着口哨，他踩着一辆绿漆斑驳的单车
两侧的大口袋鼓鼓的，垂挂下来
早晨，我等不到送奶的姑娘
她踮着脚尖轻轻地走近，每次
却将我从梦里惊醒
在午后，我等不到磨刀的老人
他弓着背——每见一次，他的背就更弓一些

小镇越来越安静
偶尔会有几声鸟叫，提醒我
时光还在继续，只是消逝得更快

草

吱—— 整个下午
修草坪的人和他的机器在草坪里转
从左边到右边，从眼前到我的笔下

草太盛了就得修理
修草坪的人，是把杂乱弄得平整的人
是把荒芜变成美的人

但是，我要庆幸修草坪的人
从不会来到我看不见的野外
更多的万物，能够遵循固有的秩序

让每一株草，在大地上从容荣枯
该疯长时
就尽情疯长，该疼就自己悄悄地疼

诗探索 7　作品卷　2017年　第 3 辑

滴 答

我喜欢这乍暖还寒的天气
推开木门，零星的雨点落在
篱笆、青石板上，滴——答——
正好重合了我的足音

几棵樟树，高过低垂的瓦面
昨夜跌落的叶片，零乱地躺着
小小的身子和湿软的泥土
重新贴为一体

滴——答——
和微凉的雨，雨中的落叶
一起走在路上。我喜欢这自然赐予的
馈赠，没有悲伤
只有一点点可以忽略的孤寂

灰 烬

春雷起于四野
惊起了漆黑中的草木虫蚁
和赣江两侧村庄的酣梦

春雷落于庭院
窗页犹自紧闭，桌上的信笺
已洇入触手即软的湿气

可是今夜
当在一张纸上写下：春雷
我有一种难言的感伤

不是因了这万物的更序和轮回

而是雷声滚过
心里，依旧一片灰烬

立 春

鞭炮声从不远处传来，惊起了
地上的几只麻雀
小身子一闪，扑棱就上了檐顶
檐下，门联是新贴的
十步外的池塘，那水是满的，绿的
低头看去，倒立着桃树的
干净枝丫。轻风乍暖，天气犹寒
母亲的脚步却急迫起来，她拍打着
被褥，说：一个冬天没太阳
都赶不及晒了。而父亲不慌不忙
换上半旧的胶鞋，提上锄头
往田地里走。那时，父亲往田地里走
我还年幼，记得乡村的头顶
总是笼着淡淡的炊烟。我记得
那时二姐还未出嫁，中午饭过后
她一直坐在门前的竹椅上，小心纳
那双过冬的布鞋

良 宵

草色同春水渐涨。回暖的天气
田野还保持着七分潮湿
剩余的三分，是阡陌上的细小灰尘
在三月，落到黄昏的怀里

可是，在三月
我看见草色同春水渐涨。它们

诗探索7 作品卷 2017年 第3辑

高过了足踝，漫过河堤。是什么牵引着
我，加重了又一个夜晚的呼吸

包括——我隐秘的情欲。
在腐软的泥中，在惊蛰过后
十万只虫子攒动、爬行的一瞬
我听见了它们突然的叫喊：空——

空啊，无边无沿的春天
如果草色同春水渐涨，请将我的呼吸
一起淹没吧，请设定最后的良宵
让我，伴她将腐软的泥土一同抱紧

抱得再紧一些，让我们
再次回到十年以前。十年以前
天气回暖，田野依然
有七分潮湿，油菜花正在暗处盛开

暮

晕红的落日，垂挂在远处的山顶
近处，是低缓、开阔的丘陵地，一道河流
伏下了身子，在茅草、灌木和菜地之间
如常地穿行
更近处，残损的石阶，矮墙，倾斜的
葫芦架——母亲的影子逆着光线又浮了出来
它晃一下，暮色就暗一些
它晃一下，秋天就老了一些

树木有它自己的秩序

树木有它自己的秩序，在宽广
而零乱的地面，在风声交替、混杂的
时节里
它们安静站着的样子，就是我们
的样子。树木也会有自己的走动
秋天，有一只雀鸟
在家乡的丘陵地吃下了几颗苦楝子
多年以后，更远的丘陵地上
便长出了几棵苦楝树
它们与起伏的灌木、芒草一起，构成
这个秋天和新的秩序

望 见

我在豫章路走着的时候
也许，父亲正在通往菜地的田埂上走着
入秋的阳光，热辣辣地
落在我的身上，也落在父亲的
身上。他右手扛着锄
另一只手拿着烟卷，要给胡萝卜和卷心菜
锄二遍草，我骑着车
载着儿子，开始又一个学期的报名
上学。我们一同弓着背
菜地里的父亲，他的背更弯一些
我望到父亲的背，比去年更弯了一些
我的儿子听着耳机，他搂着我的腰
他不知道我眼里望见了什么

我愿意

我愿意是一棵树，是虬曲的松
挺拔的杉，或者是
低矮的一株灌木，微风中
和静静的落日，和山冈、丘陵
站在一起

甚至，是树下的一棵草
是金黄一片的刺芒，是吐着嫩绿的野蕨
我愿意口含大地的露珠
在微风中，与山脚下的某个村庄
一起摇曳
这是我最初的，最后的
故乡。绵延的山冈、丘陵之上，草木
在轮回处生长，河水无声
微风中，流过了我的脚踝和胸膛

一朵水花在叫着另一朵水花的名字

你听见了吗——

大清早推开乡村木门的人，到清凉的河边打水的人
在山冈上踩着露水割草的人，油菜花地里将腰弯下的人
曲折的石阶路上，把背影和春天一同走丢的人
少年时背着水里的月亮离乡的人，被母亲
额上的灯盏轻轻照亮的人
——你听见了吗

绵江之滨，一朵水花簇拥向另一朵水花
在绵江之滨——

一朵水花在叫着另一朵水花的名字
它们跳跃的样子，多像儿时熄灭的火把！

——你听见了吗

疑 问

眼前的村庄
是我记忆里的村庄么

而再过三十年，五十年
这里还会是我的村庄么
还会是母亲的喊叫和孩子的嬉闹声中
五禽和六畜乱跑的村庄么
还会是炊烟之下
油菜花吐出一地金黄的村庄么

甚至，除了丘陵和山冈
还会有我们反复说起的村庄么

车外
暮色中的村庄越来越远
越来越小

关上窗户，我拒绝了
更多的疑问
却无法拒绝这一刻突然涌起的苍凉

我们在人世彼此镜鉴

——三子诗集《镜中记》阅读断想

范剑鸣

有一次和诗人木朵谈到昌耀，我向他说起我同时邮购了《昌耀诗选》和《昌耀评传》两本书，我的阅读顺序是先专注地研读文本，从独立的审美活动中辨认自己敬仰的诗人，毕竟审美才是文艺欣赏的终极目的。木朵非常赞同这个看法。我们的意思是，必须避开中国语文教育的老经验——先知人论世，再细读作品。在积累一定的阅读经验之后，作为好的读者必须对一篇佚名之作独立鉴赏。这时，我们的阅读，针对的是诗歌，是文本。

但从诗歌到诗人，从作品鉴赏到知人论世，未尝不是文艺欣赏的另一个目标，这是我后来慢慢喜欢读全集的原因。像厚厚的《昌耀诗文总集》，一段时间的阅读，已经是从诗歌到诗人，既了解残缺的爱情和艺术的理念，更多的是与文本对应的世俗背景和文化背景，又从中寻找艺术道路上的激情和理性，成功和失败，执着和探索。读作品，是鉴赏出好诗是什么样子。而读诗人，能探究诗歌与生活的关系，作为人类活动的一部分，写作在岁月的回响中会是一种什么状态，于社会、于个人会有什么样的影响和意义。诗人之间无疑会需要更多的彼此镜鉴，这是与普通读者面对一部诗集时明显的区别。

对于三子第二部诗集《镜中记》的阅读，我显然更趋向于后者。在诗集中辨认和学习诗艺是一个目标，而辨认一个诗人的出发、抵达，昨天和今天，试图在社会、时代、岁月等更宽大的"布景"上看清一位诗人的身影，是我更在意的目标。因为，诗人的互相阅读，就像三子一首诗歌的标题——《一朵水花在叫着另一朵水花的名字》。我不得不说起这首诗歌的传播。它作为《镜中记》的压尾之作，其实是我最喜欢的作品之一。我最先欣赏它的时候，是 2011 年央视制作电视节目——春节诗会《春天的心》。后来，我收到三子兄长钟义春先生送来的一个典藏光碟，不知道是三子自己，还是其兄的创意。"一朵水花簇拥向另一朵

水花 / 在绵江之滨——/ 一朵水花在叫着另一朵水花的名字",这种鲜活的春天场景是富有生机的,符合"春天的心"——这是不是被选上节目的原因?

"一朵水花叫着另一朵水花",我和我周围的诗人们,就是这样不断说起三子的。我们,就是指体现诗群,是三子创办的一个民刊,二十余年来同人聚散,中断,延续,又中断。当一些外地的诗人来到瑞金,当我们在微信里向陌生的诗友介绍瑞金,我们会说出三子,会把他当作一张瑞金的诗歌名片。而在实际的交往中,三子是不同的三子。聂迪会开玩笑说,有人说我的诗比三子好,我承认。圻子会半真半假地说,我从来不读三子的诗,因为我们过于熟悉,我怕受他的影响。布衣则会说,三子早年到他的乡村学校,拿着他的诗稿说,这么好的诗必须拿出来发表。后来,果然发表在《诗歌报月刊》了。柯桥曾经特意叫上我们去寻访三子的故乡松山下。而这些情形我都不会有,我的情形也许他们也不会有。一直以来我只是一首一首地读三子。2015 年,江苏诗人孙昕晨写了一篇散文《在瑞金遇见"八十年代"》,诗中引用了三子的一首诗《如果是燃烧》。我确认这是孙昕晨偏爱的一首,而也是我喜欢的风格,但为什么以前我没怎么在意它?以前是什么?是十年前的诗歌期刊?是第一部诗集《松山下》?那时,我只是注意三子的乡村情怀、古典诗意。也许更深地认识一个诗人,也需要不同的背景和机缘,哪怕你是熟悉的乡党。难道,一朵水花叫着另一朵水花的名字,我们只是叫着名字?

我想起了 2015 年秋天去寻访三子故乡的情景。我曾经写过一首诗歌,记述当时的情形:"向晚的村子人影稀松 / 我们与收拾柴薪的妇人聊天 / 打听故人。竹树修长 / 如青青子衿。曾经的汗水和文字 / 涂改了逆境和乡愁。一册诗书 / 心甘情愿献出农业的修辞 / 升华的乡村风雅 / 在替多少人把握逝去的年代 / 在松山下,沉默是正确的:/ 那青山和铁路,构成了 / 向往的高度和广度——/ 我们未曾尝试,我们驱车到来 / 为了在斑驳的土屋 / 目睹岁月赋予的光辉"。记得柯桥还叫人写了一幅字,写着"松山下"三个字。我们在三子老家的土屋前合影,我们把宣纸拉在前面,像一群上访的人。柯桥也写了不少松山下的诗来向三子致敬。但我知道致敬的最好办法就是读他的诗集,他的诗歌。这不仅仅是"一朵水花在叫着另一朵水花的名字",而应该是"一朵水花簇拥向另一朵水花"。诗人是必须互相阅读的。诗人也肯定是在阅读中互相辨认、互相区分、互相温暖，这里有一份成长的不可替代的力量。

事实上，诗人之间的阅读，会随着年龄增长而选择性加强，这是中年诗人的普遍现象。诗歌刊物越来越不想看，同代人和晚辈的诗歌越来越不想看，特别是一些并非购买的诗集，对它的阅读往往会放松时间的要求，漫不经心，等待机缘。我是在一个春日，一个周末，一场大雨中，读完了《镜中记》。作为一个敬仰的兄长，我希望了解他更全面的成长历程，尽管他的作品大部分读过。我在读诗歌，更是在读诗人。"该不该问，十年，二十年／你到哪里去了"，我在猜测这首《镜中记》作为书名的原因，作为第一辑总题的原因，作为诗集开篇之作的原因。我知道这首诗是三子中年之作，几年前的作品。三子的人生发生了更多的变化，松山下，赣州，省城，再到一个异地小县。那时江子说起三子，担心中国多了一个官员，少了一个诗人。作为三子的第二本诗集，显然收集了《松山下》之外的更多作品，不仅包含了中年之后的新作，是他二十多年诗歌道路更集中、更丰富的展示。诗集仿佛一副纸牌，打乱了时间的顺序，许多组诗也完全打乱，进入不同的专辑，又显露出一些可供猜测的痕迹，供我们阅读、品尝，打量诗人作为诗人的人生。在编排上，《镜中记》与《松山下》是一个反向的思路，把乡土之作专辑《丘陵里》放到了最后，从而显示出了诗歌更宽阔的指向。这一切都引起了我的玩味。

我曾经迷信过"进化论"，比如八十年代优秀于五十年代，比如诗人后期会优秀于早期。但从更多人的实际情形中我又发现，这并不是全部的真理。江西的优秀诗人中有许多都是青春期就开始发光的，三子就是其中一位。三子在十年前的青春期就拿出了优秀的文本。有的时候，诗歌与学历并不成正比，多少学院派的诗人被自己的学院气味所误导。诗歌最重要的还是才气，一种艺术的感觉。大多数人会有这样的经历，当你回过头来看看，你会发现早年读了那么多不值得读的作品——读出了别人的不好，当然并不意味着那些作品不曾作用于你，正如读了西川之后不能就说阅读舒婷是一种耽误。难免会有一个理想的预设：假如有这么一个好条件，让一位优秀诗人开列一个推荐书单，而且你恰好有机会拥有这些书单上的书籍，是不是就能成长得更优秀？而这个条件对于八〇后和九〇后往往更容易实现，这也是诗坛上对他们有过的一种理想主义的、不一定有实际意义的预期。那么，阅读决定了写作吗？是，又不是。我与三子没有更深的交往，并不知道他的阅读经历如何，不知道这些阅读对他的写作构成了怎样的渊源和影响。我听说三子早年曾计划去海子墓地进谒，这会是一个精神渊源。但我隐约感觉到，一个诗人读了再多的优秀文本，最后并不会成为它，不能成为它，也不可能成为它。有个性的作品不是成为别人，而是显示自己，从艺术的探索到素材的选取。

对《镜中记》，曾有一个预设的疑问：从农村到城市，作为一个有着许多相同经历的诗人来说，题材的处理会有什么区别？又可以有哪些不同呢？阅读中，许多三子个人化的东西，激起了我的回想，或猜想。从文本研读到知人论世，可以很方便地提取出一些熟悉的意象体系，或关键词。

火车。那天来到松山下寻访，第一次知道三子的村庄有一条铁路经过。那应该是 2005 年之后才有的事物。我在诗中写道，"那青山和铁路，构成了 / 向往的高度和广度——"我直接的反应是，铁路构成诗人三子人生命运的一个指向，从村庄出发，又通向远方，不断地回来和离开，是村庄与火车之间的关系。在《镜中记》中，火车显然是三子体味人世的一个道具。"可是，我不能坐上火车去往远方 / 只能沿着铁路边的小路行走"。三子是乡村之子，自然会从村庄的角度来理解火车，于是有了《火车开过村庄》，作为现代文明与农耕文明的一种对话，火车意味着远离和回归，憧憬和怀念，关联着远方的功名和一段没有尽头的倦旅，火车只是村庄的过客。但三子还写了异乡的火车，《深夜的火车》是更有意境的一首，"轰隆隆—— / 从远处的郊外，碾到十四楼的屋顶 // 露水上的大地 / 露水上未熄的灯火，轻轻摇晃着 / 仿佛一颗孤悬、不安的内心"，三子在这里愿意做一个对尘世有所牵挂的人。当然，对于一直在异乡漂泊的诗人，火车是常见之物，他写过《一个人的火车》，一场火车站的送别和挂念，火车实际上只有一个旅客，那就是三子的牵挂之人。当然，我仍然相信故乡的火车才让他感慨最深。

春天。三子是春天来到人间的，因而成为春天的歌手，春天的诗篇极多。在诗歌中可以看到，诗人对春天的喜爱有不同的角度，因而春天之诗也就散布于各个专辑中。第一辑《镜中记》体味着人生如梦和时光流逝，《星象》《美人》《河流》《远逝》等几个长诗，显示了三子早年对美的追求经验，一种纯粹精神生活的记录，因而这辑里的《春日记》，

"恍惚之间，春日将至" "我的体内有车马在动"，一种禅佛之境。第二辑《将进酒》记录友人情谊，有相见之欢和离别之念，因而感觉到"春风中有陌路" "春风中有慈悲" "春风中有微寒"。第三辑《有所思》，我个人觉得是最富有诗性的一辑，体现了诗歌沉思的本色。三子诗歌不拘于实而又不脱于实的品质，在这里得到较好的平衡。"春天，我想做的事情越来越多 / 狭路重逢，我能做的事 / 越来越少"（《春天：日记》）。我在阅读中常常想，诗歌是需要灵性的，而不是对世事做出呆板的复述和再现。同样，第四辑《丘陵里》是对乡村大地无穷的歌咏、眷恋，但诗人仍然是从容的，不是一种沉醉和琐屑。这里春天更多作为节令存在，是一种生机，"是时候了 / 丘陵于黑暗中缓缓隆起"。另外，桃花是三子诗歌中一个反复出现的事物，这是春天的延伸谱系。

村庄。我一直充满疑惑，作为一个诗人，村庄意味着什么？去乡村化的提法是否必要？乡土诗歌是否只是诗人在村庄题材上的一种竞技？城市文明成为主导的今天，村庄题材会不会让年轻诗人掉队？村庄的衰落和消失是不是人类共同的乡愁？如果只是个人记忆，这样的村庄是提供给谁的标本？显然，三子对此有充分的体察。村庄当然作为故乡、生命的载体和源头，三子首先试图复述个人的经验。但我注意到他的节制，他不会复述得太多。三子早就知道诗歌有一个绕不开的主角，那就是时间。他在诸多的叙事碎片中，构筑了一个时间装置，这是诗歌重要的语言张力之一。三子在《我的村庄》中明确地说，"这是我的村庄，但不是我儿子的"。我曾经有一个奇特的想法，像诗歌这种东西如果是可以给儿子看的，或者儿子看了也有触动的，是不是就表明具有了更高的艺术性，能越过更远的时空？我时常听到女儿说，你们就是一群故意装腔作势的人。从农村到城市，两代人的故乡和童年记忆，在内容上有了本质的区别，"父亲的村庄"是不是非得变成自然场景的存在，才能从生态意义上吸引年轻的一代呢？当然，三子是村庄的信徒，他相信"一个村庄破落了 / 另一个村庄还在"，从社会变迁的角度来看，这是一个真理，年轻的一代，会有自己的村庄。"升华的乡村风雅 / 在替多少人把握逝去的年代"，我在诗句中这样承认三子的乡村诗歌影响了我们一代人，成全了诗人自己。另外，我记得三子有过组诗专门写小镇，这是两个完全不同的生活场域，但对于三子的人生履历来讲并没有小镇，那只是一种想象性写作，虽然颇似轻灵有味，但我觉得不及乡村诗歌来得结实。

天空。三子写云端的日子，写精微的蓝，写星空，都有非常出色的诗篇。有时我想，没有天空这个视角和维度，诗人会不会无法找到自己的精神上升之路？一般来说，诗人见出高低，是在诗歌的精神性方面。当然，精神性不只是一味地高蹈，像卡瓦菲斯，即使写的是尘世的肉欲，也经过了精神性的处理，从而与中国诗歌口语诗中的那些黄段子有本质的不同。海子是一个精神高蹈的人，有人把他作为中国最后一个抒情诗人，从而把他之后诗歌的尘土飞扬、鸡毛蒜皮、鸡零狗碎作为一个反拨。当然，事实上，诗歌并不需要浪潮性的事物存在，像政治一样玩起时左时右的游戏。诗歌始终会是精神性的领域，只是表现精神的手段多种多样。我曾经记得，三子有一首诗歌题为《抓一把沙子撒向弧形的天空》。三子的诗歌是向上的，他有一种精神洁癖，他似乎不喜欢直录的东西，不喜欢把地面直接抬进诗歌，陈述它的杂乱和无序，尽管在一些诗歌里说出了村庄的苦难。那种诗歌里的泥土味，更多的是回忆性的馨香。三子的村庄是时间的装置，树木是会走动的，鸟儿像一些时间的颗粒，被文字捕获。我注意到三子尝试过不少十行体，其中有一种 3331 的诗节形式，创作过十余首两字为题的组诗。这批诗作是三子诗歌中最富有精神性沉思的作品，它打破或融洽了乡村、小镇、城市的地域性差异，而着眼于人生精神性的体验。其中一首《星空》写道，"——我就在这里／我在你馈赠的每一片落叶和露水里"。三子在这里不是唯一的停留，但在这里撑起了自己的精神天空。

寺庙。我常常想，诗歌要不要思想资源？要什么样的思想资源？杨键的诗歌里时常有一种民间佛教的思想资源隐约闪烁，但我觉得这不是他诗歌真正出色的关键所在。诗歌对现实生活和人生阅历要做出处理，思想资源在一定程度上会决定诗歌表达的角度和走向，同时诗歌必然会显示一定的趣味和意旨，而这个意旨会显示诗歌品质的高低。寺庙是三子诗歌中经常提到的事物，而且有具体的名称，比如寿量寺、莲花寺，但这并不是表明三子思想资源里有佛教的东西。在中国当代诗歌中，诗人们似乎很喜欢写到寺庙，但更多的时候无关信仰，而只是中性的尘世事物。三子确实在诗句中提到《金刚经》《心经》，我相信他像我一样研读过，像中国许多文人一样喜爱过，因为作为一种世界观，这些东西有它观察人世的一种办法，可以开启心智。作为诗歌并不需要散布这些东西，但诗歌借助这些寺庙之物，可以塑造精神的氛围。比如《渡口》

诗探索 7

作品卷 2017 年 第 3 辑

《大雨滂沱》，是三子非常有意境的短诗。记得十多年前，我一边听着《万物生》，一边阅读这几首诗歌，确实有一种禅寂之境。

信札。三子是愿意交流的。我有几个例证。在一次诗会上，年轻诗人递上自己的作品，三子认真阅读并写了批语，没有一点架子。2016年回乡，我们有过短暂会晤，他说起过公务之余曾经召集当地文人，鼓励他们要好好写，要写就要有专业水平。我从中窥探出，他有不泯的文学情怀。三子成长在一个纸质信札的年代。他早年与许多诗歌前辈和同人有频繁的通信，我也保留着他飘逸的书法。对于诗人来说，翻读信札是丰富而有意味的情结，是微信时代无法体察的人生滋味。"叙事省略了，索性——/把抒情也省略去吧 // 剩下一张白纸，比月光更白"，写信成为三子的一种人生乐趣。我以为这里有一个不简单的襟怀，也是他的诗歌写作能够迅速成熟的原因。《镜中记》有许多写信、致友人的诗篇，这种文人之间的互相牵挂和彼此镜鉴，让亲友成为镜中的另一群影像。诗歌本质上是一种交流，三子的诗歌语言大部分是明朗的、易读的，特别是到了后期，呈现出一种清淡的语风。当然，这是他经历了精致深微的书面化语言之后的反思。我们时常猜想，三子会不会坚持写下去？我想，如果他继续写，会选择精简冲淡的语风。如果是早期那种书面化的思考和造语习惯，时间成本对于他现在的处境可能是一种奢侈。

2017 年人天"华文青年诗人奖"专辑

获奖诗人及获奖理由

灯 灯（湖北）　陆辉艳（广西）　方石英（浙江）

诗人灯灯获奖理由

灯灯是一位成熟的诗人，褪去了青春写作的繁华，但依旧保持着心灵的纯洁与宁静。她以质朴的语言，抒写个人的生活经验、内心的复杂性以及对生命的敬畏之情。诗歌文字简洁、情感真挚，诗意丰沛、透明而流畅。鉴于她所取得的诗歌成绩，特授予 2017 年人天"华文青年诗人奖"。

诗人陆辉艳获奖理由

陆辉艳是一位令人期待的诗人。她的诗歌以从容的叙述，灵动地展现出真实的日常生活经验，揭示了现代生活中必然的冲突和生命的疼痛感。她的作品于素朴中见真纯，语言鲜活、简洁而沉着，诗意内敛、自然、耐人寻味。鉴于她所取得的诗歌成绩，特授予 2017 年人天"华文青年诗人奖"。

诗人方石英获奖理由

　　方石英是一位沉潜的青年诗人。他的诗在日常生活和生命往事中发现诗意，情感朴实、真切，叙述中见胸襟，抒情中见境界。诗意稳健、沉实，有着江南文化的滋养，语言简洁、内敛，以真情和温暖构成了独特的书写风格。鉴于他所取得的诗歌成绩，特授予 2017 年人天"华文青年诗人奖"。

获奖诗人作品集

诗人灯灯

作者简介

灯灯，女，现居湖北武汉。作品发表于多种诗刊并入选多个选本。曾获《诗选刊》2006年度中国先锋诗歌奖、第四届叶红女性诗歌奖、第二届中国红高粱诗歌奖、第21届柔刚诗歌奖新人奖。曾参加诗刊社第28届青春诗会。鲁迅文学院第31届高研班学员。出版个人诗集《我说嗯》。

评委评语

以质朴的语言写内心的复杂性，写对于生命的敬畏和惊恐。她能以简单的文字婉曲地传达真实的情感。诗风透明、洁净、流畅。

——谢　冕

这位诗人的诗有自叙的色彩，她写的是"中年之诗"，褪去了青春写作的繁华，保持着心灵的纯洁与宁静。她真实地面对自我、面对亲人、面对世界，朴素的语言后面，蕴藏着一种大爱，一种真情。

——吴思敬

诗人灯灯的诗，以沉静而淡泊的方式，讲出了人生中的感悟与体验。诗歌结构严谨，富有变化，语言舒缓，但内在的情感深切，引人深思。诗人经过多年的努力，超越了早期清新灵动的初始风格，迈上了更为坚实的诗歌写作新高度。

——林　莽

调动个人的生活经验比较充分，抒情也控制得比较恰当。作品能较好地展开诗性的空间，让诗歌生成美学意义。

——商　震

灯灯是一位成熟的诗人，在寻常的事物中她总能有新的发现。她的诗作短小，但有韵味，更有一种沉重。

——刘福春

灯灯的诗有很强的节奏感，语言从不拖泥带水，诗意中常见凛冽和陡峭，有巾帼不让须眉之气。

——邹　进

成熟的诗人，诗意丰沛、饱满、别致而又深沉，有个人的节奏与语感。

——张清华

真情诗意，切肤之感。

——苏历铭

来自于生命经验的准确、清晰表达！诗歌中呈现的生活细节总是生动、感人，抒情与生发曼妙、别致。

——蓝　野

灯灯诗九首

中年之诗

害怕深夜接到电话
害怕深夜接不到电话
害怕清晨醒来
你的手
已离开我的手
害怕生铁轻盈，在天上飞
害怕云朵沉重，在水里沉
害怕仇人敲门
要祝福我
害怕亲人在天边
要呵斥我
害怕琴声远走他乡
寻找它的琴
琴声里的孩子们，赤脚，穿旧衣服
他们拉我的衣角，向我乞讨，叫我阿姨
害怕披头散发的老人
拄拐杖，端瓷碗
暮色中
喊我闺女
害怕欠下的债已还清
害怕欠下的债
永还不清
害怕不知悲从何来
害怕知道
悲，从那里来——

诗探索 7　作品卷　2017年　第 3 辑

拥 抱

我的母亲从不知道拥抱为何物
她没有教过我
和最亲的人张开双臂，说柔软的话
她只告诉我
要抬头，在人前，在人世……
她说，难过的时候，就望望天空
天空里什么都有——
到了晚年，我的母亲开始学习拥抱疾病，孤单，和老去的时光
开始
拥抱她的小孙子——
有一次我回去，看见她戴上老花镜
低头翻找她的药片——
那时，天边两朵云，一朵和另一朵
一朵将另一朵
拥入怀中
仿佛这么多年，我和母亲
相互欠下的拥抱。

黄 昏

湖面如鼓。
燕子低飞如汉字。
有人在云中泼墨
有人在京剧中换脸谱

不能言说的，太多了
不能言说的
正是我们想说的

——只有风，在遥远处
带着折痕转身

雨后，光如初生。
——像某种久违的歉意。

在沙漠

沙子有众生相。忽雄忽雌。
一会儿是我慈祥的父亲
一会儿是我暴躁的母亲
一会儿是我。
此时，夕光盛大，一眼望不到边的
是天空的餐布
此时，他们隔着金色的夕阳
在同一张餐桌上
共进晚餐
像我小时候那样
像我小时候那样
此时，他们隔着茫茫的生死
隔着我在世上
不肯屈服的这么多年
此时，没有飞鸟
我就是飞鸟
代替父亲，一直在飞……

一切都宁静了。
无数沙子，熄灭自身的风暴。
我抬头
看见夕光盛大
我又低头，像……
温柔的赎罪。

手指在散步

星辰在屋檐上散步。我的手指
在你的五官上散步。

诗探索7　作品卷　2017年　第3辑

雏菊的香气，从小巷的深处
来到窗户
我的手指在你的鼻梁上散步，它已
成长为高山，内部
无数树木在生长，它们和夜晚一样黑
一样黑的它们，长不大也在生长
不见阳光，不见阳光也在生长
我的手指在你的唇上散步，很久了
它失却了它的语言
飞不出去的鸟，在你的喉咙里扑打冬天
我的手指来到你的心口：
这里，刚刚熄灭一座火山。

耳朵，或者病

晚来无雪。东窗梅花不开。
你有旧疾
我有新病。

一整年，坏消息从梅枝涌进窗口。
一整年，我的耳朵装满消音器。

而鸟鸣不是。
鸟鸣带着翠绿的山水
使梅花
开放成无数的耳朵

——你也会心领神会
也会从书页中起身
看见窗外：
人间美好
月亮在树枝上骨折。

虎，或者一只猫

获奖诗人作品集 ///2017 年人天『华文青年诗人奖』专辑

大雪近身。枯枝折断二三根。

断裂处，月光接骨。

我听到虎啸，不见山林。

我听到，有人在我体内劈柴，生火——

原谅我高温未愈。

原谅我用那么多个夜晚，怀念

一个夜晚。

一只苹果红着。和时代无关。

和你有关。

我身穿虎皮

听到虎啸

南山上，雪簌簌落：

一只猫伏案，睡眠随它的梦镜

深浅不一。

空心之美

两袖生风，云朵之上，还是云朵。

流水没有对远方的疑问，就直接

进入山谷——

狭长的地带，野花，青草，石子

度过它们简单的一生。它们不张扬，不抱怨

接受阳光抚慰，接受落叶更替——

有时，光线中的马，带动万物向前

我离黄昏更近了，不可能

藏有一个月光宝盒，不可能重新活一次，

悲哀成就了夜晚

相对于满

我更理解空，如同此刻

雪下得到处都是，它们放下身躯

在我手心融化——

我有愧
但见青竹摇曳，在窗前，有空心之美。

春天里

河流似离弦。草木如归箭。
一正一反
消融了去冬之雪。

二月，荒野不荒。
小桥在村口，识得故人。
野花开，野花不乱，野花一直
把我们领到墓碑前
父亲在地底。
二月。
他不说话。他很久无人说话，已经不会
说人间的话

他看着我们
想起什么，就冒一冒青烟。

山　顶

他们说不清山顶上
究竟有什么
蝴蝶在途中死去
带着石阶向上的鸟鸣
消失在
山的内部
我们在山腰，遇见下山的他们
彼此交换眼神和祝福
我们看见他们
带着后来的我们
回到山下

我们在山上，也只是孤独地
站上一小会儿
我们说不清山顶上
究竟有什么——

山下，石头静坐
深邃的喉咙，有时
我们把它们击碎——

满天的星辰。
赶夜路的人
失眠的人
用他们从未低下的头
看见

——替我们，看见
发光的山顶。

【灯灯文论】

慢

——古典诗词及现代翻译体诗歌对写作的影响

灯 灯

一

我的骨子是古典的。我心深处，有一面古老的铜镜，映出楼台，寺
庙，山河，村落……映出马蹄轻，马蹄疾，映出烽火连天，响箭如雨，

也映出炊烟袅袅，麦子金黄。

木心先生说，从前慢。

在更慢，更细碎细小的时光里，大约是三岁的我，扎着冲天小辫，穿小红碎花娃娃衫，听伯父教我念："春眠不觉晓，处处闻啼鸟。夜来风雨声，花落知多少。"他一句，我一句，夹杂着方言的普通话，他一句，我一句……那时，比木凳高出一点的我，趴在旧木窗上看雨，祖父就在天井旁磨豆浆，细雨从天井上方飘落下来，豆浆从石磨的嘴唇流下来：一个是无色，无声。另一个，是乳白色，也是无声。

多年后，这样的场景，不断潜入我的梦境，不断潜入我的诗歌写作。我才知道，古典诗歌对我的创作影响，是从那时开始的。

二

看见雨燕时，会感觉汉字在飞。会感觉它们，是从《诗经》里飞来。一路经过大好河山，经过唐诗宋词，朴实的身姿，有来处，有向往。带着劳作之美，爱情之美，亲情之美，友情之美……雷霆、闪电之下，甚至是反抗之美，绝望之美。我喜欢这些美，所有种种。或悲伤，或欢喜，或愤怒……正是它们，提示了存在。

所以，当它们一路飞来，有的飞向了别处，有的飞进了我的写作，我知道自身，生来就是要守护这些美的，生来，就是要传递这些美的；我知道它们一直飞一直飞，是在告诉我，对每个汉字，要心存敬意、敬畏，要有足够的耐心、良知和使命感，直到，穿过重重困境，直到……和它们一起飞。

三

手抄过很多古诗词。有李白，杜甫，白居易，李煜，苏东坡，李清照……在那本泛黄的初中笔记本上，至今，我仍能从我青春的笔迹中，看到当时的激动，渴望，向往。我还能看见当时沉浸的样子，在夜里，在被子里，想起了又偷偷从枕头底下拿出来读，小小的手电筒照亮了四周黑暗的样子。

有些事物，从不会被忘记。像青春。

有些事物，一直都被记起，并持续影响一个人的一生——

像汉字。

像古典诗词。

四

告诉自己。要慢下来。再慢下来。

告诉自己。不可急功近利。

告诉自己。要真诚。要向古人学习，学习在天地这张大纸张上写作。

写下爱，希望，战栗……

五

女儿小的时候，和她一起读《唐诗三百首》。

记得风是从窗外吹来，经过树枝，进入书房，落到她小小的头发上，她稚嫩生长的童音，她稚嫩生长朗读唐诗的童音，很美。

唐诗很美。

风是从多么遥远的地方吹来？那样的时光，真美。

六

到了巫山，会想起"曾经沧海难为水，除却巫山不是云"；去了黄鹤楼，会想起"昔人已乘黄鹤去，此地空余黄鹤楼"；在江南，会想起"江南好，风景旧曾谙。日出江花红胜火，春来江水绿如蓝。能不忆江南？"车过黄河，脑海里，浮现的是："君不见黄河之水天上来，奔流到海不复回。"

无论如何，古典诗歌已深深植入内心，在血液里。在呼吸里。成为我写作中取之不尽的源泉。

七

喜欢过一些外国诗人。比如狄金森、里尔克、加里·斯奈德、默温、罗伯特·伯莱、史蒂文斯、米沃什……但我认为诗歌是不可翻译的，看见过同一首诗，不同翻译家的翻译，读后的感受，是可以让人从爱上这首诗，到不喜欢这首诗。

读到好的翻译家翻译的诗歌，是读者的福分。但也许，再好的翻译家，也不可能完全翻译出原作者创作时的心、神、韵。

对我影响较大的是加里·斯奈德。他的《松树的树冠》一直被我深记："蓝色的夜 // 有霜雾，天空中 / 明月朗照。/ 松树的树冠 / 变成霜一般蓝，淡淡地 / 没入天空，霜，星光。/ 靴子的吱嘎声。/ 兔的足迹，鹿的足迹 / 我们知道什么。"

是的，在自然面前，我们知道什么呢？

有时，我在自然中走，看见一草一木，它们顺从天意生长，但永不会被天意所框定，它们顺从，但不表示它们不抗争，它们永远有着自己的意志——

你看，树木背井离乡，在陌生的城市落户，被捆绑，被束缚，园丁们锯掉它的四枝，但它们永远在奋力：叶子，永远向着阳光的方向生长。

你看，鸟一边飞，一边叫唤它的同伴，一边飞，一边消失于自己的影子……夕阳西下，当它们扑拉拉从丛林深处，来到我伸开的手臂，久久地，在我头顶盘旋……

那时候，我知……我知万物意志。有情，也有义。

我知，我所受到的最深刻的教育，也许，它不是来自于书本。

它，来自和我们朝夕相处，但一直被我们忽略、遗忘的自然。

八

人到中年，面对自身的写作，会感觉羞愧。这种羞愧，来源于对自身写作的不满，来源于不停的怀疑和反对……来源于永不愿停下的脚步和永恒的追问。

写了很多年诗，还有那么多未曾写出的事物，我羞愧。

写了很多年诗，还有那么多已经写下事物身上新的经验，未曾被写

获奖诗人作品集 /// 2017 年人天『华文青年诗人奖』专辑

出，我羞愧。

但要慢下来。

朵渔说，写作这件事情，急不得，要慢慢来，要像一个匠人那样去劳作，你的每一笔都是有来历的，不是凭空得来的。相信人生的内分泌有它自身的节奏，相信岁月的累积自有其果。要少些虚荣心，尽量让自己的写作贴近自己的内心和肉身。你会发现，那些在虚荣心的诱惑下写下的作品，过不了多久就会让你脸红不已。

——深以为然。

九

所幸我仍然在写诗。所幸，我从未放弃写作。

诗歌是我的亲人。

我不止一次这样说。我一直这样说。在我忧伤时，在我欢喜时，在我失望时，在我希望时……是诗歌，它给予了我，亲人般的耐心和期待。

所幸，还有那么多事物，等待被发现，等待被写出，等待和我们相遇、拥抱……所幸，永远有远方，它一直在等待……它不是古典的，也不是被翻译的，它是全人类的……

它，是共通的信仰和爱。

且，容我慢慢前行。

诗人陆辉艳

作者简介

陆辉艳，广西灌阳人，生于1981年3月。出版诗集《高处和低处》《心中的灰熊》。作品散见于《青年文学》《诗刊》《天涯》等刊物。有作品入选《2015中国诗歌精选》等多种选本。曾获《青年文学》首届中国青年诗人奖，《广西文学》"金嗓子"文学奖等奖项。鲁迅文学院第29届高研班学员。曾参加诗刊社第32届青春诗会。

评委评语

以细节的真实展现出活生生的人生意象，于素朴的真纯中见深刻。

——谢 冕

她的诗源自生命的疼痛，来自心灵的撞击，真诚、自然，充溢着一种博大的爱。她的诗来自生活，却不是对生活现象的照搬，而是透过诗性的巧思，不时给读者以惊喜。

——吴思敬

诗人陆辉艳的诗，在日常生活中发现诗意，展示了诗人情感的敏锐和灵动。她的诗语言从容，看似随意，但表达恰到好处。诗中日常经验和文化经验的自然结合，令读者能很快地进入她的叙述之中，体现了现代诗歌的清晰与透彻的写作观念。

——林 莽

内敛不失灵动，柔美不失沉着。作品中疏朗与精密互补且较为合理，尤其是细部处理得较好，使诗歌有着较强的生命力量

——商 震

陆辉艳善于捕捉生活的细节来表达独特的个体经验，她的诗简洁而节制，耐人品味。

——刘福春

陆辉艳有很强的处理日常生活的能力，她的诗往往能从平常事物中展现奇诡，鲜活而又灵动地表现出生活的真实。

——邹　进

有活跃的无意识，诗歌有意思，意义深度的开掘尚显不够。

——张清华

诗意叙事，反观现实。

——苏历铭

或于柔美、精巧里突显旷达、开阔，或在奇峰突起中悄悄压低了抒情的音调，鲜活、灵动而又内敛自然。

——蓝　野

陆辉艳诗九首

三十九岁那年的母亲

她的外婆死于三十九岁
她的母亲死于三十九岁
她母亲的妹妹死于三十九岁
仿佛一个古老的诅咒
这个秘密
她必须独自悲伤地守着
像守着时间的定时炸弹

"假如发生了，就是命"
后来她轻描淡写地
向我们描述
那一年内心的海啸
全被她退入一声叹息里

可我记得那些年
她常常走到山顶
走到岩石后面去了
有一次我跟在她身后
在外婆的坟头
她烧一堆一堆的纸钱
祈祷词只有一句：
"求求你，保佑我两个女儿"

妇科病房

她刚刚做完子宫切除术
被送到 21 床
三小时后，她清醒过来：

获奖诗人作品集 ///2017 年人天『华文青年诗人奖』专辑

"它已经完成任务，我再也
用不着了"
这世上最温暖的房子
她失去的那部分
仿佛正被一个黑洞所替代
她的丈夫，一个不苟言笑的男人
拿着水壶去了开水房
后来我下床走动
偶然经过开水房旁边的楼梯口
瞥见那个男人
背对着坐在楼道上抽烟
他的身旁，有一个空泡面盒
里面装满了烟头

礼　物

暮色中的事物，看起来
比白昼美。比白昼亲切和动人
我合上相机盖，穿过一条
没有路灯的街道
它甚至没有名字
经过的人，也寥寥无几
我走得很快，一丛植物绊了我一下
哦，一大片鬼针草，在灰扑扑的
道路旁，开着白花
朴素得像天使
我走进去，摘下一朵
别在衣服口袋里
就这样，心中盛满了喜悦和安宁
一路轻快地回到家，脱掉外套
发现一排细密的植物尖针
扎在我的手腕上
——这意外的礼物！
我只想带走它的柔软

最后它连尖锐
一起赠予了我

缺 席

在西大，我乘上
回家的青皮公车。
一个男人，让出旁边的位置
他挪开那上面的物件：
一个骨灰坛，盖着黑色绸布
"坐这儿，这儿"
他的声音压低，充满悲伤
右手按在胸前

我迟疑着，坐了下去
占据一个缺席者的位置
如果我起身，走开
虚无的时间会回到那儿
而我一直坐着
跟着这辆青色怪物
过了桥，直到终点站
当我下车，并向后张望：
一排空空的椅子
缺席者再次消失

在南宁港空寂的码头

很快，这里将弃置不用
玉米、豆粕和鲜鱼，装运它们的船只将绕路
抵达另一个码头。每天来此等候买鱼的人
去了新的集市。一个搬运工，来自隆安或蒲庙
脸上有沙砾的印迹。他忙着整理行李
脸盆，衣服，吃饭用的锅碗，统统塞进麻袋里
被褥已用麻绳捆好，放在门前的空地上

获奖诗人作品集 ///2017 年人天「华文青年诗人奖」专辑

他最后一次走进屋子，出来时手里多了
一个口盅，一把牙刷
他把它们也塞进麻袋里
之后站着抽了一支烟，抓抓脑袋，想起了什么
朝晾衣绳上，取下那条红色裤衩——
刚才它还在风中，哗啦啦的，旗帜一样飘扬

我们来到此地
既非买鱼的人，亦非搬运工
我们远远地，站着拍照
试图定格这空寂的码头
儿子专心地挖掘沙子，用他的玩具铲
那个挑行李的男人从他身边经过
大声咳嗽着，再没有回头看一眼
这空寂的，最后的码头

高处和低处

十分钟前，他仿佛被吊在空中的脚手架上
在快要竣工的三十二层高楼建筑工地
他被替换下来，脸色煞白
"我有恐高症。我讨厌不着地
和临死的滋味……"他说着
双手抱头，哭起来
在这个夏天的傍晚，夕阳扳住他的肩膀
往生活的水潭里猛按
过了许久，他浮起一张沾满泥浆的
无助的，年轻苍白的脸
大口喘气，他的鼻子几乎
碰到了空气中锋利的刃
他把自己割伤了，打着喷嚏
走向那条刚铺好沥青的公路

诗探索 7　作品卷　2017年　第 3 辑

矢车菊

锁匠将钥匙毛坯
熟练地靠到铣刀片上
一个女孩等在潮湿的巷道
她的短裙上
盛开着一丛红色矢车菊

锯齿，立铣，唑唑的响声过后
剔掉凹槽里多余的部分
一把复制的钥匙，崭新的
她接过来，付了钱
转身离开了

"哎——"锁匠叫住了她
她走回来，不好意思地
接过原装的那一把
那丛矢车菊，毫无征兆地
突然就从裙摆
跳到了她脸上

我曾对生活喋喋不休

那些枝蔓一直延伸到了屋顶
最后遮蔽了天空
我走进亚麻地。我看见了褐色的麻花
印在我的粗布纱上。在十一月的露水中
灰色田鼠叼去了我的清晨

但我只告诉你生活的冰山一角
我嫌自己表达得足够多
而侵犯你的想象
如果我曾经喋喋不休
请原谅，那是我遭遇了低谷

获奖诗人作品集 ///2017 年人天『华文青年诗人奖』专辑

一旦我走出这片荒地
我对生活的发言，将惜字如金

我们喝过的水

那些年，我们在湾木腊的暑假生活
就是每天赶着牛
去山坡上，边放牧
边采收青麻
口渴了，就匍匐在
雨水坑里，满足地
喝上一大口

后来在上海，听诗人张二棍
说起他在地质队野外作业的经历
当他说到，牲口一样俯下身
喝牛蹄印里的水——

我的喉咙呛了一下
多么相似的经历
时光中朴素的事物让我们
低下头来，坦然，不悲伤
并且直到今天
仍心怀感激

汉语古典诗词及现代翻译诗歌
对我的诗歌写作的影响

陆辉艳

我开始接触诗歌，应该要从 2003 年开始算起。那时候我整天泡在大学的图书馆里，看着一本李笠翻译的《特朗斯特罗姆诗全集》。突然就喜欢上了诗歌的简洁干脆、象征和隐喻的力量。没有一句废话，似乎每个句子，每个词都充满张力和不可言说的魅力。"桥：一只飞越死亡的巨大铁鸟"，原来诗是这个样子的，它在我平淡的生活里划出了一道闪电。从那时候起，我开始了自己的诗歌练习。因此可以说，我的诗歌写作，从一开始就直接受到现代翻译诗歌的影响。

写了十多年诗歌之后，我猛然意识到自己对托马斯·特朗斯特罗姆的热爱，其实与特朗斯特罗姆诗歌中的古典元素不无关系。就像北岛说的："托马斯的诗中的确暗合了东方诗歌的某些因素。比如，他的不说教，而是通过丰富的意象展示一种更深层的世界。"他诗中的意象独特，常常用奇妙的语言精准描述出物象，有象形的感觉。而其中自由的节奏感，凝练的古诗结构，与中国古典诗词有异曲同工之妙。随便列举他的诗行：石头投下阴影，尖利如月球表面的物／而这些场所不断变大／像用犹大的银子买的那块地："窑户的一块田，用来埋葬外乡人。""一场来自北方的风暴。现在是花楸浆果的时节／夜里醒来他听见——在那棵巨橡高处——／群星在马厩里踢蹄。"这些东方诗歌元素，拉近了当时的我与现代诗歌的距离，因而我可以没有隔阂地读下去，就像读一位老朋友的来信。尽管，我不敢说全部理解了它们。但那有什么关系呢？特朗斯特罗姆的诗歌传达出了人类共在而尚未被写出的经验。这正是我热爱特朗斯特罗姆的理由。

或许，对某一种诗歌风格的热爱，以及写作也直接受其影响，很大程度是因为那些文字契合自己的性格，以及映现了自己童年的经历。苦难的童年和贫瘠的村庄，让我敏感而焦虑，也最终影响了我发出声音的音调：低沉，抑制。而我的诗歌写作所关注的，其实都指向我童年生活的那个村庄，我写的每一个人，每一首诗，都有村庄的影子。我不过是在写一种蔓延的记忆和贴近地面的经历。

2011年至2013年间，我离开生活了十年的城市，重回乡村和父亲一起种地，像陶渊明那样，过传统的田园生活，理想主义一度指导我前行。在简单、纯粹的大自然中，会觉得所有事物都离自己很近，似乎从一种现实进入另一种现实。"结庐在人境，而无车马喧。"土地上的劳作虽然艰辛，但人的心境却获得了宁静和简朴，"采菊东篱下，悠然见南山。""久在樊笼里，复得返自然"，似乎又回到自己的童年和少年生活，"羁鸟恋旧林，池鱼思故渊"。

事实上，在接触西方现代诗歌之前，我能读到的也只是陶渊明和王维的古诗。不管我是否察觉到汉语古诗词对我的诗歌写作的影响，在土地上耕作的那两年时间，我的诗歌练习确实一度倾斜于田园的意象和意境。黄昏撞见的一缕小小炊烟，一只眼神清澈的牛犊，蜿蜒的田地里，耕作的农人俯身便是一张弓箭……人间烟火的样子大量出现在我的诗歌里。我以为自己的余生就这样了，如果土地上的收益还不错，我可以一直在土地上种植、生活和写作。而紧接着一场残酷的寒霜，冻坏了我们近百亩土地上的香蕉树，也彻底熄灭了我的田园梦。我只好又来到忙碌的城市谋生。

而我也仅仅是暂时从一个相对意义上的背景里走了出来，藏在了城市的后面。我们无法与这个世界失去联系，诗歌写作也不可能绕过太远的距离。问题是，如何在时代的大背景下，突显出个性的力量？

因此，当我读到极简主义的卡佛，立即被那种高度敏感的感受力和极端节制的写法吸引住了。他在一篇随笔《关于写作》中有一段关于语言的描述："在写诗或者短篇小说中，有可能使用平常然而准确的语言来描写平常的事物，赋予那些事物—— 一张椅子，一面窗帘，一把叉子，一块石头，一个女人的耳环——以很强甚至惊人的感染力。""平常然而准确"，精简，克制，诗中的叙事让人进入及物的语境，它所呈现的是语境背后本来的生活，径直切向生活的真实，却获得迷人的、"惊人的感染力"。

长期以来，内心和世界发生对立的那种感觉，我似乎找到了书写它的突破口：从自己熟悉的场景中筛选出细微而具象的细节，从而呈现一

诗探索 7 作品卷 2017年 第3辑

种原生态的生活。保持低声调，以便准确传达自己的体温和气息。

后来，还读到里索斯、米沃什、巴列霍、特德·休斯、马克·斯特兰德等我喜欢的国外优秀诗人的作品。对西方现代派风格和戏剧性叙事手法的诗作的大量阅读，我的视野得到了延展。我开始在诗中表达自己个体的经验，并力图拓宽诗歌的表意空间，我的诗歌创作似乎呈现了一种与过去不同的新的言说维度，以及存在本身的多样性。

生活的复杂性让我尝试在诗中叙事。它来自于我的某段经历，某个梦境，瞬间的记忆或经验，在具体生活中尚未轻易说出，却在一首诗中通过细节呈现出来。我发现这样的书写，越来越契合我的生活。我似乎找到了自己写作的方向和适合自己说话的方式。而诗歌写作亦成了我生命中不可缺少的一部分。

当我审视自己的诗歌写作历程，惊讶地发现，不论是汉语古典诗词，还是现代翻译诗歌，二者对我的影响竟然是一致的：节制，以及低声调。而我需要警惕的是，避免受翻译诗歌的过度影响，而造成诗歌在内容、形式或意象上的西化，而失去汉语本身的韵味。锻炼再创造的能力，让作品具有个人的思辨和风格，将视野范围向宽广的时空、历史及存在的意义辐射，这将是我今后在创作上需要走的一段很长的路。

诗人方石英

作者简介

　　方石英，1980 年出生，浙江台州人。曾参加诗刊社第 32 届青春诗会，入选"首批浙江省青年作家人才库"。出版个人诗集《独自摇滚》《石头诗》《运河里的月亮》。曾荣获"浙江省青年文学之星优秀作品奖""2009—2011 浙江省优秀文学作品奖"、浙江省"新荷计划·实力作家奖"等奖项。现居杭州。

评委评语

　　诗意纯真，全凭意绪在流淌。"你已熟睡成一颗星星"，"有多少晚霞可以用来沸腾"，平常词语，一经转换，顿生新意。

——谢 冕

　　这是一位很有悟性的诗人。他有厚重的生活底蕴，善于从平凡的日常经验中发现诗意，其内在的火焰般的激情与理性的沉思巧妙地结合在一起。在对日常经验的叙述中，常有新鲜的发现。

——吴思敬

　　诗人方石英的诗，朴实而清晰，以真切的生活体验和生命的领悟入诗，他的诗以真情取胜，在整体平静的叙述中体现一个普通人的生命感受，情感真挚，语言准确。在多年的写作中，他的诗歌逐渐具有了自己独特的、平实而感人的语言风格。

——林 莽

　　稳健，沉实。叙述中见胸襟，抒情中见境界。是很值得期待的青年诗人。

——商 震

读方石英的诗总会有一些句子让人眼前一亮。他善于在日常生活和往事中发现诗意，情感真挚。

——刘福春

　　方石英的诗语言沉稳老练，情感朴实真切，生活和文化经验丰富，他的诗会逐渐把你浸润，并生出久违的感动来！

——邹　进

　　稳定感强，成熟风格的诗人，但感觉力度与敏感性稍差。

——张清华

　　乡愁视角，生命体验。

——苏历铭

　　在平凡的日常生活中发现诗意，找到日常经验中值得提炼与抒发的闪光的那一切。不矫饰，不造作，读着亲切、温暖。

——蓝　野

方石英诗九首

运河里的月亮

多少次我是一张洁白的宣纸
在暮色中，依靠微弱的霞光
静静飘落水面
我的每一个毛孔都在倾听
流水，一场尚未命名的恋爱
等着月亮升起来

我宣布，我终于失败了
在充满鱼腥味的空气中
有从树木年轮里渗出的忧伤
哦，回忆需要一个起点，而终点
是运河里的月亮，长着一张多变的脸
一张让我痛哭之后依然想哭的脸

我宣布，我终于失败了
即使烂醉如泥
也无法挽回，各个朝代的瓷片
在水底一起尖叫
而我的月亮，运河里的月亮
是一场梦，开始流向我儿子

在微山

可是我还在喝酒，尽管整座小城
都睡了，都在梦里做一个好人
那又如何？重要的是我还醒着

微山，微山，空空的城
荡荡的月光洒在微子墓前
也洒在张良墓前，万顷荷花已败
秋天早已深入骨髓

可是我还在喝酒，幻想一把古琴
断了弦，高手依然从容演奏
弦外之音，驴鸣悼亡也是一种幸福

微山，微山，微小的山
不就是寂寞石头一块
异乡的星把夜空下成谜一样的残局
趁还醒着，我喝光，命运随意

漂泊的石头

想起台州，便有一地月光
覆盖我近视的双眼
一些隐私在低处失眠
泛黄的家谱睡在上海图书馆

想起路桥，我又深陷忧伤
那些姑娘不再可爱
不再值得我把杯中酒喝光
她们已从绝句退化成流水账

想起十里长街，孤独的少年
在大提琴的阴影里寻找安慰
我是一块漂泊在他乡的石头
一把年纪依然痴心妄想

想起你，一颗流星投奔大海
请相信，我的骨头终将被台风擦亮

稻草人

起风的时候，我开始幻想
在麦浪上练习书法
或者叹息，在水做的夜晚
往事的鳞片以落叶的轨迹下沉
失眠的鱼拒绝长大

我看见天真无邪的脸上
有委屈的泪水
却无法上前安慰
我看见最美的风景里
生长着贫穷
但永远不能开口说出

我只能站着倾听
风的倾诉，是一张旧唱片
在季节的轮回里一遍遍播放
我的心啊，空空荡荡
像一座年久失修的教堂

奔跑的紫云英

紫云英，大片大片的紫云英
正飘向枕边。姐姐，我知道是你来了
穿着你最喜欢的连衣裙
大片的绿大片的紫
一年只穿一次

云雀突然蹿上天空
像一颗扔出去的石子
我想它到了另外的地方准备歇脚时
也会像一颗石子，从天而降
形成一根我所无法准确绘制的抛物线

诗探索 7 作品卷 2017年 第 3 辑

我只会在田头一个人静静地玩泥巴

这些，还有更多我没察觉到的那些
都是故乡所需要的，在春天的黄昏
我沿着木梯爬上楼顶
望着夕阳血流成河的方向
想起你，天上的姐姐
你是我别在胸前的眼泪和鼻涕

多少年过去了
只要我想起你，我都会拼命向前奔跑
就像当年你在后边追我回家
我们不断地跑啊，跑啊，跑啊
时间对你我来说根本不算什么

青藤暮年

漫游归来，头发彻底白了
不想再远行，也不想
在漏雨的夜变成一个等死的人

趁太阳尚未落山
把所有藏书印进脑海，你清楚
这些书很快就会投奔他处

对饮残月，要喝下多少酒才能
没收美，你把名声关在门外
面壁一个人的家，一个人

写诗、画画、清唱一段《四声猿》
剩下几颗松动的牙，像摇晃的醉汉
在阴冷的空气中无依无靠

获奖诗人作品集 /// 2017 年人天『华文青年诗人奖』专辑

姐姐，我又在想你了

但愿还有多余的纸张
可以用来涂鸦
或者折一只精致的纸飞机
飞进黄昏幻想的夜幕
我曾在台风不知疲惫的嘶喊中
想起台州，我海边的故乡
稻草人立在田头
倾听被露水打湿的虫鸣

姐姐，我又在想你了
当你还是一个小姑娘
你就开始向我示范忧伤的神情
等待燕子从书中的南方回来
在电线上站成一排省略号
那湛蓝的让人想哭的天空
有柔软的云朵
替我们准备好完整的白日梦

姐姐，现在天凉了
我又开始不可救药的回忆
十里长街，一条内心隐秘的河流
你和我一前一后
在雨季的廊檐下轻轻走过
一遍又一遍，所有的故事重叠在一起
只剩下光滑的青石板
这岁月的底片透露我们最初的足迹

姐姐，我又在想你了
在他乡歌声低沉的水边
喝酒，只需要一点点
我就醉了，耳边响起你的小提琴独奏
洞穿深秋月光弥漫的心脏

我看见你黑色的睫毛闪动
预感洁白的雪花就要飘下来了
姐姐，我想现在就回家

在白堤

忘记时间，忘记越来越慢的心跳
在月光下展开的
是丝绸般细腻的夜晚
两边都是水
中间是我不被旁人察觉的叹息

我们注定深陷一场传说
两只蝴蝶在黑暗中隐身飞舞
寓言美的本质
是一种无可奈何的伤感

忘记时间，忘记将荷花重新命名
风把湖水吹成一堆碎银
我们用来买酒，自己把自己灌醉
在白堤，石头开始说话
仿佛电影主人公的深情独白

他们都唤我石头

他们都唤我石头
其实我就是石头，拙笨的石头
当黄酒浸染整个夜空
那些星辰就开始在我的头顶旋转

旋转，直到天书陨石般降临
让我的额头长出第三只眼

用来注视故乡一望无际的海
那咸涩的涌动正是我无可救药绝望的心

他们都唤我石头
哑巴般沉默的石头，彻夜不眠
手指在黑暗中逐渐透明
我不敢相信，我居然还活着

也许真的该泪流满面
我离真理越来越远，在我的祖国
多少纸张被荒废或者错字连篇
我的心啊，捧在胸前没有人看见

【方石英文论】

我的读诗往事

方石英

说实话，我真已记不起自己会背的第一首古诗到底是哪一首。也许是"白毛浮绿水"，也许是"锄禾日当午"，也许是"床前明月光"……大抵应该是五言绝句，字少，且只有四行，容易背啊。

翻开故乡清人杨晨所编的《路桥志略》，无论是我的父系石曲方氏还是母系潞河蔡氏，其实都出了一些诗人。路桥历史上有两大诗歌社团，清咸丰十一年创立的"月河吟社"及民国时期复举的"月河诗钟社"，都有家族先人参与其中。比如，天才早逝的蔡簏，比如我的伯公蔡恺。

印象中，自我懂事起，就经常去书场听人说书。当时，故乡路桥的文化站在老街东岳庙对面，那时候电视机还是稀罕之物，文化站为了丰富群众的文化和娱乐生活，开辟了两大经典项目——录像厅与书场。去看录像是当时镇上小青年的时髦事，记得当时的"楚留香"特别火爆。那时我还小，几乎没有零花钱，于是就去混书场。一是自己真的喜欢，二是可以免费听，偶尔还能弄点小零食解馋。说书的人，我再熟悉不过，他是我的大舅父蔡啸。舅父是用台州方言讲书，说得无比生动细致。得益于书香门第的家传，舅父有着深厚的古诗词功底，处理故事中的诗词歌赋用典，他得心应手，所以他的"台州平话"讲得非常有书卷气。听他说书，我接触到很多古典诗词，尽管似懂非懂，但还是留下了深刻的印象。

在古代著名诗人中，我最喜欢的是李白与杜甫。"诗仙"李白，天才飘逸，《将进酒》字字珠玑，绝对是浇心中块垒的千古良方；"诗圣"杜甫，沉郁顿挫，他在《茅屋为秋风所破歌》中立下"安得广厦千万间，大庇天下寒士俱欢颜"的宏愿，一次次让我无比感动。无论是李白的浪漫抒情，还是杜甫的现实关照，都给了我很大的启发。

当然，苏轼也是不得不说的。他几乎就是一个全才，在诗、词、散文、书、画等方面无不取得让他人可望而不可即的成就。他写词，"无意不可入，无事不可言"，极大地拓展了词的意境与表现力，最终把词提升到与诗相提并论的高度。他的"人生如梦"，他的"老夫聊发少年狂"，他的"十年生死两茫茫"……无不深深打动我的心。对于现实而言，李白非人类，杜甫太愁苦，似乎东坡居士的从容大气、进退自如，对诗人如何适应现实生活具有更好的指导意义。

舅父蔡啸鼓励我从小要多读古典诗词，如果写诗，也一定要写古诗。我是记住了上半句，却没有实践下半句，中学时代我开始练习写新诗。

开始的时候，我把诗写得很像诗，可笑地以为这就是诗。直到十七岁那年，我在路桥小镇唯一的新华书店里发现了波德莱尔。当我读完《恶之花》，顿时有一种被电流击中的感觉。也是在那一刻，我才真正意识到新诗的题材与语言是如此的自由广阔，对"美"终于有了客观的认识——诗是诗人与世界发生关系的隐秘通道，世界的复杂性注定诗歌题材的无限丰富。而诗的语言，它的美与不美，关键还是看它是否"纯洁"。语言的"纯洁性"，是超越一个词最初在人们脑海里的情感色彩的。对于诗人来说，每一个词语都是"中性"的，也就是说语言在一首诗中的色彩是诗人独立赋予的，"纯洁"才是更高意义上的美感。

我对波德莱尔的偏爱还来自他的一首叫《信天翁》的诗。在这首诗中，他描写了信天翁——诗人心中的"青天之王"跌落甲板后，"既笨拙又羞惭"地被水手们戏弄的情景。波德莱尔几乎准确地预言了当代汉语诗人的普遍处境："诗人啊就好像这位云中之君，/出没于暴风雨，敢把弓手笑看；/一旦落地，就被嘘声围得紧紧，/长羽大翼，反而使它步履艰难。"

可以说，《恶之花》的出现，彻底改变了我后来的阅读方向。我爱上了天才的兰波，那么传奇，那么不可一世，连他的死都是如此不可思议；我爱上了聂鲁达，读他的《二十首情诗和一支绝望的歌》，读他的《漫歌》，聂鲁达的诗感情充沛，对节奏与气息的把握炉火纯青，他的诗非常适合朗诵，这种内在的"煽动性"无比迷人；我爱上了巴列霍，正如聂鲁达所言："我爱巴列霍，他是我的兄弟。"巴列霍的诗风暴般狂野有力，又有忧伤似海的柔软部分，"我会死在巴黎，在一个下雨天"，他甚至准确预言了自己的结局；我爱上了狄金森，一种纯粹自我、有点与世隔绝的私人观察与叙述，深深地吸引了我；我爱上了叶芝的优雅与深情；我爱上了米沃什的冷峻与精确……总之，我爱上了好多外国诗人，但我绝不是一个滥情的人。

我不得不承认，俄罗斯"白银时代"的诗人们，对我的诗歌创作观的形成产生了重大的影响。阿赫玛托娃、曼德尔施塔姆、帕斯捷尔纳克、茨维塔耶娃……这些闪耀金属光泽的不朽名字，像一颗颗陨石穿过大气层猛烈撞击我的心灵。中国与俄罗斯所遭遇的苦难似乎有很多共性，俄罗斯"白银时代"的诗人们无疑为我做出了榜样——对文学与良知的同步坚守，我希望自己的诗是质朴的、坚定的，并且是感人的，像一块宿命的石头，呈现作为个体的人在时代与命运的迷局里所应该持存的生命的尊严。

在很长一段时间里，我是分别在阅读汉语古典诗词与现代翻译诗歌，审美思维也是在中西之间频繁切换。但随着年纪的增长，古今中外的界限对我来说越来越模糊。我更关注的是一个诗人他到底写了什么？又是如何去表现的？而事实上，无论时空如何转换，人类的普遍情感始终是相通的。最近读了浙江大学江弱水教授的新著——《诗的八堂课》，此书就博弈、滋味、声文、肌理、玄思、情色、乡愁、死亡等话题展开讲解，征引诗作与诗论也是不分古今中外，没有半点隔膜之感，深得我心。

庆幸自己在每个阶段都能在阅读中认识一些杰出的诗人，虽然他们大部分已不在世上，但我永远把他们引为知己。我坦白，我喜欢诗与人俱佳的诗人，不论古今，不分中外。珍惜读诗的时光，珍惜活在世上，努力写好诗、做好人是我毕生要做的功课。

提名奖诗人作品十六首

陌生的亲人

三米深

清明随妻子返乡，给亲人上坟
一级级梯田，像一段段往事
一步步地通往天堂

结婚两年了，妻子要带我
回去看看最疼她的奶奶

我扛着锄头，走了很长的山路
快到山顶的时候，妻子忽然停下来

一小块空地被青松环绕
没有墓碑，只有石头堆砌的墓门

妻子说奶奶是奥运那年走的
之前在床上瘫痪了很多年

在她去世五年后，我和妻子结了婚
我在相册里见过她晚年的留影

她和年幼的妻子站在田间
永远想象不出我的样子

在这个素未谋面的亲人跟前
我深深地鞠了一躬
并下意识地，握紧了妻子的手

致 意

小 葱

我是天空小小拖拉机载来的乘客
被雷电击倒，又插上翅膀复活

江边红顶的木房子平放着秋天的身体
白桦林用力舒展开青春的眼尾纹

从俄罗斯飞来的鸥鸟，不需要护照
准备好接受风的动心

白云们躺在地平线上，等待我的抚慰
可我只是一个外地姑娘，转眼就会悲伤地离去

什么是陌生的安宁？就在这儿——
空旷的天地间，我低下眉头

当星辰的风暴停息
蓝莓果凝着新鲜的平静，繁盛着大地

在中国的极北，所有忠诚的、未被采摘的词语
吁请我的守护。哦，那是唯一，我呼吸的声音

三月初

羽微微

三月初。天亮了
美好的事物，仍然不知道自己美好
小雨下个不停。檐角下的蜘蛛网
沾上了细水珠

小鸟飞去，随它飞去，白云飞去
随它飞去
小野花，带回家

此时此地很好。
三月刚刚开始，湖上就出现了水纹
小男孩，两手放在兜里
有一颗小石子，他刚刚扔了出去

擦星星的人

麦 豆

晚上十一点，昏暗的灯光下
有人在翻书，有人在深拥
有一个人蹲在河边

他的身旁堆满了
从天上掉到地上的星星
肮脏衰老的星星

晚上十一点，他蹲在河边
用布蘸着河水小心地擦拭着每颗落地的星星

提名奖诗人作品十六首 /// 2017 年人天『华文青年诗人奖』专辑

他把擦干净的星星扔进水里
让它们重新回到天上

我默默、远远地望着神秘的擦星人
就像望着孤独、美和光明的使者

这个人是谁？从哪里来？
擦星星是一门古老失传的手艺吗？

渐渐地，他仿佛发现我在看他
就化着一阵黑暗融进深夜不见了

擦星人真实存在还是我的幻觉？
抬头仰望，天上的星星仿佛从未曾来过人间

画春光

芷 妍

一朵花，涨满了蜜汁
无数的花，涨满了蜜汁
一定有船儿在蜜波上行走
有欸乃的回音
迟暮的云雨临幸山川湖泽
我在一根针里开花
整个春天的妩媚都是用来相遇
你说，春天我要和你寻欢作乐
那我就坐在春风里 等你拉我的手

愤 怒

张翔武

你得先安顿自己的生活，
他们说了一句，看看我，欲言又止，
神情仿佛在搬运易燃易爆物品，
很明显，话多成仇，避免带来新的刺激。
我清楚他们的好意，从不怀疑
有些建议确实诚恳。当然，
我也从不怀疑自己那么多愤怒
喷发的理由。如今，我偏爱安静，
避开大路，而拣条小路来走。
在台历换掉几本之后，
愤怒，我又想起，这个词
从灰白波浪里飞离大脑，
落地打挺，持续不停，
直到耗光力气，翕动鳃部，
还是不能摆脱困于河滩的处境。

晚 归

李王强

炊烟几缕，淡淡的、袅袅的
是轻风写给天空的情书，在适宜的高度
飘散。鸟影数点，像宣纸上溅出的
墨迹，还要飞在这青山秀水间

流水幽雅的琴声不断，万物有着
最缓慢的衰老。我扛在肩上的锄头沾着

提名奖诗人作品十六首 /// 2017年人天『华文青年诗人奖』专辑

暮晚的露珠，和花香

扶着简约的篱笆，你用丝绸般的声音
唤我，我故意不应。我想让这缠绵的青藤
把你娇嗔的声音，再轻轻抚摸几遍
再轻轻抚摸几遍

在桥上吹奏巴松的男人

李宏伟

在桥上吹奏巴松的男人
在早晨练习对夜晚帷幕的熟悉
在没有可见度的雾霾天
练习雨季
练习麻雀绕着一株蜡梅飞了三圈
跳跃着，落进狗群中间

在桥上吹奏巴松的男人
没有风景给你，桥下是孱弱的河水
肮脏的水草，鲁莽的塑料袋
流淌的都是医院和小区
在变调部分，你也自觉地
闭上双眼，屏住呼吸

在桥上吹奏巴松的男人
看着晨跑的男人，做俯卧撑的男人
听着收音机
在早间新闻和摇滚乐之间
来回调换男人的手指
他裹紧灰色的棉袄，呛了口冷气

月色下的大昭寺

那 萨

轰隆的咒语声
使得
一条黑狗对着弯月吠叫
我却在它的影子里
发愣
右耳的绿松石耳环
不知所踪
被磨亮的转经路上
一切装饰
如陈旧的墙壁上
脱落的灰尘
只有那些在月色下
反复叩首的身影
就越来越长
越来越亮

小空间

祁十木

整个上午，我都站在屋外
观察那对匆匆翻书的情侣。我的身后，
工地上的电钻"哒哒哒"响着
我看见男孩崭新的白衬衫和女孩的指甲油
或是我六岁那年的夏天，开始的错误，
虚伪且冷漠。我迷路于撕扯中，
成长是一种疼痛。拒绝和任何人联系

女孩开了窗，递给我一本书，
他们一同走进我的神经。没有一扇门阻挡，
我穿墙而过。屋里，只有一个人
像幽灵一样飘荡。让我把书放到桌上，
用手触摸他，那个胡子拉碴的男人
童年的动画片传输过来。时间比空间更混乱，
令我们痛苦的一生，就是接受这样一本书
走进一间屋子

爷爷的蜘蛛

甫跃成

一只蜘蛛从天而降，
沿着果盘边缘，爬到了地瓜干上。
这天是七月十五，我跟着爷爷祭祀，
在天地国亲师的牌位下磕头。

"有蜘蛛！"我磕完第一个头，
抬起眼，发现它停在两根香蕉之间，
就一个箭步冲上去，提起香蕉
将它抖落在地，然后迅速补上一脚。

"小挨刀的！"爷爷想制止我，
但只骂了这么一句。蜘蛛
早已在地上摊成一片。

我以为我干了一件好事，替祖宗们
护住了他们的供品。
但是爷爷说，那只蜘蛛
兴许就是祖宗的化身。祖宗们

诗探索7 作品卷 2017年 第3辑

不愿让我们瞧见，所以变成蜘蛛
来探望我们。

二十多年过去了，每年七月，
我总会想起那两个没有磕完的头，
想起爷爷，想着他也变成一只蜘蛛
降落到我的面前。

寄　怀

侯存丰

她在灯下寻东西，桉木的气味，
也是桌子的气味，从发芽，到搬进这座屋子。

她就一直在找。当初，厅堂宽敞，
织衣、缝鞋之外，余下的布，用来糊窗，
来到窗前，她就看到她的男人，赤着脚板，
把肥料和斧子丢在院落一角，围着树转。

那旋转的身影，使她看着觉得心里空落落的，
从此，她就开始了寻找，无论白天，黑夜，
甚至在月光爬过床头，照见绣针愈发细亮的时候。

秋天的雨哭着谁

杨　强

滴滴答答，抽抽搭搭，断断肠肠
要把天哭枯，地哭陷

提名奖诗人作品十六首///2017 年人天『华文青年诗人奖』专辑

要把往事哭成诗，把明日哭成黄花

多伤感啊！鸟儿飞进天空就不见了
拖拉机几天就把山野搬空了
老了的树木，一片一片飞着落叶

孩子们的鞋有些破，山野一般，枯草一层一层地潦草
洞里飞出鸟，也能露出大拇指
孩子们的脸有些黄，鼻涕露水一般

孤独的路上每天有一辆班车回来
从班车上吐出来的都是出事的
没出事的年底才能回来，或者几年以后

齿 轮

星 芽

这些年 我听命于身体里小小的齿轮
它们往西转动 我的步子就不会迈向东边
它们睡着了 我在书页里低头
食用青草 学会了钻木取火 海底捞针
修理失眠的右眼
给身体里的犀牛 野豹子
补一补牙 为它们制作
防水的面具和胶鞋

醒来的齿轮 是一连串
铿锵的冒号 它们往西转动 发出的
可能是父亲的声音
弟兄姐妹的声音
教授的声音
上司的声音

睡在黄土里爷爷、舅公的声音

活着的人牵着我走进羊群
喂给我黄金和螺母 死去的人
依旧在梦中 对我淘淘诉语
而我肚子里的青草仍在徒劳地蹿长
多么亲密的齿轮 日以继夜消磨着
奔跑的野豹和犀牛

我所热爱的

郑茂明

群蝉竭力嘶鸣
从未放弃挖掘我的耳朵
它翻出我记忆中所有声音
仍有偏执之爱
像偏头痛，像梦中饮蜜
我依赖于那些毒品享受欢愉
现实涌来的东西：
电话、微信、网络、陌生人的拜访
它们如同起伏如海的股市
翻滚、推动，倾覆我
铃声、敲门声或讯息的叮咚一响
我心有戚戚
它们是时间的索债人？
我之所有几近空无
我若热爱
生活啊，你充满我
也必将掏空我
现在，我阴暗的一面已交于深爱的人保管
现在我只想看幕晚的星星
看那黑暗包裹的向我敞开巨大的空洞

提名奖诗人作品十六首 ///2017 年人天『华文青年诗人奖』专辑

霜降，听鸽哨声

祝立根

一切都已经面目全非。我的身体
埋葬了那个青涩的少年，我和他
又曾令一个孤单的孩子
更显孤单。坐在屋顶上
听鸽哨声，这时候
朋友的信息悄悄潜入我的手机
"秋风已经在郊外，跑马圈地
播撒严霜，你们在城中冷吗？"
——你听！那些秋风的潮水
那些潮水里持久而低沉的尖啸——
那是光阴的利刃
一直在我们头顶上缓缓地拖行。

汉诗新作

汉诗新作

新诗四家

作者简介

　　康雪，曾用笔名夕染。1990 年出生，湖南新化人。有作品发表于《人民文学》《诗刊》《十月》等。

我不敢看他们的眼睛（组诗）

康　雪

蒋乌家的梅花鹿

1

"夜风一吹，我到你的距离
是阴转小雨。"
蒋乌不会和我说情话。就连情诗
也不沾一个"爱"字。但我有时候
也会甜蜜得
发慌。流泪。长犄角。我总想着下一个月
该有一年那么长

诗探索 7　作品卷　2017 年　第 3 辑

这样离永远，可能靠谱点

2

这是我搬到二十一楼后，看见的
第一场雨
在阳台上拍了照片，风大得很
要是换作别人，定被吹走了
这让我突然恐惧
有天蒋乌会像只风筝。被挂在树上

3

蒋乌说师傅的妻子出车祸死了
那么好端端的一个人，说没就没了
这要如何安慰

我说不出话，只看着死去的女人
隔着丈夫。丧妻的男人隔着蒋乌
蒋乌隔着我

我离悲伤太远了。可是一想到生死
只隔着，这落叶般的说与听
我就抓紧了蒋乌的手

我仍在万籁俱静时怨恨你的良善

天气已经不重要了。很多时候
我坐在你身后，看着逐渐倒退的树木
只能想到飞

这是幸运的。车水马龙间

能触及沉默背面的，除了死亡，只有
我和你

而我就想，永远活在清晨之中
这暴雨，也只是我细小的灵魂
独自摸亮的渴望。你知道

我曾多次，在你回头亲吻我时
想要侧身让过
这如期而至的夜晚以及

万籁俱静时。我滚烫的孤独与贫穷

她多给我一束

在大街上找公交站牌，她正好
从我身边走过。栀子香
若有若无
我跟上去。箩筐里还有百合、玫瑰、白桔梗……
十块钱三束。她抬头看我
眼神温柔
我有些不好意思。是真的好看呢
一朵花，挑着更多细细的花
在低头走路

回　家

从车上下来，安静极了
这里的阳光只像阳光，风只像风
这里的路
只用来慢慢走
水牛也只是
吃草的水牛。不看你

也不看
玉米不及腰深，西瓜藤才开小花

我也将在冬日赤裸于风中落下

昨晚梦见
自己又开始写诗了
而且写得很好

就像刚路过的树啊
叶啊
已经懂得了
该孤独的孤独，该放下的
放下

太阳给我多少
我就还多少。就像这树啊叶啊
如果一年绿到头
是很自私的

他们对自己满怀诚意

桂花路口下车。再穿过马路
及一排银杏，就到了
走在前面的
有少女，环卫工，和几个提着凉面
的洗车小哥。
其实每天遇见的，并不一样
但又好像一样。他们经过玻璃橱窗时
偷偷捋头发
或者扯衣角的样子，总让我着迷。

多云转晴

天气预报有时候并不算数
十一月四号就放晴了

她窝在屋子里看书，不知道那只蜜蜂
从哪里来。

二十一楼没有花。它不知疲倦地转
转到她合上书本，莞尔

"我定是开了，小东西最能看透
七魂六魄都是香的。"

致陌生人

我们都太孤独了。但走进
餐馆
仍会选择无人的桌子

冬天多雨，阴冷
比起开口说话，冒着热气的面条
更让人心窝一暖。

我们都太孤独了
但刚走出门，就闻到蜡梅香
像无偿获得一种，很深的情谊。

苏　菲

这边有很多苹果树。
有一棵叫苏菲

诗探索 7　作品卷　2017 年　第 3 辑

它的花浅粉色，像刚被写好的
小故事。
它的叶子和别的
一样，每一片都信上帝。
但苏菲
仍是一棵奇怪的苹果树
没有恋爱过
也按时结满了果子。

致——

等紫荆开完花了
你再去看。
这时的叶子全长出来了
这时才是我
真正想要给你的。给你什么呢
每一片都是好看的心形
而我认识你以前
从没有留意。

清　明

至少有一次。是赶上四月
最好的天气
我们穿着单衣，走很远的路
路边有黄色的
紫色的野花。
至少有一次，手里的弯刀
靠近灌木时停下
它的枝条笔直，叶子上有只蚂蚁
或瓢虫。
至少有一次，插进坟头的

灌木枝倾斜，挂好的彩纸又被风
吹走
至少有一次，我们的亲人真的
拾走纸钱，并给予了什么。

在小桥村

当我们坐下来，田埂上的芦苇
向里挪了挪位置
田间没有水，几只鸭子在里面走动
像草返青的声音。
我们长久地坐在那儿，没有说话
有时感觉鸭子消失了
我们只隔着，一只麻雀大小的寂静
有时又感觉天色暗了下来
我们越来越小，像两只蚂蚁掉在
同一个牛蹄窝里，不知所措。

满天星

你可知昨日星辰，都落在这里？
你可知，这洁白的悲伤

你赤脚走在前面。我手捧着野花
这短暂的爱情，朴素的爱情，被怜悯了吗

你可知这静默，这细碎？
你可知，这星辰仍是需要掩藏的泪水。

百 合

暮色中，能看清的
不止有梨树，坟墓
还有一支开得正好的野百合。
小时候去放牛，也是这样的夏天
我看到了它
我去牵它手，把它领回家
我总觉得
这花儿在赤着脚走路

多美啊，但那时我仍不懂怜悯和
爱，而今悲伤地走在
这僻静的山路，我只侧身让开了它。

我从未这样爱过一个人

在葡萄园里，踩着他的脚印
雨后的泥土，这样柔软
像突然爱上一个人时，自己从内部深陷

可我从未这样爱过一个人。

从未在天刚亮时，就体会到天黑的
透彻和深情。
这深情，必是在远方闪耀而仍被辜负的群星。

我真从未这样爱过一个人。

在葡萄园里，我知晓每一片空荡的绿意
却不知晓脚印覆盖脚印时
这宽阔而没有由来的痛楚。

消失记

雨后，蔷薇变得明亮
我是唯一
带着阴影走路的人。而花瓣上
静谧的水珠，刚好像
我与这个世界新建立的
一种朦胧的关系——
我总是小心地想到你
像想到因消逝而变得朴素的
雨声。
当风再吹得大点儿，我和蔷薇同样有
可以被谅解的心碎。

寂　静

傍晚，我们沿着
屋后的马路
一直走
一直走
路旁有坟墓，菜地
挂满干果子的树。
太阳一直没有落下
有时我们的影子，碰着影子
差点发出声音。

孤 独

我确实听到
这条路走动的内心。有时在
石头上停下，噢
阳光滚烫。
有时它牵着一株小小的
二月兰，跨过小水沟，就走到
另一条路上去了
噢，一条路走到
另一条路上去了。

消 逝

枯草，针状种子，卷曲的落叶
这些我一碰就碎的行人
是我感激的。
早春开满白花，细碎的白花，每一朵
都给以我辽阔黑暗的——
是我感激的。在异乡的
石头上，孤独的小女孩
一边玩我的长头发，一边欢喜地
说天还没有黑
天还没有黑，远方的江水低于我们
鱼群听见我们
这朴拙的消逝，是我感激的。

冷 冽

我们一整天
待在屋子里
有时，猫躺在我们中间

有时，是一种雨声。

（雨落在叶子上

落在遮阳板

落在走神时，神的肩胛骨……）

早晨吃面条

加了鸡蛋和白菜叶

还好

中午腊肉切得很厚

还好。

晚上洗茼蒿时

水管堵住了

我们没有说话

电视机一直开着——

有时，猫躺在我们中间

有时，是一种雨声。

给窗户

这一天早上下小雨。很冷

想到你时

我竟有一些悲伤

在邮局。我排队

用了半个小时。五十块的

稿费

可以吃两天饭

可以和银杏叶坐公交，从金黄

到落下。

但路过邮筒时，我突然想

给你写信

如果好天气可以

买到，我也会

顺带寄给你。哪天收到都行

但最好

能赶上你生日。

作者简介

　　缪立士,男,1970年代初生于浙江温州,中学教师,浙江省作协会员。诗文见于《诗刊》《天涯》《诗探索》《诗歌月刊》《延河》《星星》等,入选《中国新诗年鉴》《中国年度诗歌》等。著有诗集《年轻的梦》。

请允许我走得慢一点（组诗）

缪立士

在万物中

我的梦碎了，如被风吹落的
水晶杯。弯弯的苍穹传来
一个声音：这世上谁都不能长存

多少人在依依告别
多少人觉得自己会不朽

暴热的夏天即将过去，银杏树的叶子
开始变黄。一颗颗雨珠
从枝叶上滑下来，嗞嗞地钻进大地

鸟鸣断断续续
我不悲不喜，在万物中

入夏之后

入夏之后，门前的溪水渐渐枯涸也更加清冽。
机动船不能自由行驶，少掉了许多喧噪。

新诗四家 ≡ 汉诗新作

村妇们蹲在溪边捶洗着汗臭的衣衫，
捶洗着日复一日的辛劳。
小孩子光着屁股在水中玩耍。

对岸的瓜果有的已经成熟，风不时地送来芳香。
我想去采摘，但毒辣的阳光让我畏惧。
母亲递给我一只大斗笠，骄阳便远远地离开。
赤足踏在灼热的鹅卵石上，生疼生疼的。
这就是坡北村人的日子：在炎热的烧烤中领受神恩。

暮春，在飞云江边
　　——给阿桂

飞云江流到我们面前时，
已无奔腾之势，也不再泥沙俱下。
暮春的风从宽阔的江面上走来，
江声在低低地倾诉着暮色。

你喝的是白开水，我喝的也只能是
低度的啤酒，但在我们的杯中
波动着的依然是二十多年前的记忆。
那时，有多少青葱就有多少向往。

人生至此，你的额上有了皱纹，
我也有了白发。可喜的是
你的路越走越宽阔，如面前的江水
在经过湍急之后，已变得舒缓、从容。

而我依然沉溺于年少的梦想，
走着一条与大多数人相背离的路
步步维艰。呵，我们不谈这些。
飞云江两岸的灯火多么绚丽辉煌。

一只老鹰

我看见 一只老鹰
高踞
突兀的岩石
敛翅
凝望着远天
清晨的阳光在眸子中燃烧

它为什么不飞
收拢的翅翼中
是否挟藏着风暴 闪电和雷霆
它为什么不飞
一次次出没高空
是否感到孤独和疲倦

也许它在等待着什么
我相信 在某个时刻
它会长唳一声
展开梦幻般的巨翅 哗然飞起
翔舞长天

然而
它只用弯曲的爪子紧紧地
攫住岩石
静静地望着天空

选 择

超市里，人群如织
大包小包的物品从货架上取下、买走

一个中年妇女仿佛无视琳琅的商品

新诗四家 ≧ 汉诗新作

只钟情于一块肥皂
拿起、放下，又拿起

买，还是不买
她得仔细计算。生活
对她就像一道难解的题

她迟疑着，一分钟
又一分钟。我不知道

在她大半的人生中
已经历过多少这样艰难的选择

春风吹

桃花开出一朵又一朵
朵朵都是春天邀我的请帖

蝴蝶飞来一只又一只
只只都是春风捎来的爱恋

少女们纷纷扭动柔软的腰肢
我为什么不到自然中去
恋爱 醉酒或欢歌

春风吹 春风吹
我是不是愚蠢又无趣
日日在小楼上编织着诗

戏拟高老庄之夜

天冷了，劲厉的北风
呼呼直叫。高老庄的夜

诗探索7 作品卷 2017年 第3辑

灯火沸腾，熙熙攘攘的世间
在醉生梦死

月中仙子，我想你了
想与你在云雾缭绕的天庭翩翩起舞
可如今，我沦为凡间的怪物
只能在夜夜仰望中试着把你忘记

真冷呵，月中仙子
劲厉的北风呼呼直叫
我怎样才能获救
高家小姐深夜归来后
在隔壁睡得真沉

月中仙子，如果是你在身边
多好。让我在痛苦的尘世学习着爱

空椅子

椅子终于空下来
没有坐过的人
都想爬上去
坐一坐
但他们犹疑着
不时地偷偷望一眼
仿佛那椅子上
还坐着曾经的王

今日愁

不需要酒和美女
有半卷诗书，我就可以

暂时把糟心的日子扔下
不必像李白那样狂歌痛饮
说什么人生百年 不过三万六千日
每日要喝三百杯
说什么古来圣贤都是寂寞无闻
只有尽情喝酒才能留下美名
我的神啊 我只是小人
没有那么大的海量
也不知道什么叫万古愁
如果小小的胸中有什么愁
那只是因为今天雾重霾深 不能自由呼吸
不能见到七色的阳光

登 山

登不上去的地方太多了！

道路闪现、耸立、消失
仿佛空中垂下的绳子，努力地
拽着我，不致坠落、纷散

站在山腰，
我心虚气喘的感叹
被风一次次吹冷、飘走。

登不上去的地方太多了！

登山。我本想登上山顶，
然后手抚白云
登上青天。

现在，我不敢这样奢望了。
歪歪扭扭的山路
我只想端端正正地走回去。

乡村生活

那屋前的竹林 屋后的青山
一锅热腾腾的红薯饭
一碗飘着油星的咸菜汤

一盏油灯
刚好照亮翻开的课本

父亲默默放下磨光的农具
月光是不请自来的客人

而到了清晨 鸟儿们在窗前的树枝上
声声唤我起来

我至今感激 这早年的乡村生活
肯定是神赐予的

自然法则

清晨 我漫步到江边
阳光晒暖两岸的芦苇
江水欢快地奔流

傍晚 我靠在一棵桂花树下
满树的萤火
在暮色中簌簌飘落

有一天 当你说出"青春"
说出"爱"
奔跑的土粒轰然坠入江流

人间多么凄美，首先是爱

然后是花开。你低着头抓住什么
什么就变作灰烬

天暗下时

牧羊的
请不要狠狠地抽打鞭子
天暗下时
牛羊自会走下山坡

赶路的
请放下你的来和去
天暗下时
再美的云霞也会暗淡 消失

汲水的
请把水给我洗一洗
天暗下时
我要去朝觐女神

蓦然望见一株狗尾草

那只是一株狗尾草
在秋日的斜阳中招摇
当我满身尘土，在异乡的途中蓦然望见
童年的风便呼呼地跑过来
青山、村庄、一块块庄稼地
在旋转

时光旋转，多少人和事
我已淡忘，落入黑暗的深渊
当我在漫漫的旅途中驻足、回首

诗探索 7　作品卷　2017年　第 3 辑

一株狗尾草却让我清晰地记起以往
在故乡的山坡下，默默劳作的父母
昂首鸣叫的牛羊

请允许我走得慢一点

 一日千里
直上九天，这样的壮举
我已不再渴望
我只想悠然地走着
把沿途的风光尽收眼底

车马总是那么匆忙
年轻的朋友总是高歌着前进
花儿不能静静地开
果子不能慢慢成熟，变得甘甜

请允许我走得慢一点
再慢一点
我不想和谁争
也不想和谁比

我只想好好地爱一爱
身边的亲人和事物
请允许我走得慢一点
再慢一点
一切都是那么迅速
转眼便沉入江底

正月初五早上

推开窗户
雨停了！多日的冷雨停了

多日的烦忧消散了
天空晴朗，漂浮着朵朵洁白的云絮
几只麻雀在对面的屋瓦上跳跃 鸣叫
这些快乐的精灵，只要天一晴
就尽情地放开欢快的歌喉
门前的小巷又热闹起来
行人们来来往往，小孩们穿着崭新的衣服
蹦蹦跳跳地欢呼着
多么美好！久违的春天正在姗姗来临
我不想独自待在楼上读书或写苦闷的诗
我要爬上青山，向榆树 柳杉 泡桐和银杏
以及灌木们问好。向各种小昆虫们问好
它们是否已推开被严寒封住的家门
向在树林间做窝的飞鸟们问好
不知道它们在这个冬天是怎样过来的
然后，站在这大地的最高处
迎着风，沐着阳光
呼啸或放歌

作者简介

　　王新军，汉族，1993 年出生于藏乡天祝。作品散见于《飞天》《散文诗·校园文学》《西凉文学》等近百家报刊、媒体。入过选本，编过文集，获过奖，武威市作协会员。现居甘肃天祝。

夜空中最亮的星（组诗）

王新军

夜空中最亮的星

　　无数盏灯火在夜空摇曳
　　像大地上一座又一座思念的坟
　　他们说，人死后都会变成天上的一颗星
　　那么，其中最亮的一颗
　　一定是外婆

父亲的疼

　　那天，父亲回来了
　　这些年，他在煤矿上班，很少请假回来
　　他坐在椅子上，一直沉默不语
　　我看见他端起茶杯，把生活的疼都咽到肚子里
　　他的手指在上班时被掉下来的煤炭砸烂了
　　但他进屋后，自始至终都没有说一句疼
　　我想，父亲的肚子里满是被他咽下的疼痛
　　而更令他疼痛的是，对于他的疼
　　我竟然连一句关心的话也没有说
　　一句也没有

夜　读

黑夜亮着一盏灯，所有的文字都在闪闪发光
一片云正在夜读

母亲走进出租屋的时候
把夜关在了门外
听到关门声，正在夜读的我
抬头望了一眼她
她的脸颊上，一面刻着生活
一面刻着时间
脊背被密密麻麻的柴米油盐压弯
肩膀上，一面蹲着沉重
一面蹲着负担

"你吃了吗？"
这是她进屋后的第一句话
当她问这句话的时候
我正好读到了"疼"这个字

滋　味

很久没给弟弟打电话了
他也很久没给我打了
心里怪想念的
翻出他的号码
拨过去，通了
电话那头传来他熟悉的声音
"你是谁啊？"
我的心里顿时忑不是滋味

诗探索7　作品卷　2017年　第3辑

立 夏

清明要晴，立夏要下
外公说
这预示着一年风调雨顺
五谷丰登

昨日立夏，并没有一滴雨落到人间
阳光在不断地膨胀
从早晨到中午，再到黄昏
更多的炎热在集结
种在地里的庄稼，刚刚破土而出
还没有来得及把脑袋伸向远方
乌鸦代替了布谷
站在山坡上哭丧似的乱叫
外婆的坟头干的
像外公的脸

我的思念是一滴藏在湖中的雨

悲怆记

午后的天空，有些莫名的忧伤
情到浓处，竟会落下些雨来

弟弟已经装好所有的行囊，准备
启程，他刚回来一星期，又要
走了，这一去可能又是大半年不回来
大风把所有的情绪装进雨珠
我们要在内心的暴雨来临之前
赶到车站，提着沉重的行李出门
摆在他面前的是比路更长的
乡愁，摆在我面前的是比乡愁更浓的

悲怆，在高速路口
车子的马达一启动，内心的潮汐就决了堤
有大雨从心里落到了天空，再落到地上

我站在雨中看着车影渐渐消失在一滴
雨珠里，脑海里突然冒出一句
"打仗亲兄弟
上阵父子兵"
心里不由得酸酸的

外婆的菜园子

莲花菜，白菜，萝卜，蒜苗
这些流淌在我血液里的事物
已和时光一同隐化成
我头顶一片又一片的云
在深入骨髓的天空肆意生长

现在，这些在外婆的菜园子里疯长的野草
这些和疯长在外婆坟头上的野草
一模一样的野草
这些疯长在思念的土壤上的野草
是写给外婆的祭文吗
我不敢去想风雨中的菊花

诗探索 7　作品卷　2017年　第3辑

作者简介

云亮，本名李云亮。山东章丘人，现居济南。在多家报刊发表诗歌、小说等文学作品。著有诗集《云亮诗选》《深呼吸》和"锦屏"系列长篇小说《媳妇》《少年书》《韶华记》《情事录》《煮豆歌》《特殊统计》等。中国作家协会会员。

虚构爱情（组诗）

云　亮

建　议

我和你，是两个人
变成一个人
最好的办法是谈恋爱
谈恋爱也是两个人
可心里比一个人还亲
还近
下雨了
我和你走进同一把伞
伞有点小
盛不下两个人
我要让它盛下你
雨停了
看见我湿漉漉的脊背
你忍不住拥过来
一旁的人悄声说
看，好得像一个人
你握紧我的手，纠正说
不是像，就是一个人！

你的话我信
我早就把你当成了我的心

约 会

如果下起雨来
我就在雨里等
雨下得越大越好
露出身体的轮廓
最好刮起风
闪电闪着光大喊我的名字
我就是不走开
我的嘴唇开始发青
这样我就能把一句话
表达得淋漓尽致
我是一个寡言少语的人
在学校同学们都唤我小老头
现在我却要大张旗鼓地做一件事
我们说好的，今晚
学校南边的小树林里见

小树林大森林

那晚，我和你
在学校南边的小树林里谈恋爱
小树林很小
小得只能盛下我和你两个人
这边有人说话
我们往那边躲
那边有人说话
我们再往这边躲
每一次躲避

诗探索 7　作品卷　2017年　第 3 辑

我和你都从小树林里掉出来
你不高兴小树林了
说咱们出去吧
我说出去就出去
我和你在外面走
走啊走啊，走进一片大森林
至今还没有走出来

数星星

我挽起你的手
你说走吧
其实我们都不知道往哪里去
我挽着你的手
不知往哪里去地往前走
你跌倒了
我伸手拉一把
我跌倒了
你便坐在地上等
你说，我们数星星吧
数就数
我们开始数星星
数着数着就睡着了
一觉醒来
你说其实天上的星星最好数了
我抬起头
天上只有一颗大太阳

幸　福

我说真想在你的额上
写下我的名字
叫人远远一打眼

就知道你是我的
你忍不住地笑
笑着骂我小气鬼
我说爱务公开嘛
我要叫每一个对你动心思的人明白
抵达你，必须跨过我这道门槛
你还是笑
问我是不是要和人打架
我摇摇头
打架算什么本事
我只想跟他们比比
看谁爱得最优秀
你止住笑
从抽屉里拿出一把水果刀
说写吧写得醒目些
要天下的人都知道
俺真真正正是你的
水果刀亮亮的
跟你的眼睛一样好看
那一刻
我恨不得夺过刀子
一下子把自己捅死

等待下雪

我们商量好
今年的第一场雪落地之前
要把院子好好扫一遍
如果时间来得及
就再扫一遍
雪说说笑笑从天上下来了
雪是你最好的姐妹
也是我最好的兄弟

好多个白天和黑夜
雪挤在院子里
白生生地说我们的私事
说就说吧
我们别作声
只是笑眯眯地听
你担心雪从天上落下来
我们正处在赶回院子的途中
我说那就让我们后悔吧
若是下雪的途中不期而遇
又将是另一回事
就把大地当作我们的院子吧
大地那么大
扫也扫不完
我们不约而同停下来
雪盛开着
一朵一朵往我们身上落

分 手

我俩终于分手了
终于，其实也很简单
那晚有些冷
我穿了大衣
你没穿
我觉得不太合适
脱下来放到一边
你朝大衣看了看
我就想拿起来给你穿上
可我没有动
我想最好你自己拿起来
你也没动
我俩站在大衣边说话

说的都是单位的事
以前我俩最讨厌单位的事
后来你抬手看看表
说就这样吧
下辈子我要找的第一个人就是你
你可要等我啊
我说我现在就开始等
你的男友从一边走过来
挽起你就走
再后来
听你的男友说
是你跟他说好的
十一点半
说啥也要把你从我身边拉走

我有你的两张照片

我有你的两张照片
我有两个你
两个你是你的两个动作
你的两个动作
一步步接近我
我有你的两张照片
一张是彩色的
一张是黑白的
彩色的是彩色中的你
黑白的是黑白中的你
我不知道你是由黑白走进彩色
还是由彩色走进了黑白
我有你的两张照片
准确点说
我有你的两个姿势
再准确点说

我有你的两个姿势的影子
更准确点说
我和你活在相距遥远的两个
家里
我有你的两张照片
两张，不是太多了
而是少得可怜
如果有你
我就会有一辈子也数不过来
数不过来的照片

山东高密诗人小辑

邵纯生　小吵　阿龙　张宏伟
徐晓　陈圣　苏生　鲁月

摊　牌（外一首）

邵纯生

秋风掀起薄云，天凉后叶子无可选择
先是目送弹离树梢的灰鸟
怀拥坏心情，拐上逃亡小道
继而眼瞅着落日把自己烘干

我亦被秋风围困，帮不了别人
叶子一片一片着地，很快掩埋了脚踝

至此，我知道有些真迹将永不再现
时光只说出了它们的来历
但不会告诉你归宿

假如我能够猜中这些逝者的命运
我就可以做尘世的主宰

而我竟然如此愚钝，接下来
在这些寒凉的日子
我该效仿落叶就地自毙
还是学习灰鸟择路逃遁？
夕阳只剩下一抹虚光，不容我犹疑

有什么大不了的，索性摊牌吧秋天——
若放我一马，我会记住你的恩德
并替生灵万物感谢上苍仁慈
否则我将揪住你灰白的头发不松手
一同摔倒在雪地里

月光碎

邵纯生

醉酒归来，踩着松软的空气
街上路灯昏暗，过客不多
碎了一地的月光无人捡拾

凉意如水，流入我肥大的领口和袖口
这些上天娇宠的孩子，先是
掏我腋窝，继而抚弄胸毛
酒精泡软了我的膝盖骨

诗探索7　作品卷　2017年　第3辑

我不敢躲闪和逃离，否则
日渐加重的白霜就会淹没我的真身

谁能借给我一把扫帚
让我收起这满地的碎银
用来换一壶酒，和几张信手涂鸦的草纸

我不知道将要带走的是钱币还是垃圾
这么做是不是有点犯贱和自私

在我借酒瞎想的时候，人们陆续入睡
窗灯和街灯一盏接一盏熄灭
只剩下天上为我点燃的月亮
还在冒着迷茫的烟火

一杯烟雨（外一首）

小　吵

一回回来过，那张酒桌
举杯独酌，竹帘掀起
雨湿，短墙上的茉莉花
香气下沉，怎么也放不走
关节酸胀，发出破碎的声音
一张报纸，对折成翅
不知是谁，在驱赶燃烧的字体
天空敞开，却又自我漫漶
要不然，我会装进口袋
有人拍响窗户，目光迟疑
一层窗纸，内心不抵喧嚣的外表
酒杯里，我把头埋得更低
会有一个人，款款而至
姣好的面容，点燃数亿支红烛

烛花凝结，光阴开裂
隔壁的乐队，像一挂肠胃
搭来搭去，搭错了方向
浑身疼，窗户恢复如初
如同返回，深梦里的泥泞
那不是我的女友，不停地分辨
雨点汇集檐下，但墙壁学会了涂鸦
色彩汹涌，无论错过了多少机遇
飞鸟弃置已久，她的背影
我一再确认，并央求鸟儿
衔来与从容坐下，对面渐渐清晰
原野蓦地展现，似是命运
肚中忏悔的，顿失滔滔
房顶扑压下来，喘息犹在
吧台后面，笔直的服务生
送走数不清的液体，有一座海
被烟雨覆盖，又腾起了泡沫
他的碰响，让我喊出了声
大声喊着，无人理会

你在哪儿

小　吵

是你吗，独自坐在暗处
一串串想法，这房子依然如故
熟睡的老墙，呈现含混不清的见证
大多疲倦，温和了许多
而倍加真切，瞬间的伤感
绽放心头，我仍未做好准备
好像难以走向底部，花蜘蛛守在拐角
断墙上的一朵雨蘑，轻轻摘下
沉默，使我错误地理解为接受

诗探索 7　作品卷　2017年　第 3 辑

春联已残，门闩躲在门后
柔弱的鞋子，度过一间间房
墙根的青苔，是那女人抖动的衣衫
锅碗瓢盆，木柴填满了灶洞
黝黑的孩子，翻动满口利齿
火光荡漾着脸蛋，慢慢化成灰烬
每一餐开始，立志撑起身体
天光何等宽慰，窗户通畅
白云朵朵，爬上了后山
眺望着，总是想到了北方
尽付身心，栀子花开
轻颤而又灵犀的香味，决意相随
不抵，悠长又寂寥的雨巷
落雨时，灵魂是从容的
是亲人娓娓道来，踏上几道台阶
窗里立着一根蜡烛，烛光跃起
昨夜以来，细数归来的脚步
不必要的苦痛，远比世界广大
仿若，念念不忘的童话
巷子里迷了路，你要打开锁
所有的门，四敞大亮
有个人儿，清澈的小水流
唱着歌儿，震响瓦片——
容我歇脚片刻，你在哪儿？

距离中瞥见开后窗的看护房

阿 龙

从河口转出
距离中，瞥见一间看护房
红砖红瓦垒就的陌生的整体
麦苗在它周围返青

那块空地，亦不可或缺
返青的并非青色，更接近绿
我发现远处刺槐喷射墨汁
勾勒我视线的边际
由此忽略了远处若隐若现一行白杨

整体有被打破之时
看护房的后窗，即便再小
却给我破损的误视
假如幼鸟在其中丰满了羽翼
听见虫在春风中破土
这一刻正好急于飞离
与遗弃已久的看护房忽然青烟袅袅好有一比

一切瞬间被改变了
有人发动抽水机
不可见之物软管内游动
麦地来了人，忙于追化肥
视觉中，他们好似在一步步远离
因我正退回河口
进入一条河流内部

我们挥舞告别的手，像鸟飞向天空

张宏伟

1

梦里，苹果树上的喜鹊
再次被吊上晾衣绳
我打开那个莽撞的环扣，放它们飞走

有时候人也是莽撞的鸟，不知道哪段时光安全

诗探索 7 作品卷 2017年 第 3 辑

那些看似愉悦的事情会不会是一个翘板
突然翻出暗藏的陷阱
让青春一下跌入暮年

在时光中，生命是无常鸟
飞在时光的无常中
得失之间，还有一张看不见的网

人与一只鸟的叫声隔着一层玻璃
彼此倒影，天空与深渊，出自同一个喻体
含糊其词的梦境，在玻璃表面
并不明示鸟与人谁是主，谁是客

2

雨落下春天就落下，一个人
走进春天慢慢懂了，成长
不是床单拧结的咒语，可在黎明逃脱

留下来的美，被反复怀念
像七月葡萄园内除草，鸟鸣清脆

爷爷不喜欢这些鸟雀的坏习惯
它们专挑熟透的葡萄啄，一个一口
伤口便会成为果蝇的居所

为了身后的黑夜，我赞美刺穿黑雾的光
赞美春天，风摇晃着薄荷，雨水摆动腰肢
我们挥舞告别的手，像鸟飞向天空

我忘记了

徐 晓

我忘记了一些重要的事情
像滴水穿石，不落痕迹
这是意料之中的，就像
现在是秋天，我忘记了
春天和夏天的阳光
曾怎样温柔或暴烈地覆盖我的额头
现在我二十四岁，我忘记了
那个十八岁的少女内心中
是否经历过潮汐般的涌动
我忘记了，我的童年，我的苦难
我曾有过的短暂的欢乐时光
一个背井离乡的孩子是什么时候
把城市叫作母亲
我什么都忘记了，我的身后
是一片苍茫的大地
空空的，大雪般的白
那些保留多年的伤痕和执念
如今也都不见了踪迹
除此之外，我还辜负了一些善意
一片片枯黄的叶子在我面前飘落
万物皆会自然平息下来——
这缓缓流淌着的日子
过不了多久我也会忘记

在智圣汤泉

陈 圣

在智圣汤泉，我是一枚舒展的叶子
我所背负的尘世不堪言说的诟病
和虚伪
被反复蒸煮，净身

午后的阳光滴落下来
打碎诸多不同出处的鸟鸣
有微笑从门口一直延伸到池底
闪烁

荡漾温泉中，我的身体是绿的
灵魂也是绿的
春天的绿从容，饱满而慵懒。像婴儿
躺在母亲怀里

"一切事物都包含着它自己的否定"
有时候，我们需要安静下来
做些自己喜欢的事。譬如现在
在智圣汤泉，我毫无保留地
把自己，还给自己

乡 音

苏 生

守口如现代主义的瓶颈
顽童独自构建失语的迷津
当村妇指责黄昏掐死落日

山东高密诗人小辑三 汉诗新作

蔷薇趁机拉拢墙角的虚空
天黑了，黑得极其普遍
普遍得像有毒塑料工业
游弋在反常的河流，船只荒芜
锁扣于事不关己的流言之喉
母亲早年嫁接于《诗经》的桃子
此处与嘴巴结下方言的梁子
老人垂首作揖，在垃圾桶里翻寻一线生机
麦穗因长舌而减产，诞下听天由命的日子
是时候下决心了，我把乡音喊成 WiFi
遵照手机屏幕内某个幼神的旨意
从一条街覆盖另一条街
扩张母语微弱的小时候

熄 灭

鲁 月

露珠在花上
花在叶的怀抱
叶被小虫噬了一个小小的洞

从小小的洞里向下看
是大地、更多的露珠、草叶及蝼蚁
透过小洞往上
即便小的蝼蚁和微尘
视野里也有寥廓天空

露珠栖在紫色的小花
我从每一颗的荧光里
看到不一样的自己
如离开自然
蝼蚁与草叶便沦为碌碌苍生
我亦将与所有的露珠一起熄灭

探索与发现

文本析读

刘洁岷《黎明的恐怖》细读

邱景华

2001 年 9 月 11 日上午，震惊世界的恐怖袭击事件发生了。

全世界所有的电视台，都在以最快的速度，不断转播 "9·11" 恐怖袭击的电视画面。这可能是播放次数最多、收视率最高的视频。当年，不同国度、不同肤色的亿万观众，都在极度的震惊和恐慌中，一次又一次地观看这些人类最悲惨的一个个梦魇般的画面。

面对这个世界性的历史大事件，诗人应该如何做出有力的回应？

对于诗人而言，这是一个极大的艺术挑战：面对这些无数观众已经刻骨铭心的画面，如何运用奇异的想象，创造出一个既源自 "9·11" 恐怖袭击的现实素材，又超越 "9·11" 事件的全新的艺术真实，给读者以震撼性的感悟和思考？

三十七岁的诗人刘洁岷，迅速做出回应，于 2001 年 10 月写出《黎明的恐怖》：

当黎明在恐怖中展现死亡
每个人都不知道去哪儿
每个人都不知道去哪儿

于是很多动物跑过飞过，很多人

从窗口跳出
他们立刻跳了出来

我们从未见过这种事情
我们从未见过这事情
这太可怕了，绝对可怕

当大地在剧烈的震动中
暗下来的时候，世界
还剩下一只瘟鸟一群烧烤的人

留下野兽的气息和足迹
到处都是烟雾，一切
都变黑了

当黎明在恐怖中展现死亡
狗像汽车在巨大的噪音中烧焦我们
下雪一样纷纷往下跳

从来没有见过这么可怕的事情
一只瘟鸟留下野兽的足迹
一匹马像一个人那样望着我们

　　"当黎明在恐怖中展现死亡"，开篇简明、大气，在平稳的叙述中蕴含着巨大的沉痛和不安，唤起读者面对突发历史大事件所引发的广泛联想。因为"黎明"的本意是"天亮了"，在新诗中，"黎明"已经建立起定向的联想机制，常常象征"光明"，如艾青著名的诗篇《黎明的通知》；还有隐喻理想世界的到来，如艾青的长诗《火把》的结尾："天快要亮了"。

　　实际上，现实中的"9·11"恐怖袭击的时间，是发生在上午，而不是黎明：第一架被劫持的飞机，撞向北塔的时间是8：46；第二架飞机撞向南塔是9：03。

　　在诗中，作者把恐怖袭击的时间提前到"黎明"，这是一种不同寻常的想象：它并不局限于"9·11"，而是对发生在世界上许多恐怖袭击的艺术概括，这样就产生出新义和多义。所谓"新义"，是为了强调人们在黎明中醒来，意想不到的灾难发生了。本来"噩梦醒来是早晨"，现在却变成：黎明醒来是灾难。这种有意打破新诗"黎明"的定向联想，是一种创造性的"诗变"，目的是为了突出人们在黎明醒来，怀着美好一天刚刚开始的愉快心情，在毫无防备的情况下，面对意想不到的恐怖袭击，不知所措的"震惊感"和"恐怖感"。（"黎明"的另一层隐喻，后面再分析。）作者采用重复句式，不断强化这种面对突然发生的灾难，毫无防备的震惊感、手足无措的恐惧感，渲染和营造强烈的恐怖氛围。

> 每个人都不知道去哪儿
> 每个人都不知道去哪儿

第二节，是呈现灾难典型画面的"现场感"："于是很多动物跑过飞过"。先写动物，因为对自然界的灾难，动物比人敏感，它们迅速做出自救的反应，快速逃离灾难现场。

当现实中被劫持的飞机撞向双塔，作者选取了全世界所熟知的电视转播中，最令人悲痛难忘的镜头：塔楼里的"很多人 / 从窗口跳出 / 他们立刻跳了出来"。先是写许多人从窗口跳出，后面又重复一句："他们立刻跳了出来"。"立刻"是强调灾难突然发生，人们在惊恐中逃命的本能反应，现场的画面感非常清晰。但作者并没有反复渲染，而是"他们"跳出来后，叙述人"我们"就出现了："我们从未见过这种事情 / 我们从未见过这事情"。又是重复的句式，从"这种"事情，到"这"事情，在递进的重复中，更精确地强调"现场感"。这种冷静而精确的叙述，展示了作者精微而敏锐的语感。这还不够，后面又是重复句式："这太可怕了，绝对可怕"，再次加大和强化旁观者的震惊和惊恐感。

前三节，通过不断重复的句式和惊恐无助的语调，把灾难现场的遇难者心理表现得非常强烈，从而形成弥漫全诗的恐怖氛围。虽然有想象参与，在"写实"的基础上进行想象，营造新的情境，这是第一部分。

> 当大地在剧烈的震动中
> 暗下来的时候，世界
> 还剩下一只瘟鸟一群烧烤的人

诗探索 7　作品卷　2017 年　第 3 辑

留下野兽的气息和足迹
到处都是烟雾，一切
都变黑了

　　第四节和第五节是第二部分，通过想象，把生活真实转换成艺术真
实。三架被恐怖分子劫持的飞机，撞击双塔和五角大楼，使大地剧烈地
震动，并且"暗"下来（既是写实，又是隐喻）。"世界 / 还剩下一只
瘟鸟一群烧烤的人"。这是高度的想象概括：恐怖袭击突然发生时，世
界好像只剩下袭击者和受害者。"烧烤"，这个当代流行的口语，在诗
的语境中，被赋予全新的意义。它引导读者联想："双塔"被飞机撞击
后所引发的冲天大火，塔楼里众多鲜活的生命，被"烧烤"而死的悲惨
情景。

　　那么，谁是袭击者？谁是恐怖袭击的黑手？隐喻的意象"瘟鸟"出
现了。这个核心意象的创造，是"近取譬"，而不是西方现代诗的"远
取譬"。

　　空中的飞鸟与天上的飞机，现代的人类已经建立起一种联想的机
制。诗歌中常有这样的联想和比喻，把飞机称为"巨大的铁鸟"。但被
恐怖分子劫持的飞机，完全不同于自由飞翔的鸟，却变成可怕的杀人武
器：撞毁城市的标志性建筑，造成巨大的人员伤亡。作者由此联想到中
国的"瘟神"：传说中能散播瘟疫的恶神，比喻作恶多端、面目可憎的
人或邪恶势力。恐怖分子，就是在全世界传播恐怖的"瘟神"。但如果
在诗中直接用"瘟神"来比喻，还缺少意象感和精确感。好在中国还有
常见的传播鸡瘟病的"瘟鸡"说法，启发刘洁岷创造了"瘟鸟"这个独
特的复合意象。"瘟鸟"，既让读者很自然地联想到恐怖分子所劫持的
飞机——把飞机变成大规模的杀人武器；又隐喻，把恐怖袭击当作"瘟
疫"在全世界传播的邪恶势力。（如今还有"禽流感"，是由病毒引起
的动物传染病，通常只感染鸟类，但近年来也已传染给人类，也可视为
一种"瘟疫"。换言之，"瘟鸟"也是有现实依据的。）

　　"瘟鸟"这个独一无二的大意象，具有鲜明的中国文化元素。

　　这只像"瘟神"一样，在全世界传播恐怖威胁的"瘟鸟"，已不是
一般的鸟；而是"留下野兽的气息和足迹"。兽，原是哺乳动物的总称。
但这首诗，把"动物"与"野兽"严格区分开。诗中的动物狗和马，是

经过人工驯化的动物，是人类的朋友；尤其在美国，狗是美国人最好的动物朋友；马在美国农场中也是常见的，是人的重要帮手。但"瘟鸟"是"野兽"。"野兽"一词，在汉语的比喻中带有强烈的贬义，如禽兽、衣冠禽兽、兽行、人面兽心。"留下野兽的气息和足迹"，含蓄地表达出作者对恐怖分子的强烈憎恨。因为他们的野兽罪行，导致"到处都是烟雾，一切 / 都变黑了"。从前面的"暗"下来，到后来一切都变"黑"了，从视觉上，非常清晰地呈现出被撞击的大楼倒下，升腾起遮蔽一切的黑色烟雾。既有"现场感"，又是隐喻暗示。

"瘟鸟"——野兽——黑暗，通过层层递进的隐喻，暗示出作者对"9·11"和一切恐怖袭击事件的态度，以及对恐怖分子的强烈憎恨。

在结构上，第六节和第七节，是继续用想象，创造艺术情境的第三部分。

当黎明在恐怖中展现死亡
狗像汽车在巨大的噪音中烧焦我们
下雪一样纷纷往下跳

第六节的首行，是重复开篇第一句，这在结构上，既有呼应和总结的意味，又是开启新的层次：先是回到前面灾难的"写实"现场："狗像汽车在巨大的噪音中烧焦"。"巨大的噪音"，是暗示双塔倒下发出巨响的联想，因为这是恐怖袭击所导致的不正常的倒塌，所以用"噪音"来暗示，在诗的语境中，能产生新义。这充分表现了作者把现实语言转换成诗歌语言的艺术才华。狗像汽车一样，在双塔倒塌的大火中被烧焦。"烧焦"与前面的"烧烤"相呼应，并且更具体地表现被大火吞噬的残酷和可怕。在现实中，应该有狗被烧焦。但在诗中不仅仅是写实，而且还暗示动物与"野兽"的区别：动物也被"野兽"所燃起的大火所吞噬、烧焦。作者在语境的创造中，表现出的功力是非凡的。这些精微的想象，需要读者深入地联想和细细感悟。

作者在创作谈中说，"狗像汽车在巨大的噪音中烧焦我们"，按照当时的情境，应该是汽车像狗一样被烧焦，但为了更突出现场感，有意将其倒置；因为对于现场极度惊恐的人而言，当时天地一片昏暗，一切都乱了，狗还是汽车都无法清楚分辨。作者希望借此打破前面理智、明晰的叙述，传达出现场的混乱感。其二，"我们"放在这一行的最后，这样的"跨行"处理，是作者有意为之。使得"烧焦"与"我们"强行黏结在一起，这种强行黏结的好处是：虽然"事实"上并没有"烧焦我们"，但在字面上却产生了"烧焦我们"的暗示，滋生了别样的意味和多义。同时，"跨行"的特殊效果，就是改变了前面一句是一句的节奏。或者说改变了前面的语感[1]。

从内容上看，"……我们/下雪一样纷纷往下跳"，是在跨行之后产生的停顿，描述悲剧的最高峰。作者在创作谈中说，在"下雪"和"冰雹"这两个词之间我当时犹豫了一下，"冰雹"显得沉重而快速，是不错的，"下雪"更具有画面感，更重要的是，"下雪"的镜头感直接使得悲剧现场进入了全景式的长焦（镜头感的不断调整也是我在写作中比较重视的），而且那些坠落的生命突然有失重、轻盈之感（仿佛慢的黑白镜头），这样的超现实感是非常好的（越是大的悲剧越需要这样，我想起我以前写的《灾难课》），所以"我选择了'下雪'，当然，'雪'与诗前面的'都变黑了'的反衬，我当时也意识到了。"[2]

"很多人/从窗口跳出"，是写实意象；而"我们/下雪一样纷纷往下跳"，却是幻觉意象。按照作者的构思："白雪"隐喻的幻境，是为了区别前面"一切都变黑了"的实境，构成鲜明的反衬。从"他们"转换为"我们"，这是一个巨大的想象飞跃。"我们"，泛指人类热爱和平、善良的人们。"我们"对"9·11"的遇难者，不仅仅是同情，而是身临其境，"感同身受"：在幻觉中，"我们"已从旁观者和同情者，变成同样的受害者。于是"我们/下雪一样纷纷往下跳"，这是神来之笔，不仅是作者，而且让读者也参与进去。"下雪一样"，比喻人数之多，无法计算。这个新奇的想象，是暗示和提醒全世界的读者：恐怖袭击的目标，是不分国度和种族的；恐怖分子是以人类为敌的。所以，"9·11"的恐怖袭击事件，虽然发生在美国，但全世界热爱和平的善良人们，都应该感到自己也是受害者，应该团结起来，与恐怖分子做斗争。当然，这一深层的含义，是通过自然而深刻的隐喻暗示出来，表达了作者的人类视野和博大情怀。

---

① 2017 年 7 月，刘洁岷发给笔者的电子邮件。

② 同上。

从来没有见过这么可怕的事情

一只瘟鸟留下野兽的足迹

一匹马像一个人那样望着我们

最后一节，"从来没有见过这么可怕的事情"，又是呼应和开启。"一只瘟鸟留下野兽的足迹"，再次明确：瘟鸟是野兽，恐怖分子是野兽。暗示作者对恐怖分子的强烈憎恨，虽然他有高超的控制力，把强烈的憎恨隐藏在客观化的平静陈述中。同时又是为了引出后面动物与"野兽"的再次对比："一匹马像一个人那样望着我们"。这又是了不起的想象飞跃，作者创造一个想象中的客观化的画面，动物自然不理解为什么人类会发生如此惨烈的恐怖袭击。所以有"一匹马"，像一个人一样望着"我们"，睁大眼睛在无声地询问：这是为什么？这是为什么？

在诗的最后，作者借助"一匹马"的客观画面，产生间离的艺术效果，把读者从震惊的现场感中引出来，进入对"9·11"和世界上所有的恐怖袭击事件的冷静思考。诗虽然结束了，但读者的思考才刚刚开始……

发生在美国的"9·11"恐怖袭击，经过作者的想象和升华，转换成诗中的三层情境：第一层，是发生在现实中的悲惨画面：从高楼的窗子中跳下的受难者、被烧焦的汽车、弥漫一切的黑色烟雾；第二层，是"一只瘟鸟"，它是野兽，是恐怖分子的隐喻；第三层，是想象中的动物情境，被惊吓逃走的动物、被烧焦的狗和像人一样疑问的"一匹马"。这三个层面的情境，融合成"黎明的恐怖"的超现实艺术情境，把现实中发生的恐怖袭击事件，转换成多义性的隐喻暗示，成为一首饱满而深刻的现代诗。

在这首诗中，"9·11"的恐怖袭击，已经淡化为背景和细节，呈现出来的是内涵丰富的客观化画面。作者强烈的爱憎情感，是通过第二层和第三层的场景暗示出来的。这三个层面，从"人"到野兽、"瘟鸟"，再到"动物"，这样的想象，真是奇妙精深。如果缺少"动物"的场面，直接从"人"到"瘟鸟"，就显得突兀，缺少层层的深入；而且缺少"动物"与"野兽"对比的歧义性，作者对比野兽还残忍的恐怖分子的憎恨情感，很难暗示出来。如果缺少"瘟鸟"的核心意象，这首诗很可能就写不出来。因为无法完成从现实素材，到诗的结构的艺术转换。

所以说，"黎明的恐怖"，是精心构思的"客观对应物"，是超现实的隐喻。明乎此，才能理解作者为什么不用副标题注明：这首诗是写"9·11"恐怖袭击。虽然这样做，相信会得到更多读者的关注。我猜想：这是作者的自信，他相信诗的艺术力量。也表明作者的艺术追求和目标，并不仅仅局限于表现"9·11"，而是认为：现代诗既要对历史大事件积极回应；又要超越现实，达到隐喻暗示的歧义性和丰富性，才能给读者更大的联想空间和多义的内涵，才能超越历史事件，成为传之久远的诗歌艺术。

　　至此，我们再回头细品这首诗的题目"黎明的恐怖"，会有更深一层的联想和领悟。"9·11"的恐怖袭击，发生在 2001 年，正是人类进入二十一世纪的第二年，也可以看作二十一世纪的"黎明"。当全世界热爱和平的善良人们，刚刚庆祝新世纪的诞生，还沉浸在新世纪的美好憧憬中，却发生了意想不到、震惊世界的恐怖大袭击。"黎明的恐怖"，比白天的恐怖更可怕，也更令人不知所措，因为它粉碎了善良人们的美好理想，呈现出人类社会隐藏很深的可怕真相。"黎明的恐怖"，也可以看作作者对读者的一种严肃的提醒：世界并不美好，地球并不是乐园，"黎明"不仅仅是"天亮了"，是美好的开始，也会出现可怕的"恐怖"。所以，"黎明的恐怖"作为一种创造性的大意象，具有大的内涵和艺术力量。

　　面对"9·11"恐怖袭击，滥杀众多无辜生命的世纪暴行，全世界的亿万观众都在愤怒地声讨，刘洁岷也是如此。但《黎明的恐怖》又不仅仅是这种愤怒情感的喷射。作为诗人，他认为："诗歌是对语言世界的发明或重新发现，既不是在模仿实在之物，也不是为了表达梦幻遐想，而是一种旨在揭示内心生活和语言内在奥秘的艺术。""诗歌技艺技法千千万，但都可归结到对词语的细微感觉上和思维的丰富性上——历史感与生命意识都黏附于其中。"所以，《黎明的恐怖》最大的艺术特点，就是客观化的场景和平静的叙述，情感和内涵都潜藏其中，靠暗示来完成，并构成冷峻、凝聚、内涵饱满而多义的艺术特色。

　　中国当代诗歌"走向世界"，其目的不是参加各种"国际诗歌节"，在各种世界"名人录"中"露脸"；而是用诗反映某个历史阶段人类最关心的世界问题，"使得中国新诗在艺术表达和内容"上，能和"世界诗歌前沿所关注的问题接轨"①。著名诗人郑敏说："今天中国优秀的诗人，也都应该注视当今世界正在发生的事，让我们像以往的诗人一样，用我们的新诗向人类发出善良的呼声吧！"②

《黎明的恐怖》就是这种具有世界视野，"向人类发出善良的呼声"的佳作。十六年过去了，它并没有消失在当代诗歌的汪洋大海之中，而是越来越显现出独特的审美价值和深远的意义。

暖风唤醒了一只柔情的手
——读林莽先生组诗《岩石、大海、阳光和你》

山 居

深秋的江南，依然有唤醒睡莲的暖风。在苏州的清代名园留园，当我徘徊于亭台楼榭，欣赏精美华丽的厅堂，安静闲适的书斋、芭蕉掩映的庭院、清幽小巧的天井，高高下下的凉台燠馆、迤逦相属的风亭月榭，总觉得似有一只无形的手，在描绘一幅幅秀丽的画卷，组诗《岩石、大海、阳光和你》③中的诗句："暖风唤醒了一只柔情的手"，正合此情此景。

一直以为组诗就是一组诗歌作品，随意把几首诗放在一起，再起个好听的题目即可，读林莽先生的这组诗，虽感觉很好，却总不能深入。而此刻，古木参天，丛竹摇曳，红鲤戏风荷，飞雀绕桐荫，若每一处景致都是一首诗，假如没有园林设计者恰到好处的组合、安排，很难成就留园的引人入胜。看来，园林与组诗是有共同点的，它们都是与"组合"有关的艺术，那么，以苏州园林百年来被公认的布局成法，反观林先生的这篇组诗，会看到什么呢？

提及园林艺术，很难不涉及建筑与绘画，叶圣陶先生在《苏州园

---

① 《郑敏文集》（文论卷·下），北京师范大学出版社2012年版，第903页。

② 同上。

③ 《岩石、大海、阳光和你》《林莽诗选》，作者林莽，时代文艺出版社2005年11月第一版，138～145页。

诗探索 7　作品卷　2017年　第 3 辑

林》①一文中，就称赞观赏园林"如在图画中"。虽然笔者对于组诗、园林、绘画、建筑都是初学者，未必能拂开遮月之轻云，不过我还是想尝试弄清，那造就浑然天成的灵慧之手，是怎样在铺排与落笔？

"天地人合一"的上乘之作

《林泉高致》（画诀）②开篇有言："凡经营下笔，必合天地。何谓天地？谓如一尺半幅之上，上留天之位，下留地之位，中间方立意定景。"诗人将组诗定名为《岩石、大海、阳光和你》，"岩石和大海"即为地，"阳光"代表天，"你"则是芸芸众生在天地之间的立意定景。组诗的标题，与郭熙"天地人合一"的画理不谋而合。

这篇组诗创作于1988年，近一百五十行，笔者无法将原作直接放到此文中，只好作为附录放在文章之后。作品由《暖风唤醒了一只柔情的手》《绿色港湾》《从一只贝壳倾听大海》《我看见曼陀罗洁白的花朵》《在阳光下的礁石上》《大海不回答》《星夜海》《寻找海岛》《水滴与大海》九首诗构成。诗人、建筑学家林徽因在《蛛丝和梅花》③一文中写道："真真地就是那么两根蛛丝，由门框边轻轻地牵到一枝梅花上。就是那么两根细丝，迎着太阳光发亮。"读林莽先生的这九首诗，我也能隐隐看到发亮的两根蛛丝，只不过它们一根牵到的是蔚蓝无垠的大海和曲折无边的海岸线，另一根牵到的是阳光灿烂的晴空。

沿着与海岸线和大海相连的蛛丝，我们看到秀丽的绿色港湾；"海滩如金色而巨大的贝壳"；"丛生的亿万年的黑色礁石""花纹细密的卵石"；"一颗绘有海纹的石子"。又看到"大海慢慢地涨潮／淹没那些阳光下闪动的海豚的脊背"；"月亮在海面上闪动金色的欲望／大洋的潜流／无声地回旋"。诗人以富有诗意的笔，描绘出以海为主体的大地上变化万千的自然场景。

在这根蛛丝上，我们还看到，"通往海滨的路上／穿红色衣裤赶海的女人们把担子扛在肩头"；"星夜下的海／女人平静地呼吸／在幽蓝

① 《苏州园林》《百科知识》，作者叶圣陶，1979年第4期。

② 《林泉高致》，作者郭熙，中国北宋时期论山水画创作的重要专著。

③ 《蛛丝和梅花》，作者林徽因，原载1936年2月2日《大公报·文艺副刊》。

深邃的夜空／芬芳的体温海水般柔情／推动我／轻轻地／一股股地涌来／比波浪还悠缓，比吟唱更动情"；诗人铺排自然布景的同时，也细腻地表现出海岸线上世代居住的人们的生活场景。

沿着与天空相连的蛛丝，我们看到，"那飞翔的鸥鸟的磷火"；"天光透明，在几条云带间洒下它的寂静"；还看到诗人描写正午的阳光、海面上的月亮、星夜下的海，还听到诗人说："千万支太阳的利箭鸣响着射向我／那日复一日的生活我已无法向你诉说／而大海却在等待着许多人的回答"。虽然笔者为了理清诗人的笔触，将诗人描画的场景分为人与地和人与天空两部分，但其实这两根蛛丝并不是平行线，它们在诗人灵感之风的吹拂下，时而交错，时而扭结，完美地展现了芸芸众生在天地之间的悲欢离合。

说到这里，这两根蛛丝，又仿佛二弦琴，诗人不仅弹奏出了对海的深情，对生命的感悟和思考，还拨动出了爱的旋律，他说："在通往海滨的路上／那温热的正在成熟的玉米的金黄／突然使爱的烈火熊熊燃烧／风信子和曼陀罗的清香在心头环绕"；"星夜下的海／女人平静地呼吸／在幽蓝深邃的夜空／芬芳的体温海水般柔情／推动我／轻轻地／一股股地涌来／比波浪还悠缓，比吟唱更动情"；"当月亮说是时候了／把一条光带铺在幽暗的大海上／透过溢满眼窝的泪水／看到了我所向往的你／静默沉思／有如星夜下的海／而你可感到了／一棵风中的树海浪般地向你招摇"。由此看出，不仅作品的题目符合郭熙画理，整篇作品的内容、情感，也是在天地之间以人为主体的立意定景。林莽先生在二十世纪八十年代对新诗组诗的探索与发现，造就出了这篇"天地人合一"的上乘之作。

苏州园林般师法造化的里程碑之作

在《永恒的记忆——读〈滴漏的水声〉》[①]中我曾这样写道："从二十世纪初胡适创作《蝴蝶》以来，新诗在许多诗人的不断努力下丰富和发展，当我们摈弃了古诗词的语言和结构方式之后，新诗作为破茧之碟，除了要面对语言的探索、创新外，我觉得还不得不面对两个重要问题，即如何赋予其符合生命律动的结构形态和文化元素。"《滴漏的

---

① 《永恒的记忆——读〈滴漏的水声〉》，作者赵青，原载《诗探索》（作品卷）2013 年第 2 辑，162 ~ 168 页。

水声》①是林先生创作于二十世纪八十年代的一首非常成功的短诗作品，虽然这段话是针对短诗而谈的，但这两个问题，对组诗而言依然存在，不仅如此，要恰到好处地解决它们，组诗恐怕远比短诗更难。

文章开头，笔者提到以苏州园林百年来被公认的布局成法，反观林先生的这篇组诗，因为苏州园林之所以名扬天下，留园、拙政园还被列入中国四大名园，其必然有符合艺术规律之结构，叶圣陶先生的《苏州园林》一文，对这些结构成法总结得非常精到，以此与林先生的组诗相对照，或许能尝试弄清如何赋予组诗符合生命律动的结构形态。

"苏州园林据说有一百多处，我到过的不过十多处。其他地方的园林我也到过一些。倘若要我说说总的印象，我觉得苏州园林是我国各地园林的标本，各地园林或多或少都受到苏州园林的影响。因此，谁如果要鉴赏我国的园林，苏州园林就不该错过。设计者和匠师们因地制宜，自出心裁，修建成功的园林当然各各不同。可是苏州各个园林在不同之中有个共同点，似乎设计者和匠师们一致追求的是：务必使游览者无论站在哪个点上，眼前总是一幅完美的图画。为了达到这个目的，他们讲究亭台轩榭的布局，讲究假山池沼的配合，讲究花草树木的映衬，讲究近景远景的层次。"

从以上叶先生的话可以看出，苏州园林之所以堪称中国园林之标本，是因为讲究了"亭台轩榭的布局，假山池沼的配合，花草树木的映衬，近景远景的层次"。也就是说，大凡园林要成为艺术作品，首先应具备这样的结构特点：组合元素必须丰富多彩，既要有亭台轩榭，又要有假山池沼、花草树木；同时还要如绘画一般，布局有主有次，有配合，有映衬，有远近层次。那么，林先生以海为主题的这组诗歌是否具备这些结构特点呢？

首先说"元素必须丰富多彩"。阅读整篇作品，我们和诗人一起，漫步在绿色港湾、金色海滩、神圣的海岛、正午阳光下的海面、星夜下的海，凝视海面上闪动金色欲望的月亮，仰望幽蓝深邃的夜空，走在通往海滨的路上赶海的女人中间，为成熟的玉米的金黄、风信子和曼陀罗的清香而心动。由此看出，诗人没有停留在时间、空间的任何一点，而是将与海相关的几乎所有元素，有机地组合在一起。

① 《滴漏的水声》《穿透岁月的光芒》，作者林莽，百花文艺出版社 2001 年 4 月第一版，134～135 页。

对于"作品的组合布局有主有次"，恐怕要从意象的主次、场景的主次两方面来谈。虽然作品的题目是《岩石、大海、阳光和你》，但细读其内容，岩石、大海和你是通篇的主体意象，阳光所代表的天空是相对次要的意象；《暖风唤醒了一只柔情的手》等九首作品，都是与海相关的各种场景，笔者在文章的上一部分谈到，作品有两根蛛丝一样的线索，一根连着大海与海岸，一根连着天空，而这两根蛛丝上悬挂的场景，显然与大海相连的场景多，为作品的主要场景，与天空相连的场景少，为作品的次要场景。

至于"组诗的远近层次"，也包含两个方面，一是空间的远近，一是时间的远近。在空间上，组诗第一首诗是开端，总领和引发全篇，因而诗人没有具体交代空间，当我们从《绿色港湾》开始依次阅读，不难发现，诗人先写港湾、礁石、海滩、海滨大道，后写阳光下的海面和神圣的海岛，空间变化是由岸边到深海，以人们日常居住地为起点，由近及远。

在时间上，在《暖风唤醒了一只柔情的手》中，诗人说："凌晨的暖风唤醒了一只柔情的手"；在《绿色港湾》中，诗人写道："天光透明，在几条云带间洒下它的寂静／与你动荡的水面相视了整整一个上午"；《在阳光下的礁石上》，我们读到的是："正午的阳光／这海面上闪动的碎银子"；在《大海不回答》中，我们看到"月亮在海面上闪动金色的欲望"；《星夜海》中，我们已来到"星夜下的海"，仰望"幽蓝深邃的夜空"。诗人从凌晨写到深夜，展现出了一天之内岸边与海上一幅幅生动逼真的画面。而在这些画面中，诗人的内心和思想，不断指向现实场景之外，他说："而阳光的手指到底是指向哪儿的／在这丛生的亿万年的黑色礁石上／仿佛只要有人开口讲话／它们就会脱去阳光的衣裳／同我们一齐涌向大海／这正午的阳光仿佛深知人类寻求永恒的行为／在亿万年的黑暗中／生命总是慢慢地醒来／温暖得如同一颗发芽的种子／听懂了每一只禽鸟、每一种鱼类以及神秘的来自天宇的声音"。诗人将1988年的某个夏日与亿万年叠加起来，构成了时间上的远近层次。

由此看出，苏州园林"组合元素必须丰富多彩，布局要有主有次，有远近层次"的结构特点，林先生的组诗同样具备。

在接下来的文章里，叶先生谈道："我国的建筑，从古代的宫殿到近代的一般住房，绝大部分是对称的，左边怎么样，右边也怎么样。苏州园林可绝不讲究对称，好像故意避免似的。东边有了一个亭子或者一道回廊，西边决不会来一个同样的亭子或者一道同样的回廊。这是为什么？我想，用图画来比方，对称的建筑是图案画，不是美术画，而园林是美术画，美术画要求自然之趣，是不讲究对称的。"

叶先生还谈道："苏州园林里都有假山和池沼。假山的堆叠，可以说是一项艺术而不仅是技术。或者是重峦叠嶂，或者是几座小山配合着竹子花木，使游览者攀登的时候忘却苏州城市，只觉得身在山间。至于池沼，大多引用活水。有些园林池沼宽敞，就把池沼作为全园的中心，其他景物配合着布置。水面假如成河道模样，往往安排桥梁。假如安排两座以上的桥梁，那就一座一个样，决不雷同。……苏州园林栽种和修剪树木也着眼在画意。高树与低树俯仰生姿。落叶树与常绿树相间，花时不同的多种花树相间，这就一年四季不感到寂寞。没有修剪得像宝塔那样的松柏，没有阅兵式似的道旁树。"在花墙和廊子方面，其注重："隔而不隔，界而未界，增加了景致的深度。"

从以上两段话不难看出，无论是建筑上的不对称，假山、池沼、桥梁的不雷同；还是高树与低树俯仰生姿，落叶树与常绿树相间栽种，没有修剪得像宝塔那样的松柏，没有阅兵式似的道旁树；说的都是园林结构要遵从一个字"变"，同时叶先生还进一步提出，这种"变"要有"自然之趣"；而花墙和廊子的隔而不隔，界而未界，说的是这种"变"不是中断的，而应时断时续。

"变"这一结构成法对于组诗而言，大致包括三个方面：一是内容的变化；二是时间和场景的变化；三是情感的变化。对于这三种变化，笔者想试着以下面这首最令人心荡神驰的作品为代表，尝试分析诗人是如何求新求变的。

我看见曼陀罗洁白的花朵

我看见曼陀罗洁白的花朵和蓝色的风信子
在通往海滨的路上
穿红色衣裤赶海的女人们把担子扛在肩头
海风因欲望而变得那么柔情

一只灵魂的燕子鸣叫着飞进我的心中

在那遥远的终生呼啸的海里
倾听一只小小的海妖的歌唱
我看见白色的浪花　我看见蓝色的浪花
在通往海滨的路上
那温热的正在成熟的玉米的金黄
突然使爱的烈火熊熊燃烧
风信子和曼陀罗的清香在心头环绕

　　每次读这首诗，我都会想起马远的《踏歌图》①。之所以会有这样的联想，不仅是由于两个作品中都有描写歌唱的内容，而更多的是因为它们都达到了写实与虚幻的完美结合。在《踏歌图》中，画家以云雾有意识地将画分为上下两部分，上半段嶙峋的山峰拔地而起，仿佛要与天壤相接，依稀掩映的豪华宫苑以及略带仙气的氛围，大有天上人间之感；下半段画面则是翠竹垂柳、溪水石桥，几个农民正结伴踏歌而行，丝毫没有上半段的仙气，取而代之的却是普普通通、实实在在的生活场景。在《我看见曼陀罗洁白的花朵》中，诗人先写"在通往海滨的路上／穿红色衣裤赶海的女人们把担子扛在肩头"，描写出了如《踏歌图》下半段那样写实的生活场景，从"海风因欲望而变得那么柔情"开始，诗人笔锋一转，写道："在那遥远的终生呼啸的海里／倾听一只小小的海妖的歌唱"，把读者引入类似《踏歌图》上半段的仙境，之后诗句又回到"通往海滨的路上"。在这十二行诗句里，作品内容从写实到虚幻再回到写实，场景从"通往海滨的路上"到"遥远的终生呼啸的海里"，然后再回到起点，时间从现在的时间到虚幻的时间，再回到现实，情感从柔情到"烈火熊熊燃烧"的激情，林先生不露声色、娴熟自如地完成了内容、场景、时间、情感等构成元素的回环往复的穿插变化，以诗句描画出一幅现代版的《踏歌图》。

　　关于结构变化要有"自然之趣"。诗歌不比园林，构成园林的山石、池沼、树木、花草本就是自然之物，而诗歌是语言的艺术，它的"自然之趣"，大致可以分为：一是以天然景物入诗平添自然之趣；二是行文

---

　　①　《踏歌图》轴，南宋，马远作，绢本，设色，纵192.5cm，横111cm。

符合自然规律，结构暗合自然之旨。

首先看林先生如何将天然景物入诗。"在那片秀丽的礁石边／那伸向你的微微拱起的陆地的脊背／把小小的港湾收进它绿色的怀里／此刻你是灰色的／天光透明，在几条云带间洒下它的寂静""在通往海滨的路上／那温热的正在成熟的玉米的金黄／突然使爱的烈火熊熊燃烧／风信子和曼陀罗的清香在心头环绕"。这样情景交融的诗句，在组诗中还有很多，或许因为林先生既是诗人，又是画家，他描写的天然景物，即真实而富有自然之趣，又能牵动读者的情丝，这一点，是园林艺术难以企及的。

再看结构如何符合自然规律。前文在谈到时间的远近层次时，笔者曾提及这篇组诗的时间线索是"从凌晨写到深夜，展现出了一天之内岸边与海上一幅幅生动逼真的画面"。对于短诗而言，因为篇幅短小，时间可以仅停留在一个点上，可对于篇幅较长的组诗，如果仅有一个时间点，会令读者感到单调乏味，因而林先生以凌晨到深夜依次安排九首构成组诗的短诗，既契合了宇宙天体的运行规律，又符合人的起居习惯，使长达一百五十行的作品繁而不乱，井井有条。

花墙和游廊的作用，是把园林分成多个部分，之所以隔而不隔，是因为这种结构，能使园林各个部分既分离又连接，叶圣陶先生通过"花墙和廊子的隔而不隔，界而未界"，提出园林结构的"变"不是中断的，而是时断时续的。那么，林先生构思这篇作品，是如何时断时续的呢？从组诗的场景上看，诗人先写绿色港湾、金色海滩、通往海滨的路等陆地场景，而后笔锋转向"海面上闪动的碎银子""大海慢慢地涨潮／淹没那些阳光下闪动的海豚的脊背"等海上场景；在《大海不回答》中的诗句："这寂静的港湾／使我骤然间听到了生命的叹息"，引领读者又回到了陆地，紧接着这样的诗句："月亮在海面上闪动金色的欲望／大洋的潜流／无声地回旋"；"当月亮说是时候了／把一条光带铺在幽暗的大海上"；以及组诗结尾《水滴与大海》中："在大海的胸脯上／在一片柔软的波浪中／我一直无法理解／幸福中突然袭来的忧伤／……／雨滴在屋檐的管子里无声地泻漏"等诗句，令读者再次经历从陆地到海上再回到陆地的过程，这种陆地与海洋的场景交替，实现了组诗场景结构的一种时断时续。

组诗开篇的诗句："凌晨的暖风唤醒了一只柔情的手／那一瞬我同

时听到了几种不同的涛声"，点明了作品的脉络不是单一的，《绿色港湾》《从一只贝壳倾听大海》写的是对生命的感悟和思考；《我看见曼陀罗洁白的花朵》则拨动的是爱的旋律；《在阳光下的礁石上》和《大海不回答》里，诗人将对人类生命的领悟，扩展到对亿万年间地球上所有生命的感悟；而在《星夜海》中："女人平静地呼吸 / 在幽蓝深邃的夜空 / 芬芳的体温海水般柔情 / 推动我 / 轻轻地 / 一股股地涌来 / 比波浪还悠缓，比吟唱更动情"，又让读者仿佛置身于舒伯特的小夜曲，再次感受到爱意缠绵；在《寻找海岛》与《水滴与大海》中，生命感悟和情爱的两种涛声再次交替出现，形成作品内容、情感上此起彼伏的节奏感，这一类似生命律动的断续结构，对读者产生了强烈的冲击力。

以上将苏州园林与林先生的组诗，在结构上进行了全方位的对照，这篇诗作不仅具备与苏州园林极为相似的结构特点，也饱含着非常丰富的文化元素。笔者在文章第一部分有这样的总结："不仅作品的题目符合郭熙画理，整篇作品的内容、情感，也是在天地之间以人为主体的立意定景。林莽先生在二十世纪八十年代对新诗组诗的探索与发现，造就出了这篇'天地人合一'的上乘之作。""天人合一"的思想最早是由庄子阐述的，后被汉代儒家思想家董仲舒发展为天人合一的哲学思想体系，并由此构建了中华传统文化的主体。由此看来，这篇诗作不仅符合郭熙画理，更是在中华传统文化的根基上，精心打造的"雅致名园"。

"正午的阳光 / 这海面上闪动的碎银子"，若林先生的组诗是一片海，那银光闪闪的应该就是诗人融入其中的西方文化经典。"千万支太阳的利箭鸣响着射向我 / 那日复一日的生活我已无法向你诉说 / 而大海却在等待着许多人的回答"，让人联想到雪莱在《解放了的普罗米修斯》[①]中说："带来了燃烧着生命的太阳的利箭"；《我看见曼陀罗洁白的花朵》中："在那遥远的终生呼啸的海里 / 倾听一只小小的海妖的歌唱"，这海妖是希腊神话传说中的塞壬，神话中的她被塑造成一名人面鱼身的海妖，拥有妖娆美丽的外表和天籁般的歌喉，常用歌声诱惑过路的航海者；"什么时候我才能见到那座神圣的海岛 / 尽管咸味的海风传来鸥鸟的鸣叫"，很难不令人想起《荷马史诗》[②]中奥德修斯在攻陷特洛伊后

---

① 《解放了的普罗米修斯》，诗剧，作者雪莱。
② 《荷马史诗》，《伊利亚特》和《奥德赛》的统称，作者荷马。两部史诗都分成二十四卷，以扬抑格六音部写成。

诗探索 7　作品卷　2017年　第 3 辑

的归国途中，在海上十年漂流，最终找到绮色佳岛，与妻子珀涅罗团聚的故事。笔者的知识范围有限，仅从组诗中看到这些文化元素，也许诗歌作品本就是一片海，别的读者遨游其中，还能发现新的闪光。

林莽先生早在七十年代创作《列车纪行》[①]时，就已成功探索过新诗结构，在八十年代中期创作的《滴漏的水声》等数十首短诗，表明先生已能驾轻就熟地赋予短诗符合生命律动的结构形态和文化元素。以苏州园林的结构特点反观这首组诗，我们看到一座以诗句造就的"留园"，林莽先生将与海相关的几乎所有元素有机地组合在一起，使作品的构成元素丰富多彩；诗人犹如安排假山池沼一般，在作品中实现了意象、场景的主次之分；时间和空间的远近层次；先生在组诗中设置了两条线索，它们交错扭结，完美地展现出内容、场景、时间、情感的穿插变化，构成富有自然之趣又断续有度的远比短诗更复杂多变、符合生命法则的结构，而总领这一结构的根基，是中华传统文化"天人合一"的哲学思想体系。由此看出，诗人早在 1988 年对组诗创作之探索，就已不再停留于简单的生命动律结构和文化介入，而扩展为多线索、复杂多变的生命律动结构以及结构与文化的有机融合。

2015 年，在由北京师范大学国际写作中心和中华文学史料学学会共同举办的"打捞诗歌历史，寻索文脉传承——白洋淀诗歌群落研讨会"上，谢冕先生充满诗意地提出："在全中国的文化被禁锢、被封闭的时候，白洋淀展开了一个非常开阔的空间，这是一个奇特的文化现象。这是在寂寞当中，在荒凉当中，他们寻找光明和自由的一种想象力。所以我们怀念白洋淀，肯定白洋淀，纪念他们对中国诗歌所做出的贡献。"林莽先生是白洋淀诗歌群落的主要成员，他和许多诗人一样，在推动中国新诗走出寂寞、荒凉之后，依然在不懈地探索与开拓，或许正是谢冕先生所说的"寻找光明和自由的一种想象力"，唤醒了诗人柔情的手，我们才得以领略这篇师法造化的上乘之处，中国新诗才会拥有这结构堪比苏州园林的里程碑之作。

① 《列车纪行》《我流过这片土地》，作者林莽，新华出版社 1994 年 10 月第一版，26～28 页。

文本析读 ≡ 探索与发现

岩石、大海、阳光和你（组诗）

林　莽

暖风唤醒了一只柔情的手

对大海的情感不是来自哪一个时辰
凡是你生命中有的我都具备
可是已经过了这么多年
那飞翔的鸥鸟的磷火
在划动海水的一刻在我身边飞溅
那些死亡的生命并没有被时间遗忘
而你却来得那么迟缓
在风中、雨中，一个即将晴朗的飘逝大雾的黎明
那是一些寂静的日子
凌晨的暖风唤醒了一只柔情的手
那一瞬我同时听到了几种不同的涛声

绿色港湾

在那片秀丽的礁石边
那伸向你的微微拱起的陆地的脊背
把小小的港湾收进它绿色的怀里
此刻你是灰色的
天光透明，在几条云带间洒下它的寂静
与你动荡的水面相视了整整一个上午
已经那么久了
谁来揭示我们彼此间的隐秘呢

额头轻抵冰冷的石壁

你的涛声正掩过我的头顶
多年的梦幻化作心中的大海

我同时在走向你们
而你们同样地涌来又退去
把大束大束的花朵骤然击碎在褐色礁石上
这永恒的波动
把韵律雕凿在一片幽光中

从一只贝壳倾听大海

当我认识了你
就不再孤独
海 在岸边堆积它金色的欢愉与黑色的忧愁
爱就从那一刻开始
把碑文刻在心中

海滩如金色而巨大的贝壳
温柔地将我拥抱在她的怀里
千万支太阳的利箭鸣响着射向我
那日复一日的生活我已无法向你诉说
而大海却在等待着许多人的回答

海风在岸壁上吹着尖利的口哨
仿佛在嘲笑我们以往的生命
当我们挣脱了那些无形的命运的纤索
当我们面对大海
生命中最真挚的力量再也不需求谁的证明

我看见曼陀罗洁白的花朵

我看见曼陀罗洁白的花朵和蓝色的风信子
在通往海滨的路上

穿红色衣裤赶海的女人们把担子扛在肩头
海风因欲望而变得那么柔情
一只灵魂的燕子鸣叫着飞进我的心中

在那遥远的终生呼啸的海里
倾听一只小小的海妖的歌唱
我看见白色的浪花 我看见蓝色的浪花
在通往海滨的路上
那温热的正在成熟的玉米的金黄
突然使爱的烈火熊熊燃烧
风信子和曼陀罗的清香在心头环绕

在阳光下的礁石上

正午的阳光
这海面上闪动的碎银子
仿佛一个定型的手势
在贴满贝壳的礁石上
在大海沉思的床上
石头、阳光，击碎翡翠的涛声
灵魂
是否可融入一颗绘有海纹的石子
黝黑的 沉重而不悲伤

大海慢慢地涨潮
淹没那些阳光下闪动的海豚的脊背
而阳光的手指到底是指向哪儿的
在这丛生的亿万年的黑色礁石上
仿佛只要有人开口讲话
它们就会脱去阳光的衣裳
同我们一齐涌向大海

这正午的阳光仿佛深知人类寻求永恒的行为
在亿万年的黑暗中

生命总是慢慢地醒来
温暖得如同一颗发芽的种子
听懂了每一只禽鸟、每一种鱼类以及神秘的来自天宇的声音

大海不回答

这寂静的港湾
使我骤然间听到了生命的叹息
月亮在海面上闪动金色的欲望
大洋的潜流
无声地回旋
心潮涌动
掩住了永恒的涛声

当我说：久违了大海
星辰滑落在神秘的岛上
一切都沉入了寂静

一束束的白色浪花
无声无息地开放在月光的薄纱中
海 有如一位静默的老人
面对着心中已知的世界

星夜海

星夜下的海
女人平静地呼吸
在幽蓝深邃的夜空
芬芳的体温海水般柔情
推动我
轻轻地
一股股地涌来
比波浪还悠缓，比吟唱更动情

在你们面前
我再也不能书写永恒与死亡
生命的欢悦在那只灵魂的禽鸟上
它的鸣叫来自洗净尘埃的岁月
系在星星的缆索与海风倾斜的翅膀上

当月亮说是时候了
把一条光带铺在幽暗的大海上
透过溢满眼窝的泪水
看到了我所向往的 你
静默沉思
有如星夜下的海
而你可感到了
一棵风中的树海浪般地向你招摇

寻找海岛

什么时候我才能见到那座神圣的海岛
尽管咸味的海风传来鸥鸟的鸣叫
一只小小的船儿不能真的出海
暗礁群在海底的歌唱更无法听到
那些用杂色头巾裹住面颊的女人
一阵大雾从心中飘来
眼波大海般蔚蓝
但海风也无法讲出大海内心的语言

风浪把花纹细密的卵石布满浅滩
预示着多少次激情的震颤
在那些忧郁的时辰
当默守的誓言再次溢出深深的灵魂
那千百次的寻找
已镌刻于我们的每一条皱纹

诗探索 7 作品卷 2017年 第 3 辑

水滴与大海

在大海的胸脯上
在一片柔软的波浪中
我一直无法理解
幸福中突然袭来的忧伤
心灵的哭泣无法承受

在即将崩溃的边缘
沿着海浪的姿态
我们将走向哪儿

雨滴在屋檐的管子里无声地泻漏
浪涛狂涌着向我们诉说
那一阵阵吹自深夜与黎明的风
总在提示着
欲望的水滴发出心灵的回声

在那些生活的日子
在那些创造的日子
当风暴在远方把号角再次吹响
心中的波涛已不再汹涌

大海 我们正无言地走向你
你所承受的一切
都将纳入我们的生命

1988 年 8 月

作品与诗话

作者简介

　　柳宗宣，湖北潜江人，出生于 1961 年。二十七岁开始写诗。1999年移居北京。曾任《青年文学》杂志诗歌编辑多年。出版过《柳宗宣诗选》（长江文艺出版社"中国二十一世纪诗丛"）、《河流简史——柳宗宣诗选》（北岳文艺出版社"天星诗库"）、《漂泊的旅行箱》（百花文艺出版社"后散文书系"）。曾获深圳读书月 2016 年"年度十大好诗"奖。现居武汉，供职于江汉大学新诗研究所，从事诗学研究与教学工作。

在漂泊的屋顶（诗九首）

柳宗宣

绿皮火车

> 夜半醒来，发现你在它的上铺
> 车轮与铁轨晃荡地摩擦耳廓
> 有时，因急刹车而长时停顿
> 你坐着绿皮火车去阿勒泰
> 靠在窗口，观望南疆夜的旷野
> 多年前的一个梦，被重温
> 绿皮火车披着夜色走在遥远的星光下

为某旅友照相

远方宽容他的恩怨和罪过
解放了家族血统论的压迫
所谓祖传的罪过不值一提
在异地，他娶得妻子和身份
搭乘 1961 年逃难的绿皮火车
怀揣本地烤馕，用中原的胃消化
在阿勒泰草原邂逅的短促旅友
怜悯着陪伴他，拍摄他浮生苍凉
他的白发他深刻的脸上皱纹
凝望远方——正在融解的雪山

听刀郎木卡姆有感

你们的尖足踩在热瓦甫的鼓点
噪音塑形于卡龙琴 D 调的尾音
灵异的身体服务于木卡姆的礼乐

又为你们的身体罩上一抹光晕
在木卡姆故乡的原野，认出你们
舞台上旋转的裙裾沙哑的吼声

你们也辨认出我们，向我们挥手
退妆后的你们，如同神回到日常
舞台上的另一个形象，身姿和噪音

手足为鼓点而诞生，腰身为音乐律动
歌舞散逸出神的光辉，你们的身体为
那一刻而准备，服务于民族的木卡姆

成为音乐中的声音；献身于人的尊严
与美丽。内在的美德向我辐射过来
在铺设地毯的舞台，你们仿佛一樽礼器

在漂泊的屋顶

借助木梯爬到屋顶，一队人倾斜身子
将陈年破损的瓦挑拣替换，你刚到了
能拿起一片瓦的年龄，镶嵌在成人队伍

把长形带槽的灰瓦递送另一双手中
在倾斜的屋顶，你看见最前面的表兄
身影化入云天，屋顶上漂移的人啊

瓦槽对接凹线，雨水从中流泻下屋檐
表兄啊，你可要帮他建造未来的房子
他弱小，不知如何生存站在危险的屋顶上

有确切地址的乡愁

你离开过那里么，河流与空气
梦和泥土。乡音的问候。死去的
学生在旧信中呼唤你，梦回诗句
坟墓与新米，通过你将它们复活

身体离开了那里，欲望从未停歇
胃在寻觅母亲的蒸笼饭。一条土狗
在方桌下咀嚼，你们吃剩的菱角壳
梦回流塘口，那邮票般大小的地方

你的脐带被接生婆埋在那田埂渠边
这一生啊，你缓慢的还乡从未中断
回到那片纠缠不清的道路和田野
用汉字抚摸过的家乡的田野或道路

诗探索7 作品卷 2017年 第3辑

作为一尊神的我的外婆

——纪念宋腊英

你向我走来，小脚蹒跚
你的蒲扇在我少年的眼前停歇又摇晃
你腰间的衣褶一层层缠裹着零钱
你一张张地拣出来分发给到我的掌心
你是我姆妈的姆妈我们叫唤你伽伽
孤身一人被接到柳氏家族把我们拉扯长大
站在黑瓦的屋檐下你手遮眼睑叫唤我的乳名
你的视网膜上的灰白色的角膜云翳
你从来没有死你出没在我的梦里
你是我的外婆我供奉的神陈列在心的灵台
汉口儿童医院从外孙第一声啼哭看见你
——被你怀抱赤裸在 1962 年夏日的汗腺
我占用了你年老的萎缩的胸脯后半身的等候
耗损你的光阴而我长大你老去从我们身边消逝
返回我的良心。你使用过的我们睡行的木制摇床
你的阳寿却超不过它（它成了家族的文物）
对你的贡奉呀不需要实物在心里不用回忆
你的土坟在我父母的旁边从未萎缩
你的鞋底在泥土的保护中我拼贴你的肖像
外婆啊，清明扫墓张望你从田野走来
看见你的眼睛的翼状胬肉你不用辨认
你安然地潜入你外孙的老去的体内

立　秋

天突然退远变得高爽。飞机
玩具似的停歇在轻淡云影间
那是北方的初秋。节气转换
侵入感应的肌肤。鄂西山中
今日凉意袭击你裸露的脚趾

懊热苦闷的季节里忍耐活着
在更大的掌握之中，一下子
我们获得转机，顺应了天道

在三角湖，为育邦而作

这可不是人为的特意打造的湖泊
校园的滨湖路，反为它而弯曲
我们的行走因了它而有了曲线
不规则的湖光映照到图书馆向东的
玻璃窗，折射到一个戴近视镜女生
的镜片上。她正读到弗洛斯特
《一个男孩的意愿》其中一句
"蝴蝶凭着黑夜变暗的记忆寻找
昨日欢愉后歇息过的某枝花朵。"
诗人在校园里出现就可以了
多么绝妙的邀请①。他一出现
就带出了飞鸟与湖泊，牧场的水泉
垂柳弯曲着投映在云彩浮现的水镜
这里的空气发生了变化。灰椋于飞
以其天赋的弧线；黑色的八哥
用它的噪音去叫鸣吧它们出没在湖心岛
在蒿草或菖蒲间起落，携带原始的气息
歪脖子的杨树，长在那里就是了
不可规范甚至矫直它以适宜人类的观看
我们热爱的古老意象，穿越了时空
生长在这里又回到这里，透露出神妙
野生狗尾草倾向金黄茅草（我指给你看）
弗洛斯特散步过的词语描述的林间空地

---

① 弗洛斯特被聘为达特默思学院教授的唯一要求是：他能到校园里走走，让
学生们见到诗人。

诗探索 7　作品卷　2017年　第 3 辑

位移到三角湖边，正透射出暮晚的光线
你和我，和三三两两散步的男女
三角湖①的秋风吹乱了你们的裤脚和思绪

飞雪与温泉

你用过的奥托汽车到哪里去了。我仿佛
坐在副驾室，在人大找打字店从一个坡地
滑行。你推向它走向修理店，皇亭子诗会
迟迟到场它让你快而变慢——这山中重逢
它从说话的缝隙向我驶来，大别山中的风
吹散夏日汗渍。凉爽，你我体会着这个词
半亩园②众声喧嚷的鸟语，似乎欢迎我们到来
　　　　　你说过的话我知道它们的来路
个人的异域。纽约机场一路畅行以诗人的
身份，用母语写作又以英语来转换，东西南北
我们谈话的时空，交汇到李白的"白云边"③
干掉它——诗事、国事、家事，随酒意散逸
白庙胡同夜半的泪水间你写作《帕斯捷尔纳克》
让我也含泪读它，身体颤动交换耻辱苦涩
——说出它，需要冰雪来充满我们的一生
　　　　　追随你，触摸你词语中的北方
电车上看见大片的雪落满京城，辽阔伟大
愈飞愈急的飞雪，它倒让我的租房明亮
你驾驶私车回返北方之北，遇到大雪似的羊群
质朴广大急速旋转的华北平原，是让我们看一眼
才出现的。忍住泪水，忍受住一阵词语的黑暗
一九八九年某夜空中子弹的弧光划过胡同你的窗口
家园在哪里——我们必须在自己的语言中流亡④
　　　　　山泉缓冲脊椎静脉。仰卧在此

---

① 三角湖为江汉大学校园内湖。
② 半亩园位于黄陂红界山中某茶场。
③ 白云边，系湖北名酒，此酒得自于李白诗句："且就洞庭赊月色，将船买酒
白云边。"
④ 引自王家新旧作《反向》。

清碧洗濯身心。我想对你说我们过了真实的一天
身子半裸随泉水晃漾。我想对你说，我追随你
又远离，试图打倒你，如同反对另一个自我
今天，兄弟般相聚在对词语生涯的重温中
富含钙质的山泉潜入体内——你我共有它
山风习习吹拂苍茫世事。我们在挣脱中出现
又消隐不见——群峰之上正是夏天

2015 年，汉口牛皮岭，为王家新而作

诗学随笔：词语与生活（八十九则）

柳宗宣

1

你生活的一切是为写作准备的，在日后的作品中显现出它的端倪。你的作品和你的生活经历之间有某种类似，它们可以被视为个人生活的不完全的翻译。或者说，你所有的经历都会转化成词语。

2

在地安门那间有着书柜的租房里，你躺在地上的一张凉席上，想着你的这一生就是一个行为艺术。你一生就是把自己的经历转换成一个行为艺术。

3

写作时，你觉得自己正向内移动，通过自身，再现过去生活的记忆经验，捕获那逝去的人、事与时光。与此同时，你想向外移动，朝向正在行进的当下，怕因了写作遗失或中断那稍瞬即逝的这一刻。你是那样贪恋，要把两种生活紧紧抓住，或者说是写作的快感让你更加热爱流逝着的日常生活。

4

写作的年龄和你的实际年龄相差很大。二十七岁开始的写作，使你的写作不断地要往前走，它还年轻，还有许多词语的时光去经历，词语的生命还远未完成。在日记中这样写道，你写作的黄金时代还未到来。

5

君对我说，他每日来到电脑跟前坐上几分钟，想让自己静下来，看能否写点什么。他说写作能让人安稳，让生命下沉。我们的写作类似于一条船的压舱物，它没有什么实用，但它能让那条船不漂浮起来。

6

职业对写作的隐形伤害。在一个传统文学媒体待久了，发现耗省的不仅是自己的身心，更重要的是它对诗歌造成渗透性伤害。拥有物质财富也是一个写作者要警惕的，一个诗人需要适度的穷困；他要游离于众多的束缚之外，完成自己的一无所有；拥有属于自己的时间，慵懒的心境，甚至必要的某种悲观或轻度厌世。

7

电脑突然出现故障。你的复写也不能呈现之前的文字，你努力再现那神迹一般的词语和灵韵的句子，但它出现的是另一种糟糕的面容，那消失的是第一个也是最后一个。

8

散步京郊宋庄的植物园。以为这是边缘，一片空地之外还有绿树环绕的村落。一个无限展开的空间。我们提到的无限以为它不是具体之物，其实无限就是你掀开眼前的树枝看见的前面的远山。再往前，有羊群，有众多的树木、鸟、穿过树林的河流、河边的芦荻，所有具体的细节构成了无限。

9

传统哲学只关注心（心灵和精神）而排斥身体。对身体研究成了这个世纪最后的新知领域。梅洛·庞蒂把身体作为现象学分析的起点。作为物体的身体，身体的体验，身体的空间性，身体的性别。作为表达和言语的身体，我们的身体与万物交织，我们变成他人，我们变成世界，主体的身体和客体的身体交织，我的身体和他人身体的交织，身体与自然的交织。写作就是一种交织，回归到世界之肉。

10

诗的节奏可要有变奏。不可过于表现情绪而忽视语言的自主性。把注意力放到句子的运作中来。诗不是表达情感，而是如何呈现诗的语言。要提防对外部现实的仿写。诗写作其实是对现实进行移置、裁减、充满暗示的缩略、扩展、魔魅化的过程。抒情诗的现象学使语言出现一种幽灵般的非现实，要知道真实的不是世界而是词语，或者说，世界的现实性仅仅存在于语言之中。

11

美国诗人唐纳德·霍尔的《踢着树叶》以诗人秋日踢着落叶行走回家切入诗歌，以落叶为线索，串联了生活的不断回忆，意象和场景不断剪切、拼贴，像电影镜头不断地拉回和推远；落叶中的人物也淡入淡出，向深处推进。这样交叠的结构营造出诗的多重空间。它不是对一时的灵感的把握，非一挥而就的短制，它是一首建立了一种装置的当代诗。

12

英国诗人拉金想着如何使他的诗像小说一样耐读，呈现与保存当代人的日常经验，在他看来"当代"意味着"真实"，他认为每首诗都必须是它自己单独新造的宇宙，所以他不信仰"传统"（不过他找到了哈代这个传统），他不想让诗成为一个公共神话的储集物，现代派的引文

作品与诗话 三 探索与发现

用典；他在意的是写本地的个人的经验，不至于让个人的诗间接成为他人文本的互文或附属品。当代题材，真实的、具体的时间、地点、人事呈现在了诗中。拉金处理题材的大胆与诚实成为运动派诗歌最吸引人的地方——这也成了我们当代诗写作的某种"传统"。

13

稍有写作经历的人在没有找到一个好的切入点时，是不会轻易动笔的。这似乎是一个重要的进入诗创作的动因。有了好的切入角度，一首诗在写作者看来就"被看见了"。诗的情感就是能被身体感知的客观化的空间，也是可以被看见的。然后，一个写作者要做的工作是呈现，把那首可能的诗构造出来。

14

诗的生成中写作者的身体性因素几乎是一首诗的生成起因。注重诗生发的最初的情感震颤，写作者的身体的参与。没有最初这个的身体出场，诗的呈现可能就是一个疑问。

15

当代诗的语感是让人着迷的东西，它是写作者生命气息的外显。而每首诗又有着不同的语感且不可重复，这和诗人生命当下情态相关联。艾伦·金斯堡和他的精神父亲——惠特曼的作品让人感受到扑面而来的生命气息，你的阅读能触摸到一个不可见但可感的气场，这大部分来自诗的语感的作用，即内在乐句的呈现。本雅明说过艺术品呈现出来的灵韵，在你的理解中，它多半来自语言的内在节奏散溢出来罩在诗作中的一层薄薄的光晕，那创作主体与词语节奏相互生发出来的气息。我们读诗或分辨诗的真伪往往是听诗，即视听它内在的声音和光晕。

16

艾伦·金斯堡说他读到布莱克的《向日葵》时，耳朵里听着幽灵般的声音，望见了宇宙的深奥，身体轻飘飘的，体内的宇宙意识在悸动。他看见一首诗的结构与样式，事物呈现它自己的象征。他的身体参与了词语的呈现，那诗的节奏来自于呼吸、腹腔、脏腑，身体产生了特定的节奏在词语中自然涌现出来。

17

艾伦·金斯堡死前两天都在写诗。像他一样，一直写到死。

18

写作《母亲之歌》。你面对的是直观的事物和词语，注重呈现放弃急切的表达；你指向词、细节和空白，而非言说，你克制着自己的感情，注意的是场景，词和词，空间与空间的拼叠，你关注的是建构它在呈现中的结构，你放弃先入为主的陈旧，看重你面前的诗在瞬间生成；词语中涌现的场景不是现实中所经历的场景，相似但非复制，它们在词语中发生了，就像一个梦。

19

九十年代以来汉诗中出现了浓厚的叙事性。叙事作为对事境的分析与再现，为诗歌赋予了肉感或新的感性。可以说你的诗即对话诗，动人的是呈现于诗中的语调，与友人说话的亲切语调。用巴赫金的话来说，语调不是由发言的客观内容来决定的，也不是由叙述者的经验，而是由叙述者与他倾诉的对象的关系来决定的。所以，《棉花的香气》一诗的语调特别柔软深情，他面对的是两个女人的倾诉（一个近在身旁，一个远在天边），诗中荡漾出来的语调的意蕴也可谓丰富多姿。

20

素在信中提及诗作《棉花的香气》，她说，我的诗中有着纯棉的时尚。身体中某种荒蛮的力量。书卷里透出的草莽气。

21

维特根斯坦以为一切伟大的艺术里头都有一头驯服了的野兽，把人的原始冲动作为其艺术的低音部分，它是使音乐旋律获得深度和力量的东西，我愿我的诗歌里面有空旷之地的原始和野蛮，能生长出野菊、刺槐之类非健康的温室植物。

22

语言是自持的神秘之物。它是传统的承载物或沉淀物，类似于原型，接纳或负载个人的气息，我们可以用它来塑像。对语言的效力或研习须朝向对它的双向回归。这要有着双重的诚实：生命体验的诚实和对语言的忠诚。后者要求你面对词本身，更多地去占有词，词与词的构成与关联。对节奏的把握，句式的变化与灵动，各种技艺的占有，多样丰富的文体，或接受想象力的考验，洞悉它的敞开与遮蔽以及语言的不及物性与词的自我生成等特性，这些对语言的洞悉决定了你的写作非照相似的也非表现主义式的。

23

是否晚了些，到了近年才理解波德莱尔的价值与意义。他的一生在学习遣词造句中度过，他只描述他之所见。他的诗特有的城市气质，巴黎第一次成为他抒情诗的题材。他用审美的现代性来对抗传统和他身处资本时代的文明。用艾略特的话说，他是我们现代诗人的模范。写作《蔚蓝苍穹》时，你和他的灵魂似有交通，触抚到这个来自异国的幽灵。从中年虚弱怀乡和所谓爱情诗章的抒写中醒来，转向对所在现代都市的观看与书写。

24

写作《汉口火车站》时，鲍勃·迪伦的歌声在书房里喊叫。你则在电脑荧屏通过一个个词在叫喊。他饱经沧桑的演唱可以说融入了诗的气韵，他的歌声巧妙地契合了此诗的完成，为你的写作加入朴素的内心激情。——"你住在哪里——在汉口火车站／汽笛长鸣，我已从自己的身体启程／骨头咣当作响，心气蓬勃离开这里——"

25

提防写作中出现的温情——它会妨碍你抵达刻骨的语言中的真相。

26

用了几十年来写作你的燕子诗；似乎用一生也无法完成你的野菊诗。昨夜，梦里又出现了故乡田野沟渠边茅草丛间野生的菊花，这是你与生俱来的命中的意象，你试图改写或完成它。

27

一个人的才华指数关联着他和自己泉源沟通的程度。这要求创作者蜕掉自身非本质的表面附加物；那个回应外部世界、文化压力和指令下发展起来的自我得屈服于内在本质，他的灵魂（即自性），或赫拉克利特所说的"宇宙精神"。一个创作者与之沟通，并发生关联，回归到自己的始源。他如完成这个自我的转化，创作会获得无限活力及创造力，在自我询问中创作新奇的作品，他的创意会从源泉逼现出来。

28

昨夜想到一个句子：和陶渊明相遇的十个地址。写了几十年的诗，最后发现它是你人生修为的承载形式；你修行到什么程度，诗的境界会随之相配衬。陶潜的伟大，就是他一生的身体力行。

作品与诗话／／探索与发现

弘一法师关于出家的文字没有任何议论或评说，这都在他安静的内敛的叙述中给过滤掉了，但你分明感觉出他出家时归属佛陀的欢喜。

维特根斯坦谈及如何处理生活中出现的疑难问题。他说，你的生活与生活的模式不相适应，因此，你必须改变你的生活——"要改变你的语言，你必须改变你的生活。"沃尔科特在诗中这样坦言。生活方式的改变似乎因了语言的更新。至少，选择一种生活方式，意味着抵达写作的某种可能性。

雅各泰选择生活在法国的小村庄格里昂，找到他要的生活形式。他把生活方式当成孕育写作的源泉。是的，困难并不在于写作本身，而在于用什么方式去生活。

语言是人类存在的外显，与其个体或人类的生命情态相连。如同法国诗人蓬热所说的，艺术品就像蜗牛的甲壳，"既是生命的一部分，又是艺术品纪念碑"。蜗牛用它的唾液成就其甲壳，诗人用其身处的语言折射他在世的方式，成就其时间与空间中延续的艺术品。

小津安二郎的电影中的克制艺术——静观的视角。那种被动的态度。艺术家的低摄影：限制他的视角，为的是看到更多；限定他的世界，图求的是超出这个限定。小津安二郎电影的形式其实是诗的形式，打破了习惯和常规，回归到影像的原始、鲜活。他的描述是为了艺术所做的"必要的抑制"。日常人事的美善，人生的无常、易变，那细微的哀伤和暗流涌动的人性的幽暗、复杂、况味，都在这种抑制中纷纷出场。

34

诗叙事捕捉的是"多重情节"，其中包含的两个或多个同等重要的共生情节，还有次生的戏剧独白的倾听与处理，或对多种声音的情境所做的自我叙述。拓展来说，诗中叙事的"三倍叙述"对情境开启了可能性，它关涉到现实的或非现实的、实现的与未实现的、细微的或可能遗失事态的多维叙事组合。

35

当代诗似乎不可摘句。写作者返回对全诗的经营：句子之间相互呼应，终篇往往接近混茫。它的构成近于现象学家施弥茨所言，当代诗是一个混沌的存在。非但不可摘句，甚至面对它的读者往往失语，不可也不能解读。诗的丰富性和它本有的晦涩让我们保有耐心，去面对一个混沌而神秘的存在。

36

绘画作品与模特无关。它只与色彩的构成与律动相关；爱情诗只与词语相关，和生活中的人事无关，如同你的爱与所爱的对象无关。

37

对一首诗作的修改或重写，就是对自己审美结构和语言的观念的反动或颠覆。

38

重写《河流简史》过去诗中抒情与表白的句子消退了。你尝试着在"技法上清淤"——注意力转移到对河流的描述与呈现。细究起来，可能涉及哲学观念的更新。你在意身体的意象性而不是意识的意向性，身体力行中展示本己身体与河流人性的沟通。语言的视角随之发生扭转：诗句排除先见和情绪的渲染、价值的判断，试图进入描述的事相本身，突破自我的观看方式，为其找到新的视点。具体地说，就是动用了直陈式的描述，去除诗歌表达的多情善感，加入现代的开放、接纳、观察、理解与包容。

39

一首诗的完成，它得融入写作者多少年累积的记忆和无意识；你亲历的场景，身体冒出来的词语，与刻骨的阅读和情感经验相关。一首让人安慰的诗，不可能是即兴到来的轻易获取之物。

40

诗非意念，是直观。主体对事物的直观，而非意念的表达——又一次听到这一诫令。

41

扭转你诗歌写作的惯性。放弃对一个意念着迷而生的表达，而是因了一个个好的句子让你去进入一首诗的运行，或通过一个个句子来生成一首诗。

42

写作在逼向更高存在的追究，而非对外在的表皮的偶然的易逝的幻象的在意和停留，它们重要、不可忽视，但不是你到达的最后峰峦。你的语词在抵达的途中拨开眼前的枝蔓，见到了星辰和日月般类似的存在。

44

语言在海德格尔看来是神秘的本体，呼唤并授予我们语言的天性，召唤我们指向事物的本性，它不是被操控的工具。诗不受我们意志的支配，诗人不能强迫自己写诗。学习倾听语言，这样根本的东西就会对我们言说，向我们敞开。

44

维特根斯坦说过他是把哲学研究当成诗歌来写的，试图用片断写作揭示世界的本质。哲学研究和诗创作一样，它不是一种静态的和在学院中教授的学问，而是致力于自我塑造的生活艺术。

45

人的生存本身即哲学和艺术的起源。对人的生存的理解上升到审美的理解，并成其为生存的启示录，然后寻求重返现实，或重塑你的现实。人只有凭借自身获得自身的超越，其超越最终落实在生活世界中。幸福、欢乐和天堂就在人间—— 这些年你写作人间之诗，个体生命的诗与思。

46

诗意的言说透显真纯的话语，敞开存在的某种真理，也就是海德格尔所说的"真理自行设入作品"。言说生命的真实，一切伟大的文学都是对真理的言说；从原始生存领悟而来的"知"，作用于我们的思考和写作方式。

47

写作是抵抗虚无感的一种方式。诗人写诗的缘由很多，抵抗虚无则是其一。依靠语言，是我们赖以存活的方式，表明曾在的某种可能性，我们挣扎着在这虚空的人世求活，不得不信奉语言并以此为依恃；为个人的曾在保留此微的东西，服膺于语言这一持久的存在物而得以存留。

48

公交车上，想起老家的一个文学写作者廖广茂。在那个环境他写小说，让你像看珍稀动物一样打量他的与人不同之处。是谁要你成为写作者的：家族几辈人都是农民，他们不知世上有作家，一个农民的儿子想塑造成一个作家要付出多大代价；单位也不愿意你成为这个角色，听不见你内心的诉求；这个时代奴役你，要把你弄成一个白痴，要你铆在一部机器的某个部位。你是自己成就了一个写作者的命运，是命定的机缘让你在这条道往前走，写作是你活着的精神力量，甚至要你为之付出代价。

49

出生的卑微和中年在北方的漂泊，使你降低自己作为一个诗人的要求，而向生存做了投降，为之牺牲自己的尊严；对家庭责任的看重而忽视生活的方向和使命感，以世俗生活要求选择自己的生活形式，而对时代的灰心失望及松弛的精神，使你无望于自己的人生；对虚幻故乡和不人性单位的过分依赖显出对生活的逃避心理，弱化了作为诗人的独立性。建立健全的个人，追求个人生命的价值，像布罗茨基，强调个人甚至私人性，把表达私人性的艺术放在高于伦理道德和政治的位置，让美学成为伦理之母成为必须，培养自己作为一个诗人的高贵，甚至高傲，拒绝被支配和奴役——像布罗茨基那样做一个不为国王起立的诗人。

诗探索7　作品卷　2017年　第3辑

作家赫尔塔·米勒说，她不是自己选择了写那些被剥夺者的命运，而是这个主题来找到了她，她摆脱不掉那些专制。在罗马尼亚被社会排斥在外，移民到了德国，她还是罗马尼亚人。在罗马尼亚她总是德族人，你总不是自己人，你是外人。写作的诚实让我看好这位作家，在北京这些年的经历，几乎感受到与她相似的经验。在自己国家的首都，总觉得你是一个外人、一个闯入者，从聘用单位的制度到同事的眼光与态度，从户口、身份证到养老金的落实，你没有归宿感，不管在北方还是南方，你不再归宿于一个外在的组织，你退隐到个人的生活与写作中来，写作在这个世界上没有它的位置。你把写作当成能成就自我的事情，你从中获得安慰感、充实感、安身立命的所在。

51

病床上，作家孙犁枯萎下去的身体和他充满生机的作品，后者给前者提供了安慰。当我和朋友把花篮放在他病房的床头，我代替先生获得了安慰。

52

好像看见一首诗在自己的身体里成型，我想着要呈现它，其实一首诗在你的身体里活过很久了，它要出生，要你将它接生出来。创作者最深层的经验是女性的，因为他也有着受孕与生产的经验；从另一个层面来说，一首诗被它的作者接生出来后，它是有生命的，与一个个读者相遇，或寻找着它的读者，这一点也不故作玄奥，事实就是这样的；文本在挑读者，它有它的生命呼吸和气场，它是一个词语的生命体。

53

北京甜水园图书市场的路边。我坐在一捆采购的书上等着出租。激动的身体余波未平，各种活跃的想法还在身体里呈现，身体的激动与感兴和图书有关，各种思想和建设性的直觉和生命幻觉传达到肉体，成为象征。肉体在讲话，渴求着生的意志，寻找自我主体的生活路线。在进入图书城的那一瞬间就感觉肉体的活跃，随之精神的狂飙与身体的动荡交织在一起。人整个地生动起来，觉得自己在活着，活得想再活一次。在看书的间隙，一些句子冒出来，想抓住灵感的精髓，让动人的直觉固定下来而不遗忘其线索，以便日后得以发挥，加以深化。思想成了肉体存在的证明，肉体成了思想的产地。尼采说，哲学首先是肉体的告白，而我的写作因肉体产生了激情，并由之产生语词。

54

田野是我的教堂。

55

单凭着天赋的气质，就可以把一个人带到他要抵达的地方。

56

一个艺术家就是一个神迹的显露。不断地开拓自己，修炼自己，发现自己，成为一个奇迹，一个活生生的存在：像惠特曼、王尔德、高更。

57

写一本关于阅读快感的书吧。它关涉书的采购的地点与身体的快乐，还有阅读它们时感受、理解的随笔和评论，或随之引发的即兴回忆及个人经历片断，一本本书是如何参与到生命中来的？回忆与再次重温。

书中的人物思想如何协助我加强对事物的理解？生命的厚度是如何增加起来的？读过的书与经历的事之间是怎样的融合与促进？这样的关于阅读的书，是否会变成间接的自传也说不准。至少，它不是艰深的文论，它是一部带有生命气息的书，一部有身体味道和灵韵的特异作品。

58

或者说，诗歌艺术是团结人们的一种纽带，就像你到了教堂，那里的建筑与音乐与摘录于墙面的《圣经》的只言片语，会让你置身于神性世界。诗让我们理解它的人在一起，说出我们心的倾向和同情的爱，让人从自我和功利的囚禁中脱离出来，置身于它的光照中，世界如此存在真是非凡。艺术的善是神圣的、不可轻慢的，这可以说是我们生活的伦理学。

59

作为建筑师的路易·康，除非充满喜悦地去做，不然他创造不出一栋建筑。喜悦在他看来是创造的本质性力量。创造的喜悦与从直觉而来的惊奇关联在一起，驱使他在图纸上绘制迷宫似的线条，将纸上建筑兑现于多维空间。惊奇与喜悦也往往在一首诗诞生之前出现，当然也在写作之中时常隐现。写诗如果没有来自惊奇的喜悦对你的抚慰，你会怀疑自己能否持续地进行下去。

60

别尔嘉耶夫不喜欢胜利者和成功者。在他个人世界图景中，这建立在恶的基础上的世界，在这客体化和异己的世界中，他不相信存在完美的现实。我们从来不能和那些过渡性的、暂时的、易朽的、只存在于短暂的瞬间的东西相调和。我们带着某种紧张和力量感，忍受时间、疾病，忍受与世界持续不断的分离。作为诗人，在某个层面是为永恒的渴望所决定，像查拉斯图拉以自己余下的生命对自己说，"我爱你——永恒"。

61

康德提及过，我们对外部事物的认识，只能把握它的"现象"，未能触及它的"物自身"，我们的知识只是关于现象界的知识，而不是关于事物本身的知识。对不可靠的感官的依赖要有某种省思，我们要做的是试图去接近事物本身的认知。

62

阅读会磨损你生命的直觉能力，不尽然，你的阅读是对个人生活的照亮、自我对话的方式，或者说，它是另一种形式的创作。阅读与生命的行走几乎是同步的。也可以这样表述，阅读是你创作的一部分。

63

往往在对哲学的阅读中寻求诗歌实验的某种支持，从对存在主义哲学的阅读转向现象学，你把视点转向对生活世界的直观，从而注重诗的事态与语境的构成，试图营建个人感性的诗学—— 这在你的《旧居停留的两分钟》等诗中留下痕迹。

64

忽然发现自己某一阶段的诗作大都呈现在旅途中，它们聚集了火车，大巴，出门，飞行等运动的场景与事象，在身体的运动中词句在生发，情感在运动中呈现，生活就是运动，我们在船上，在火车上，在河流上，每个瞬间被第一次也是最后看见，生活和艺术一样飞逝，时间的流逝越来越多地成为你诗歌的主题。

诗探索 7 作品卷 2017年 第 3 辑

2013 年写作的《孤岛》《江汉平原的雨》等诗，似乎显示出"随时间而来的智慧"：语调平静而富于内涵，有着某种超脱的虚静感，不再像以往急于表达处境，宣泄情绪，更多的是一种静观，是经由心灵重新编排过的图案和视像—— 这一切皆从个人时间中到来。这些诗写了十几年，最后总算意外完成，从中获得了写作者的安慰。

66

我喜欢慵懒，它是对外部世界的柔软的反抗，当人们计较于功名，你给出这样一种态度。你质疑一些人、事的意义，你的慵懒与之保持疏离或不屑，甚至对抗性的张力。但这还不够，我们还得建立自己的强大的磁场，营建信奉的独立的世界与外部进行对峙，不然我们喜欢的慵懒会被外部引力所虚化，甚至吞噬，最后落到一无所是。

67

关于诗人的孤独与诗人的骄傲是存在的。维特根斯坦说，他的哲学工作本身是其骄傲的最大来源。不过他努力驱除工作上的任何骄傲，为了上帝的荣耀来写作，而非出于虚荣写作。一个诗人面对语言是俯首虔诚的，当他写到一些年头后，自我又算得了什么呢？我们得放下自我，才能听得真切。是这样的，如前所说的，得回到语言的世界里来，或者说，让我们走在通向语言的途中。荷尔德林的诗句，现在读来依然让人激动：诗人像酒神的祭司 / 在神圣之夜四处奔走。

68

多年前，我和妻子走在北京东三环的十字路口，想着自己从湖北脱离出来。在自己看来，那是个人生命里的奇迹。如果不写诗，多年来不受诗的感召和熏染，可能没有那出走的能力。做一个诗人意味着什么呢？

有人这样描述过，诗人类似于神与人之间的巫师，他有倾听存在的能力；英国诗人西尼说过，诗人身体里有一根天线，它能接收到内部与外在世界的信息。

69

在某种程度上讲，诗人是异教徒，至少是自我的反对者。

70

适度的声名是必要的，一旦它妨碍了你的孤独，你的身体就要有一个报警器。要有倾听这个声音的能力，要知道孤独是成就我们、朝向诗歌真理的必需。你总是能听见内心的一个声音，让你从外部的喧嚣中回返，反对自己，停止自己的散漫、虚荣。

71

传播诗歌是很好的，但警惕落入另一种庸俗，警惕写作带来的附加物，诸如名声和利益，而丧失服侍诗的能力，须知诗歌本身即是我的目的而不是其他，它要求你为之艰苦劳作并付出隐形的代价。

72

批评家的写作也是一种创作，尤其是相对于现有学院体制的论文写作而言。依施莱格尔之见，艺术作品的意义是未完成的，批评家则要尽可能地完成这项任务。那么，真正的批评家则要具有一个写作者发现、命名和创作的能力。

73

一个词语爱好者，他怀揣着一只对峙的笔。他的内心隐隐存在一种潜在的抗拒，对无处不在的权力保持警醒，那通过与权力达成妥协所换来的利益，对于写作者来讲是无价值、无意义的。

74

你在朝两个向度挺进：从生活与词语两个维度抵达诗歌写作的纵深。须知，经历不等同于诗；情感也不是词语，这二者要经过多少转化的劳作啊，况且一首诗还得依恃多种机缘。

75

在一本书的空白处写下这样几个句子：（1）传记的写法：呈现你生命中的人和事。（2）写作中断当下的生活，它在回忆中展开。（3）读诗、旅行、性爱、回故乡，这是你不断要回去的地方——这是生命的原点。

76

民间音乐。禅宗，诗，这些都是接近生命真相，都是从心中蹦跳出来的，生命回到从前，回到原始状态。去你的，理性。写作生命的感性，从社会性进入生命内部的探索与开掘，向自我之外一个更大的集体原型触摸。

77

当你怀抱新诗集于床头，你分外满足。你得从北方回到汉口，折腾了这些年，你还能回到书桌前。你料理着外部的生活，让自己回返真正所要的词语生活中来，总算完成了这些作品，可以说这是你归来的重要理由，是它们隐形地让你归来。

夜里想到在北京受了多少的屈辱。你在潜江小城为了展开写作做了你不愿意做的事；这些年来你隐忍、负重，躬身而行是必要的。卑微的生命得找一个依附点，一切为此而展开。写作是一生的持守和依靠，写出像样的作品来，从外在的虚荣回到真实的写作。你是幸运的。

某天，在汉口的房子里你对妻子吼叫着：我到北京去干什么？是去搞钱的么？我回到武汉来为的是什么？你们如果妨碍我写作，我死也会不闭眼的。那从意识深处爆发出来的话语让妻子默不出声。她知道了你生命的吁求。

钱也不能安慰自己，如果不用它来维护写作的从容。

词语就是自己的家。居住在这里：简洁，纯净，富于旋律。

一个日本诗人 bakuan 信奉佛教，研究了很多佛典。他去访问禅师，禅师如果说了什么，bakuan 就会做出反应，并引证很多艰深的经纶旁证。最后禅师说：你是位了不起的佛弟子，你什么都知道。我不想听别人的话，我想听听你说一句自己的话，你的真己之言。

83

《上邮局》写作于 1999 年，在离开潜江小城到北京，然后又回到那个三居室的书房写就的，写得泪流满面，以后读它常用手擦拭泪水。你把自己的出走与父亲的自杀、他的无路可走的绝望交织着呈现。你在诗中的出走是有一些悲怆意味的，向死而生，从死亡里找到了力量。死去的父亲在心里活过来了。有人评论说，此诗堪称你的命运之作，似乎是恰当的。

84

有人评论说，我的写作发现了属于自己的"日常"，并发展出与之相应的谈话式语调。我以写信的方式来写作诗歌，就像旧时代黄昏伏案写信的人。一种谈话的诗歌。一个个确定的对象在词语的背面，是你倾诉的对象，现实中具体的人将其推拉到词语的缝隙，你向他们喊话或低语；从面谈式的亲密交谈中流露出来的坦诚和强烈的诗意，以及由此连缀而成的对内心隐秘与尘世真相的双重揭示。

85

诗集中的赠诗算来真不少。《一封航空信》写给异国友人；《山地纪行》是赠给一位法师的。可以说你写作人世间的诗，既不是写给天堂的，也不是写给地狱的；写给人世间不同的男女，有的是写给过去的自我，或自言自语的独白，如《孤岛》中的自我与另一个自我的反驳、抗辩或质问。读者可以从字里行间识别自己，参与其诗性的交流。其诗性的涌动，因不同的对象，说话的方式呈现不同的句式和节奏音韵，每首诗中有着不可替代的唯一的语调。

86

如何尝试不断地将日常生活转化成语言；如何自我反对自我嘲讽，自我解套，练习挣脱习见的能力；如何把诗艺当成目的而非传情表意的

手段，对诗本体保持足够的尊重；如何从对观察的敏感过渡到对语言的敏感，如何在诗中融汇语词的组合、拼贴、叠印，互文与变形的组织安排；如何拿捏诗歌叙事的恰当和事境的蒙太奇剪切而非象征和隐喻；如何从生活的朴素进入诗歌本身的朴拙；如何从语言策略的讲求到达对写作命运的体认；如何对个人生活事件进行反思、加入戏剧性的提纯，使之有着普遍意味和格言般的概括力；如何在个人修为、时代语境和哲学结构的共同作用之中，再创或更新诗歌语言的命名能力。

87

成为诗中的一个匿名者。诗中的无尽的开始与结束，意象的转换让你成为一个反复无常的诗人，我们死去成为地表和土地的一部分，成为一个幽灵。诗人没有自己的身份，而是运用了人、动物、大气施加给他的身份，发出一群人的声音，一个诗人过着类群的生活，在他的诗中建立起一种复调。

88

诗文本的海滩，随机性混杂意象的各种漂浮物，那是多种语汇齐聚的空间，一个共时地异质语境的海滩。

89

写作的不可预知或预测，让一个写作者成了听从者。身体是个发动机，诗借助它来启程。那些怀有野心的刻意的作品，最后也往往受制于诗的发动机。一首好诗往往在你不可知的情况下突然到来（但它牵动了你的经验和语言所有的储存），甚至你不知道降临于你面前的是诗，这种偶发的陌异之物让人惊叹与着迷。可以说，诗是不可言说的神秘之物，我们的谈论只是试图找寻通向它的可能的路径。

2000 — 2014 年，北京 — 武汉

诗探索 7　作品卷　2017 年　第 3 辑

第二届"诗探索·春泥诗歌奖"小辑

获奖诗人简介及授奖词

赵亚东（黑龙江）

男，1978年生，黑龙江拜泉人。作品发表于《人民日报》《诗刊》《人民文学》《青年文学》《星星》等刊物，入选《中国诗典》《黑龙江文学大系诗歌卷》《中国最佳诗歌》等多种选本。著有诗集《土豆灯》等。曾参加诗刊社第31届青春诗会，结业于鲁迅文学院第31届高研班（诗歌班）。现居哈尔滨，供职于某媒体。

授奖词

诗人赵亚东的组诗《遥远的土豆》以东北飘荡河边的乡村记忆为写作背景，擅长用描写或叙述来抒写个人的生命体验，揭示乡村的现实真相。语言质朴、舒缓、细腻，意境幽邃，出人意料，从而呈现出一种动人心魄的力量。鉴于此，特授予赵亚东第二届"诗探索·春泥诗歌奖"。

黄小培（河南）

男，1987年生，河南省平顶山人。诗歌作品发表于《人民文学》《诗刊》等纯文学刊物，并入选多种选本。曾参加《人民文学》第五届"新浪潮"诗会。著有诗集《对称的狂澜》。现在平顶山市某乡镇中学教书。

诗探索 7 作品卷 2017年 第3辑

授奖词

诗人黄小培的组诗《敬畏》以中原大地上的小镇生活为底色，将抒情和叙述适度地融合在一起，丰沛地表达个人对生活、生命、时间、死亡的深切感触和敬畏，语言平静中现峭拔，温婉中有冷峻，彰显出作者悲天悯人的诗人情怀。鉴于此，特授予黄小培第二届"诗探索·春泥诗歌奖"。

徐　晓（山东）

女，1992 年生，山东高密人。作品散见于《人民文学》《诗刊》《星星》《中国诗歌》《作品》等文学期刊，并入选多种选本。著有长篇小说《爱上你几乎就幸福了》《请你抱紧我》，诗集《局外人》。曾获第二届《人民文学》诗歌奖等。现就读于山东师范大学文学院。

授奖词

诗人徐晓的组诗《幽居志》以自己的山村成长经历为原点，将古人山居秋暝的天人合一和现代人对自然的诉求凝于笔端。语言灵动、干净，既有少女单纯的幽居情怀，又不失思考的厚重，显示出一个九〇后写作者深厚的创作底蕴。鉴于此，特授予徐晓第二届"诗探索·春泥诗歌奖"。

获提名奖诗人名单（按姓氏笔画排名）

马东旭（河南）	王　琪（陕西）	王祥康（福建）
王志彦（山西）	白庆国（河北）	龙红年（湖南）
老　四（山东）	李克利（山东）	张　琳（山西）
曹立光（黑龙江）	侯存丰（四川）	郁　颜（浙江）
胡　杨（甘肃）	温　古（内蒙古）	

获奖诗人作品展示

赵亚东诗五首

清晨的散步

我在天色渐渐变亮时，去飘荡河边
散步。我知道，比我更早到这里的是
一股凛冽的寒风，撕开东边的天幕
让我能够远远地看见村庄里
那些早起的人家，正在打扫院落
去城里的马车也刚刚上路，几个年幼的孩子
纷纷跳上去。叫了一夜的黄狗
此时变得温顺，在草垛的一角
凝望着一弯新月。我珍惜这样的时辰
也将在更明亮的一天，给我的儿子写信
但是我不知道我要写些什么
我无法描述这些贫寒的人们，是怎样
守护他们隐秘的快乐。我也无法说出
在刚刚过去的夜晚，是什么力量
让我从山中的石头里，挣脱

河边的茅屋

河边的茅屋又矮了一些
风一吹，它就会低低地哭
它的空，就会更空

我知道它不是一个人哭

诗探索 7　作品卷　2017年　第 3 辑

还有你，小静
你就躲在我们的房子里
却不让我看见

一寸一寸地，陷得更深
小静，如果我们的房子倒下去
会不会一点声音都没有

就像当年，我看着你
被大水冲走
静悄悄的，一点声音都没有

忏悔书

雪不是从天上落下来的，是飘荡河在结冰的刹那
涌动的鱼群吐出来的一声声喊叫
是河边的树桩，被呼啸的风打碎的木屑
裹着一圈圈的年轮，狂舞
是那座新坟里的少年，写给父母的忏悔书

那个在半夜潜回村子里的人，一定又是想家了
他绕过黑黑的井口，躲过草垛里的狗叫
又有一颗星星掉了下去，扑通一声，井水汩汩而出
又扑通一声，他摔倒在雪地里，就什么也看不见了

远行的人

两座新坟
挤满了黄昏中的土坡
一座很大，一座很小
它们拥抱落日的余温和抚摸

有人从这里

走向更高的山岗
看倒下去的荒草
怎样在天黑前站直身子
看那些村庄
如何把自己藏得更深

也有另一些人
会在天黑之后启程
留下这空荡荡的夜晚
但是我们不知道
他们到底去了哪里

夜　路

我一直都怕天黑。怕黑暗中的田野
风吹那些谷粒的声音
有一次母亲带着我，从另一个村庄归来
经过飘荡河边的坟岗
本来短短的一段路，却怎么也走不完
她的脚步凌乱，呼吸急促
我紧紧扯住她的衣角，不敢睁开眼睛
我知道，那些坟堆里埋着死人
我也听说那些人会在夜黑风高时
从坟墓里走出来，修改自己的姓名
风越刮越大，我们陷入极度的恐惧中
却怎么也喊不出来
就在我们即将绝望时，一束光远远地
射过来。我们赶紧跑过去
那是我的父亲，手里拿着一把镰刀
从漆黑色的夜色里冲出来

诗探索 7　作品卷　2017年　第 3 辑

黄小培诗五首

自省诗

守在这个小镇，巴掌大的安居之地，
多数时候，我牺牲了我的嘴。
我深谙苦难，仇恨和寂寞的温度，
却一出口就是谎言，
对见到的人说些言不由衷的话，
像路边的野草，深抓泥土却随风倒伏，
不得不承认时间驯化的力量。
而此生错就错在，轻狂且自卑。
我虚度了太多的时光，它们经过我，
白天连着黑夜，一生坚持的东西
正在像炊烟一样消散。
我的心是否已停止了波澜，
开始接受左手夹烟右手举杯的日子，
这种死猪不怕开水烫的日子
被时间的尘埃缓缓覆盖。可恶啊。
只有在夜晚，在陡峭的星空下，
才能感受到小镇，它的边缘的寂寞，
很小，但很能刺痛人心，
像两个人挨着，相互揭短。

疲惫的村庄

苞谷入仓之后，大中原空旷的田野，
我理解你短暂的宁静。

大地终于空出来了，内心的河流，
我知道你饱胀的尿意。
当一斤粮食换不到一块面包，

获奖诗人作品展示 ≡ 第二届『诗探索 · 春泥诗歌奖』小辑

我们之间升起了寂静。我们相对无语。

说说那些杂草吧。那些失血的草民，
在被露水亲吻的早晨，
把自己推上天空一样高的脚手架，
疯狂地把心高高悬起。
野菊花，像孩子们干净的、带泪的脸。

此刻，我宁愿相信真的有神
在降临，在起雾的大中原空旷的田野。
仿佛真的找到了一个可以让你痛哭的女人。

离别诗

一生都在离别啊，流逝的时光
一刻不停地带走旧风景，
带走旧家具和年迈的亲人。
花花叶叶陆续离开枝头，
消失在燥热的蝉声中。
我也在不断离开自己，我感到
体内一些小螺丝开始松动，
身体开始发福，变得贪婪、虚伪、富有野心，
这种样子曾令我厌恶又恐惧。
如果祖父还活着，他一定会在门前的
菜地里种下许多豌豆和大葱，
然后抽着烟骂我混蛋。
为此，我醒在白天和黑夜之间，
像一个梦游者拖着疲惫的身躯
一次次奔入火热的生活，
青春正像风一样从我体内撤退。
如果你见到了像我这样的人，
你就能看到且明白他眼睛里的深渊。
请原谅他不停地奔走在远方，
原谅他那颗丢失的悲悯之心

和无处安放的乡愁，
原谅他被生活的再教育封住的嘴。

一场雨后留下的

雨水过后，芳草们排山倒海
跑向四野，
又跑向天边，
终于在接缝处找到了蔚蓝。
蓝天用碧蓝的心情
感染人，它不用它的蓝手指，
而是眼神和呼吸。
四周的寂静都翘起了一边儿，
芳草之上，露珠胸怀天下，
它比蓝天更加饱满，
它比谁都要饱满。
天光反照万物，为肉中之刺寻找出路，
它被你用过之后就更加晃眼。
为了温暖一副好情怀，
作为一滴低温的光，我
被露珠包裹着，
像一颗笨土豆，一头栽进你怀里。
天空高大，流水响亮，白云梦想成真。

只有离开才是永恒的陪伴
　　——写给祖父

那时他正在为豌豆锄草，
泥土在铲子的翻动中醒来，
他佝偻着身子，像一株更大的豌豆。
暖烘烘的风从东面吹来，
但并不吹落什么。
这是我相信的永恒——

获奖诗人作品展示 ⫶ 第二届『诗探索·春泥诗歌奖』小辑

眼前的事物就像那些豌豆，
即使不开花，也会默默生长。
直到后来，在透明的光中，
他突然找不到了自己的影子，
很快淹没于万物的喧闹
和恒久的寂静之中。那之后，
寂静仿佛一个悲伤的灯盏，
一颗永垂的恒星。
只有寂静才是永恒的。
注入一个人一生的岁月，
连同喧闹后的灰烬、烟尘，
最终都平静下来，
他的咳嗽、叹息在万物中浮现。
而世上存在的一切
都不过是万物呈现的影子。
这让我理解了衰亡的意义，
只有离开，才是永恒的陪伴。
它的圆满、完整，让人世在流转中
生生不息。

徐晓诗五首

幽居志

离群索居，闭门谢客——
我以篱笆作门，青藤为窗
管它黄鼠狼还是狐狸精
一律遥遥相望
闭门种花种草
春种蔷薇夏栽荷

秋赏野菊冬踏雪
一方小院，四季都有鸟鸣
风吹过来就让它吹
雨落下来就任凭它落
世间好山好水千千万
我有两耳，不闻那山外事
我有一心，只读这圣贤书
我还有那小野兔、长尾雀、小白羊
圆溜溜的滚了一地的紫葡萄

原谅我

春天，我一直不愿提起这个词
它太美 美得让雀鸟失声，让天空失明
原谅我太爱那寒凉的荒野
爱那飘零的落叶和干涩的枯枝
爱那丰收后空荡荡的山坡
胜过那些繁花和美酒

无须提醒 我还能洗漱那些旧时光
那些遗落乡间的梆子声 凌乱的小巷
原谅我还爱着它们
爱着那些温暖以及遗忘
原谅我 如此絮絮叨叨，反反复复

古房院

现在 从青墙灰瓦的古房院开始吧
屋前种菊院后栽树
门前小河的倒影里
白云、卵石各一半
羊肠小道牛羊的脚步声
在明亮的光芒里静悄悄

我的祖母 坐在胡同第三家门槛上
晒着太阳 像一座古钟
她在听蝉鸣
她在看鸟飞
她在用手帕揩脸上的灰尘
她坐北朝南 与房院一样安静
一坐就是一辈子

看看你的山河

陌上刮起了风，你从南山的褶皱里
冒冒失失赶来
尘土太厚的衣襟里盛开着一朵野菊花
你举起蓝天的镜子
照醒了沉睡的雷鸣
山水和晨曦拌在一起
一缕炊烟裸露在上空

来，看看你的云水河，时而烟波浩渺
时而雨雾迷蒙。抖一抖烟卷
把草长莺飞的内心清洗干净

看看你的田野，羸弱黑瘦中生长着
花生、大豆、高粱和玉米。
你未发现，草茎深处一只蝴蝶
正驰骋在你的脊背上
醉醺醺，似是喝高了般摇摇欲坠

看看你的牛羊
在坡地的尽头品嚼着
生硬的枯叶
你看了一会儿就垂下眼睑
插翅难逃的蚊虫跌进你深不见底的眼眸

诗探索7　作品卷　2017年　第3辑

多少年，像你这样的人
不闻不问这山山水水
把暗藏泥土深处大地的秘密
交付一个即兴潦草的转身

此刻一声惊雷，这山野斜斜颤抖
一只野兔打你身前匆匆而过
你突然惊醒，慌不择路

夏日记忆

这个时刻。一根绣花针绣出了一幅好山水
我的乡人，我的村庄，我的田野
甚至池塘里鸭子的叫声
都沾满了热气腾腾的气息

一起劳作着，父亲和锄头
一穗穗小麦，萦绕了四十里
杏花村的傍晚，走来母亲、我和小白羊

一把汗一双手，换来丰年
一缕风是一股清泉
一株草是一堵围墙

烈日扫过父亲的脊背，停在腰上
盯了又盯，紧了又紧
阳光、鸟叫、野花、土沟、一壶水
你流汗，我捉蝉

那个逍遥的夏日，让我愧疚
被风吹皱的记忆，隔着多年的阳光
有些暖有些苦涩
风吹几十里，那个夏日
太阳和我一样在草丛中停了下来

提名奖诗人作品十五首

散文诗申家沟（八节选一）

马东旭

四

立冬，一群迟缓的羊群。

抱紧了草滩。

其中一只是我，以羊的眼来瞥视东平原。我看见飘逸的云朵，心无所住。乌鹊，打入白昼的内里，它才是枝头上的光芒。我看见亘古的涓流，它是它的一面镜子，清浊自知。我看见众神的仁慈，聚拢于庄稼之上，庄稼在无尽的土地之上，无尽在不增不减的悲喜之上。我要告诉每一位耕耘者，颗粒圆润。这就是恩赐。

但我看见的一些实相，并非实相。

比如，即将看见还未看见的申家沟，必戴上雪的面具。

是圣洁的面具，还是白色可怖的面具？嗯，我一思考，那不种也不收的飞鸟，就在黑屋顶上嘎吱嘎吱地笑。

火车经过故乡

王 琪

行进的火车
穿过山峦、平原，驶入无边的夜色
此刻，故乡荒凉
胸口的心跳
骤然贴紧初冬里的静寂
远了，外婆唱给我的，那如风的歌谣

睡吧，长眠不起的父亲
旧年份的恩情
似曾承受过一场风霜之后，都在暗处隐匿

一个人如果没有苦楚
他的内心必然松弛、平缓
车窗外，光线忽明忽暗
记忆更加灰暗，驻留于穷途末路的人生
几颗星子，能否延续眼神里的忧伤
看不清的村舍和乡道
一张白纸上的表述，旋即卷起的飒飒风声
吹不走一颗因眷念
而徘徊不前的破碎之心

寻　魂

王祥康

灯点起来 纸成了灰
岸上的亲人哭哑了
水里的表哥 十八岁的表哥
你耳朵里的海水有涛声吗？
如果听见 你就上岸吧
表哥 弯弯曲曲是回家的路
跟紧亲人的脚步
这个路口你是不是听到
约你下海讨鱼的伙伴
这个拐弯处你的眼睛曾经落在
一个女孩的背部
你看到她转身了吗？
亲人们寻你的声音有长有短
到家了 你要跪下来
寻到的魂一定要在门口停一停
让亲人安静地睡下

秋　声（外一首）

王志彦

秋天是有声音的。那喜悦的、哀伤的
韵律，都是来自一个季节的内心
像大雁告别寒霜，白云告别蓝天
流水在晚霞的拥抱中有了爱的意义

一个心中没有牵挂的人，月光再浓
都不会听到八月的夜晚，母亲在遥远的
南阳坡，眼泪掉在地上的声音

悲　声

王志彦

雨水没有了退路。无坚不摧的
阳光和大风都已转场，灵魂之佛
大放悲声，每一寸泥土都在翻身坐起
寻找自己的圣坛，它们痛哭流涕
倒出内心的灰烬，仿佛一个人灰暗的
命运，奔跑中看到了命数的排列
秩序的按钮却悬在空中。已经多余的
鸟鸣渐渐失去了底气，事实上
我们有时候就是把自己
废弃在空洞的鸣叫中

一场雨过后

白庆国

我和父亲就站在了
我家的玉米地前
我和父亲同时
看着被风吹折的玉米
不说话
为什么他们这么容易倒下去
倒下去就不起来

一片一片的玉米
齐刷刷地倒在了风的方向
玉米的叶子上
还挂着明亮的水珠

十分钟过去了
父亲还是没说一句话
面对生活的突发事件
我们总是束手无策

最后听到父亲叹了一口气
转身向村庄的方向走去
我没有跟着父亲
我站在那些夭折的玉米前
想起了父亲，怎样侍弄他们的样子
此时父亲的心情一定像那年突然失去二哥的情景

我也叹了一口气
并自言自语地说
就那么一点风

仇　家

龙红年

在村口　他气势汹汹揪住父亲的领口
矮小的父亲挣扎着　灰白头发直立
像充了血　接着　他松开了父亲
躲在屋柱后的我
松了一口气

啪！——他突然扬手甩了父亲一记耳光
父亲踉跄一下　天空
差点翻过来

那时我五岁　晚上在梦中
我想好了一千种杀死仇家的方法
其中包括把他的手掌砍下来
用柴火烧　把他的心掏出来
喂小黑　结果
我把一个很长的冬夜哭醒了

转眼十三年过去　那年
在仇家的坟头　我默坐了整整一下午
把锈蚀的砍刀摸了又摸　很久很久
刚想抽刀
月亮　却无中生有似的
跑了出来

诗探索7　作品卷　2017年　第3辑

代　际

老　四

十二年前我远遁异乡
后来回来了
远远地看见城门
一座残破的城
没有倒掉，依然活着
城头的大王旗还在
城墙上的将军还在
城外三里，我的村庄还在
我没有进城
也没有回到村庄
我看到大王旗上父亲的名字
那个曾逼我远走的人
至今还是土皇帝
我的未婚妻正在父亲的家里
持续喂养她的儿子
那个小孩跑出了村庄
经过我身边
他一直在跑，向着他的父亲
远去的背影像一条蛇
我在城和村之间坐下来
一遍遍数经过我身边的孩子
有时多，有时少
他们不断伸缩的背影
像极了十二年前的我

悲　伤

李克利

突然想起多年前某个冬日，某个平常的
下午，火炉上炖着猪骨汤
妻子绣十字绣，儿子画儿童画
滚烫的火炕上，母亲听收音机里
播放吕剧《借年》，时不时会跟着哼唱
桌子、沙发、床上，堆着好多本书
是我和父亲喝茶时经常聊的话题
如今，儿子去了济南求学，妻子疾病缠身
而我，成了被母亲遗弃的孩子

记忆不容易忘记，时光里弥漫的
美好和幸福，那时不懂得珍惜
有谁和我一样悲伤？
我问潴河滩的芦苇，芦花是父亲满头的
白发，刺眼，只能加重我的凄凉
我问门前的柿子树，这个季节
裸露的枝干已经习惯了沉默
我问田野里干枯的荒草
它们也不说话，我听到断断续续的哭泣

这些年

张　琳

这些年，见了很多的河、很多的山
越来越觉得
所有的河，其实都是一条河
所有的山

都是同一座山。

县志上写着：河叫滹沱河，山叫天涯山。

我日复一日爱着

这条河

这座山

我爱它们，就是爱着天下的河流

天下的山峰。

有一次，我路过河南平原

看见晨雾中的村庄

仿佛一朵菊花，开在秋风中。

一样恬静的乡村小道

一样含着泪水的房子，那一刻

我彻底相信了，世上所有的村庄

都是一样的。

一个孩子

穿过薄雾走来，我确信，那就是我

八九岁的时候

独自站在路边，看车来车往。

这些年

每次看见那些河，像大海的童年

每次看见那些山

像大海的老年，我就有种如释重负的感觉。

在乡愁遍地的岁月里

我每写下一首诗

都像是寄给乡村的一封信。

我觉得

谁读到它们，谁就是一朵洁白的蒲公英。

我想告诉他们：大海的一生

也是所有人的一生。

西山脚下

曹立光

王波和他姐姐王丽
站在梯子上
合力拆家里熄火的铁匠铺
再远处是脚手架
废弃的大棚
老掉牙的职工俱乐部
被冻土掩埋的供水工程
去年七月份
开工动土的楼茬子
板着脸，杵在山脚下，像
警卫室那只看门狗
走过的人，都会用手点点
然后笑笑
风把出山的路打扫干净
有人空着手上山
有人攥着影子跑下山来
他彳亍在站牌下
行李箱左右挪闪眼光
风吹开手机
推开这个叫翠峦的地方
破壳的冰凌花
抽搐的小嘴带有冰的血丝

诗探索 7　作品卷　2017年　第 3 辑

柏　木

侯存丰

一阵轻鼾从屋中传出，女人放下线团，
给熟睡中的孩子掖掖被角，理理额发。

桌上，五寸相框里镶嵌着青春缩影，
那个人，脖颈缠白围巾，身宽体泰地
望向，女人身后，墙上张贴的旧报纸，
一副整齐的田垄、麦茬，涂满 1997 年盛夏。

屋外，雪停了，瓦楞上、院落里，满满覆着，
再过几个小时，开年的鞭炮声就要响起了。

拔草记

郁　颜

那年夏天
在弯弯曲曲的田埂边
我和父亲，埋首于豆苗间
徒手给它们拔草

那还是个贪玩的年纪
我疲于这样的农活，有几次不小心
把整株豆苗也拔了出来
怕被父亲看到而遭受责怪
我迅速用小小的身子把它挡住
悄悄把它埋回去

我因此而窥探到了

它裸露的灰色的根脉
一缕缕、一丝丝，毛细血管般
牵连着我幼小心灵里的罪过

那个拔草的夏天
我还发现了
很多泥土下的秘密
虫卵、蚁巢、碎瓷片、圆滑的石头……
那是一个不同于往常的世界
被我翻开又埋藏
仿佛是一次命中注定的相遇，惊喜而无措

葫芦河一带

胡　杨

稀有的水蒸气
追赶着夏天的戈壁

它们在哪儿落脚
哪儿就是天堂的母本

——题记

1

风丢掉了自己的靴子
而这只靴子里灌满了水

风自己拍打着自己的肩膀
丢了什么都不会停下来

诗探索 7　作品卷　2017年　第 3 辑

芦苇打量苗条的身材
风一来它们就有癫狂的猫步

这样摇摆
无垠的戈壁
已显得狭小

3

高高的山
近在咫尺的夏天

高高的雪
远在天边的冬天

青青的草
低头吃草的母马

一阵风吹过
它们都模糊了

4

或者骆驼带来了父亲的消息
或者一只公鸡的啼鸣突然中止
或者泪眼婆娑中
一下子看清了
三十年的沧桑

5

河流带来的
河流送走的
在村庄的一隅

提名奖诗人作品十五首 ⦚ 第二届『诗探索·春泥诗歌奖』小辑

堆积如发黑的柴火

有一部分停滞的河流
像一个老爷爷、老奶奶
在西风中拾捡
过剩的岁月

6

河流有自己明确的脚印
那些脚印生动如虎

茂密的草
挺拔的白杨树

红枸杞、黑枸杞
苹果、杏子和梨
麦子、苞米、棉花

它们有多少秘密
深藏于河流

7

在嘉峪关外
在瓜州

河流细小的支流
充盈于春天的身体

无数的毛细血管
在涌动，像一朵朵
盛开的花

蜻蜓在飞
空气中
无数的水
在飞

它们形成另外一条河流
哺育了雨后的彩虹

还是那些芦苇
打扫戈壁上的荒凉

还是那些芦苇
掩护河流从最干旱的地方通过

期间，坎坎坷坷的路
被酷热的天气阻断

眼泪掉在衣襟上
打湿衣襟

但随即到来的阳光
并没有烘干忧伤

河流的忧伤
就像一条藤蔓
枝叶间
秋天结满了果实
而冬天却面临枯萎

葫芦河
葫芦的种子还会不会
播撒在更遥远的地方

村庄旧事

温　古

三年内修理一件旧农具
青草是打不退的敌人

将镰刀放在麦垄下
刀刃被泪水打湿

我将小树栽直
阴影却歪向了小路

下蛋后母鸡的叫嚷
惊醒熟睡的孩子
丫头今年已经长大懂事
青杏成熟还得等待三个月

后院的梨花开得无法无天
群山顶上的雪兀自闪耀着光
像神遗落在大地上的一瞥

《诗探索》编辑委员会在工作中始终坚持：

　　　发现和推出诗歌写作和理论研究的新人。

　　　培养创作和研究兼备的复合型诗歌人才。

　　　坚持高品位和探索性。

　　　不断扩展《诗探索》的有效读者群。

　　　办好理论研究和创作研究的诗歌研讨会和有特色的诗歌奖项。

　　　为中国新诗的发展做出贡献。

诗探索 ⑦

POETRY EXPLORATION

理论卷

主编 / 吴思敬

2017年 第3辑

作家出版社

主　管：中国当代文学研究会

主　办：首都师范大学中国诗歌研究中心
　　　　北京大学中国诗歌研究院

《诗探索》编辑委员会

主　任：谢　冕　杨匡汉　吴思敬

委　员：王光明　刘士杰　刘福春　吴思敬　张桃洲　苏历铭
　　　　杨匡汉　陈旭光　邹　进　林　莽　谢　冕

《诗探索》出品人：北京人天书店有限公司

社　长：邹　进

《诗探索·理论卷》主编：吴思敬

通信地址：北京市西三环北路83号首都师范大学
　　　　　中国诗歌研究中心《诗探索·理论卷》编辑部

邮政编码：100089

电子信箱：poetry_ cn@ 163. com

特约编辑：王士强

《诗探索·作品卷》主编：林　莽

通信地址：北京市丰台区晓月中路15号
　　　　　《诗探索·作品卷》编辑部

邮政编码：100165

电子信箱：stshygj@ 126. com

编　辑：陈　亮　谈雅丽

目　录

诗学研究

新媒体视野下的诗歌生态

纪念公刘诞生九十周年

赵丽宏研究　结识一位诗人

中生代诗人研究

姿态与尺度　外国诗歌研究

从声音的角度看新诗

陈太胜

一

从声音的角度看新诗，是我新出版的书《声音、翻译和新旧之争——中国新诗的现代性之路》（湖南人民出版社，2016）中最为重要的一部分内容。我的这本书以众多不同的个案，从不同的角度，对新诗通向现代性道路的几个重要方面，即"声音""翻译"和"新旧之争"三个问题做了探讨。我在这本书的第二至八章，以1915—1950年间有代表性的胡适、郭沫若、闻一多、徐志摩、戴望舒、梁宗岱和卞之琳等七位诗人、学者为个案，从不同角度讨论了新诗在其通往现代性之路上的两个重要问题，即新诗的"声音"与"翻译"。由"翻译"问题入手，我重点考察了中国新诗作为一种新的文类的文体状况（"声音"），并延伸到对中国现当代争论不休的"新旧之争"问题的探讨。在此过程中，通过翻译外文诗及相关诗学的介绍和接受，西方诗学与中国古典诗学由不同的时空都汇聚到了中国现代文学这一现代的时间和空间上来了。这也正是新诗在其现代性之路上的现实处境。

中国新诗的形式问题，包括新诗的分行、押韵、节奏、格律、语调等问题。我将这些问题都放到新诗的"声音"这一问题中加以讨论。

在讨论文学时，人们往往容易"得意忘言"，即忽视文学的"言说"本身（"能指"），直接或间接地、有意或无意地直取其"意义"（"所指"）。因此，无论怎样高超的读者或文学批评家，多少都是文学阅读中的"内容至上主义者"。这无论是在一般的文学阅读，还是专业的文学批评中，其实都相当普遍。因为我们一般还是信奉"言"是为了表达"意"而服务的。但是，即使按照最为先锋的理论，确立起"言"的中心地位，用种种方法去分析"言"，并挖掘"言"背后复杂和不确定的"所指"，难道不也是为了去定义"意义"的多元和各种可能吗？因此，

诗探索 7　理论卷　2017年　第3辑

这里的关键并不是"内容至上"，或"形式至上"。在有关新诗的各种讨论中，上述问题其实仍然非常重要。因为我看到，对田间、郭小川和贺敬之的书写方式不屑一顾的人（有可能是批评家，也有可能是诗人），其实自己拥护和拥有的写作方式，在根本的结构上与他们并没有什么差异，尽管他们认为自己表达的东西，（在内容上）与上面这些诗人非常不同。他们心安理得地拥护或采用与自己在意识形态上相左的诗人相同的"结构"，根本不去反思自己的表达方式本身其实即表达了某种令人厌恶或厌烦的意识形态。正是基于这种考虑，我仍然要先为某种"形式"至上的理论辩护。确实，恰恰是我们的写作方式、言说方式本身决定了我们表达的东西。在这个意义上，我这里讨论的新诗的"声音"将会表明，这是我们在讨论新诗时最为关键的词语。它确实最大限度地表征着诗人的情感和思想，即什么样的"声音"表现了什么样的情感和思想。在我看来，这是让文学成为浅显的道德呼吁，还是真正的人性表达的关键。我这里说的"声音"一词，称得上是有关新诗的形式的"代称"，包括了属于新诗形式和语言中的所有因素，它代表的是新诗在文体层面上的全部东西。

新诗自二十世纪十年代中后期在中国诞生以来，接受了外国诗的影响，努力达成了自己与古典诗歌的区分。它所起到的实际效果，即是立足于中国当时的本土语境，使自己有了不同于旧诗的新的形式、新的声音、语调和思维方式。其中，新诗新的声音和语调的形成，确实是新诗之所以成为新诗的关键性因素。

俄罗斯思想家巴赫金在讨论小说这一叙事文体时，提纲挈领地谈到过"声音"这个概念："声音的定义。它包括音高、音域、音色，还有审美范畴（抒情的声音、戏剧的声音，等等）。声音还指人的世界观和命运。人作为一个完整的声音进入对话。他不仅以自己的思想，而且以自己的命运、自己的全部个性参与对话。"[1]巴赫金不仅恰切地把"声音"阐释为文学"形式"本身，也恰切地揭示了"声音"作为艺术形式与人深层的关系，真正的"声音"确实承载着人自身的"命运"及其"全部个性"。在一般的诗歌批评的语境中，与"声音"有关的另一个词是"语调"。所谓"语调"，英文中称为"tone"，就其一般的意义而言，就像伊格尔顿在《如何读诗》中的定义那样："意为表达特定的情调（mood）

---

① ［苏］巴赫金：《关于陀思妥耶夫斯基一书的修订》，晓河译，《巴赫金全集》（第五卷），河北教育出版社1998年版，第387页。

或情感（feeling）的声音的韵律特征（modulation）。它是符号和感情相交叉的地方。"[1] 而我使用的"语调"一词，也是叶公超在其讨论新诗的论文中常用的用法，大概与"声音"一词同义。

总而言之，"声音"一词实际上意指了诗在形式方面的东西，包括了一般讨论诗歌时关注的"语调（tone）、音高（pitch）、节奏（rhythm）、措辞（diction）、音量（volume）、格律（metre）、速度（pace）、情调（mood）"[2]。如果说，我们一般称为文学作品的内容（所指）的东西，最简单的说法是指它说了什么，而形式（能指）是指如何说它，那么，"声音"或"语调"则尤其指如何说它的语言自身在声音上的特点。"语调"这个概念在叶公超的说法中，是区分新旧诗的关键性概念。但实际上，它也可以是一个有关文体特点的概念，我们可以说徐志摩的诗有徐志摩的语调，戴望舒的诗有戴望舒的语调，卞之琳的诗有卞之琳的语调。一个诗人不同时期的作品，其语调也可能不同。

二

从声音的角度看新诗，其立足点当然还在于新诗人及其创造的文本。下面以胡适、郭沫若、徐志摩和戴望舒四位诗人为例做简要说明。

中国新诗的开创者，即胡适，将自己的译诗《关不住了！》作为他个人新诗写作史上的一首"原作"，并将之称为他自己新诗写作"进化"至最高一步的"纪元"。这样看来，在新诗这种新文类的发生和发展的语境中，这首译诗甚至可以被视作新诗这种新文类可以成立的标志性作品。它对译诗，即用中文翻译英文诗的意义尽管非常重要，但对新诗这种新文类的成立的意义，则更为重要。

在我看来，作为一首白话诗，与胡适本人之前采用文言体式翻译的译诗（像采用"骚体"翻译的《哀希腊歌》及还不能逃脱文言文法影响的白话诗原创作品，像著名的《蝴蝶》）相比，《关不住了！》的独创性，是采用白话与胡适自己所谓的不拘长短，努力实现了文体大解放的"新诗体"来做中国新诗写作的工具与形式。这首译诗以特有的声音、语调与体式显现了新诗不同于旧诗的特出之点，它完全摆脱了旧诗的影响，是"充分采用白话的字，白话的文法，和白话的自然音节的诗"。

---

① Terry Eagleton，*How to Read a Poem*，London：Blackwell Publishing，2007，p.116.

② 同上，p.65.

诗探索 7　理论卷　2017年　第 3 辑

我相信，在胡适的心目中，《关不住了！》一诗的成功，不仅仅是文字（白话）与体式（新诗体）的成功，更为关键的一点，是新诗这种新文类显现出了表达现代生活、情感和经验的新的可能性。毫无疑问，这才是新诗这一新出现的新文类存在的合法性依据。换言之，旧诗这一旧有文类已被证明无法充分地表达现代生活、情感和经验。对此，胡适自己有很清晰也很深刻的认识，在《谈新诗》（1919）一文中，他说：

　　　　近几十年来西洋诗界的革命，是语言文字和文体的解放。这一次中国文学的革命运动，也是先要求语言文字和文体的解放。新文学的语言是白话的，新文学的文体是自由的，是不拘格律的。初看起来，这都是"文的形式"一方面的问题，算不得重要。却不知道形式和内容有密切的关系。形式上的束缚使精神不能自由发展，使良好的内容不能充分表现。若想有一种新内容和新精神，不能不先打破那些束缚精神的枷锁镣铐。因此，中国近年的新诗运动可算得是一种"诗体大解放"。因为有了这一层诗体的解放，所以丰富的材料，精密的观察，高深的理想，复杂的感情，方才能跑到诗里去。五七言八句的律诗决不能容丰富的材料，二十八字的绝句决不能写精密的观察，长短一定的七言五言决不能委婉达出高深的理想与复杂的感情。①

　　正是出于要表达"新内容"和"新精神"的强烈愿望，胡适才将文字体裁的大解放，提到非常高的高度。在胡适心目中，"文的形式"的问题，即是"文的内容"的问题，而且前者是要优先于后者考虑的问题。在胡适身上，这种省悟在实际的效果上，确实体现出了与现代思想相符的对"形式"或"语言"问题的某种革命性自觉。这也正是胡适的文学改良主张及相关的文学实践了不起的地方。在另一个地方，他还说：

　　　　我们认定文学革命须有先后的程序：先要做到文字体裁的大解放，方才可以用来做新思想新精神的运输品。我们认定白话实在有文学的功能，实在是新文学的唯一的利器。②

　　只有透彻地理解了胡适的上述言论，我们才可以明白：这首译诗之所以被胡适本人称为自己新诗成立的"纪元"，后来的评论者也对其评

① 胡适：《谈新诗》，《胡适全集》第 2 卷，安徽教育出版社 2003 年版，第 134 页。
② 胡适：《尝试集·自序》，《胡适全集》第 10 卷，安徽教育出版社 2003 年版，第 31 页。

·诗学研究·

价颇高，其最根本原因，即在于它真正以自己新的文字和相应的体式，实现了胡适本人文学革命的主张，使文字和体裁的变革承担起了传播"新思想新精神"的功能。无论是就"文的形式"一面而言，还是就"文的形式"对"新思想新精神"的表达而言，《关不住了！》一诗都恰当其时地被胡适本人命名为他个人新诗成立的"纪元"，并承担起了为新诗这一新文类的合法性"辩护"的功能。新诗新的声音、语调和形式，在这类新诗中成形，并承担起了表达"新思想新精神"的功能。它也代表了新诗由旧诗至新诗的真正转变。

伊格尔顿在《如何读诗》中分析英文诗时，说到我们在讨论诗歌时可以谈论"诗的声音的音高"，即指"它听起来是高、低或中等的"，它与诗的形式的其他大多数方面一样，"是与我们对词语的意义的理解联系在一起的"，我们"甚至可以讨论诗的音量（volume），它意为听起来有多大或多柔和"[①]。向来被作为中国现代浪漫主义诗人代表的郭沫若（1892—1978），就写出过大量高音，或音量很大的诗，像他的标志性作品《天狗》《立在地球边上放号》《晨安》等就是如此。这类作品往往被认为是体现了"五四"的"时代精神"的。但不可否认的是，在郭沫若的诗中，还有另一类音量不大的诗，它们似乎更是个人沉思的产物。相信稍有文学常识的读者，都不会用读《天狗》一样的方式来读《夜步十里松原》和《天上的市街》这样的诗。在上述两类诗之间，似乎有着相当不同的声音，甚至也因此体现出非常不同的艺术形态与精神指向。这称得上是郭沫若诗中两个不同的面相。

为人所熟知的诗人郭沫若的形象，是一个以《凤凰涅槃》《天狗》《晨安》和《立在地球边上放号》等作品为代表的激进的"五四"时期"革命"诗人的形象。这个形象与"创造社"诗人、诗集《女神》（1921）的作者叠合在一起。"狂飙突进"这种带有某种煽动性的标识，便也成了这样的诗人、作品和所处的时代的最好概括。这类高音的诗，其声音往往非常高昂，很适合广场朗诵，其艺术效果追求的是万众齐诵的共鸣和交响的效果。或者说，诗的作者本来就是要呼吁这样一种可以被极度夸大的艺术效果的。这种吁求或者就深深地藏在浪漫主义诗学内部。这类诗人无法忍受平庸，他生来就是想成为先知，成为黑暗的夜（经常是世界的隐喻）里明亮的"灯"。因此，他一直无法拒绝这样的"妄想"：艺术最好的效果就是万众齐鸣。而为了达到这样一种艺术效果，这类高

[①]　Terry Eagleton, *How to Read a Poem*, London：Blackwell Publishing, 2007, p.116.

音的诗，在语言表现的方式上，与非常容易辨识的一些特定的修辞方式联系在一起。这些修辞方式后来在同类热衷于宏大叙事的诗中被一再地使用，尤其是在所谓的"革命浪漫主义"的诗中。这些修辞方式包括重复（经常是叠字、叠词、叠句、排比，也包括整个诗节结构性的重复），大量使用感叹词、短句和感叹号等。

郭沫若上面这类高音的诗，都是闻一多说的"压不平的活动之欲"的产物，也是废名说的"诗情泛滥"的产物。这种高音也塑造出了一个那个时代特有的，具有闻一多所说的"时代精神"的抒情自我形象。就像《浴海》一诗中鼓吹的太平洋"男性的音调"一样，这个形象是具有某种夸大狂、自大狂色彩的诗人的自我形象。它显然不是一个素朴的生活中的人的形象，而是借由某种艺术的夸张，把自我情感放大到无限倍数的自我形象。这是一个巨人，他有男性主义的、世界主义的豪情，他也有一般所谓的泛神论的哲学精神。

在郭沫若的新诗写作中，而且就在与上面讨论的那些高音的诗写作的同时，还存在另外一类声音有所不同的诗，即低音的、音量不大的诗。这类诗以《静夜》《雨后》《夜步十里松原》等为代表。如果说，上面这样一个高音的诗人是时代精神的产儿，更具有闻一多说的"世界精神"与"时代精神"，那么后一个低音的诗人形象，则更具有某种传统文人的特点，他在较低沉的相对有节制的声音中，不是去大声地呐喊与赞美，而是热衷于怀古、伤怀与沉思。

郭沫若诗中的两种声音，代表了两种不同的形式特点，也确实表达了不同的意识形态、不同的文学政治。郭沫若诗中那类高音的诗，称得上是后来所谓"革命浪漫主义"的诗的滥觞，无论怎样，它是一种传播"强制性""压迫性"的声音的典范。在这类高音的诗中，夸张的、盛气凌人的修辞，与其宏大的进步叙事、英雄主义的主题是相对应的，其核心的形象则是《凤凰涅槃》中受难者与新生的形象。这类诗的声音也是一种"外向"的声音，向公众世界发言和呼吁的声音。从特定的某一方面来说，如果不论其传播的意识形态是否"正确"或符合时代潮流，这种文学称得上是高音喇叭式的，不那么民主的文学形态。它的高音营造出了强要人听的感觉，它立意要做文学的传教士或先知，要以高高在上的精英态度教诲人。这是郭沫若新诗写作中的一个面相，后来流播甚广，从者甚众。

郭沫若诗中的另一面相，就是我所说的低音的诗。这些诗形式精致，多怀古、伤怀与深思。这类诗是克制的，相对来说更为谦恭一些的诗，代表的是节制和理性。它与上面高音的诗强要人听不同，似乎只是沉浸在个人的情思和想象世界里，在放弃了强烈要人认同和呼应的要求之时，却获得了某种为真正的读者所认可的理性力量。与上面那类高音的诗相比，这类低音的诗是内向、私人和个人化的。

在郭沫若式的浪漫名士型的诗风里，有一种无法避免的困境，即：一个以精英、以黑暗世界中的"凤凰"或"灯盏"自喻的诗人，如何又能将普通大众等量齐观，希望他们都觉悟到如诗人一样，个个成为他们的诗的共鸣者。因此，在这样的浪漫主义的诗歌风行的年代，下面两者必居其一：要么是他们的诗本身精妙，但被大众彻底误解了，才会受到本来不应该有的这么多人的喜爱；要么是他们的诗太不像真正的文学了，太像那些容易打动人的流行歌曲了，所以获得了这么多的听众。

徐志摩的诗集《志摩的诗》1925 年由现代评论社出版第一版时，诗人朱湘提出了一些意见，认为其中最好的诗是《雪花的快乐》，而《默境》最差。徐志摩的反应也有意思，在 1928 年由新月书社重印此书时，他做了较大的增删，把《雪花的快乐》放在全集第一首，并把《默境》删去。这一方面反映了诗人从善如流的态度，另一方面也反映出诗人对自己的写作还没有多少"必然如此行之"的信心，若用卞之琳引徐志摩本人的诗来说，则是自己也还不知道风是往哪一个方向吹。朱湘认为《默境》一诗"一刻用韵，一刻又不用，一刻像旧词，一刻又像古文，杂乱无章"，卞之琳赞同这一说法，但卞之琳同时认为，非议这首诗"一刻叙事实，一刻说哲理，一刻又抒情绪"，则"未免迂阔"①。卞之琳的评价确实非常精到。诗未必不能叙事实，也未必不能说哲理，也未必不能抒情绪，关键在于怎么做。事实上，一般读者和评论者提到徐志摩时，最喜欢的恰恰是以《再别康桥》《我不知道风是在哪一个方向吹》为代表的那些"抒情绪"的诗，而对于其他类型的诗（尤其是"叙事实"的诗）则没有加以充分的注意，或干脆忽视其存在。

"抒情绪"的诗往往被视作徐志摩的标志性作品，其典范是《再别康桥》《我不知道风是在哪一个方向吹》一类。一般公众也认为，这类诗是新诗还称得上有点成就的标志性作品。徐志摩的这类诗，与戴望舒的《雨巷》一样，似乎证明了白话语言本身也可以具有文言那种婉转的音乐性。这恰恰也是一般公众基于自己的古诗欣赏趣味，高评这类新诗

---

① 卞之琳：《〈徐志摩选集〉序》，《卞之琳文集》（中卷），安徽教育出版社 2002 年版，第 320 页。

诗探索 7　理论卷　2017 年　第 3 辑

最为重要的一个理由。在徐志摩这类"抒情绪"的诗中，基本的修辞策略是"重复"。它既包括音韵上非常明显的叠音、叠韵、双声等，也包括行尾的押韵。同时，它还可以是一首诗基本的结构技巧。在徐志摩这儿，通过章句的反复，甚至还可使一首诗近似于更为通俗的"歌词"。"歌词"的基本修辞策略恰恰也是重复。在徐志摩"抒情绪"的诗中，"辞"（外在的音乐性）更胜于"义"，体现的是"义"（所指）与"音"（能指）的不相称，即上面说的音的"丰盛"与义的"单薄"。

一般公众遵循古诗词的阅读习惯，只认为徐志摩诗中吟唱性较强的诗，如《再别康桥》《我不知道风是在哪一个方向吹》是好诗，是新诗中的好诗，殊不知这是对新诗本身的现代特性的误解，同时也是对徐志摩诗中另一类"说话的"，或许也是更应受重视的诗莫大的忽视。甚至可以说，正是"抒情绪"与"叙事实"两类诗的共同存在，才更充分地证明了徐志摩诗艺的丰富与高超。就徐志摩最好的一些诗看来，像《火车擒住轨》《献词》，乃至《再别康桥》，其实都很好地将"抒情绪"与"叙事实"结合在了一起。大概地讲，"抒情绪"与"叙事实"这两类诗，代表了徐志摩诗中两种不同的声音，即两种不同的音乐性："吟唱的"和"说话的"。这颇类似于下面要讨论的戴望舒诗中以《雨巷》和《我底记忆》为代表的两种不同的音乐性。

卞之琳曾很有见地地认为："徐后期，随了思想感情的日益消极、消沉，写诗技巧日益圆熟。"[1]在另一篇文章中，他还说"若天假以年，在现实里经过几个更大的'波折'，大难不死，可以期望有一个新的开端。"[2]对识见精深，且持论公允的卞之琳来说，上述这样的话不是一般的客套（他与徐志摩有师生之谊），确是某种不为一般人所能认识到的真知灼见。

1927年，是戴望舒（1905—1950）新诗写作道路上具有转折意义的一年。正是在这一年，戴望舒完成了由《雨巷》到《我底记忆》的转变。在我看来，这是戴望舒之所以成为戴望舒的关键。深入地认识这种转变，可以避免不少评论和阅读新诗时的浅见。戴望舒的这种转变，与他译诗上的转变恰好同时发生。戴望舒本人和后来的诸多评论者，将这种转变解释为从诗的音乐性到非音乐性的转变。我则将这种转变界定为

---

① 卞之琳：《〈徐志摩选集〉序》，《卞之琳文集》（中卷），安徽教育出版社2002年版，第320页。

② 卞之琳：《徐志摩诗重读志感》，《卞之琳文集》（中卷），安徽教育出版社2002年版，第309页。

诗学研究 ·

由"唱"到"说"的诗的声音（语调）的转变。我认为，这种转变对戴望舒本人来说是诗艺的一大进展，而对中国新诗的发展来说，也代表了由穆木天、王独清等人过分注重音韵，具有浪漫主义诗风特点的早期象征主义到真正注重诗的特质的现代诗的转变。这是中国新诗在其现代性之路上重要的进展。

准确地讲，戴望舒由《雨巷》到《我底记忆》的转变，不是抛弃诗中的"音乐性"的转变，亦即不是他自己与一般论者所说从"借重音乐"到"去了音乐的成分"的转变，而是实践诗中的"音乐性"的不同方面的转变。亦即是说，诗中的音乐性可以理解为这样两个方面：一方面，是戴望舒自己说的由"整齐的字句"，即文字上的押韵、排列形成的音乐性；另一方面，则是戴望舒所说的，由诗中独特的"情绪"而形成的"诗的情绪的抑扬顿挫"，我们可以称之为"节奏感"。这样，从《雨巷》到《我底记忆》的转变，就成了从诗的音乐性的前一方面向后一方面的转变。卞之琳在谈到徐志摩时，尤其注意到他用白话写诗，即便是自由诗和散文诗的时候，也不同于散文，言其"音乐性强"。他说："诗的音乐性，并不在于我们旧概念所认为的用'五七唱'、多用脚韵甚至行行押韵，而重要的是不仅有节奏感而且有旋律感。"[①]卞之琳这里说的旧概念中的"音乐性"，即是上面说的音乐性的前一方面；而更被卞之琳看重的"节奏感"与"旋律感"，便正是上面说的音乐性的后一方面。

戴望舒由《雨巷》到《我底记忆》的转变，其意义相当深远。就其本人的写作道路来说，这一转变是早熟的。戴望舒似乎以个人的才华和识见，极快地在几个月内跨越了柔弱的青春期写作，走向了丰盈的成熟。同时，这一转变即使是对整个新诗史来说，也不能不说具有非同寻常的意义。在这一转变中，戴望舒将诗的音乐性从字句表层"美丽的辞藻、铿锵的音韵"中解放出来，转而寻求一种只为诗内在的质而存在，并与之相适应的现代形式。对戴望舒本人来说，这是诗艺上的一大进展；对中国的新诗史来说，则代表了由穆木天、王独清等人（他们往往过分注重外在音韵）具有浪漫主义诗风的早期象征主义，到真正注重诗质的中国现代派诗的转变。在我看来，这是中国新诗的现代特质，即现代性的一大拓展。

新诗的这种现代性的拓展，为新诗在二十世纪二十年代后期和三十

---

① 卞之琳：《徐志摩诗重读志感》，《卞之琳文集》（中卷），安徽教育出版社2002年版，第312页。

诗探索 7　理论卷　2017年　第 3 辑

年代的发展开辟了新的可能性。这种拓展不仅仅是艺术形式上的，肯定也因此涉及新诗全新的现代感受方式的变化。在艺术表现上，简单地说，这种现代性的拓展，促使新诗由浪漫主义"滥情"的抒情方式（其典型的艺术形态就是像《雨巷》这样的），转向强调现代感受性的现代主义抒情方式。对此，与戴望舒同为现代派诗人的卞之琳有相当深入的见解：

> 《雨巷》读起来好像旧诗名句"丁香空结雨中愁"的现代白话版的扩充或者"稀释"。一种回荡的旋律和一种流畅的节奏，确乎在每节六行，各行长短不一，大体在一定间隔重复一个韵的一共七节诗里，贯彻始终。用惯了的意象和用滥了的词藻，却更使这首诗的成功显得浅易、浮泛。相反，较有分量，远较有新意的《断指》却在亲切的日常说话调子里舒卷自如，锐敏，精确，而又不失它的风姿，有节制的潇洒和有工力的淳朴。日常语言的自然流动，使一种远较有韧性因而远较适应于表达复杂化、精微化的现代感应性的艺术手段，得到充分的发挥。所有这种诗里的长处都见之于从《我底记忆》（1928？）这首诗开始以后所写的诗里，而且更有所推进……①

读卞之琳上述这一段话，我们不得不承认，"同者唯同者知之"，同样作为李健吾赞赏的二十世纪三十年代的"前线诗人"，卞之琳对戴望舒的这种转变，才会评述得这样深入、精到。卞之琳将戴望舒的这一转变定位在《雨巷》和《断指》的交界处，说这种转变是由"一种回荡的旋律和一种流畅的节奏"，转向"亲切的日常说话调子"，这与我上文说的由"唱"的语调到"说"的语调的转变基本相同。卞之琳也非常认同戴望舒诗中这种"日常说话"的调子，认为它更有"韧性"，因而是更适于"表达复杂化、精微化的现代感应性"的艺术手段。尽管同样是在这篇文章中，卞之琳对戴望舒写于《断指》之后的一些诗过分散文化略有微词，但就总体倾向而言，卞之琳毫无疑问还是高度肯定戴望舒的艺术实践的。在另一篇文章中，他更是认为梁宗岱在二十世纪三十年代的译述论评，与戴望舒二十世纪二三十年代"已届成熟时期的一些诗创作实验"一道，"共为中国新诗通向现代化的正道推进了一步"②。可见，对于戴望舒新诗写作上这一转变的现代意义，卞之琳有非常充分

·诗学研究·

---

① 卞之琳：《〈戴望舒诗集〉序》，《卞之琳文集》（中），安徽教育出版社2002年版，第350页。

② 卞之琳：《人事固多乖：纪念梁宗岱》，《卞之琳文集》（中），安徽教育出版社2002年版，第169页。

的认识，且评价很高。

如果说，以《雨巷》为代表的中国现代诗风（还包括二十世纪二十年代中后期穆木天与徐志摩的写作），究其实质还只是中国式的浪漫主义抒情，像卞之琳评论《雨巷》时所提到的那样，是"浅易、浮泛"的，还无法从更深的层次上表现出那个年代的诗人的现代感受，那么，以《我底记忆》为代表的戴望舒这一现代写作方式的出现，则以卞之琳所说的"适应于表达复杂化、精微化的现代感应性的艺术手段"，真正地为表现诗人自己的现代感受开拓了全新的可能性。这正是戴望舒作为"前线诗人"的先锋意义所在。

三

由声音的角度入手探讨新诗问题，在具体的操作上，常表现为对新诗文本做形式上的分析与阐释。实际上，这还不仅仅是对具体的新诗文本的细读问题，更为重要的是，努力想将形式分析与历史分析（政治批评）结合起来。这其实即是我在一篇文章中讨论过的"新形式主义批评"，或新的形式诗学。进入新千年之后，面对文学批评出现的新情况，伊格尔顿曾说："细读并不是争论点。问题不是你如何顽固地紧紧抓住文本，而是当你这么做的时候你要寻找什么。"[①] 他还引用罗兰·巴尔特的话说，一点点形式可能是危险的事，而大量的形式则是有益的。也就是说，"狭隘的那种形式主义肤浅地对待诗歌，为了它们说的方法而忽略了它们说的东西；而对形式更为微妙的关注，是将它作为历史本身的媒介来把握。谈论形式的政治或意识形态，即是谈论文学中的形式策略如何本身就是社会性的表征"[②]。就这个意义来说，真正的文学批评，是对形式和历史（政治）的双重关注，既要留意诗歌这种语言物质密度的所有方面，即俄国形式主义所谓的"文学性"，同时将它作为"历史本身的媒介"来把握。如果说，旧的以俄国形式主义、英美新批评为代表的形式主义，由于对形式这一内部研究近乎虔诚的关注，从而将形式与后来的文化理论所关注的"内容"，尤其是政治内容割裂开来，那么，新形式主义的

---

① Terry Eagleton, *How to Read a Poem*, London：Blackwell Publishing, 2007, p. 2.

② 同上，pp. 161–162.

批评则恰恰是要将形式看成内容，在形式内部来展开政治批评①。也只有这样，我们才能既恢复诗的语言的"新鲜感"，又能从中获得它丰富的人性和历史暗示，即在形式内部真正地把握历史（政治）。

当代批评家耿占春曾在他的专著中专门讨论过"修辞批评与社会批评"问题。他说："我们可以试着把修辞学或话语的力量，把以语言行事的方式，或者说把语言的政治功能看得更加复杂、宽泛些，诗歌与文学话语不再沉醉于雄辩或社会问题的争吵，它的精致微妙的话语根本不适合用以社会问题的论证与说服。但在历史过程的较长时段中，不能无视话语的另外一种缓慢而持久的社会功能：它以塑造或摧毁群体表征的形式影响社会。"② 显然，这儿谈论的是理想的诗歌，或一个时代真正的杰作所具有的修辞或话语力量。在我看来，民国年间的许多诗，也完全是那个时代的作者创造的"以语言行事的方式"，实际上也确实起到了"塑造或摧毁群体表征"的功能。但如何对种种精妙的诗歌话语进行修辞分析，进而对其社会功能予以探幽发微的发掘，正是真正的文学批评需要努力做的。在这个意义上，我对中国现代新诗的形式分析，不得不从诗的声音、语调、韵式、格律、音高、速度等形式问题入手，即从我觉得是真正揭示了"文"的肌理方面的东西入手。但我试图达到的，实际上还是对新诗作为它所处时代的精神的精妙表现，其所达到的现代性的认识。显然，这肯定包括对人、人性、我们的精神世界的认识。可以说，我主要的批评目标，是通过对新诗形式的修辞批评，揭示其"缓慢而持久的社会功能"。

中国新诗真正的现代性方面，同时也是中国新诗真正的先锋所在，乃是在于其独特的声音、语言和形式上。从这个方面讲，我们可以说，语言即是诗人"行事"的方式，语言即是思想，即是态度。再高明的思想，也是通过语言表达出来的，这即是我每每听到新诗写作中粗糙的声音——过于强制性的声音感到无奈和失望的原因。有些据说对郭沫若和贺敬之的诗感到厌恶的所谓"先锋诗人"，居然用的是和他们一样的粗暴的声音。拒绝当代诗中另一种专制的强迫性的声音，因此也成了真正的文学伦理必须考虑的事情。

[作者单位：北京师范大学文学院]

· 诗学研究 ·

---

① 相关更为详细的论述，可参阅我的文章《新形式主义：后理论时代文学研究的一种可能》，载《文艺研究》2013年第5期。

② 耿占春：《失去象征的世界——诗歌、经验与修辞》，北京大学出版社2008年版，第28页。

中国新诗的"代际"书写及其存在的问题

余文翰

当前有关新诗代际的研究主要是将社会学方法应用到文学领域的结果，具体说来，它属于文学史书写的一种。有趣的是，作为文学系列或文学创作群体的组织方式，当代际对阅读与批评产生一定影响时，其自身便开启了角色的转换：尤其在现今诗坛的特殊背景下，新诗的读者、作者与研究者有很大程度上的重合；且我们长久以来都借助潮流演变的逻辑以理解诗歌写作的动因、策略和价值，在即时的写作规范中寻找新诗于整个社会的位置，因此，代际竟也渐次成为一种社会—文学批评方法。然而在实际操作中，它始终未脱离代际作为文学史方法的宏观阐述及其无法避免的"误读"性质，这一有意的"误读"更强调时代、环境对具体创作的影响，且往往停留在机械的决定论、反映论，更倾向于谈论规律性、范式性、抽象性的创作现象，淡化了个体对集体的解读、选择和介入状况。

近三十年已然可以见到"第三代诗""九十年代诗"以及"中间代"等依据各不相同的代际命名，或根据流派、风格、写作观念等进行划分，或建立起年代、年龄的区间。"以'代'来命名和研讨文学创作，在80年代还仅限于相对于'朦胧诗'的'第三代'诗歌，但直接以出生年代探讨某一群落创作还未出现……直接以明确出生年代意义的'代际'进行命名和集体出场则可以从《小说界》1996年推出的'70年代以后'的栏目算起。"[①] 现如今，连"八〇后"诗歌都出现了不少研究成果，"九〇后"诗歌也在众多刊物上引发热潮。不容否认，伴随着诗坛老、中、青三代诗人的交替演进，每一代诗人都在积极寻找自己的定位，探索足以标新立异之处。但即便是诗人自身，亦必须克服时代对写作的总括、拒绝那些模棱两可的指称。

---

① 张立群：《"代际"的出场与其存在的"焦虑"》，载《南京社会科学》2012年第1期。

诗探索 7 理论卷 2017年 第3辑

"中间代"与"第三代"的关联显示出了代际研究的部分要点。若依照生理之年代，"中间代"与"第三代"同属"六〇后"这批诗人，而前者强调的实为六〇后诗人中并未参与"第三代"诗歌运动，即并未进入"第三代"而得到声名的诗人。这些诗人中不乏成绩斐然者，被束之高阁的他们开始为自己命名——"一种'诗歌状态'乃至'人格状态'的'无名'感。这正是'中间代'作为'代'的首要品质"①。张桃洲认为，"代"的真正依据在于"个体的诗人"，要求我们重新聚焦个体的介入实践，将代际的内涵具体落实到个体的独创性上。的确，如果脱离了一定的作品以及相应的建设性理论，"代"的叙述定然无以为继。但我并不认为，张桃洲所述的"某种精神氛围和品性的聚拢、敛合"、一种"类的属性""建设性"②就是代际观念的本质。从分类的文学史眼光来看，"类"所展开的挑选已然决定了将某些其他内容、对象排除在外，其"建设性"是内蕴于一定的对立关系中的，与其通过代际标识、跟踪诗人的写作，毋宁说诗人所实践的"排他性"才是代际本身的品质。就此，下文将以"第三代诗""九十年代诗"③等为例，详述中国新诗的代际发生及其"代际性"的存在问题。

一 被前置的代际

关于"第三代"的指涉，刘波在其代表作《"第三代"诗歌研究》的绪论里做了梳理：毛泽东在《别了，司徒雷登》一文曾转述这位美国人的言论："要把中国和平演变的希望寄托在第三代、第四代人身上"④；而八十年代成都的大学、工厂的一些诗歌爱好者和四川省青年诗人协会先后在诗歌领域引用了第三代的概念，后来又由许多新生的流派、社团加以论述；学界也从新诗发展脉络、文学史研究等角度出发，参与了对第三代诗歌的界定。整体上，这些可归结为三类指涉：一是作为特定历史时期的社会政治话语，二是作为诗人群体当中的精神思潮，三是作为诗歌传统与文学史的代际区间。

司徒雷登口中的"第三代"并不单纯是时间成本的推算，而是结

---

① 张桃洲：《语词的探险：中国新诗的文本与现实》，社会科学文献出版社2012年版，第84页。

② 同上，第83~85页。

③ 本文借助"90年代"和"九十年代"的不同表述以区别这一用语的时间意义和概念意义。

④ 刘波：《"第三代"诗歌研究》，河北大学出版社2012年版，第2页。

合了意识形态、社会体制等方面的考量，从后来毛泽东的反应①亦可窥见，"代"已经与历史经验、思想文化、社会状况等紧密联系起来。"第三代"在这一层面上更接近线性的代际传递，却又同时指示出某种质变的可能性。1983年，胡冬在给万夏的信中写道："每一代人总在形式上经历与上一代类似甚至雷同的过程，如同一个生物进程的完成，但在内在本质上，则有着截然的不同或更新。"②也就是说，除了时间的连续性，下一代于上一代还存在着一定的历史相似性，但无论如何，新一代人的完成总是更强调它与上一代的断裂。"第三代诗"的代际意识最初便诞生自"第三代人"。杨黎《穿越地狱的列车——论第三代人诗歌运动（1980—1985）》一文将第三代的反叛精神连接到美国"垮掉的一代"。然而，二者与主流文化的关系却截然不同。二十世纪五十年代的美国尽管受到冷战的笼罩，但当时的美国人仍享受着战后经济的高速增长与物质繁荣，电视机已经出现，摇滚乐恰逢其时，但社会文化、生活模式却似乎一步步定型化、同质化了。大卫·李斯曼在《孤独的人群》中形容五十年代美国是"他者导向"的社会，个体更倾向于与他者保持一致从而取得关注与认同。垮掉派显然是主流范式内部的反动暗流，它拒绝承认那些被认为是"成功"的社会典范，转入精神的放纵不羁和性的迷醉。"第三代人"却还未真正走出上一代留下的阴影，难以摆脱主流的影响。过去中国打开了反文化的大门，"大跃进""造反有理""炮打司令部""横扫一切牛鬼蛇神"都是当时意识形态的主流，然而它所造成的创伤尚未愈合，1979年再次开启了偶像跌落、思想解放的新时代，后者正是"第三代人的自我成长期"：

> 各种各样的"自由化"思潮和生活方式，也悄悄进入了我们的时代和社会。特别是我们这一代人，整个青春期都被深深地置放其中，反叛、极端和怪异，成了我们的标志。另一方面，乃至各个不同阶层的压制，又使我们的思想和行为充满了激情和神秘性。留长头发，穿奇装异服，听邓丽君，聚众看录像，最后就是跳跳"贴面舞"，乱搞一下男女关系……我们不像北岛他们那样，"在没有英雄的地方，只想做一个人"。③

---

① 邓力群：《政治战略家毛泽东》，中央民族大学出版社2003年版，第826页。

② 杨黎：《灿烂：第三代人的写作和生活》，青海人民出版社2004年版，第7页。

③ 杨黎：《灿烂：第三代人的写作和生活》，青海人民出版社2004年版，第60页。

诗探索7　理论卷　2017年　第3辑

表面上"第三代人"与"垮掉的一代"的自由、反对立场颇显一致，却丝毫掩盖不了其内心深处自上一代承继下来的无所适从的文化心理，所谓的反叛、激情又与社会转型、时代变迁的节奏同步，仍接近于社会政治话语。故而，"第三代人"先于"第三代诗"出现，但它寄予厚望的"断裂"则要到后来"第三代诗"的集体实践才真正得到实现。

　　"第三代人"的正式提出需追溯到1982年9月30日，万夏、胡冬、赵野、廖希等组织，由四川大学、南充师范学院、四川外语学院等近三十名诗人聚集在西南师范大学的一次"串联"。这次聚会提出的"第三代人"据说是基于郭绍才的观点："以中华人民共和国成立为起点，一九四九年至'文革'前的诗人为第一代；起始于'文革'的北岛们为第二代；他们自然就是第三代了。"① 随后在1983年，"成都大学生诗歌艺术联合会"编辑发行了油印诗集《第三代人》。可以看到，"第三代人"基本是出于年龄的划分，除此以外并未有更深入、明确的界定，聚会上是否与朦胧诗决裂的议题也未能达成共识。它在郭绍才所拟《第三代人宣言》里只是一种粗略的时间意识，主张立足当下、表现真实体验，尤其要让心理、眼睛和笔"现代起来"，具体显示出了它与主流政治话语的潜在关系。不可否认的是，"第三代人"隐含着作为日常生活中的普通人的主体建构，这对后来"第三代诗"的创作有直接影响。

　　一如前述，1982年"第三代人"提出时，标准的"第三代诗"尚未产生。韩东的写作一开始便受到《今天》派的影响，在自觉模仿阶段创作了不少作品，其"第三代"代表作《有关大雁塔》直到1983年5月4日才写出。同年，杨黎创作了《怪客》。于坚的《尚义街六号》则是在1984年6月完成的。李亚伟的《中文系》亦写于1984年。也是在1984年后，才开始有整体主义、莽汉主义、他们文学社和非非主义等。这些后来真正确立了代际的观念阵营，在组成方式上各有不同："韩东组创《他们》时是分别给于坚、吕德安等人写信，在信中称这些人为'一流的作者'，其实是在点将。《非非》的形成却不是点将点出来的，而且不是跨省的集合，仅仅是一伙在当时毫无名气（除了周伦佑）热爱诗歌的四川青年能够玩在一起，于是便有了《非非》。"② 然而这并不意味着代际生成的偶然性，反之，恰恰说明了"第三代人"向"第三代诗"转变过程中

　　① 何卫东：《"第三代人"命名内外的往事"》，载"独立文艺"2015年7月3日，检索于2016年6月22日。

　　② 伊沙：《中国现代诗论——伊沙谈诗》，秀威资讯科技股份有限公司2011年版，第119页。

的主动选择与自觉创设。

"第三代人"的产生的确可以说明当时一部分青年的思想状况，却无法建立起新诗的代际性。尽管它试图呈现诗坛的一种存在，譬如杨黎曾总结道："在八十年代，一方面有北岛为首的'朦胧诗'，另一方面应该是以江河、杨炼为首的'史诗'，再有就是我们——第三代人……这是在同一个时代的三种诗歌态度和创作方向。"① 但是，"第三代人"发起之初，他们在态度与策略上仍支吾其词、言不足信。随着写作实践的深入展开，"第三代诗"才逐渐进入状态、确立了它的身份认同。比如"非非主义"倡导感觉还原，要求从语言开始疏离由群体实践积累而来的文化传统，显然与发掘传统文化的史诗有异；"他们"亦主张从向外望转为向内看，返回诗歌本身，关注诗歌成其为诗歌的部分，和要求避免博学和高深的"莽汉主义"一样，都希望看到有别于为政治缠绕的朦胧诗的纯诗。1988 年，周伦佑在扬州"全国诗歌理论讨论会"做《第三代诗论》的报告，归纳出"非崇高""非文化""非修辞"的特点，从诗歌审美观念上建立起第三代与朦胧诗、史诗的区别。于是，"第三代人"的"三"逐步向诗坛"第三次浪潮"（即朦胧诗为代表的第一浪潮，史诗派和整体主义为代表的第二浪潮，"他们""莽汉""非非"为代表的第三浪潮）的"三"过渡，它的"代"亦向新诗的发展脉络延伸，建立起了自己的区间。如此看来，只有进入诗歌内部的探索，"第三代人"才真正找到了他们所需超越的具体对象，从技术、文化深度、崇高等角度生成反对立场，使他们的努力最终形成文学对世界的一种新看法。因此，我们认为这一代际至少是可行的，它建立起纯诗的高地，帮助后来者回到诗歌与写作本身，并直接影响了九十年代乃至二十一世纪诗坛。

"第三代诗"在进入文学史论述时却不无牺牲。一方面，贯穿八十、九十年代，对于朦胧诗以后新诗写作的新向度一直存在林林总总的观点与命名，"新生代""第二次浪潮""后新诗潮"等以及本文沿用的"第三代诗"都较为流行。而"第三代诗"最后得到了多数诗人、诗评家的接受、认同，当它传播到台湾时，洛夫特别在《创世纪》诗杂志上介绍了"第三代"作为新生代先锋写作的性质②。然而，文学史面临的问题是：如何使"第三代诗"从四川、上海等地走向全国、覆盖整

① 杨黎：《灿烂：第三代人的写作和生活》，青海人民出版社 2004 年版，第 73 页。

② 洛夫：《大陆第三代现代诗人作品展前言》，转引自刘福春《中国新诗编年史》，人民文学出版社 2013 年版，第 1295 页。

诗探索 7 理论卷 2017 年 第 3 辑

体的写作面貌，亦即如何将八十年代同样带有对朦胧诗的反抗与超越倾向的诗人诗作容纳进来？于是，"第三代诗"由最初的"他们""莽汉主义""非非主义"等进一步"泛化"——人们更"倾向于将第三代诗看作朦胧诗之后的青年先锋诗写作的整体，即'泛指朦胧诗之后的青年实验性诗潮'"①。

另一方面，和朦胧诗一样，"第三代诗"的经典化总与它的边缘化并存。在各类命名中，"后崛起"从运动方式上将"第三代"与朦胧诗人区别开来，前者不再是一次统一的诗歌运动，而是流派密集、高速衍生，形成了一个个"山头"；同时孙绍振认为：由于主体崛起而产生的排他性过去"主要是政治的，而今则集中在审美范畴之中"②。也就是说，"第三代诗"已经从新诗去政治化的努力跨入到审视、确立其自身审美规范的阶段。即便如此，"第三代诗"的经典化仍是磕磕绊绊。"1986现代诗群体大展"尽管给予了"第三代"应有的影响力，但过早的总结更影响到一种新的写作向度所应有的、充分且持续的磨炼与建树。"第三代诗"的地下性质结束了，同时还招致越来越多的批评。他们对于诗坛的反叛立场、改造精神被消解为写作的时尚进而成为时尚的标签。

1989年，《文学评论》《诗刊》组织了"当代诗歌价值取向"笔谈，杨四平认为这是建立起"第三代诗"合法性的标志，纵然它保留了评价上的巨大分歧。不过，值得注意的是，1993年5月洪子诚、刘登翰合著的《中国当代新诗史》并未将"第三代诗"写入朦胧诗后的新诗序列，它的合法性是在九十年代一系列研讨中逐步形成的，包括陈仲义、陈旭光、李振声等人连续发表的探讨"第三代"相关学理的多部论著。

二 无力整合的代际

"第三代诗"的部分诗人随着时间的推移走进了"九十年代诗"，这提醒我们作家与代际的关系：写作内外环境的变迁、技艺的磨炼都可能促使他们从一个代际转入下一个代际。"朦胧诗""第三代诗"直至"九十年代诗"的演绎，似乎建立起了后一代冲击前一代的普遍印象，究竟是否存在一种"进化"关系有待深究。谈及"九十年代诗"时，许多人仍愿意将其视为更沉潜、更成熟的创作时期，或者说它饱含着我们对于"拒绝者诗人"后能够出现"再造者诗人"（沈奇语）的期待。"九十

---

① 洪子诚、刘登翰：《中国当代新诗史》，北京大学出版社2010年版，第252页。
② 孙绍振：《关于诗歌流派嬗变过速问题》，载《诗歌报》1987年第74期。

年代诗"这一概念的提出、成型、引发争议直至广泛应用，都涵盖着复杂的线索，但与"第三代诗"的境遇不无关联。

在诗坛掀起"海子热"的同时，1994年于坚发表了《0档案》，他还在坚持文本的探索实验，走出"所指"的囹圄又不放纵"能指"的游戏；1998年他又继续推出了长诗《飞行》。即便"第三代诗"经历了八十年代末的退潮[①]，我们并不能就此忽略甚至推翻"第三代"诗人以及伊沙、徐江等接续"第三代诗"传统的诗人在九十年代诗坛的努力。此外，后来被称为"知识分子写作"的一群亦不是在九十年代横空出世，其创作路径的生成同样包含了八十年代对集体性主体的消解、追求现代化等历程。只是王家新吸纳的西方诗歌不是金斯堡和斯奈德，而是"冯至译的里尔克、穆旦译的奥登、袁可嘉译的叶芝、戴望舒译的洛尔迦"[②]；臧棣对"第三代诗"许多主张都有所认同，却"命定要写另一种诗""更喜欢身上的'惠特曼'"[③]。整体而言，泛化了的"第三代诗"本身的多元性、诗人们进入九十年代的持续探索或转型，都进一步导向由"盘峰论争"而成名的"九十年代诗"。

除了上述诗人，欧阳江河、西川、柏桦、肖开愚、陈东东、王寅等自九十年代以来一直活跃于官方诗坛和民刊，九十年代民刊的蓬勃发展也为诗坛做出巨大贡献，包括《倾向》《南方诗志》《反对》《象罔》《北回归线》《阵地》《发现》《原样》《尺度》《表达》《现代汉诗》《诗参考》《新死亡诗派》，等等。其中，1989年至1993年，"萧开愚、孙文波还编有诗歌年刊《九十年代》，其宗旨与风格与《反对》无异"，"刊物创办者注意到90年代的'历史语境'，和他们这些写作者自身的变化（由青春期进入'中年'……）……'反对的目的，是一切为了把新内容和新节奏创造性地带进诗。反对的另一重要含义：自相矛盾，强调诗人和诗歌有深度地向前发展'"[④]。此时，尽管"九十年代"仅是一个刊名，已经侧面反映出诗人对年龄的增长、时代的变迁有了主观、自觉的把握，它脱胎于世纪之交"历史的强行进入"，先天具备了代际特征。

但我们还需要回答诗坛内部的断代意识，即将九十年代的诗歌创作

---

① 参啸天：《"先锋诗人"今何在？》，载《文学报》1994年7月号。

② 王家新、吴投文：《当一种伟大的荒凉展现在我们面前》，载《芳草》2016年第2期。

③ 臧棣、牧斯：《臧棣访谈：或许，诗是给生存下定义的一种方式》，见http://blog.sina.com.cn/s/blog_411f8e740102vk4f.html，检索于2017年4月18日。

④ 洪子诚、刘登翰：《中国当代新诗史》，北京大学出版社2010年版，第314页。

诗探索 7　理论卷　2017年　第3辑

与"第三代诗"进行断裂的缘由出自何处。这至少包含了三个方面——首先，过去曾用"后新诗潮"来标示新诗自"第三代"以来多种风格相互排斥又彼此渗透的竞争、试验阶段。然而"'后新诗潮'绝不仅仅是'新诗潮'的一种简单的时间上的延续。在'新诗潮'与'后新诗潮'之间，横亘着一道巨大的文化断裂带……分别代表了两个完全不同的时代"①。对"新诗潮"的断裂、即主体的"我"从"我们"挣脱出来，一直是先锋诗歌的精神主线。然而，"第三代诗"却没有真正担负、支撑起一个新的"我"。批评的声音没有间断，1997年武夷山现代汉诗研讨会和1998年后新诗潮研讨会上，谢冕、孙绍振等崛起论者就站出来提出意见。谢冕说："我们感到了丰富……但同时我们的确感到了贫乏：我们拥有了无数的私语者而独独缺少了能够勇敢而智慧地面对历史和当代发言的诗人"②，孙绍振亦指出诗坛的堕落来自于对诗人自我生命、对诗歌本身以及对时代的责任感的缺失。其次，八十年代创作路径上的分歧进入九十年代后演变为一场公开的博弈，诗坛中提倡知识分子精神的诗人们针对"第三代诗"的成果做出一定程度上的反思与调整。譬如，臧棣主张以"后朦胧"建构1984年以后的中国现代诗歌，他认为，"后朦胧诗还可以大致分为两个发展阶段：作为诗歌运动出现的第三代诗（1984—1988年）和90年代初转入相对独立的个人写作的诗歌……把朦胧诗、第三代诗和90年代初的个人写作的诗歌视为中国现代诗歌这一系谱的三大来源"③。这么一来，"第三代"便作为诗歌序列的过去式被迫退出舞台，由九十年代的诗歌来承接其语言实验、发现写作可能性的历史使命。臧棣格外强调"独立"，对"第三代"以来诗歌观念、具体创作以及文学交际的群落化进行反拨；此外他还强调独立的承担，当他们面对过往许多文本失效的现象，更希望通过差异化的"个性"为写作建立限度，从为了反对而反对的写作过渡到拥有自觉艺术追求的写作，又或者说这份承担指的正是八十年代末以来一直在强调的"知识分子精神"。最后，我们不得不提到直接引发盘峰论争的诗坛秩序。"九十年代中国诗歌""九十年代文学书系·诗歌卷"等遮蔽了一部分尤其是来自"第三代诗"的诗人，打破了诗坛所谓的"生态平衡"。于坚认为，

---

① 陈旭光：《先锋的使命与意义——为"后新诗潮"一辩》，载《诗探索》1998年第2期。

② 谢冕：《平静的追问——在武夷山现代汉诗学术研讨会上的发言》，见谢春池主编《九十年代文学论》，国际文化出版公司2001年版，第316页。

③ 臧棣：《后朦胧诗：作为一种写作的诗歌》，载《文艺争鸣》1996年第1期。

正是因为《岁月的遗照》"盗用90年代诗歌的名义"①才引起了有关诗人、诗评家的激烈反弹。可以说，盘峰论争虽是一场意气之争、名利之争，但其背后却是写作路径的分野、诗学的分化。两大阵营针锋相对，抢夺的实际上是诗歌写作的合法性和先锋性。

一如程光炜所说，人们对"90年代诗"的理解起初并不统一且"相当宽泛"，"如《诗刊》意义上的'90年代诗歌'、外省几家曾经先锋的诗刊所确认的'90年代诗歌'、根本不读诗的人士心目中的'90年代诗歌'，甚至若武断的朋友所说的'90年代诗歌'等等"②。到如今，我们所论及的"九十年代诗"则多数都指向了"个人化写作"这一内涵。后者的提出最终覆盖了整个代际区间，完成了对"第三代诗"的断裂。

"个人化写作"诞生于九十年代诗歌批评，尤其是"诗人批评家"队伍。而它的主要内涵依附于"历史的个人化"及"个人的历史想象力"等论述，既说明新诗进入了个人写作的时代，写作的主体不再分享集体的共同"经验"，而是从历史找回其不可通约的个人"体验"；它还要求写作者在建立个性化发声空间的同时，表现出对历史的介入、承担。一方面，"个人化写作"要求我们在市场经济转型、大众文化兴起乃至现代科技工业高速发展的新历史情境下重新展开独立的想象；另一方面，"个人化写作"反思的对象正是"第三代诗"。王家新提出将个人写作建立在"差异性"上③，就是反对整体性的指称与规范，将矛头指向整体意识形态的塑造。正如罗振亚后来所概括，即便是反意识形态的"第三代诗"也呈现为狭隘的意识形态，更不必说它的运动形式也是集体化的，"真正的个人化应该以'个人历史谱系'和'个体诗学'为生命支撑"④。就此二者，唐晓渡便认为九十年代相对于"第三代诗"是成熟的转变⑤。

为多数论者所忽略的是，论争中"知识分子写作"与"民间写作"、知识与常识、雅与俗、书面语与口语、西方与本土等多组对立，以及两大阵营关于"边缘""独立""批判"的共同倾向⑥，都是对诗歌自身

---

① 伊沙：《中国现代诗论》，青海人民出版社 2015 年版，第 392 页。

② 程光炜：《我以为的九十年代诗歌》，见谢春池主编《九十年代文学论》，国际文化出版公司 2001 年版，第 343 页。

③ 王家新：《夜莺在它自己的时代——关于当代诗学》，载《诗探索》1996 年第 1 期。

④ 罗振亚：《1990 年代新潮诗研究》，河北大学出版社 2014 年版，第 31 页。

⑤ 唐晓渡：《九十年代先锋诗的几个问题》，载《山花》1998 年第 8 期。

⑥ 张桃洲：《杂语共生与未竟的转型：90 年代诗歌》，参见谢冕、姜涛等著《百年中国新诗史略》，北京大学出版社 2010 年版，第 327 页。

诗探索 7　理论卷　2017 年　第 3 辑

的独立性及其内部"律法"的强调。诗歌不可避免地加入了一个悖论的时代，充满了"现代化与民族化的紧张、世俗精神与人文精神的紧张、历史尺度与道德尺度的紧张、工具理性与价值理性的紧张……"① 只有与时代共振，诗人们才能真正展开诗之所以为诗的命题。他们大张旗鼓地争强显胜，建立各种差异和对抗，目的都是强化诗歌的在场，强调诗歌在这个时代的特殊位置和独立的艺术精神。有理由相信，新诗自觉的边缘就位、代际的断裂与重建，皆参与到了确立诗歌于消费社会的文化正当性、优先性的过程。

三 如何想象代际：重返写作的"排他性"

观念先行是"第三代诗"成为被前置的代际的主要原因，即是说它事先规范了写作，而不是通过代际研究归结出来的成果。由于缺乏经典作品的有力支持，在"第三代诗"内外，诗观、诗论的音量始终高于文本。从"第三代人"过渡到"第三代诗"进而确立起的明确无误的排他性，使我们忽视了对代际发生的反思，尤其是在针对具体作品的批评上，部分代际研究所犯的错误在于倒因为果，将那些创造性的前设、激发了写作潜力的观念具体应用到描述、总结相应的创作成果上了。整体上，尽管最初考虑到以年龄和历史区间等为划分标准，但最后被确立下来的"第三代诗"，是写作观念、艺术风格上的代际，从而也是作品层面的代际。

如果说"第三代诗"的作者们尚能够在代际镜框内看到模糊的自己，"九十年代诗"抽象出来的年代中却看不到一个具体的人、具体的诗。后者深入到个体对时代、文本对社会政治的介入与想象，如孙文波所言达到了新高度——"防止了将诗歌变成简单的社会学诠释品"②。然而"九十年代诗"建基于写作的合法性和历史有效性的讨论，在"个人化写作"的话语空间中真正作为主体的个人极少出现，与个性创造的具体样态、个体意识形态的重构相关的内容尚显单薄，真正确立了"九十年代诗"的仅是一种文学的社会观，而不是缘于所谓的诗学分裂，至少那些关涉写作的其他要素仍未充分参与进来。

---

① 陶东风：《社会转型与当代知识分子》，上海三联书店1999年版，第18页。

② 孙文波：《我理解的90年代：个人写作、叙事及其他》，参见王家新、孙文波主编《中国诗歌九十年代备忘录》，人民文学出版社2000年版，第14页。

与"中间代"同样尴尬的，是被"九十年代诗"所遮蔽的一群"守夜人"，他们正是从九十年代起步于诗坛的"七〇后"诗人。随着"七〇后"这一"身份共同体"的确立，"八〇后""九〇后"也呼之欲出，他们身上"不同于历来诗歌传统的特质"、他们的诗歌写作是否"一开始便充满了对旧诗歌体制的反叛"[①]仍是相当可疑的。此类论断暴露出了新诗"代际性"的总体缺陷：当一种概念 / 秩序的遮蔽促使一部分被排除在外的人重新团结起来，代际成为"影响的焦虑"的直接产物；这种先在的对立显然干扰了我们对代际真实面貌的认知，驻足于某些不完整的论断而长期忽视代际与文本之间的真实互动（即作者所受代际的影响和他的选择与再造），以至于我们谈了太多的"破"而轻视了"立"，最后被确定下来的代际概念亦不可避免地泛化了。在这个意义上，强调代际的"建设性"是极为必要的，它有利于文本 / 写作的代际回归，更把代际视为文学实践过程的另一种描述方式，容许个体独立判断、发挥创造性影响。站在文学立场上，代际谈论的是一个人与一代人、个体与社会、艺术与现实的想象关系。我们更愿意相信，是个体介入实践的累积促成了一个总括的代际，而非作为整体性的代际决定了个体。

既然如此，本文一开始何以强调代际的本质应为排他性？这同样缘于"九十年代诗"以后代际的弱化和变质，它现已成为流派、社团之后新诗的另一种集体运动方式。"八〇后""九〇后"等近来引领风尚的概念无不把代际视为进入文学史的渠道（在商品化的社会关系下自然也是一种"销售"渠道），取代了过去"朦胧诗""第三代诗"的提法，成为新的"出场式"。它们以年龄为依凭划分出区间，固然有利于将人们的目光集中到诗坛的弄潮儿身上，却恐将代际变成一个大包大揽的概念，虽以"后"冠名，"影响的焦虑"实际甚为笼统、涣散，以至于无从谈起。眼下，代际这种"自说自话"的状态无疑与诗坛长期以来缺乏对作品的完成性、经典性的讨论有关，代际批评多数在文学性以外的区域游走，介入文本的理论探索能力还在衰退。因此，代际的排他性应该重新获得正视，它同样是强调创新、避免同质化的写作实践的有力支持。

[作者单位：香港城市大学中文及历史学系]

---

① 冯月季：《沉沦、挣扎、救赎——对二十一世纪中国诗坛诗歌写作现象的考察》，载《当代文坛》2011 年第 4 期。

【编者的话】

进入二十一世纪以来，中国当代诗歌发生了许多新的变化。特别是以数字技术、网络技术为传播手段的新媒体空前发达，以及包括博客、微信、微博、论坛 / BBS 等私人化、平民化、普泛化的自媒体平台迅猛增加，使得诗歌的生产机制、传播渠道，诗人的写作姿态和相应的诗人身份、诗歌风格，以及诗歌的认定与评价体系都发生了改变，诗坛繁荣与乱象并存，急需诗人和学者针对这些现象提出问题，及时地予以分析，并发出自己的声音。为此，中国作家协会创作研究部、中国作家协会诗歌委员会和首都师范大学中国诗歌研究中心，于 2017 年 6 月 17 日至 18 日在北京联合主办了"新媒体视野下诗歌生态研讨会"。来自全国各地的诗人、评论家三十余人出席。现从与会学者提交的论文中选出四篇，以飨读者。

新媒体诗歌："硬币"的两面

罗振亚

从 1993 年 3 月诗人诗阳在互联网发表诗作开始，国内的"网络诗歌"生长历史不过二十几年的光景；但其势头迅猛，辐射力强，对当下诗歌造成了巨大的影响。一个烙印在脑海中的常识，就是以往的诗歌文本基本上是在体制内的刊物和写作者的纸面生长，新媒体支撑的微时代的出现，则造成了诗歌存在状态和传播格局的突变，如今以"屏幕文化"为特征的网络诗歌更是大显神威，差不多挺起了当下诗坛的半壁江山。在这二十多年里，网络诗歌早已从处于"风口"中的热点事物走向平淡，只是人们关于它的评价至今依旧仁智各见，观点的对立有时势若南北两极。而在网络诗歌"尘埃落定"的当下，作为一位诗歌研究者，如果仍对其完全排斥抑或熟视无睹，那无疑是一种逃避乃至失职。

据中国互联网络信息中心 2015 年 2 月发布的《第 35 次中国互联网络发展状况统计报告》显示，截至 2014 年 12 月，中国网民人数已达到 6.49 亿，其中，网络文学用户规模达到了 2.94 亿，网络文学使用率为 47.9%。难怪论者们纷纷断言，"网络给诗歌带来了革命性的变化"①；"网络就是二十一世纪诗歌的一个催生婆，它将无数诗歌爱好者、创作者的创造激情与发表欲望煽动起来，让那些诗歌的'婴儿'纷纷降临到互联网的界面之中，降生到无限敞开的赛伯空间里。互联网正在创造着中国新诗的当代神话"②。别说网络上的诗人博客多如牛毛，数不胜数，单是网络诗刊就星罗棋布，热浪袭人。据统计，仅 2005 年在乐趣园上注册的诗歌网站即有上百个，而今早已超过两千家，具体的数字已经无法计算，其中重庆的"界限"、北京的"灵石岛"、湖南的"锋刃"、福建的"甜卡车"、四川的"第三条道路"、浙江的"北回归线"，还有北京的"诗江湖"与"诗参考"、广东的"诗生活"、黑龙江的"东北亚"、四川的"终点"、广西的"扬子鳄"、江苏的"南京评论"等已成极具影响力的诗歌阵地与现场。并且，它早就跨越小打小闹的零乱、散化阶段，网络诗刊、微信平台此伏彼起，并且数量和规模还在不断地递增……像七〇后诗歌的大本营和栖息地，从某个角度说就是网络上的集体狂欢，《下半身》的成功出场即得力于"诗江湖"与"诗生活"两块阵地。甚至凭借互联网舞台的自由，大量诗人干脆不再理会所谓的民间刊物甚至官方刊物，因为有时候网络传播的影响远远大于纸媒刊物。

有一个事实不论你承认与否，都必须提请人们注意，那就是网络写作中"江湖"对"庙堂"的取代，使原有约定俗成的写作秩序和规范宣告无效，助长了诗歌的大面积生长。最主要的影响是新媒体改变了写作者的思维和心态。因为网络天地阔大，每个人的心态都十分自由、放松，从七窍生烟、冷面狗屎、恶鸟、巫昂、轩辕轼轲、浪子、王子、竖、花枪、魔头贝贝、巫女琴丝、CMYPOEM 等笔名的使用，即可窥见一斑。在开放、便捷、互动的网络虚拟世界里，人人都可以卸下职业抒情者的面具，加入诗歌写作的"假面舞会"，就像隐身人一样恣意狂欢，随意处理生活、心理、意识和诗歌的关系，难度的降低与好玩的引力，从两个向度刺激着诗人们的热情，诗歌在某种程度上成了传播迅疾的一次性

① 吕进：《新汉学时代与中国新诗》，载《西南大学学报》2015 年第 5 期。

② 张德明：《审美日常化：二十一世纪网络诗歌侧论》，载《东岳论丛》2011 年第 12 期。

· 新媒体视野下的诗歌生态 ·

消费的流行艺术，也有人认为现在中国已经进入诗歌最为热闹的时代，1990 年代之后诗坛沉寂的"死水"被搅动得活气充盈，几乎所有的手机、电脑用户都和诗歌直接或间接地发生着联系。

在虚拟的互联网世界里，诗歌创作不再那么高不可攀，人人皆可写作的思维方式和心理，不仅有益于消除诗歌的神秘感，瓦解写作的话语霸权，有效地突显"在场"的心灵和世界，尤其是新媒体写作者和读者之间界限的消除，直接对话交流的互动功能，使读者能够自由介入甚至左右文本的修改、完善方向，对文本跟帖或评论自主到了不受任何限制的程度，真正达成了作品的生产者和消费者之间的一体化，碎片、娱乐、消费等后现代主义特质与倾向，暗合了世界纵向前行的大趋势。它无疑克服了传统诗歌"一锤定音"却也无法吸收读者建议再行更改的先在缺憾，赋予了诗歌一种生长的活力。如网络诗人乌青在网上贴的诗歌，"天上的白云真白啊 / 真的，很白很 / 白非常白 / 非常非常十分白 / 特别白 特别白 / 极其白 / 贼白 / 简直白死了 / 啊——"（《对白云的赞美》）。虽然诗的语言俗白浅显，游戏倾向十分严重，被恶搞为继梨花体、羊羔体之后的又一种体式"乌青体"，这些可以搁置不论；但是诗人将之在微博上贴出后，大量网友广为推送散发并竞相调侃、戏仿的那种热闹氛围，诗人与读者间平等交流互动的"民主"气息，却是以往沉闷的诗坛所匮乏的。同时，近些年超级文体链接和新技术支持带来的声、像、图、文并茂的新特点，新媒体更使诗坛人气鼎沸，创作走向更加平面化，欣赏愈趋趣味化，同时确立了诗坛上主流媒体、民间刊物和网络写作互补共荣的良性生态格局。

最主要的是新媒体为汉诗写作带来了一种新的品质。因为身处民间那种对现存秩序的批判激情，和民间立场、网络狂欢固有的自由创造品质结合，使诗人们的作品在不自觉间贴近去政治化和非功利化的路线，在艺术上带有强烈的前卫和实验倾向，常常"藏龙卧虎"，从伊沙的身体写作和反讽策略，到徐江、侯马等的后口语写作精神，再到余怒突出歧义和强指的超现实写作等，均催化、刺激了文学的某种可能性，而在新诗已有百年艺术储蓄的今天，某种艺术可能性的寻找与确认，远比某种技巧或手段在成熟路上的推进更重要得多。如靠网络起家的轩辕轼轲所写的，"要想知道梨子的味道 / 就要先种植一株梨树 / 就要先找到适宜种梨的春天 / 就要在春天之前被生出来 / 生出来后茁壮成长 好好吃饭 / 父母在 不远游 不经商……坐进春天里 / 像陷进泥土里的根 / 哪怕它寸草不生 / 哪怕它果实累累 / 始终只想着梨子的滋味 / 让舌苔守身如玉 /

诗探索 7 理论卷 2017 年 第 3 辑

咬紧牙关"(《要想知道梨子的味道》)，在韵味、意向和语感的进逼，令很多专业诗人汗颜，若是没有放松的心态，没有上好的技术训练，要想创造出来是无法想象的。

同时，诗歌的娱乐功能被突显得超过任何时期，游戏的文本观有了大面积的覆盖。随便一按回车一动鼠标就可以写出诗来，无须权威人士或编辑的认定即可发表，自己就是"刊物"和"平台"，至于怎么写也是随心所欲，网络诗歌的特质本身即带有强烈的娱乐、游戏色彩。如"世界给了我黑色的眼睛／我才懒得去寻找光明／不如把自己的眼睛戳瞎／我愈瞎／世界就愈光明"（徐乡愁《黑眼睛》），玩儿的心态支撑、决定了它对顾城《一代人》的仿写和颠覆的意图明显，恶作剧心理灌注通篇，所以也便无须抓其深意。赵丽华的《一个人来到田纳西》也属于自娱自乐之作，除了一点儿小资的自得之气之外，就是写着好玩儿，"毫无疑问／我做的馅饼／是全天下／最好吃的"，是不是真的最好，是不是真的好吃，读者压根儿就没有必要与其较真。这种娱乐性暗合了诗歌天性中固有的个性品质，最大限度地加强了网络、诗歌和网民、读者间的联系，让诗歌更好接近。

只是，新媒体给中国新诗带来发展机遇，改变传统书写形式革命的同时，随之而来的弊端也需警惕。网络的确是藏龙卧虎之地，但是"网络诗歌"的自由、低门槛和消费时代的急功近利遇合，也把它变成了"鱼龙混杂"的所在，藏污纳垢的去处，它"最高尚纯洁""最深刻有效"，也"最恶毒下流""最浅薄无聊"，"阴阳两极被全面释放"[①]，它经常是"拔出萝卜带出泥"，一些好诗被发掘出来的同时，一些非诗、伪诗、垃圾诗也鱼目混珠地面世了，无厘头、快餐化、段子式的拼盘铺天盖地，粗制滥造的"垃圾"、赝品充斥各个网站，游戏、狂欢的自动化倾向明显。据传 2004 年左右中国也像西方一样出现了"写诗软件"，已经令人吃惊不小；前几年一个网名叫"猎户"者竟然发明了一个自动写诗软件，将不同的名词、形容词、动词，按一定的逻辑关系组合在一起，平均每小时写出四百一十七首诗，不到一个月就造了二十五万首诗；而今年"经历了歌手、主持人、新闻播报员等多种角色的转变"后，"由微软人工智能小冰创作的现代诗集《阳光失了玻璃窗》出版，成为人类历

---

① 于坚：《"后现代"可以休矣：谈最近十年网络对汉语诗歌的影响》，载《诗探索》理论卷 2011 年第 1 辑。

史上首部 100% 由人工智能创作的诗集"，小冰亦成了"现代女诗人"①更如天方夜谭。这里，且不说猎户软件写作的速度惊人地可怕，单就微软人工智能小冰的诗集《阳光失了玻璃窗》抽离了兴、观、群、怨的功能承载而言，其全部的目的只是自娱的"产品"，恐怕已经不能称之为真正的诗。它充其量也只能说是由高科技支撑的文字和数字游戏而已，谁若将其视为诗歌，那么离"诗人死了"的预言真的不远了。

也就是说，从大量的网络诗歌中读者根本感觉不到诗人灵魂的深度和艺术的美感力，写作的即兴性和高速化，造成的过度明白、冗长、散化的表达，使诗歌不但无法整合语言和经验的复杂关系，就是和诗歌原本的含蓄凝练要求也相去甚远，它们虽然短小却语言粗糙，有速度感而无耐性，经不住细读，更不利于相对稳定的大诗人的产生。比如面对这样的网络诗歌，"三个男人住在一起／吃饭喝茶倒水／三个男人／有三个男人的心事／看书上网聊天／吵一次架／三个就变成两个／再吵一次／大家各自奔波／三个男人住在一起／上班工作娱乐／三个男人／有三个男人的故事／有些可以说／有些不能／剩下的／你猜"（《三个人》），就是使出浑身解数，也难找出其中所谓的"微言大义"，它固然平民化，但那种远比白开水还淡的口语废话，那种不加任何筛选什么皆可入诗的"无忌"劲儿，几乎彻底取消了诗人和非诗人的界限，或者说所有的人只要愿意写不论怎么庸俗也都是诗人了，这虽不无媚俗的挣扎成分，但仍然是对诗歌和诗人的严重异化和亵渎。

网络诗歌的最大问题是缺少必要的评价标准，艺术质量和水准参差不齐。它的出现的确给死气沉沉的诗坛打了一针"强心剂"；但是追新逐奇的个性、写作的参与者千差万别，特别是没有必要的把关机制，就导致网络诗人常常心浮气躁，忽视艺术的相对稳定性，在让一些优秀之作被发掘出来的过程中，也使不少伪诗、非诗、垃圾诗纷纷出笼，诗人频繁地登场，诗作急速地被淘汰，诗坛大有一种"你方唱罢我登场"的流动态势，可这是极其有碍于经典诗人和作品的玉成的。而我曾经多次说过一个时代诗歌是否称得上繁荣，其中一个重要的标志就是视其有无具有代表性的诗人产生，如果说 1980 年代尚有西川、海子、翟永明、于坚、韩东等重要诗人胜出，1990 年代至少也输送了伊沙、侯马、臧棣等中坚力量，而诗界整体艺术水平提高、新媒体高度发达的二十一世纪诗坛呢？我以为在这近二十年的网络诗歌促成新诗风格、趣尚迅疾流转的过程中，别说让人家喻户晓的，堪和大师比肩的诗人，就是那种襟怀博大、诗魂高迈，能代表一个时代的诗人，除了朵渔、胡弦、郑小琼等少得可怜的个体，也几乎没怎么显影，这无论怎么说也只能是诗坛繁而不荣的表现。并且，像朵渔、胡弦、郑小琼以及当下一些活跃的诗人，也都并非靠新媒体和网络形成影响的。当然，诗坛繁而不荣的原因复杂，但网络、微信的负价值绝对是难辞其咎的。

特别是屡见不鲜的恶搞、炒作、人身攻击，更使网络的伦理下移，"网络民主"不时被某些人挥霍、滥用，成为"暴民"和"流氓"释放人性"恶"的平台。如今人们一谈起诗歌，就是谁和谁在论战、谁和谁在吵架这样一些鸡零狗碎的话题，而不是就文本技术、思想境界、创作走向等问题进行商榷、研讨，打开一些诗歌网站和微信号，自吹自擂的、互相谩骂的、无事生非的、传播小道消息的内容比比皆是，唇枪舌剑中"喷发"出的污言秽语，粗鄙异常，不堪入目，给人感觉诗坛就是一个个并不让人得意的"江湖"，一个个排斥异己的"圈子"。这种事件大于文本、事件多于文本的事实本身，就是诗坛的最大悲哀，它恐怕也是许多诗歌圈外的人诟病当下诗歌的重要缘由之一。

几年前人们还在热议，对于网络世界纷繁的乱象，"只有无秩序才能拯救秩序"，现在看来那只是一个自欺欺人的"神话"。所以对网络这个巨大的"推手"一定要学会甄别，不能一味地佑护，或任其自然生长，而要保持必要的清醒和规约。当然，我也相信网络不可能把所有的诗歌都降格为大众消费品，彻底取消纸媒，毕竟诗美有各种各样的形态，读者对虚拟空间和实体空间的需求也永远是多元化的。

[作者单位：南开大学文学院]

新媒介视域下二十一世纪
新诗创作生态研究

孙晓娅

　　"一切都四散了，再也保不住中心，/世界上到处弥漫着一片混乱"（叶芝《基督重临》）。自1994年，未来学家尼葛洛庞蒂提出"数字化生存"[①]概念，"数字化革命"以迅雷之速席卷全球，数字化社群不断兴起。随着社会媒介化以及媒介社会化的速度加快，公共空间与私人空间的边界日渐模糊，在日新月异的现代传播科技的作用下，人们对世界的感知不再依赖个体生命的直接经验，而是各种传播介质与载体。步入二十一世纪，媒介给人类的生活架构出庞大的生存场域，人类已经从柏拉图所说的书写的时代——文字的魔术转向了电子魔术，这个巨大的变化可视作人类思维方式的转变，即以视觉为中心的图形符号传播系统正逐渐替代传统的语言符号传播系统。视觉文化传播时代的来临标志着文化空间的又一次转型，标志着对人类既有审美经验的突破、审美视阈的拓展与人际关系的重新构建，影像神话和虚拟世界诞生了一个个接踵而至的新时代神话：网络乌托邦与微时代。

　　二十世纪九十年代以降，随着互联网的普及，"媒介化生存"[②]日渐成为生存的常态，互联网与移动信息技术改变了诗歌的生态环境，扩大了诗歌的传播场域，直接影响到诗歌发表、传播、接受方式与审美机制。当今社会，媒介具有无孔不入的渗透力，从公共空间到私人空间，人们的审美旨趣、创作观念、批评标准均被笼罩在无形而巨大的媒介之

[①]　尼古拉·尼葛洛庞蒂：《数字化生存》，胡泳、范海燕译，海南出版社1997年版。

[②]　该概念衍生自尼葛洛庞蒂的"数字化生存"一说，意为大众传播媒介改变了人类的行为方式，"人与人的交往不再主要依赖面对面的人际交流，人们对世界的感知也不再依赖亲力亲为的实际经验，而被各种传播媒介所左右。人们生活在媒介的包围中，习惯于此并依赖于此。这种状态可称之为'媒介化生存'"。参见樊葵：《媒介崇拜论：现代人与大众媒介的异态关系》，中国传媒大学出版社2008年版，第12~14页。

网中。新媒介作为"生产性的空间"①，因具有被集体分享的智性的梦想能力和行动力，由此成为人类意识的一个居所。在各种媒介科技更迭异常迅速的后工业时代，新媒介为诗歌带来的诸多变化中最引人关注的就是诗歌发展空间的扩展。近年来，较之官方刊物、几千种民刊，新媒介空间成为诗歌的主要承载体，其迅速、便捷的传递特点，广泛的影响力，应和社会事件的大众性，阳春白雪与下里巴人雅俗兼容的特质，为新诗发展带来新的面向。

一 网络诗歌对新诗文本形态的影响

互联网时代，诗歌文本传播公共空间得以拓展，网络给予诗歌介入社会的公众权力，诗歌与社会之间的关系更加紧密，在新媒介赋权视域下，传播渠道的多样性，打破了出版和传播管制的边界，奠定了不同诗歌文本形态存在的基础。继1995年首份中文网络诗刊《橄榄树》创刊，诗人李元胜于1999年11月创办了诗歌网站"界限"（http：//www.limitpoem.com）②。作为第一个纯诗网站，它对中文互联网诗歌的发展起到了推动作用，开启了诗歌与网络的聚合时代。2000年2月，由桑克、莱耳等创办的中文互联网第一个拥有独立国际域名和独立服务器的非商业性的诗歌网站"诗生活"（http：//www.poemlife.com）③横空出世，该网站约计千位诗人及批评家鼎力加盟，系中文互联网最热闹、人气最旺盛的诗歌论坛之一。网络的出现已经为二十一世纪诗歌写作开辟出一个别具诱惑力和无限创生可能的活动空间，有学者指出："当代电子媒介、电脑网络在改变社会公理和文化交往的中介系统，改变既有的审美／文化的存在方式与价值规范的同时，也改变着文学艺术的传统的价值观念和规范体系。"④诚然，无限延展的网络空间对新诗文本形态的影响是多维度的。

首先，互联网给诗歌创作带来全新的生存环境，"纸介文化"开始

·新媒体视野下的诗歌生态·

----

① 法国哲学家、社会学家亨利·列斐伏尔（Henri Lefebvre）提出了"空间生产"理论："空间里弥漫着社会关系；它不仅被社会关系支持，也被社会关系所生产。"Henri Lefebvre, The Production of Space, trans. Donald Nicholoson-Smith, Oxford：Blackwell, 1991, p.165.

② 该网站从久负盛名的"重庆文学"网站衍生出来，它的技术起点比较高，内容丰富；由该网站主办的"柔刚诗歌奖"在诗坛颇有知名度。

③ 桑克：《互联网时代的中文诗歌》，载《诗探索》2001年第1~2辑。

④ 管宁、巍然：《后现代消费文化及其对文学的影响》，载《文艺理论研究》2005年第5期。

走向"屏幕文化"，诗歌专业网站、诗歌网络论坛、博客空间纷涌，互联网络上遍布诗歌的身影。各种诗歌网站、论坛给诗歌发表、传播带来新渠道，打破纸媒书刊的垄断，其开放、便捷、直观等特点赋予诗歌超常规的发展，探讨交锋的互动性有益于各种诗学主张与写作观念的交流碰撞，驱使二十一世纪诗歌版图日益论坛化、圈子化和江湖化。每年至少有一百万首诗作发表在各诗歌网站上，各具风格的网站的建立和有效运行让本来各自为战的诗坛重新找到了集结的地标，凝聚了具有流派特征的诗歌团体，承担起传承诗学文化的重要责任，丰富了"诗江湖"，上网读诗成为二十一世纪诗歌被阅读的基本方式之一。诗歌论坛不仅是网站的形式分支，还是很多诗歌论争的重要阵地，它们扩展了二十世纪八九十年代诗歌界以诗歌会议展开论争的模式，近十五年来，当代诗坛的各次论战，几乎都有诗歌论坛的直接或间接参与。诗歌论坛本质上是各诗歌网站的延伸，其多向及时交流的功能使其成为二十一世纪诗歌中最热闹的场所，它高度自由、打破既往研讨的时空限制，使人们可以自由评论、提出观点、阐释核心理念，研讨更富有集合力和互动效果。比较重要的有"中间代"命名之争、"真假非非"之争、"梨花体"之争、"现代诗存亡"之争、"第三条道路"的内部分化之争、"下半身"与"垃圾派"之争、"神性写作"论争等，它们推进二十一世纪诗歌在不断的论争中调整、重构、寻找自身出路，诸多论争的诗学意义和建构前景无法一言以蔽之，但作为诗歌论战策源地的诗歌论坛可以作为了解二十一世纪诗歌现实状况和派别体系的一个窗口。

继诗歌论坛多元蓬勃的发展，诗人博客的兴起为自由创作、即时发表提供了更切实的保障，这一优势是纸质诗歌无法比拟的。诗人博客一反诗歌"为生产者而生产的产品"①的边缘和尴尬处境，成为博主与不同身份的读者思想交流、对话的场所，博客不仅是个人性、公共性并置的公开空间，还具有再生性、承载性、独立性与敞开的弹性，一个著名诗人博客的访问率远远超过任一纸媒的发行数量②。此外，没有了严格的审稿制和发表作品数量与质量的规约，诗歌从文化领域的边缘处境中挣脱出来，变得空前活跃。诸多网络诗歌形态与名目应运而生——超级链接体诗歌、"赛博"诗歌（cyberpoetry，即多媒体诗歌）、PTV 诗歌、

---

① 柯雷：《是何种中华性，又发生在谁的边缘？》，载《新诗评论》2006 年第 1 辑。

② 2015 年 4 月，诗人王单单获首届人民文学新人奖，王单单通过将诗歌发布到个人博客上而逐渐获得读者和业内人士的认可。

短信诗歌、广告诗歌等崭新的诗歌传播形态扩展了诗歌作品的广义性、普泛性和最大可能的阅读接受的快捷性，从而打破了沿袭已久的传统传播媒质（主要是纸质）的诗歌载体传播的单向的线性结构和出版社、编辑的垄断特权，将诗歌权利下放给西班牙诗人奥特罗所谓的"无限的多数人"①。相较部分主流文学网站，诗歌网站的出现不仅在时间上不落后，而且很快即在诗歌圈内立足。

其次，互联网与移动传媒正在用新技术悄然塑造全新的创作范式，网络的介入为二十一世纪诗歌带来不同以往的新特质，这一点尤其值得关注。互联网丰富了诗文本、诗歌语言的空间意义，方寸间即实现了诗歌写作的超文本和多向衍生。"超级文本"（hypertext）原指在计算机视窗体制基础上发展起来的相互连接的数据系统，后用来指在文学创作中一个文学文本对其他文本资源的阅读所构成的超链接文本——"超级文本文学可以突破通常文学文本的线性结构而呈现链性特征，体现出网络时代的文学特有的文本资源丰富性、文本多义性和阅读开放性。这一点也恰好可以同当今文论界时髦的'intertextuality'（互文本性）之类术语相应和，这绝不是简单的巧合。"② 在电子超文本网络中，每次点击都打开一个新的文本空间，不同的页面随时都在递增，如此一来，构成文本空间的单元数量近乎无穷。诗人"触网"浏览阅读和发表言论、作品时也完成了对不同文本的追踪和衍生传播，完成了文本的无限延异。可以说，网络诗歌创作的超文本链接扩大了诗歌创作的资源空间、审美空间、想象空间和创造空间，具体呈现如下：

其一，二十一世纪诗歌在网络平台的护持下，诗人的话语权不再受制，在艺术宗旨、主题选择方面走向了非功利化和去政治化，诗歌创作的自由化和书写向度逐渐敞开。诗人在网络上用匿名和虚拟的方式，表现最真实的自我甚至是无意识的超我，从而使自己的话语显现在电子屏幕上任人点击、评论或参与到创作行为之中。以"网名"出场的诗人可以抛弃身份约束和"审美承担"的焦虑，以寄寓抒情或娱乐为目的，在虚拟的网络世界里尽展不同面向的"我"，挖掘无限的潜能、创造力，无所挂碍地实验文本、实践先锋，与此同时，诗歌原创主体获得了相对独立、自由的写作立场和心态，他们"不再是原先那个被'叙事'的人，不是离开了那个宏大叙事就茫然无措、不能生活的、丧失掉主体内涵的

---

① 沈石岩：《西班牙文学史》，北京大学出版社 2006 年版，第 458 页。
② 王一川：《网络时代文学：什么是不能少的》，载《大家》2000 年第 3 期。

人"①。网络的虚拟、匿名机制使他们拥有自由选择主体形象与个性"身份"的权利，在网络没有障蔽的空间中保持自我的独立品格，从而获得更多的表达自由和创作空间。

其二，网络诗歌表现手法多样，艺术创造与技术手段多元结合，图、文、声、像并茂，从一种艺术样式到另一种艺术样式的超文体链接体现出诗歌审美趣味和写作范式的多样化。在审美体验方面，网络诗歌游走于生活与虚构之间，审美向度自体敞开；另外，在形式上，由于多媒体技术把多种艺术形式融合在一起，诗歌、小说、戏曲、散文、绘画、动画、音乐和影视等随意交融、拼凑、剪切、粘贴在同一主页空间上，结构形式、字体等自由择取变化，扩大了诗歌形式的审美向度。在众多变革中，网络创作的革新还体现在语言层面，网络诗歌话语便于将诗人的瞬间感付诸网络语言，构成语言事件——诗人营造了戏剧式的语言作品，比如倒装、戏仿、滑稽模仿、羞辱、亵渎、戏剧式的加冕或废黜，以及各种类型的粗言俚语——骂人话、指天赌咒、发誓、民间的褒贬诗等②。在形式上，诗体多短小、灵活，常闪现出电影蒙太奇式的切换，诗人情绪的流动效果在网络诗歌中得以突显。总之，网络的介入为二十一世纪诗歌带来不同以往的特质，网络诗歌的审美方式和写作范式丰富多样，在应和网络自身诸多特点基础之上衍生出多元状态。

其三，网络是自由的广场式写作，创作主体的无限性、个人情感体验的丰富性和审美趣味的多样性以及文本生成的时效性、鲜活性、现实性，增强了诗歌的行动力，推动诗歌走向大众，这也是诗歌传播史上的一次巨大飞跃。面对一些重大事件，网络诗歌的介入具有广泛的影响力，如2008年南方雪灾、汶川地震、奥运会等社会事件发生时，网络上均有相应的诗歌专题写作，它们最大限度地发挥了口语诗歌写作的蓬勃生机。现代汉语迅速更迭的口语化写作与二十一世纪时代经验相契合，活跃于网络上的口语写作一方面弥合了二十一世纪以来诗歌创作与大众的罅隙，同时，在随意性的虚拟和类像空间中，网络诗人的写作更多的是基于生命力的驱使，自我实现的渴望，充盈着独立自由包容的精神；在主动调融口语和境界、情怀表达的张力方面有全新的探索，呈现出富有时代特色的诗歌创作症候；在批判、质疑、建构的同时，网络诗歌积

---

① 程光炜：《不知所终的旅行》，《岁月的遗照》，社会科学文献出版社2000年版，第6页。

② 约翰·菲斯克：《理解大众文化》，王晓珏、宋伟杰译，中央编译出版社2001年版，第101~102页。

极参与到现实的文化建设中，发挥了汉语言文化在当代积极的群众合众能量效应。恰如学者徐贲二十世纪九十年代中期对"群众媒介文化"进行反思时所言："在中国，启蒙运动从来没有能像媒介文化那么深入广泛地把与传统生活不同的生活要求和可能开启给民众。群众媒介文化正在广大的庶民中进行着五四运动以后仅在少数知识分子中完成的思想冲击。在这个意义上可以说，群众媒介文化在千千万万与高级文化无缘的人群中，起着启蒙作用。"[①] 不过，相关问题也应运而生，比如抄袭炒作频发、创作心态的浮躁化、诗作发表的低门槛、创作主体的游戏化、语言的粗俗化、文本阅读表面化等，亦从负面影响了新诗文本形态的生成。

二 微时代，新诗的"辗转空间"

人类历史上每一次技术变革都加快了诗歌发表和浏览的速度，当下，已经越过博客诗歌的硬盘式存储，伴随电子超文本网络建设的成熟发展，网络诗歌走向了微信诗歌。微信诗歌是网络诗歌的一个延伸，作为便捷表达和自主阅读、及时传播与更新回馈的文学空间，微信诗歌具有特定的存在形态和功能趋向以及强大的承载、生产和传播功能。从技术层面看，微信属于社交类自媒体应用程序，它通过手机、平板电脑等移动互联网终端，可以快速免费发送语音短信、视频、图片和文字。自从2011年1月腾讯公司推出微信以来，它已然楔入人们的日常生活，并以迅雷不及掩耳的速度走进诗歌圣殿，拓展了新诗阅读中视觉感受和创作灵感的空间。从审美层面看，微信诗歌开启了多媒介审美的功能取向，全媒体审美、多媒介创作、新异的审美路径推进微信诗歌创作进入爆发期。从微信功能的独特性审视其推送诗歌成功的原因有如下几点：

首先，微信公众号作为无限度的阅读空间，向每一位读者敞开，微信刊载和推广诗歌兼顾了审美标准与商业化的推广机制——既可以选择精英式的诗艺、诗品、诗意的坚守，也可以去迎合大众阅读期待，这极大地扩展了诗歌传播与阅读范围。为适应时代的发展，很多官方诗歌刊物（以及综合性刊物）或民间同人诗歌杂志、出版机构都开设了专门的诗歌微信订阅号或制作了诗歌微刊，吸引更多读者微信浏览或定制阅读。一些洋溢着独立个性的诗歌微信平台或以个人名目创立的微信订阅号展示了当下诗歌创作的多面格局，无形中激活了二十一世纪诗歌生态的发

·新媒体视野下的诗歌生态·

---

① 徐贲：《影视观众理论与大众文化批评》，载《文艺争鸣》1996年第3期。

展。名目繁多的订阅号在诗歌传播过程中发挥了公益性、开放性、创新性，诗歌的呈现方式日益增多，阅读的群体范围不断扩大，一时间，在微信朋友圈中，诗歌的推送与阅读非常活跃，丰富了当代诗歌版图。

其次，作为跨界的媒介，微信展现出诗歌的互文效果和诗人的公众生活，最大化体现出诗人的跨界才艺，这也是微信传播诗歌时被大众广为接受的重要原因。诗歌曾经被指责没有交互性，在公共空间发挥不了效用，而微信一出场就击碎了这一偏见。除以刊物、同人风格集结的微信公众号外，还有日益成熟的视听微信平台："为你读诗"（thepoemforyou）、"诗人读诗"（yssrds）、"读首诗再睡觉"（dushoushizaishuijiao）、"好诗选读为你读诗"（hsxd818）等，它们发表各类"名人读诗""原创诵读"等音频、视频材料；另外，这些诗歌视听公众号并非单纯地迎合大众，而是有自己的审美标准。为了发展，它们不断调整择录稿源和推广方式，以期更多人受益，引领并影响着都市人群新的读诗习惯。二十世纪三十年代京派文人的读诗会上，读诗成为彼时文学精英们一种时尚的生活方式[①]。但当年的读诗会无法与当下微信读诗的影响力相比。在当下社会，微信公众号拥有大量订户，传阅广泛，口碑颇佳，无形中带动诗歌走出小圈子，进入公众视域与生活之中。这些微信视听平台中的朗诵音频、视频材料活跃了网络的发表方式，给大众的诗生活营造了富有诗意的现场感和雅致的娱乐消费。对此，我们不能简单地将它们视为娱乐消遣性的诗歌消费品，更不能武断地否定它们的存在与影响。进入"新时期"以来，站在高雅文化的立场对大众文化进行审美批判在中国研究界是有传统的，在这个问题的分析上，笔者很认同阿伦特的观点，她认为大众娱乐不同于文化，它是一种消费品，不可能具有什么恒久的价值。"不管怎样，只要娱乐工业生产着它自己的消费品，我们就不能责备它的产品没有持久性，正如我们不能责备一个面包店，说它的产品一生产出来不赶快吃掉就要坏一样。鄙视娱乐和消遣，因为从它们当中得不出什么'价值'，从来都是有教养市侩主义的标志。但事实上我们每个人都需要这样那样的娱乐消遣，因为我们都要服从生命的巨大循环。否认取悦和逗乐了我们大众同伙的东西也同样取悦和逗乐着我们，就是纯粹的虚伪和势利。"[②] 由此看来，微信读诗的娱乐化、大众化属性，并不能折

---

① 沈从文：《谈朗诵诗（一点历史的回溯）》，《沈从文文集》卷11，花城出版社1984年版，第251页。

② 汉娜·阿伦特：《过去与未来之间》，王寅丽、张立立译，译林出版社2011年版，第191页。

诗探索 7　理论卷　2017年　第 3 辑

损其存在的价值，它成为当下兴起的崭新的消费方式，并不会影响诗歌的艺术准则与评判标准。作为公共空间的展览，诗歌视觉、声音在微信中的混合呈现，使诗歌的诗意与娱乐性多元共生，互为促进，无形中助使大众通过微信读诗和品诗提升审美情趣，有利于在消费时代语境中协调"公众的注意力"①。

此外，微信发展空间的敞开与当代传媒、文化氛围、艺术熏陶方式有着相当紧密的关联。微信平台带来不同艺术门类之间的混融，扩展了诗歌的表达和书写空间，各类艺术形式多元共生，营构出"全景敞视"②的空间景观。当代艺术不同于经典艺术，其专业性要求不高，更易于呈现瞬间即逝的情感，拾起经验的碎影，再现繁复的生命感悟。置身信息爆炸的时代，图像与音频日益表现出与文本交互影响的效用，具有个性化的视觉、听觉冲击力。在微信中，配上诗人手稿和照片，诗集图片或诗人书画③，以及诗人朗诵视频④和音频，诗歌可以完美地实现与书法、绘画、摄影的对话，便于发觉日常生活与不同艺术门类的诗性景观。

第三，微信便于集结更多人参与诗歌群的讨论，为诗歌现场提供互动平台。这些有主题的讨论带有一定问题意识，容易钩沉出当代诗歌发展中的焦点问题和敏感话题。不同群中的诗人及诗歌评论家通过网络，在不同地点、同一时间，以诗歌主题和诗人讨论的方式，集中深入地探讨和传播诗歌，开创了诗歌讨论的新风气。例如，"明天诗歌现场"⑤推出"中国好诗人"（一个印有大众传媒时尚色彩的命名）栏目，已经引发大量网友关注，更引发了人们以娱乐的方式关注诗歌。不同诗歌群的讨论参与者各抒己见，人声鼎沸，有时仅一个小时的讨论，就出现每秒钟几条信息的更新速度，这是现场研讨无法达到的的盛况。很多研讨形式也别开生面，比如"诗歌爬梯""砸诗"，这类活动对诗作的批评不留情面，不仅不会影响对作品的深度阅读，反而还可以在碰撞中扩展对文本的理解与鉴赏，让精品在民主化的讨论中产生。此外，还有借助

---

① 哈罗德·拉斯韦尔：《社会传播的结构与功能》，中国传媒大学出版社2012年版，第55~56页。

② 参见米歇尔·福柯：《规训与惩罚》，刘北成、杨远缨译，生活·读书·新知三联书店2007年版，第219页。

③ "作家网跨界之星"推出潇潇、爱斐儿、马莉、刘畅等诗人的绘画及诗文。

④ 微信平台"华语实力诗人联盟"，原创策划了"二十一世纪十五年优秀诗人巡展"，截至2016年1月27日"路云篇"，已经推出三十位诗人二十一世纪以来的诗歌作品及诗人朗诵视频、手稿等。

⑤ "明天诗歌现场"由诗人谭克修于2015年初策划发起，以诗歌刊物《明天》为阵地，借助勃兴的自媒体网络，在微信平台发起组建"明天诗歌现场"。

微信的影响力开展大型诗歌评选的活动。早在 2008 年，借助网络的传播力，突围诗社联合十七家诗刊、论坛，共同发起了声势浩大的中国诗坛感恩之旅——"最具影响力诗人（1999—2008）"评选①。在此基础上，2016 年 1 月 12 日，突围诗社再次联合十九家五百人的大型诗歌微信群、诗歌刊物、社团，举行全国范围、民间性质的中国新诗百年系列庆祝活动，涉及各大微信群的诗人超过七千人，筛选经典是活动的初衷，但在无形中扩大了经典的大众接受。

第四，作为一种新媒介，微信的技术构成和主体关系设定成为文学功能选择和价值取向的有效推手，跃升为文学社交的新型传播形态，在确证文学价值的同时改变了诗歌的传播生态。与博客和微博相比，微信近乎社交圈的"强链接"，更具用户黏着性和对目标读者的精准选择，微信的公共号召力与影响力生产出微信时代独特的诗人效应和诗歌消费景观。微信传播的便捷迅疾超越了以往的任一媒介。从推荐诗人、作品方面看，纸质媒介无法与微信的推广效率相比。在崇尚娱乐、时尚消费充斥媒体的时代，余秀华的走红创造了微信时代诗歌奇迹，这场意外成名的神话与微信平台紧密相关。余秀华的诗歌最早公开发表在《诗刊》时并没有引起巨大反响，但经《诗刊》微信平台转发后，一夜间引起关注，这之后几乎每天都有博客文章讨论余秀华。微信朋友圈②的刷屏，让本来小众的诗歌在大众中传播开来，其诗集出版的众筹模式更彰显了微信的影响力。1980 年以来，同人办刊、自印诗集成为诗歌发表的渠道之一，但由于成本较高，印刷数量有限，加之交流不便，影响力并不大。2015 年 4 月，花城出版社"后花园诗丛"出版了诗人马永波、远人的诗集《词语中的旅行》《你交给我一个远方》，出版社一改以往的出版传播模式，利用互联网"众筹"模式在八天之内筹资三万，让诗集在短时间内获得了读者认可和市场影响力，开始广为人知。"众筹诗集"模式为诗集出版带来生机，标志着网络时代一种新的传播理念的拓展和形成。鉴于此，

---

① 突围诗社于 2006 年 7 月 29 日正式成立，是中国二十世纪较具影响力、当代最大的诗歌社团。社团开办论坛，举办大型线上、线下诗歌活动，创办同人刊物《突围》诗刊，主办的"中国诗歌·突围年度奖"是当代最具公信力的诗歌奖之一，该社至今依然活跃。"中国诗坛感恩之旅——最具影响力诗人（1999—2008）评选"经过诗人们的实名制投票，十二位卓有影响力的诗人荣耀当选——海子 39 票、陈先发 24 票、北岛 20 票、顾城 20 票、于坚 15 票、西川 14 票、汤养宗 14 票、赵丽华 13 票、小引 13 票、伊沙 12 票，以上诗人荣膺"中国诗坛十大影响力诗人（1999—2008）"。

② 2012 年 4 月，微信正式发布了 4.0 版本，推出了"朋友圈"功能，用户可以与朋友同步分享图片和文字信息。据统计，微信用户每天刷新朋友圈的次数达到三十亿次，微信朋友圈对于诗歌传播的影响不容忽视。

诗探索 7 理论卷 2017年 第 3 辑

很多重要的综合性刊物在微信公众号中定期推出诗人的"微诗集",其优点是可以将诗集快速集结①,与出版社常规的印刷效率相比,微诗集省时省力省经费,扩大了诗歌传播与出版的空间。显然,在新媒介的夹击下,文学出版受到前所未有的冲击,这种竞争未必不是好事,它们缩短了作品发表与印刷周转的时间,便于传阅与第一线阅读,使诗歌成为日常生活的有效部分。

第五,微信诗歌的生长活力不容忽视。诗歌正在以不可思议的速度进入"微民写作"和"二维码时代",创作选材和创作方式是确认微信诗歌的两个维度,前者指以微信为创作题材的诗歌,后者指在微信平台创作并发布的原创诗歌。微信诗歌在第一现场传达了当下的生活:"你死后,微信二维码将成为你的墓碑。"这近似调侃的话却道出了这个时代微信的重要性以及人们在生活、交往以及写作中的变化。从文体形式上看,微信诗歌灵活短小,便于翻阅分享和记忆,当下活跃的截句就是微信诗歌的产物。微信诗歌的生长活力借助了微信平台的技术优势,或配上动感图片,或辅之以深情舒缓的音乐,不仅图文合一、音画两全,而且诗意隽永、意境优美、极具艺术感染力,较之于单纯的文字欣赏,微信诗歌激发各类诗歌元素楔入时代生活,别具审美韵味。

综上,作为地道的群众媒介,微信平台建构了进退由己的私语空间和灵活开放的公共领域。个人的微信和微信朋友圈是私语空间之一种,有固定的交流对象,其间可以自说自话,自由地发表言论。与私语空间的局限和个人性不同的是微信群。"群"既可指聚集在一起的人或物,也可以是虚构出来的概念。微信群将原本独立存在的个人集结在敞开的交流实体或虚拟场域中,从而建构出以私人身份出场的公共场域。哈贝马斯认为,"所谓公共领域,我们首先意指我们的社会生活的一个领域,在这个领域中,像公共意见这样的事物能够形成。公共领域原则上向所有公民开放。公共领域的一部分由各种对话构成,在这些对话中,作为私人的人们来到一起,形成了公众"②。以各种名目组建的微信群所形成的交往圈是典型的公共领域,有既定的和预设的交流群,群中诗人在透明公开的微信空间中,可以有组织地进行思想言论交流,亦可以自说自话或少数人之间交谈。与文化沙龙相比,微信群不受时间、地点等形

① 比起潘洗尘创办的《诗歌 EMS》周刊还要快捷。

② 哈贝马斯:《公共领域(1964)》,见汪晖、陈燕谷主编《文化与公共性》,生活·读书·新知三联书店 1998 年版,第 125 页。

式的拘束，群中成员"出入"自由，观点易于保留。群主的作用之一是召集大家汇聚于群中，与当年京派的"开共赏会"的召集人类似。不同在于，1935年朱光潜发起组织的读诗会，虽有读诗、谈诗、讨论等多种形式①，但是碍于聚会时间、地点的局限，每月只能聚一至两次，而且讨论内容很难保存或被整理成文。微信群突破时空局限、调动对话效能的优势恰好将这一局限迎刃破解。作为自由开放的"公共领域"，很多诗歌微信群将诗群、刊物、社团、私人微信群四者合一，群中成员交流比较民主，每个人自愿公开也可以隐藏社会身份。微信群有足够包容量、信息量，既可在其中选析诗作、批评诗歌、鉴赏文本，亦可以分享音频、视频、语音、留言等，便捷地践行了"诗可以群"②的当下特性，成为诗歌和文化推介的重要平台。

三 新媒介空间与"快感消费"

新媒介以虚拟空间改变了诗歌的发展空间，这一影响是双向的，有推进作用亦有反向效果。此前已有不少研究者将新诗与新媒体的关系提升到"命运"这样大是大非的程度，即众所周知的新媒质时代网络诗歌写作表现出来的问题：拼贴化、模式化、口水化、快餐消遣式网络创作淡化了诗歌的审美因素；缺少超越现实的经典诗作，市场性和消费性覆盖了诗人的主体性和个性……这些构成网络诗写的要疾。本文侧重挖掘众多问题背后隐含的主要症结。

首先，"写作虚荣心"受制于主体的"快感消费"。新媒介自身的传播法则会对诗歌的观念、功能、话语形式和评价标准产生影响，并最终决定传播者的主体姿态。新媒介的虚拟空间给予操纵者以最大化的虚荣心和自我确认感，诗歌的评价标准被混淆，文化快餐式的"快感消费"成为诸多症结之根源。从诗人北岛在第一届中坤国际诗歌奖的获奖感言中可以寻出这种忧患："四十年后的今天，汉语诗歌再度危机四伏。由于商业化与体制化合围的铜墙铁壁，由于全球化导致地方性差异的消失，由于新媒体所带来的新洗脑方式，汉语在解放的狂欢中耗尽能量而走向衰竭。"③北岛认为，新媒体所带来的是新的洗脑方式和粉丝经济，

---

① 朱自清曾在1937年4月22日的日记中记载过读诗会现场。

② 孔子所谓"诗可以兴，可以观，可以群，可以怨"被奉为经典之论、不刊之论，"群"是指诗可以交流和沟通彼此之间的思想感情，协调人际关系。

③ 北岛：《汉语在解放的狂欢中耗尽能量走向衰竭》，载《东方早报》2009年11月13日。

以至于成了一种"小邪教"。北岛自己也使用微信，作为香港国际诗歌节筹委会主席的他也借助微信平台广泛宣传。但是他从不参加任何微信群（偶尔也有被拉入群的情况），他的担忧与其说源自微信的快速占领媒介空间，不如说更多是出于对写作者的虚荣话语权的忧虑。网络与微信自身具备的"写作民主"的交互性平台极易催生写作虚荣心，很多人认为只要拥有了这些平台就拥有了自由言说的话语权，乃至滋生出了偏执、狭隘、自大的心理，不利于诗人主体性的确认与诗歌品质的提升。

其次，伴随繁复飞旋的新媒介的发展，阅读和写作变成流体状态的"在线"消费，诗人们受消费速度的蛊惑，不断改变书写策略，从网络创作到开博客以及建诗歌微信平台……从纸质创作逐渐将时间与兴趣分布或转移到网络论坛与微信平台，娱乐性与游戏性使诗歌丧失了神圣的光环和尊严。在网络与微信平台中，诗人如同参加假面舞会，尽可扮作不同角色，舞台是公共的，狂欢消费随心所欲，速度与浮躁伴生。虚拟化的媒介空间造成了主体的退隐与消解，并日益左右诗人的归属感和认同感，亦如英籍德语流亡作家、诺贝尔文学奖（1981年度）获得者艾利亚斯·卡内蒂所说："成为另一个，另一个，另一个。作为另一个，你才可以再次认出你自己。"[1] 此种忧虑，潘洗尘在2015年创作的《我的微信生活》一诗中有所寄寓："我要买10部手机 / 再注册10个微信号 / 然后 建一个群 / 失眠的时候 / 就让自己 和另外的一些自己 / 聊天 // 有时 我也会把它们 / 换成一对对恋人 / 看他们说情话 分手 / 也有时 我会把它们变成 / 一对对仇敌 / 看他们剑拔弩张后 和解 / 而到了生日 它们就个个又成了 / 远在天边的朋友 // 清明节 少小离家的我 / 不知到哪儿去烧纸 / 就把祖父 祖母 外公和外婆 / 一起接到群里……"[2] 在即兴思想狂欢中，诗人身份的变换与隐匿给诗歌研究带来考证的难度。当然，最大的困难在于，"微信等的繁盛，既扩大视野和便利沟通，但也可能让诗人和批评家陷于更'微'的小的圈子，失去不同观念、问题之间碰撞的机会和欲望，而在这'微'圈子里自娱自得？"[3] 此外，网络论坛资料尤其是微信媒介资料的不易保存、搜索，使其在技术层面而言不便于查阅。诗歌文本也存在这个问题，微信推出的诗歌最终仍要落实到纸媒。有些微信转载不经过审慎的文字校对就刊发出来，编校错误较多，无法作为

----

① 伊利亚斯·卡内蒂：《钟的秘密心脏——笔记·格言·断片（1973—1985）》，见汪剑钊编《最新外国优秀散文》，春风文艺出版社2002年版，第109页。

② 潘洗尘：《潘洗尘的诗》，载《西部》2015年第8期。

③ 洪子诚：《没了"危机"，新诗将会怎样？》，载《文艺争鸣》2016年第1期。

可靠的研究资源，可信度不够。马启代、周永主编，团结出版社出版的《中国首部微信诗选（2014—2015）》是对微信诗歌的最新纸面呈现。

再次，"传媒话语膨胀时代"①带来的不仅仅是诗人自身的主体精神的"漂移"，其潜伏的危机是网络与微信平台取消了审查和筛选、甄别机制，这在一定程度上固然推动了诗歌多元化发展，使得不同风格和形态的诗歌获得存在的合法性，但导致诗歌门槛降低，良莠不齐，失去了标准。孙绍振产生了这样的忧虑："不能不承认，新诗和读者的距离，这几年虽然有所缩短，但是仍然相当遥远，旧的爱好者相继老去，新一代的爱好者又为图像为主的新媒体所吸引。这就产生了一个现象，新诗的作者群体几乎与读者群体相等。新诗的经典，并没有因为数量的疯涨，在质量上有显著的提高。随之也降低了诗歌写作与发表的难度。"②在信息过于膨胀，交流过于便捷的生态语境中，诗歌置身于膨胀的虚拟空间，停滞于网络语言浅易的形式表层，不触及人类的苦难、灵魂的净土、精神的向度，跟随消费范式，陷入点赞的形式认可。新媒体空间造成的"快感消费"与娱乐化的电视体验类节目的内在机制是同构的——每个人都能够在新媒体空间亲自体验各种诗歌信息、娱乐自足。微信诗歌话语的自身法则使得点击量、转载率的攀比心理剧增，也进一步使得粉丝效应、小圈子势力在微信诗歌中产生巨大影响。心灵和生活处境的脱离使得诗歌生态的功利化和消费性特征更为突出，鲜有人思考诗歌写作与所处时代的整体关系、写作格局与文明形态的交互影响，新闻效应、"标题党"流俗为文化垃圾，写作者和受众的审美判断力与鉴别力都在受到媒体趣味和法则的影响，而不是取决于诗艺自身。与此同时，有批评家指出："新媒介平台上海量且时时更新的诗歌生产和即时性消费在制造一个个热点诗人的同时，其产生的格雷欣法则也使得'好诗'被大量平庸和伪劣假冒的诗瞬间吞噬、淹没。"③与此相应，受众对微信诗歌和新媒体诗歌的分辨力正在降低。随着人们对媒介的依赖日益加深，如何在大众文化生产领域中对好诗进行甄别并推广到尽可能广泛的阅读空间，如何对新媒体时代的诗歌做出及时有效的批评或发现问题，成为迫在眉睫的议题。恰如诗人桑克在《乡野间》中

---

① 陈超：《中国先锋诗歌论》，人民文学出版社 2008 年版，第 41 页。

② 孙绍振：《当前新诗的命运问题》，参见孙绍振的博客：http://blog.sina.com.cn/s/blog_4d9ce5fd0102vx9w.html

③ 霍俊明：《"在谈论诗歌的时候我们在谈论什么"——2015 年诗歌的新现象与老问题》，载《创作与评论》2016 年第 2 期。

的敏锐表达："有一天，我在乡野间乱走。/不知向东还是向北。只是乱走，在潦草的乡野之间。/但一株草、一株树，却让我停下来。/这株草，这株树，不是什么奇迹，也没给我什么欢喜。/但我停下来，在乱走之中缓缓停了下来。"①

综上，在这个"世变之亟"的时代，网络与微信在诗歌生产与传播方面功不可没：它们牵引诗歌走出象牙塔，拓展了诗歌的发展空间，及时解决了大众文化语境下诗歌传播、互动、反馈等问题。此外，它们面临着诸多共性问题——大众文化的渗透力强大，牵涉了艺术品质的走向，干扰诗歌的自我定位，在大众视域中，诗歌创作的精义难免随之流转，并充斥着喧嚣的游戏精神和娱乐趣味。美国考古学家丹尼尔·英格索尔（Daniel Ingersoll）曾从田野工作的角度指出：抛弃型社会并非二十世纪的特有之物；其历史，差不多与整个现代社会的历程相终始，就眼下的情形看，还大有愈演愈烈的架势②。物质与精神的垃圾是现代社会进程的必然产物，在新媒介的更迭之中这更是无可躲避的问题。那么在必然性面前，当代汉语诗歌建设最大的挑战在哪里？作为诗歌研究者，需要我们着力反思的是什么？为此，洪子诚教授在2015年底给诗坛抛出一条冷静反思的路径："今日，在均质化的生活现实里，个人人格的诞生和成长，仍是诗/文学所应承担的重要责任。但是，在我们所处的境遇里，是否还有属于自己的人格和个人的内心空间，又如何定义这个空间？获得、保持与消费社会，与'众'的距离所形成的孤独感，越来越不是一件容易的事情。"③诚然，诗歌终归要靠文本自身去说话，文本自身的操纵力决胜于任何外界的因素。

[作者单位：首都师范大学中国诗歌研究中心
首都师范大学文学院]

新媒体视野下的诗歌生态

---

① 桑克：《乡野间》，见钱文亮主编《中国新诗百年大典》第22卷，长江文艺出版社2013版，第299页。

② 参见威廉·拉什杰（William Rathje）等《垃圾之歌》，周文萍等译，中国社会科学出版社1999年版，第55~56页。

③ 洪子诚：《没了"危机"，新诗将会怎样？》，载《文艺争鸣》2016年第1期。

论新媒体视野下
诗歌思想性写作的突围

刘 波

在新媒体时代，诗歌写作与美学的多元化已成趋势，各种概念性、极端化的诗歌，有时甚至会一跃而成为吸引人眼球的某道风景。然而，多元化格局是诗人们自由写作的结果，当那些极端写作遮蔽了理性的创造时，诗歌氛围也会因此受到影响，功利的、应景的和缺乏耐性的写作一时占据了主潮，可这又正是网络时代必然要经历的文学现实，既因浮于表面而缺乏历史感，也会引起审美疲劳。在这种形势与背景下，有理想主义精神的诗人如何去突围，怎样去创造，让严肃的思想回归到写作中来，又是考验新媒体时代诗人们的重要命题。

一 网络作为发表平台与传播载体

二十一世纪以来，当互联网开始全面介入传统文学，一种语言和美学的"革命"不可避免地到来。有些作家和诗人没有意识到新媒体对自己写作的影响，只是有那么点意识和感觉，不会刻意理性地去思考这个问题，总觉得它离自己很远：我只管写我的，方式的变化外在于我的写作。

的确，对于诗人来说，不管以什么载体写作，不管平台有何变化，诗歌最基本的情感与美学是不会变的。"网络只是一个文本传播方式的革命，它并不意味着诗歌的基本性质发生了变化，发表的方式变了，但诗歌创造依然是《诗经》时代的那些招数。"[①] 所以，语言艺术和思维真实，都不会因为形式变化而有颠覆性改变，抒情、爱意和美感，就是

---

① 于坚：《"后现代"可以休矣——谈最近十年网络对汉语诗歌的影响》，《还乡的可能性》，商务印书馆2013年版，第242页。

诗歌永恒的命题，任何时代，诗人们都绕不开这些文学的本质。那么，新媒体对于二十一世纪以来的诗歌写作是否有影响呢？如果有，影响何在？互联网让诗歌传播方式发生了变化，这对于诗人的创作心态会有隐性而微妙的影响。很多诗人不再担心发表，写完后直接发到博客、长微博或微信公众号上，很快就可以获得或褒或贬的评价，且能及时与读者形成互动，这相比于过去写完诗后要发表在报刊上的长久周期来说，的确是一种解放。网络平台的介入，会给诗人带来成就感的满足，也或多或少会对他们的写作产生影响：有人因为受到褒扬而信心大增，还有人因为受到网上读者的批评乃至攻击，而无法再持续下去，最终放弃诗歌写作。当然，这两方面都不是普遍案例，更多的诗人是在网络中寻找符合自己的表达空间，从而营造自己独立的诗歌王国。

新媒体给二十一世纪诗歌带来的影响，乃利弊皆现，就看诗人们如何去利用这一工具了。网络的兴起，对于二十一世纪诗歌的改变来说，只是一个外部形态，而真正能引起质的变化的，仍然是诗人的内心，包括阅读视野、良知以及心态，这些都决定了一个诗人写作的高度和深度。我曾多次提出，要想写好诗，入心很重要。入心之后，用力也是一个不可或缺的指标。网络写作的随意性让很多诗人在轻松中难以真正沉下心来，去进行写作的难度转化。顾随曾言："破坏了诗心的调和便不能写好诗，最怕急躁，一急躁便不能欣赏。一个诗人文人什么都能写，只要是保持欣赏的态度，有闲的精神。"① 当一个诗人怕写少了而去追求见面率，怕没人读而去追求点击率，这种对网络盲目的乐观只会让作品更缺乏"闲笔"之美。尤其一些诗人面对日常的态度，是让人大可怀疑的。诗意的发现，就是用语言的创造来介入生活中的悲喜、困惑与疑难。它们可以是宏观的，也可以是微观的，还可以是大悲悯与小同情、大批判和小质疑之间的对比融合，当富有灵动感的张力出现在笔下时，需要我们去精心地捕捉，尽力达至一种简洁但不简单、丰富但不玄奥的境界。

网络上的即时性诗歌写作，似乎很容易陷入简单化的泥淖，没有多少反思、追问和体验的深度，平庸、无聊让"垃圾"和"废话"成为先锋的标志，甚至成为好诗的标准。其实不然，真正的好诗跟在网上或纸上写作没有多大关系，它终究由诗歌有感而发和语言创造的本体所决定：针对日常的书写不是对生活的简单复制，针对历史的描述不是一般的还原和修复，而是要带着超越之意。没有超越感的诗，也难有时空感和历

---

① 顾随：《论小李杜（上）》，《顾随：诗文丛论》，天津人民出版社1995年版，第41页。

史感，相应地也就缺乏厚重和瓷实的力量。因此，很多能为我们所记住的经典之作，大都是小题材、大难度，或者是小视角、大境界。像朵渔写《妈妈，您别难过……》《高启武传》，雷平阳写《祭父帖》，皆如此。他们在日常的持续思考中完成了对诗意的建构，思考成熟了，水到渠成地写下了内心所感，这样的文字不是硬写，而是自然地流露。就像学者熊培云所言："写作不只是想象。个人的生命经验像大地一样承载我的思考，我无法脱离它，经验是我们一生中唯一与众不同且真正拥有的东西。"①任何一个优秀的诗人，无不是从个人经验出发来表达自己的情怀，包括那种接地气的人文思想，都是从个人经验中获得的精神支撑。它们在大地上沉下来，克制轻浅，拒绝平庸，让自我参与到语言的创造中，这才是经典诗作能打动我们并让人产生共鸣的原因，而满足于语言游戏，也就仅限于自娱自乐，很难获得写作的对话性和精神复杂性。

那些并不入心的夸张文字，总是小聪明有余而大智慧不足，这样流传并不会久远的作品，或许一时能吸引眼球，但它无法让人领略到深厚的情怀和通透的诗意，最终还是会被人遗忘。有人不免要问：这样的文字与我何干？自由的创造并不是天马行空的想象，而思想的言说，也不是杂乱无章的文字堆砌，真正的精彩是需要有底气的，优雅的审美，同样也离不开节制的修辞和富有逻辑的伦理道义。文字的力量，是需要大众来检验的，而非小圈子化的相互认同或自我加冕。那些带有符号色彩的作品，其神秘性的最终丧失，不在于它的时过境迁，很可能就因为它暗藏着无法逾越的平庸，一经时间和真相的淘洗，也许会消失于历史的烟尘中。

其实，但凡能引起我们关注的作品，无不显出了它的饱满、充实，以及内在的个性，这些都是衡量优秀诗作的重要标准。再精彩的诗歌写作，最终都离不开这样一种朴实的准则，即便我们倾尽全力去颠覆的某种形式和价值观，但对于诗歌本质上的抒情，诗人是无法刻意规避的。即使用了叙事、反讽等方式，对于诗歌来说，最后还是要落到抒情上，否则，为什么不直接去写小说，还要以诗歌的方式来绕道而行？有人强调反其道而行之的追新逐异之乐，但那并非长久之计，如果说要尝试，也仅仅只是权宜之策，一旦回到写作的严肃，其所要传递的，仍然不乏对爱的体验与分享。深入内心的写作，不是表象上的花哨，而是有着"强大的内在世界"（诗人多多语），它正是诗人的灵魂深度在语言上的反映和投射。

---

① 李爱平：《社会学者熊培云：回归内心》，载《北方周末报》2012年3月29日。

诗探索7　理论卷　2017年　第3辑

二 诗歌的敌人还是诗人自己

互联网的兴起，很大程度上是催生了一批新诗人，而又唤醒了一批重拾诗歌的"老诗人"，在这样一个交接点上，诗歌似乎再一次迎来了它的辉煌。网络写作与过去那种纸质书写相比，似乎少了物质性的仪式感，而变得相对便捷和简单。在网上的即时书写，一方面宣告了新媒体写作时代的来临，另一方面又在狂欢中潜隐着随时瓦解的危机，后来很多人仅在诗歌的起跑线上短暂停留，就很快消失于众声喧哗的语言现场，便是明证。真正要将诗写好，是需要有耐性和毅力的，开阔的视野和探索精神，促使诗人既能做到回望传统，又能保持预测前景的深刻觉悟。

古今中外的经典诗作，无不暗含着诗人个体的活力和独特的美学；那种自我炫耀的技艺写作，那些自我封闭的反智写作，如果不能以开放的心态对待每一个词语，就无法突破低层次审美的局限和瓶颈，而最终陷于知识缠绕，很难有诗性解放的自由。诗人张执浩在访谈中说："诗歌是一种技艺，需要心智上的修炼与挖掘，更需要生活的不断充盈与磨砺。一个好的诗人，你总能看到他（她）在成长，他（她）始终葆有好奇心和敏锐的感受力。"[①] 诗人的心态不同于常人之处，就在于他的敏锐和前瞻性，他不仅对语言敏感，而且对社会之物事同样也有自己独到的看法。如果写作一味沉于书斋，没有对过往历史的了解与审视，不连于对时代的真切感知，诗歌也不过就是一堆没有灵魂的纸上文字。如何让文字参与到心魂的共鸣中来，还是在于诗人如何处理个体经验与公众话语之间的逻辑。

我们何以爱读"入心"的诗歌，还是源于其共鸣的说服力和信任感。诗人在进行自我修炼时，并不是要将自己置于陈旧和堕落之境，而是在提升修养中达至一种开阔的风骨与气场，这才是一个真正的诗人成长的启示。优秀诗人与经典作品，都是成长者的重要参照，而自我纠正和超越，同样也应是其写作的内在秩序。在此，我想到了柏桦写过一首《老诗人》，他将一种随着岁月流逝给诗人带来的暮气和腐朽，刻画得入木三分：

> 阳春三月，田园善感
> 再过十天，他就五十岁了

---

① 李以亮、张执浩：《身后事与生后诗》，载《文学界》2011 年 10 月号。

他说还有一行诗在折磨他
哦，一颗扣子在折磨他

他头发潦草，像一个祖国
肥胖又一次激动桌面

文学，松松垮垮的文学
祖国，他视为业余的祖国

可他说：
文学应该因陋就简
祖国应该为此而出口

对于一个老诗人，我们可能想当然地就认为他江郎才尽了，老气过时了，而在柏桦笔下，虽是相同的心绪，却有不同的表达。如果纸上谈兵都显得那么虚假，其写作必定被诸多外在诱惑所挟持，"可怕的美"之诞生也就缺乏了必要的思想支撑。在这个时代，很多诗人依附于某种观念或潮流而写作，创新精神的匮乏，主体意识的丧失，都成为诗歌经典化的障碍。时代和环境之因是一方面，我们自身审美能力的退化与扭曲，则是更重要的因素。人生的厚重感在写作中确立不起来，而在焦躁之气的背后，却是那些自我放逐的轻浮和狼奔豕突的规则变换。在呼唤常识的写作里，诗人们失去了重建新秩序的动力，那种真正的理想主义精神被名利权欲所置换，被碎片化的激情和功利主义价值观所左右，这样便无法唤起更多人的阅读期待。

张执浩说："我们置身的这个时代的确迥乎有别于以往的任何时代，首先体现在，时间的整体性被打碎了，拼贴，剪辑，强行植入与瞬间修正，以及戏剧性、无厘头的元素充斥于我们的日常生活中，在这样的境况下，适度的反讽可以减缓我们生活的难度。我也希望自己具有'正面强攻'的勇气和力量，但目前，我还只能写'能写的东西而非想写的东西'。"① 有人写下的是梦呓，而有人写下的是心灵鸡汤，他们虽然拥有了自我表达的权利，但其自我表达的意识仍处于低层次状态，那种夸张和不自然，总是诗人写作的困境。也就是说，很多诗人虽然笔耕不辍，但他并没有找到进入语言内核的独特方式，走不出自我封闭的怪圈，走不出他者"影响的焦虑"，在自我重复或模仿的道路上难觅个性的影子。

---

① 李以亮、张执浩：《身后事与生后诗》，载《文学界》2011 年 10 月号。

虽然文学在其情感和普世性上有它的常道，且这条常道是贯通人生之始终的，但从纵向发展上看，一时代有一时代之文学（胡适语），随着社会转型、媒介变换以及传播方式的演进，文学容纳和储存思想意识的途径也会随之改变。由此看来，当下诗歌最大的敌人，或许还不是社会环境的改变，不是读者的丧失，也非时代对诗人的不公，而恰恰可能就是诗人自己。作为诗歌内部的敌人，诗人不是要对抗他者，而是与自我的对抗：对抗自我的甘于平庸和观念简化，勇于寻求难度和极致之美。在新媒体时代，诗歌的敌人也不是互联网，同样在于诗人自己。网络只是一种工具，而不是决定诗歌写作优劣的关键因素。在这个时代决定诗人写作的，仍然是其内心的诗意坚守和精神境界，以及对现代性的不懈追寻，同时，还要有对人之存在困惑和疑难的挖掘，对苦难和不公的言说，对正义和爱的表达。

三 新媒体时代的思想创造

在如此放纵而又倍显孤独的时代，有些诗人难免会有焦虑的情绪，这种焦虑也许不在于真相被遮蔽和自我价值得不到实现的失败感，而是一种得不到身份认同与他者接受的失落感，这种反差所透出的表象，似乎都归结于焦虑，但焦虑的目的不一样，多数人都受困于后者，似与真正的诗歌无关，因此显得极其外在。

在新媒体背景下，多数人已经完成了从纸质书写向网络书写的转型，这一变化促成了网络精神在诗歌写作中的变革。随意、戏仿、解构和无休止的破坏，可能是诗歌写作的向度，但当它成为网络时代的主流写作风尚，确实值得我们警惕。如何针对时代和现实发言，好像无关乎诗人的职责，而真正有艺术追求者，不会选择回避真相，拥抱纯诗。面对残酷的时代现实，诗人的表达往往直接，虽然形式上可能是隐喻和象征，但他对世事的敏感，却超出常人所想。在这个时代，诗人是世界的预言者，我仍然这么认为，尤其是那些从日常中发现诗意的诗人，总是能以精神的力量击溃现实的脆弱堡垒。一直以来，宋晓贤都是以平和的日常抒写探查人生境遇，其诗简洁素朴，却又张弛有度。比如，他的一首《慌张》，确能显出几分敏锐：

这是个慌张的时代，人们生于慌张，死于慌张。

　　在路上，人们永远慌张着。

　　必须把他们分开，不能让他们在一起，

　　在一起就慌张。

　　世事常出乎意料，永远有见不够的世面，所以总有出乎意料的慌张。

　　人群慌张，我也慌张。

　　人群不会停止慌张，而我在试探了几次之后，逐渐安静下来，胆子渐大起来。

　　若无其事的人容易被流弹击中。

　　人的一生其实就是在慌张中度过的，年轻时慌张，年老时也慌张，生时慌张，死时也慌张，慌张主宰着一切，这似乎成了人生的常态。诗人道出了一种不易为我们所察觉的人生，何以他就能发出如此真实的感慨，这是诗人深入现实的结果。在人生的危机面前，他要么放大所见所闻，以此抗争生活的悖论；要么他就不闻不问，以沉默替代聒噪，这也是一种变相的人生控制。

　　新媒体时代的诗歌写作，不是靠花哨的词语搭配就可完成精神进阶的使命，它必须是一种带着思想性和力量感的文字博弈。在诗意日渐丰富的写作背景下，单纯依靠想象不足以构成诗写的多元格局，而融入个人经验和立场，就成为诗歌现代性写作的正途。因此，娜夜在《写作》一诗中才会说："必须靠身体的介入／才能完成话语无力抵达的……"这样的身体写作，不是暴露式的外向罗列，而是一种走向内心的呼应，这也是让灵魂参与写作的见证。没有身体的解放，没有内心的敞开，没有视野的拓展，一切的创造都可能是空谈。诗歌的孤独在网络时代同样应是一种常态，而非因表象繁荣而自我感觉在经历一场语言的盛宴。如同孙磊所写，"仿佛我所要的一切／是更多的麻木"（《脆弱，我顺从》）。这其实也是孤独的另类表述，诗人以个体的阐释对抗了生存世界的残酷，精神的觉醒或许就是诗歌写作的一种美德。

　　为此，七〇后女诗人巫昂也喊出了"到处都是孤寂的生活"，这是否是诗人个体的想法？我们不得而知，但她的罗列的确令人深思："到处都是糜烂的生活""到处都是贫穷的生活""到处都是崭新的生活""到处都是干枯的爱情"，而最后竟无奈地道出："到处都是生活／到处都是生活的残余……"（《到处都是孤寂的生活》）诗人揭示出了一种时代病：我们的生活表面上风风火火，时间不够用，空间不够用，其实，这些都只是表象。轰轰烈烈与反反复复背后，就是人在精神上的空虚以及难以化解的信任危机。除了一时的快乐，生活留给我们的，除了焦虑与浮躁，就是越来越被异化的功利现实，唯一能支撑我们走下去的，还是看透隐患后的希望，它是明亮的，认真的，取消空洞的。空洞是思想性写作的敌人，诗人如何克服这重障碍，走向更自由的境地，确实是一种至高的挑战。当理想不能落实时，所有的言说都可能是一场抽象而空泛的表演，此时，思想的力度就在于人文情怀与细节呈现的融合。

在诗歌创作上，理想主义并没有终结，我们必须要强调一种对理想精神的追求，对理想如何实现的创造。当社会新闻已经超出了我们的想象，并渗透到生活的各个角落时，我们还热衷于去写那点生活小情调？这样做的结果，可能就是再也无法打开自身的精神格局。作为诗人，是否应该在修辞中出示一种真精神？它是原创的，有力的，带着野性和新鲜感的，而不是再去与社会和娱乐新闻抢资源，也不是再去满足于讲故事而跟小说争风头，诗歌就应该有它"孤独的美学"，而诗人也应该有他的气量。在一个理想被嘲笑的时代，诗人当是特立独行的一群，他们富有理想主义情怀，愿意去为了诗歌的"无用"而在世俗中冒险，也终将恪守于一种语言的信仰和创造的乐趣。

四 多元表达中的差异化呈现

网络虽然有虚幻的一面，但当下的现实可能更显深度。受新媒体环境的影响，很多诗人对快速的读屏方式已经适应，那也会成为他们写作的主要方式。在很多人看来，网络能够改变当下先锋诗歌的生态，能够推动诗歌精神的转型，但并不能完全改变诗歌写作的格局。环境的改变，对于铁板一块的诗歌创作现场是一种激励，尤其是对于单一的创作形态是一种反拨，然而，诗歌之道也有它恒定不变的规则，比如人对情感的理解，对美的感受，其实与古人一脉相承，因为我们有着同样的文化渊源。有人将诗歌的希望完全寄托在网络上，其实是高估了新媒体对于诗歌的作用。它只是一种载体的变换，而诗歌内在的本质是不会随着外在的变化而改变的。用毛笔写的诗和用电脑写的诗，对我们情感的触动不会因为载体的变化而改变了语言和人心的距离，只不过是接受的方式变化了而已。

开放性对于当下新媒体写作可能是一个契机，但是网络的负面影响也开始侵袭诗歌的肌体。在很多人看来，多元会导致标准的丧失，开放也可引起美学伦理的混乱。在互联网时代，如此结果我们是能够预料到的，但这并不意味着诗人们就不用去面对新媒体。新媒体对诗歌的优势和劣势已逐渐明晰，就看我们怎样去把握好其间的尺度，而不受新媒体这一因素的过度影响。网络可以为任何写作提供存在的空间，但泥沙俱下的现实也无可争议，这中间到底有何种差异与区别？差异性也可能导致平庸和轻浮，解构如今似已过时，真正的建构又尚未到来。处于中间状态的诗歌，处境的确有些尴尬。这也是当下诗歌所面临的生态：有诗人，无作品，多数人的写作显得平淡无奇。让人纠结的是，诗歌往前走的可能性到底有多大？这端赖于诗人如何把握自己在这个时代的位置，身份的合法性相对来说已不是问题，重要的是，诗人如何带着问题意识来观照自我与世界，才对得起这些年汉语所遭受的屈辱和磨难。

当我们以解构的名义破坏语言的内在美感时，又何曾想到过，诗歌的口语化并非就像"日常说话"那么简单，也并非就是提出几个"垃圾"和"废话"的概念那么容易，我们需要追问自己到底为现代汉语贡献了什么新鲜的经验。有人说，破坏本身就是对汉语的解放，但是，如果解构和破坏是以语言美感的丧失为代价，那么这种解构写作应当引起我们的反思。在不少用口语写作的诗歌中，我们看到的多是一种潦草的态度，首先，语言创新的难度被消解，代之而起的则是轻浅的表达，言不及义的缠绕，或者刻意的崇低，这也是很多人对口水诗歌缺乏信任并大加挞伐的原因。过分沉于自我的粗糙言说，虽然也是对个人经验的重塑，但它不能提振我们的阅读视野，打开我们的思想空间。当我们质疑那些口水诗歌时，总会招来一些人的反对之声，他们认为读者不懂诗，也缺乏鉴赏诗的眼光。我不知道，那些过度简化的分行文字，何以能为现代汉语带来文学本身的优雅与精彩？而阅读那种文字的无力感，会时常让我觉得汉语的诗意已荡然无存。

此外，还有一些诗人对矫情、繁复的表达情有独钟，它所出示的不是一种品质，而是一种炫耀，这样的诗歌同样会让读者感觉做作、晦涩，缺乏明晰之感。在诗歌创作上，我不反对隐喻，这个时代隐喻恰恰可能是诗歌写作的有效途径，而就看诗人如何运用它了。如果仅将其当作一种炫耀的资本，那他的文字会有多少入心的成分？过分局限于雕琢，那诗人收获的很可能就是不知所云，以其昏昏使人昭昭，他所有的努力也就适得其反了。还有一些热衷于玩概念的诗人，我们很难看到他始终如

诗探索 7　理论卷　2017年　第 3 辑

一地坚持恒定的写作立场，喜欢追随潮流，什么流行写什么，他最终不过就是一个模仿者，而非创造者。二十一世纪以来，原创性的匮乏成为诗人们最高的呼声，但模仿他人和自我复制的困境依旧，这一现状并没有因新媒体的出现而有所改观。这是有抱负的诗人共同面临的问题。有些诗人追求四平八稳，诗歌精致有余，而力量不足，雕琢有余，而思想不足，技艺纯青有余，而精神挑战不足，这些弊端和病症，都是二十一世纪诗歌所遇到的难题，如何打破这一瓶颈，就此突围，就成为很多诗人努力的方向。

当诗人们能够面对这残酷的现实而不是像以往那样用说教的口气呐喊时，诗歌才可能会在内容与形式的平衡上找到一个切入点，这不仅关乎技艺，更是策略的体现。当诗人想要言说时，一种莫可名状的激情会促使他去体验表达的快感，这是作为诗人在灵感来临时的幸运，而如何去领受这份幸运，并将其转化成值得人信赖的文字，确有难度，对此我们需要自我审视，以呼应写作的现实。在新媒体环境里重建一种诗歌秩序，也是当下时代诗歌写作的伦理。在拒绝那些肤浅的表达后，诗人们应该让这个时代的读者看到一种大气象，追求纯粹也好，热衷智性也罢，终究是要给读者提供不同于过去的新鲜、丰富与力量。

新诗发生一百年来，很多人对其的认知，仍然处于相对混乱的状态，面对文本的懵懂、疑惑、迷茫与不屑，同样是诗歌无比尴尬的接受现实。很多人写诗是为了倾诉，还有人将诗歌当作消遣的工具，那是一种雅兴的体现，但可能都会因远离本心而陷入尴尬：诗歌成了坏情绪的调节剂，而我们的文学技艺与欣赏水平依然没有多少长进。还有人写诗走火入魔，最终迷失在语言游戏里不可自拔，诗歌则成为他生命的阴影、漩涡与黑暗之源。写作可以是极端的，因为有与之匹配的极致美学，但诗人不应成为极端行为的代言者，因为那可能代表一种疯狂和无可救药的偏执。

当然，诗歌在二十一世纪的环境中，也不存在需要"拯救"的问题，它只是一种语言表述的存在。在我们寻求多元之美的文学世界里，诗歌正充当了理想主义者的角色，能引领我们走向精神的高地，不至于让我们太功利化，太远离本心，从而变得虚假和伪善。诗歌的功能在此无法以"有用"和"无用"来衡量，作为语言的存在，它可能是这个时代反功利化的象征，是社会仍然富有常识的佐证，同样，还是一个人身上葆有活力的体现。

[作者单位：三峡大学文学与传媒学院]

探析新媒体时代的诗歌传播途径

金石开

中国是一个诗歌大国，有悠久的诗歌传统。各种形态、各种风格的诗歌创作都经历了足够充实的完善过程，臻于一种几乎极致的审美状态，留下了大量脍炙人口的名篇佳作，成为中国人最美好的文化记忆。中国也是一个信息大国，象形字、造纸技术、活字印刷技术，都是中国的创造。在历史上的绝大部分时期，中国的信息发展水平都处于世界前沿，引领了人类信息传播的发展方向。很显然，我们不能把媒介作为影响诗歌创作的主要因素，但是信息载体的升级确实对诗歌的繁荣产生了重要的推动作用。最为突出的案例就是最近一个时期，诗歌创作呈现出来的勃勃生机，与我们国家以互联网为基础的信息技术快速增长之间不易察觉，甚至被完全忽视的关系。本文拟以"中国诗歌网"的创立、发展为案例，浅析互联网时代诗歌创作、出版应该重视的几个问题。

中国诗歌网是中国作家出版集团主办，以建立"诗人家园，诗歌高地"为宗旨的诗歌创作、交流、出版网站，是中国诗坛第一家由官方主办的诗歌类互联网出版平台。自 2015 年正式上线以来，中国诗歌网已建成电脑端、手机端和 APP 端三个终端，形成以文字、图片、音频和视频等丰富多彩的形式展示诗歌艺术魅力的网络平台。网站陆续开通了上海、广东、山东、浙江、四川、江西、河北、湖北等三十四个省级地方频道和行业频道，形成了立足北京、覆盖全国的庞大业务体系。到目前为止，中国诗歌网已累积注册用户逾十万人，日均访问人数十八万人，峰值达到三十九万人，日均页面访问量一百万，峰值五百万，日均收到诗歌作品近两千首。前不久，中国诗歌网举办了成立两周年座谈会，中国作家协会副主席吉狄马加、何建明出席会议并讲话，祝贺中国诗歌网取得的成就，对中国诗歌网未来的发展提出了更高的要求。包括西川、欧阳江河、王家新、唐晓渡等在内的诗坛大家出席座谈会，围绕"新媒体时代下的百年新诗"等话题进行了深入讨论。他们普遍认为，中国诗歌网已经成为中国诗坛最具权威性和影响力的诗歌类互联网出版平台之一，深受广大诗人朋友和诗歌爱好者喜爱，必将为推动中国诗歌事业发展做出重要贡献。在短短两年的时间里，中国诗歌网从无到有、从弱到强快速发展，应该说是在国家文化事业大繁荣大发展阶段，诗歌回暖升温的外部环境下取得的成果。但从内部因素考量，网站权威性和影响力的确立，与网站注重融合诗歌精神、出版精神和互联网理念的实践经验有重要关系。

互联网与诗歌高度契合的精神内核

从宏观角度来看，互联网技术发展到 Web2.0 阶段后，让网民有机会参与信息的创造、传播和分享。而网民参与信息创造不仅改变了读者和作者的关系，还影响了内容"生产"的方式。Web2.0 时代的互联网，作为文学载体，放大了文学本身的重要功能：表达自我与情感交流。互联网阅读不同于传统方式的地方在于，表达和交流的同等地位愈发明确，内容生产者和阅读者之间的界限被消解。这种情形，相当于诗人之间的唱和，大家以一种平等的关系在创造诗歌、欣赏诗歌。

互联网作为一个新兴媒体，所体现出来的分享、互动精神，与在几千年文化传统中诗歌所秉持的气质高度吻合。在历史上，很少有诗人能以诗歌为生，诗歌只是人们表达情感、分享经验的精神活动。互联网的诞生，与其说彻底断绝了通过诗歌谋取经济回报的可能，不如说是互联网强化了诗歌完全摒弃外在条件交流情感并回归到纯粹精神境界的特征。诗歌是一种作者之间的互相学习和点评，能直接体现在作品创作之中的文学体裁，而网络恰恰让这种智慧的互动和借鉴变得更为直接和有效。今天的互联网，以"微"字开头的应用如大行其道的微信、微博，恰恰与诗歌形式上的短小精美神合。总的来说，诗歌与互联网的结合，是科技与人文的诗意联姻，让科技变得温暖，让诗歌变得有力。

诗歌网络平台发展的几个阶段

中国接入互联网之后，文学网站很快成为互联网上最为活跃的一种应用，各式各样的文学网站雨后春笋般地成长起来，几千年的文学传统与刚刚萌生的互联网看似"自动"地实现了深度融合。但是，只有诗歌等为数不多的文学样式与互联网形成了最为有效和深刻的互动。诗歌事业借助互联网发展，也经历了几个阶段的摸索。

最初，互联网 Web1.0 时代，最吸引读者的还是互联网的容量和信息发布功能，我推测诗人群体对互联网的应用还是比较有限，诗人发表诗歌都夹杂在长篇小说、纪实作品之中，鲜见独立的诗歌网站。真正的诗歌网站或者诗歌类网络平台的兴起，是伴随着 Web2.0 技术的成熟以及论坛和博客产品的普遍应用。中诗网、中国诗歌流派网等最初成立起来的诗歌网站，都是以开源的论坛软件为基础，所谓的诗歌平台，其实就是一个大论坛，不同的诗歌栏目就是不同的论坛版块。甚至很多诗歌网站用的都是同一个开源软件。这样的诗歌网站的特点是，发表作品完全没有门槛，谁都能在论坛里展示自己的才华，再有影响力的诗人也要接受他人毫不掩饰的批评。管理者主要是通过论坛"置顶"和"加精"功能来推荐作品。由于论坛一般会分为几个甚至几十个版块，所以论坛形式的诗歌网站一般都是团队管理，这一点有些接近传统出版单位。博客后来也被人用作诗歌发表平台，但更多的是显示博主的个人审美风格，单兵作战，以至于其社会功能尚不及论坛式的诗歌网站。

微博、微信似乎专为诗歌而生，成为诗人狂欢的工具。如果说诗歌网站是少数诗坛"精英"为诗人搭建的平台，一定程度上打破了诗人发表作品的门槛，但是，网站本身又为诗人重新创建了一个虽然不易发现却客观存在的门槛。可是，微博、微信彻底粉碎了媒介对诗人表达欲望的限制，相当于每一个诗人都成立了自己的发表平台。在这里，一切都是自己说了算。尤其是诗歌类微信公众号，结合了文字、音频、视频等多种形式，用最为丰富的信息展示了诗歌的艺术魅力，形成了接近完美的互联网出版形式。因此，"为你读诗""读首诗再睡觉"等诗歌类微信公众号一时变得炙手可热。

以上所提到的诗歌网络平台，有的无限放大了互联网的作用，将互联网的现成模式套用在诗歌的创作传播上，泯灭了诗歌传统出版精神，将诗歌出版变成了三角地里的众声喧哗；有的虽然充分利用了多媒体的丰富形式，但在诗歌出版上复制并且放大了传统出版的弊端。中国诗歌网的创立，将互联网手段和出版精神完美结合起来，建立起真正意义上的诗歌互联网出版平台。

诗歌网络平台更应该重视传统出版精神

互联网时代，每一个人都可以自主发表作品，这让很多人欣喜若狂，感觉互联网打破了传统出版的门槛，甚至产生了可以抛弃传统出版的错

诗探索 7 理论卷 2017年 第 3 辑

误想法。中国诗歌网在成立之初，就深刻地意识到，出版工作的核心社会职能并没有变，编辑选择、优化和推荐等工作仍然具有推动文化创新和传播的重要作用。所以，网站在充分发挥互联网出版优势的同时，应该尤为注重结合传统出版积累的经验和流程，与传统出版优势互补。这也是网站能够迅速发展并保持强劲增长的一个很重要原因。就像吉狄马加主席在一次培训时所强调的那样，不管是网站，还是传统出版单位，都要通过发现有潜力的诗人、推荐有质量的诗歌，建立一套被广泛认可的评价体系，从而树立自己的权威性，扩大自己的影响力。

早在策划阶段，网站就把"每日好诗"作为网站品牌栏目来塑造。如果说"最好的诗"是一个不能成立的概念，那"好诗"就是网站向诗坛发出的响亮口号，是对诗人最为诚挚和美好的邀约，也是对自己不留余地的工作要求。值得庆幸的是，经过两年时间的努力，每日好诗推荐流程日臻完善，推荐了五百多首被广泛好评的诗歌。这些诗歌，都是从海量的投稿中，经编辑初选、网友投票、编委会和专家分别评选以及公示等流程脱颖而出的精品，充分反映了中国诗坛的创作生态，在一定意义上代表了中国诗歌的创作水平。

网站的评选流程，充分调动了读者和专家的参与程度，力争完美结合专家的专业审美标准和大众欣赏品位，最大限度地体现诗歌欣赏的专业性和传播性。网站推荐好诗的工作就是让每一位参与者推荐自己真正认可的好诗，让每一首推荐作品尽量得到读者、诗人、编辑和评论家的共同认可。对于网站来说，就是要使用互联网技术，保证评选工作无限地抵达最为理想的境界。比如，可以通过大数据分析，选出有鉴赏能力的读者；比如，我们通过功能开发，实现专家与专家、专家与读者之间的在线互动，等等。总之，两年的时间，网站逐渐完善了功能，充分发挥了互联网出版的优势，用更加有效的方法帮助编辑和专家集思广益，做出最为准确的判断。

正是基于以上的经验，网站陆续开通了诗名家、诗脸谱、每周诗星、驻站诗人、中国好诗、批评家等十几个重点栏目。中国诗歌网每次推出新栏目，都会受到诗人和读者的热烈关注和支持。

虽然，"互联网+"是一个很多人都耳熟能详的概念，受到全社会的热烈关注，但是还有一部分人并不知道这个概念的真正意义。"互联网+"不是名词，不是互联网的升级版本，而是一个动词，让互联网加传统产业。对于出版来说，就是互联网加传统出版。传统出版的本质就是编辑出版的选择、优化和推荐功能，互联网加传统出版就是用互联网手段强化编辑出版的这种功能。互联网有更加通畅的选择作品的渠道，有借助读者和专家力量更为完美的作品优化功能，有通过更丰富的形式推荐作品的手段。应该说，互联网有传统媒介难以企及的"编辑出版"优势。但可惜的是，此前的很长一段时间，出版人仅仅把互联网作为替代纸张的一种廉价媒介，在读者畸形消费观念的推动下，出版人和读者都忽视了一个重要问题：将大量未经专业人员甄别的内容直接推送到读者面前，浪费了太多的社会资源，每一位读者都在耗费精力做一件自己完全不能胜任的事情。以前互联网出版的种种问题，都源于对传统编辑出版功能的破坏。

当然，中国诗歌网的互联网出版功能，不仅体现在线上作品的发现和推荐上，还有扎扎实实为推动诗歌事业发展所做的一些线下工作。在过去的两年时间里，中国诗歌网主办或者承办了暖家、全国大学生樱花诗赛、首届国际诗酒文化大会征文大赛等三十项诗歌征文活动，总奖金超过三百万元，大大提高了诗人的创作热情；同时举办了军民诗会、端午诗会等各类诗歌活动近百场，带领诗人走进基层，关注现实，让诗歌活跃在社会生活的现场。尤其值得一提的是，中国诗歌网已经连续两次免费举办"中国网络诗人高级研修班"，采取主动报名、专家评选等公开程序选拔学员，把一批有潜力的诗人送回校园接受专业的培训。

互联网时代几个典型的诗歌现象辨析

诗坛的亲历者们，包括读者、诗人，尤其是诗歌评论家，对互联网时代的各种诗歌现象，既有几乎一致的指责或者褒扬，又有站在不同立场上的完全难以弥合的分歧。一方面，他们几乎异口同声地指责互联网批量生产了"诗歌垃圾"，或者极力鼓吹互联网点燃了人们心中久违的诗意，让诗歌重新回归到生活中应有的位置；另一方面，读者以一己之力在信息的洪流中寻找诗意而理所当然地失望之余，用自己有限的经验定义当前的诗歌创作水平；诗人在完全开放的互联网创作中，轻而易举地收到了大量高于自身创作水平的评价，不可避免地走向封闭甚至偏执的创作道路；而诗歌评论家如果不把互联网归为洪水猛兽或者挪亚方舟之中的一个，便不能用已有的诗歌理念解释互联网时代的诗歌生态。

事实上，诗坛对互联网的误区，主要体现在要么把互联网作为纸张的一种替代品而完全忽视互联网载体对诗歌创作本身的重大影响，要么毫无理由地把网络写作野蛮地从传统诗歌创作中剥离出来，把网络诗歌作为完全不同于传统诗歌的互联网附属产品。还有一个最为重要的原因，诗人和读者都忽视了文化传播过程中一个发挥了重要作用但是完全被忽视的环节，就是编辑选择、优化、推荐的工作。诗人，包括诗歌读者，比其他文体的创作者和阅读者可能更加天真地认为好作品和人的心灵之间不需要任何传播工作而能互相抵达。事实上，互联网上之所以发生那些让人"诅咒"的事情，是因为我们对把所有本来由其他社会工作完成的职能不分青红皂白地交给互联网，并一厢情愿地相信，它能完成。

基于以上所做的分析，就能深刻地理解互联网时代诗坛各界都能明显体会到的一些现象背后的原因。

一、诗坛空前激烈的争论与互联网媒介是否有关？事实上，由于诗歌审美的多样性，尤其是正在摸索中的百年新诗，诗坛关于诗歌不同风格、不同理念的争论是正常现象，既是我们这个时代"百家争鸣，百花齐放"文化氛围的真切体现，也是诗歌回暖升温、诗歌春天即将到来的重要象征。互联网让每一个人更容易表达自己的观点，让诗人真正有机会接受全社会检验，这对诗歌事业发展显然是很大的推动作用。当然，那些混淆视听、撒泼骂街似的言论完全逾越了学术讨论的范围，确实对诗歌的健康发展造成了一些伤害。相信随着诗人对互联网生活的逐渐适应，终会自觉抛弃那些不了解诗歌创作规律、哗众取宠的指责。关于有人提倡，在新媒体时代下应为诗歌树立标准的问题，我认为，且不提是否真的有必要性、有能力为诗歌制定一个恰当的标准，为诗歌树立标准和新媒体时代没有什么本质的关联，诗歌审美的学术问题和诗歌传播问题不是一个概念。如果诗歌真需要标准，传统出版也同样需要树立标准。

二、互联网真的造成了诗歌创作水平的下降吗？很多诗人的直接感受是，在互联网时代产生了大量"诗歌垃圾"，并且认为都是互联网"惹的祸"。我认为，如果说诗歌创作水平和互联网有关系的话，互联网不是降低了诗歌的创作水平，而是有效地提高了诗人的创作热情和创作水平，让更多诗人拥有更加宽阔的视野，能够轻松得到诗友和读者的批评和指点，从而实现个人突破，带动诗歌的整体创作水平。当然，互联网时代确实存在一些鱼目混珠、泥沙俱下的情况，但责任并不在互联网，而是在于使用互联网的人。如果强化了互联网的出版功能，诗歌网站不仅是诗的海洋，是普通诗人展示自己才华的舞台，也同样是诗的高峰，树立各种风格、各种流派的诗歌制高点。互联网和海量信息并不是完全相同的事物。互联网造成了信息爆炸，产生了大量的信息碎片，但任何一个时代，优质信息都不是自己脱颖而出的。事实上，发现并推介优秀诗人和诗歌，从而推动诗歌事业整体发展，互联网是最为有效的手段之一。

三、互联网投票能不能选出好诗歌？有很多诗歌类网站，完全采纳了用网友投票推荐作品的模式，这引起了很多诗人的质疑，这种模式是否能真正地选出好诗？我想，我们应该承认，经不起读者检验的诗歌，绝对算不上好作品，也算不上一流作品。互联网投票是一个模糊、粗糙的概念，不能一概否认。要充分使用互联网投票功能选拔优秀诗歌，首先，要有专业编辑推荐的候选作品，保证网络投票的对象相对集中，并且充分结合了专业判断，让网友在较高的水准上发挥作用；其次，要通过严格技术手段确认投票人的身份和鉴赏水平。如果不负责任地把所有"投票人"设为同一个权重，这违背基本的科学常识，也很难体现社会真正的鉴赏水平。再次，科学的技票方式才能接近投票人真实的感受。不同的人，有不同的分值，同一个人，在不同的投票排序中也有不同的分值。最后，所有的投票结果，必须经受专业评论家的评判才能更为合理，才能充分体现诗歌的文学性和社会性。

四、互联网出版和传统出版之间是什么关系？我个人认为，互联网出版和传统出版在很长一段时期内将是友好共存、相互促进的关系。互联网出版要借鉴传统出版的经验，要有品牌意识，集中精力发现优秀诗人和诗歌。而传统出版要去中心化意识，寻找多样式出版途径，并且要充分利用互联网手段提高传统出版工作的效率和专业性。长远来看，互联网出版和传统出版之间的界限终将会打破，并走向融合发展。更明确地说，仅从"载体"功能来分析，从便捷、舒适、环保等各项科学指标考量，纸质出版物完全不能和互联网同日而语。更何况，互联网已经超越了载体的功能，对创作本身的巨大提升作用已经不可逆转。所以，网络和电子出版物终究要完全代替纸张是不争的事实。我们不能像一千多年前的那些"有识之士"一样，对在薄薄的纸片上而不是竹子上、布匹上写作痛心疾首。请注意，以上所说的是载体上的升级，但互联网出版和传统出版的融合，本质是互联网与编辑工作的结合。

总之，只有完美结合传统出版精神和互联网理念，诗歌网络平台才能发现更多的优秀诗人和诗歌，让诗意充沛所有人的生活，为我们更好地传承和发展中国传统文化做出应有的贡献。

[作者为中国诗歌网总编辑]

【编者的话】

公刘，原名刘耿直，江西南昌人，出生于 1927 年 3 月 7 日，逝世于 2003 年 1 月 7 日。艾青曾对公刘做出这样的评价："中国什么行当里都有真假'李逵'，公刘是诗歌界中的真'李逵'，是个真正的天才。"

公刘二十世纪四十年代开始写诗，五十年代以《西盟的早晨》《上海夜歌》《运杨柳的骆驼》等名篇享誉诗坛。1957 年在"反右"的政治风暴中被打入生活的底层二十多年。进入新时期后，他先后出版了《尹灵芝》《白花·红花》《仙人掌》《离离原上草》《母亲——长江》《骆驼》《大上海》《南船北马》《公刘诗选》《刻骨铭心》《相思海》《梦蝶》《我想有个家》《公刘短诗精读》《公刘诗草》等诗集。他的激情还是像年轻时那样澎湃，他的诗心还是像年轻时那样跳动。不同的是比起年轻时，他的诗不再是纯情、浪漫的歌唱，而是代之以对历史的反思，对极"左"思潮的鞭挞，对人性异化的诘问，平添了一种沉重的沧桑感，对诗的语言的锤炼也更加炉火纯青。

1980 年，公刘在参加于广西举行的当代诗歌研讨会上中风，从此一直饱受脑病的折磨，但他仍顽强地坚持写作。他说："记得高尔基说过大意如下的话，人活在世上，怎样来证明他的存在呢？一种是腐烂，另一种是燃烧。我是不愿意腐烂的，甚至连冒烟我都不甘心，我希望的是燃烧，痛痛快快地燃烧，让自己和别人都得到一点光和热。" 公刘的确是这样，他在诗歌中燃烧自己，他新时期以来的诗歌不仅触及现实，思考历史，而且以坦诚的笔触拷问自己的灵魂，并使他的灵魂在燃烧中得以升华。

今年是公刘诞生九十周年。为此本刊特辟专栏，约请三位评论家写出对公刘诗作深度开掘的论文，另外征得公刘女儿刘粹的同意，把她在编定《公刘文存》后所写的编后代序《诗比人长寿》，以及她送父亲骨灰回归大海后所写的散文《我自海来 我回海去》一并发表，作为我们对共和国文学史上一位杰出诗人的纪念与缅怀。

两度发光的诗星

——重读公刘诗作

吴开晋

纪念公刘诞生九十周年

公刘是当代诗坛一位杰出的诗人。他从二十世纪四十年代当学生时就开始写诗，起点很高。如他在《火焰》中呼吁诗人要呼吸火焰，用火焰练就灵感的剑。用剑去战斗，去和当时的黑暗势力抗争。作为一个爱国学生，发出了他的心声。他还兼任全国学联地下刊物《中国学生》的编辑，因受迫害去香港，回到内地后即参军，从此便和诗结下不解之缘。他在西南军区创作组工作时写出了一系列反映部队和边疆生活的诗章，其中一首《西盟的早晨》受到诗坛瞩目。五十年代又以《在北方》和《上海抒情诗》的组诗享誉诗坛。还与人合作整理了著名的民间叙事诗《阿诗玛》，当时发出了耀目之光。可惜好景不长，在1957年"反右"运动中，因几首咏古诗被打入"另册"，六十年代在山西劳动改造。其间，也写过一些不疼不痒的农村生活诗，看来多是应景和配合形势之作。他被迫停止心灵的歌唱，一停就是二十二年。二十世纪七十年代末才复出，并形成了一个新的创作高潮，写出了许多历史名篇。《仙人掌》诗集获奖，赴德、美出国讲学，体现了诗人真正的价值。但因脑血栓病，也限制了他更多的写作。但就在病情稍好转后，仍顽强地以笔为剑，斩杀十年动乱曾经的黑暗及其余毒，又写出大量诗作。2003年1月7日，终因病重不治，离开了他热爱的国土和终身相依的诗歌，以及照顾他四十余年的女儿刘粹，与世长辞。

今天重读公刘的诗作，感慨万端。他的创作成就及对诗坛的贡献，应让更多的读者知道。

一 以《在北方》和《上海抒情诗》为代表的
五十年代闪光的诗作

二十世纪五十年代初，公刘在西南军区部队中从事文学创作，曾写了不少反映边疆生活的诗，有的写战士的巡逻守夜，写军民关系，写边地风情，也有一些颂领袖、颂宪法、颂新中国的作品，这些都比较一般化，并未引起人们的注意。但一首《西盟的早晨》，却以它的清新和独特的想象受到好评。正如邵燕祥先生所说："他且有区别于他人的抒情特色，有独创性的尖新的意象令人不忘。"①诗中说："我推开窗子，/一朵云飞进来——/带着深谷底层的寒气，/带着难以捉摸的旭日的光彩。//在哨兵的枪刺上，/凝结着昨日的白霜。/军号以激昂的高音，/指挥着群山每天的合唱。"这是诗的前两节，诗眼就是：推开窗子，一朵云飞进来。既可见边防战士所处环境是在崇山峻岭之中，又显示出日出后边塞美丽的风光，也昭示出边防战士一夜的辛劳和迎接黎明的喜悦。这里没有平铺直叙的描写，也没有什么说教之词，是那样亮丽而新鲜，受到好评是自然的。其他还有一些写民俗风情的诗和少数民族的爱情诗，也颇有韵味，和那些泛泛的颂歌不同。如《婚筵》，写傣族一对青年，新郎是民兵队长，新娘是妇女主任，正是连长带他们在国境线上和匪徒战斗，人们在焦急的等待中，三人突然降临，便在庆祝胜利时举杯痛饮。诗作把边疆的战斗和少数民族生活融合在一起，很有情致。还有《母亲的心》，写大军为了新生儿的诞生，更明确了自己保卫人民的责任。这都是五十年代初比较有特色的诗篇。

应该说，公刘在五十年代受到热烈赞扬的还是《在北方》和《上海抒情诗》的发表，如果说，在当时，闻捷是以边疆少数民族的爱情生活和美好的劳动，形成了一种新颖的颂歌，贺敬之以《放声歌唱》等大题材赞颂新中国，郭小川以《向困难进军》《致青年公民》歌唱一种为新中国献身的战斗精神的话，那么，公刘则以独具的观察和体验，在1955年"肃反"和1957年"反右"的间隙，写出了这两组崭新的诗篇。这些"颂歌"不同于那些空泛的毫无个人体验的作品，诗史上是应该留有一定位置的。这两组诗别具一格，是以一个士兵的体验对身边的景物加以艺术上的升华而写成的。

首先，它具有浓烈的感情，诗人面对客体物象，一腔诗情压抑不住，

---

① 邵燕祥：《干涸的人字瀑·序》，《干涸的人字瀑》，上海教育出版社2010年版，第2页。

在笔下流淌出来。比之于《西盟的早晨》等边塞诗诗情更直接、更热烈。

如人们称颂享誉诗坛的《五月一日的夜晚》：

> 天安门前，焰火像一千只孔雀开屏，
> 空中是朵朵云烟，地上是人海灯山，
> 数不尽的衣衫发辫，
> 被歌声吹得团团旋转——
>
> 整个世界站在阳台上观看，
> 中国在笑！中国在舞！中国在狂欢！
> 羡慕吧，生活多么好，多么令人爱恋，
> 为了享受这一夜，我们战斗了一生！

诗人用了极大的夸张手法，说焰火是一千只孔雀开屏，此起彼伏的歌声竟把人们的衣衫和姑娘们的发辫吹得团团转；诗人又以外国来宾参加五一盛典，说是整个世界站在阳台上观看；最后两句直抒情怀，说这美好的生活这么令人爱恋，但为了享受这狂欢之夜，却战斗了一生！这就不是说的诗人自己了，而是整个的国家和民族的战斗史。

尽管诗人并未触及社会的尖锐矛盾和人们还有受不尽的苦难（抗美援朝后的经济困难与人们过的艰苦日子），但作为不了解社会真情的边防战士的感受，发出昂扬的歌唱，作为新中国成立初年对新生活的一种歌颂，还是有其存在的历史价值的。

在两组抒情诗中，还有几首受人推崇的诗，如《上海抒情诗》中的《给一个黑人水手》《风啊，别敲》《姑娘在沙滩上逗留》等。《给一个黑人水手》通过黑人水手在外滩码头漫步中的"一步一个音符，哦，中国！哦，自由"赞美新中国，但其中也有一些"左"的痕迹，如"你知道吗？黑水手，在我们这里，/皮肤是什么颜色，不值得研究，/我们分辨的是思想的颜色，/它，只有它，替我们鉴别敌友！"诗行虽然精当，但只重意识形态的倾向，今天看来并不妥当，是其历史的局限性。《风啊，别敲》，是关怀明天就要远航的已熟睡的水兵。《姑娘在沙滩上逗留》则描写一位姑娘对夜宿海上打鱼的爱人的关切。这在当时的诗坛，可说是有韵味的篇章，既有对生活的热情关注，也有对具体事物的观察，很不一般。《在北方》的组诗中，《登景山》写对北京的挚爱，《回音壁》通过对回音壁的低语，发出了"北京，人民的首都，我们爱你"的心声，《运杨柳的骆驼》则展示了对绿化沙漠可去追寻春天的渴望。这些诗作的基调虽都是颂歌，但并未人云亦云，甚至是口号式的对生活的肤浅赞颂，今天看来还有一定价值。

公刘五十年代的诗之所以有价值，主要还是在艺术探索上。可说是在对常见事物的描绘中，开拓了一个新的艺术境界，那就是把感情溶解在独特的意象中，展现出一幅动人的艺术图画。五十年代还没流行意象之说，但公刘已在灵活地运用，艾青说："意象是诗人从感觉向他所采取的材料的拥抱，是诗人使人唤醒感官向题材的迫近。"① 的确，公刘就是凭借敏锐的艺术感觉，撷取和拥抱了诗的题材，创造出多彩的意象去打动读者。八十年代复出的公刘，也对意象有精当的论析，他说："在万千诗人的锤锻下，形象升格为意象，更少了临摹，更多了创造。可以说，意象是诗人的人格和情绪的能动力量和万事万物的交融，换句话说，意象是被诗人全面改造并且重新组装过的美学形象。"② 看来，公刘是把形象看作一般化的物体展现，意象则是注入感情并和客体物象交融而创造出的美学形象。这虽是他八十年代的诗学见解，但他五十年代就在自己的诗作中加以实践了。且看《上海夜歌》（一）：

> 上海关。钟楼。时针和分针
> 像一把巨剪，
> 一圈，又一圈，
> 剪碎了白天。
>
> 夜色从二十四层高楼上挂下来，
> 如同一幅垂帘；
> 上海立刻打开她的百宝箱，
> 到处珠光闪闪。
>
> 灯的峡谷，灯的河流，灯的山，
> 六百万人民写下了壮丽的诗篇：
> 纵横的街道是诗行，
> 灯是标点。

这是诗人 1956 年写于上海的诗，它用两组意象，展示了上海美丽的夜景。一组为上海关的钟楼和大钟及其时针和分针的走动，诗人说正

---

① 艾青：《诗论》，转引自杨匡汉、刘福春编《中国现代诗论》（上编），花城出版社 1985 年版，第 355 页。

② 公刘：《关于新诗的一些基本观点》，载《文学评论》1983 年第 4 期。

诗探索 7 理论卷 2017 年 第 3 辑

是像巨剪一样的时针和分针把白天剪碎，迎来了夜色；另一组即是上海夜色中珠光闪闪的灯火，形成了灯的峡谷、河流和山峦。诗人不尚说教，只点题一句"六百万人民写下了壮丽的诗篇"，所说诗篇在哪儿？诗人回答："纵横的街道是诗行，/ 灯是标点！"这应是一首大诗，在五十年代可说是写都市夜景的绝佳之作。正是诗人把对上海、对新生活的热爱之情，化为多彩的意象，展现出一个灯火灿烂的夜上海的景象。到现在为止，这种意象美还没有超越其右的。

再看《在北方》组诗中的《运杨柳的骆驼》。如果说《上海夜歌》（一）是以其宏伟而摇人心魄的话，这一首则以其秀美而拨人心弦：

> 大路上走过来一队骆驼，
> 骆驼背上驮的什么？
> 青绿青绿的是杨柳条儿吗？
> 千枝万枝要把春天插遍沙漠。
>
> 明年骆驼再从这条大路经过，
> 一路上把柳絮杨花抖落，
> 没有风沙，也没有苦涩的气味，
> 人们会相信，跟着它走准能把春天追着。

此诗主要的特色，是通过把青绿的杨柳条的美的意象，展开丰富的联想，并把抽象的春天形体化，创造出一幅美的画境。第一节，写由诗人所见引发在沙漠植树带来美好春天的联想。第二节，则纯粹是诗人的设想，明年骆驼再来，沙漠定会变绿洲，骆驼会一路抖落柳絮杨花走来，风沙和苦涩的沙漠也会消失，人们只要跟着骆驼走，定会把春天追到。如以音乐曲调作比，《五月一日的夜晚》《上海夜歌》（一）的热烈情怀，可看作高亢的合奏曲；《运杨柳的骆驼》则是一首轻柔的独奏曲，令人回味。

在公刘五十年代的诗作中，他对爱情诗也做了新的开拓。他和大多数以奖章、英模加爱情的作品不同，真正写出了青年人颤动的心声，且都创造了美好的意象。如《迟开的蔷薇》，诗人以迟开的蔷薇自比，盼望姑娘摘下贴在她胸前枯萎。以悲凉的意象写对爱情的执着追求，体现出求而不得的伤怀。当时也有人批评为小资产阶级情调，浅薄之说也。还有名篇《只有一个人能唤醒它》，写自己的爱情沉睡在心房，只有一个人可以唤醒它，但又不知道那人是谁？写得含蓄蕴藉。这也不符合当时诗坛爱情诗的主流，引起非议也很自然。但今天看来，那些虚夸的所

纪念公刘诞生九十周年

谓爱情诗，已化为过眼云烟，而公刘的爱情诗，仍不失为艺术佳品。

公刘在五十年代，其代表作可说是对诗美诗艺有益的开拓，不但在创造形象、比喻、隐喻，特别是在意象美的创造上独辟蹊径，而且在诗的形式上也有自己的用心，如以《在北方》展示的八行体，叙事抒情相融合，写得得心应手，人们曾称之为"公刘体"，不少青年诗人加以模仿，可见其影响之大。正如贺敬之的楼梯式、交错式，郭小川的长短句和集短为长的新辞赋体，都是在诗艺诗美的探索上做出的贡献。

有评论说，如谈二十世纪五十年代的诗，公刘是不可绕过去的诗人。的确如此，他正是以自己心灵的体验加以艺术上的探索和创新，写出了今天看来仍有价值的诗篇。但不可否认，他和绝大多数诗人一样，都是在意识形态的"大锅盖"下，听从一支无形的指挥棒来歌唱。公刘除了写西湖的一些咏古诗（如《岳王坟前有一段古柏》等，也因此获罪），有自己独立的思考外，大多数也并未对社会的深刻矛盾有所揭示。我们虽然不能以今天的眼光去苛求诗人的旧作，但历史的、时代的局限是应该指出的。

二 复出后深刻揭示社会现实与沉思人生的诗作

在十月的一声惊雷中，中国发生了翻天覆地的变化，一群被列入另册，几十年停止歌唱的诗人陆续复出，他们以对自己苦难生活的咀嚼开始对社会现实做深刻的剖析，并以蕴聚几十年的诗情，创作出一批感人的诗作，他们就是被称为"归来诗人"的一群。他们的诗作响彻诗坛，使诗真正成为诗。如艾青的《鱼化石》《盆景》，牛汉的《华南虎》《夜》，邵燕祥的《记忆》等，都对十年动乱给人们心灵造成的创伤有深刻的揭示。公刘也是归来诗人中的一员，复出后，除了一些跟随形势写中越边境战争的诗外，也发表了许多有力度、有寓意的作品。总体倾向，已从二十世纪五十年代对新生活的热烈歌颂，对美好理想的昭示，转化为带有哲理性，又冷峻犀利的对现实生活深刻批判的吟诵，也有反思人生的篇章。

首先在七十年代末，即在《登景山》中，写了"四凶"可耻的下场。诗人说："谁持湖山归原主，/人民将谁拥护；/倾城空巷踏歌声，/四凶吊了槐树。"诗人以"四人帮"的可耻下场，同明朝末代皇帝崇祯吊死景山槐树相比，令人深思。

此间，诗人先写了一组悼念周恩来的诗，其中《沉思》《为灵魂辩护》《爆竹》等都以深沉的感情，赞颂了周恩来为国为民做出的牺牲，以及对"四人帮"一伙对他强加迫害的愤慨，可说是当时广大民众心声的传达。特别是《沉思》一首，具有极深的思辨性和力度。诗人是看了摄影作品《最后的时刻》而写的，这是周恩来最后的遗照。诗人直言："既然历史在这儿沉思，/我怎能不沉思这段历史？/凝望着敬爱的人呵——/想起您弥留的日子。"把人物放入巨大的历史背景中。下面又从多个角度赞颂心目中崇敬的人物，"是一名期待恶战的老兵，/是一面召唤风暴的旗帜；/敌人害怕您静若悬剑，/人民信赖您稳如磐石！"接着又以"双眉乃勇士的长刀""目光揉动着冰火"的诗句，以及其乐观和对江青一伙及与癌症的搏斗的叙说，全方位地加以称颂。最后又向一切玩火者发出了"不得放肆，不得对人民的政权妄动一根手指"的警告。诗人写人又不局限于人，而是升华为写一场正义与邪恶的搏斗。

在揭示十年动乱对人们心灵造成伤害的短章中，有两首诗最为人们肯定：一是邵燕祥的《记忆》："记忆说/我是盐。/别怨我/撒在你的伤口上，/让你痛苦。//把我和痛苦一起咽下去——/我要化入你的血，/我要化入你的汗，/我要让你，/比一切痛苦更有力。"这是具有巨大概括力的对十年伤痛的形象折射。同样，公刘的《伤口》也有异曲同工之佳：

我是中国的伤口，
我认得那把匕首；
舔着伤口的是人，
制造伤口的是兽！

我还没有愈合呢，
碰一碰就鲜血直流。
这是中国的血啊，
不是你们的酒。

把十年动乱给人们造成的各种伤害：身体，家庭，心灵，暗比为仍未愈合的伤口，令人战栗。更引人深思的是，害人精们却把中国的"伤口"当成美酒。其实这是十几亿生灵的神州大地流淌的鲜血。

同样，在《隔着冥河》中，应和美国诗人保罗·安格尔的《文化大革命》，也使人深思。安格尔写"文革"中人们为了躲避伤害，躲进石头（构思巧妙），公刘则回答："哪儿去躲？/把人变成石头正是他们的杰作。"这可说是对"文革"中把人们残害景象最真切的、最富有思考性的比喻了。

在公刘对社会现实冷峻批判的诗作中，最为人称道的还是写被割断喉管受刑而死的张志新的诗，一是《哎，大森林——刻在烈士饮恨的洼地上》，一是《刑场》。在前一首诗中，诗人写这大森林的波浪总被沉默的止水覆盖，不停地洗刷，不停地掩埋。这"哺育希望的摇篮"，却成为"封闭记忆的棺材"，最后必将腐烂，因为烈士在这儿饮恨而亡。诗人的一腔愤怒之情，全融聚在滔滔绿浪的大森林中了。后一首诗，诗人则直接记叙去大洼刑场的经过，但不是泛泛而述，而是对途中感悟到的乃至对花草树木发出了惊心的呼唤与呐喊。车子一出发，就记叙，车上没有一个人说话，"只有轮胎贴着路面耳语，/重复着一个字眼：杀！杀——"先把当年刑场的可怕与恐怖昭示出来。以后到了大洼，看见许多野花，诗人便把内心的悲痛与对杀人犯的痛恨用独特的意象加以展现，对着那可怕的遍地野花，诗人说："我们喊不出这些花的名字，/白的，黄的，蓝的，密密麻麻，/大家都低下头去慢慢采摘，/唯独紫的谁也不碰，那是血痂。/血痂下便是大地的伤口，/哦，可——怕！//我们把鲜花捧在胸口，/依旧是默默相对，一言不发；/旷野静悄悄，静悄悄，/四周的杨树也禁绝了喧哗。//难道万物都一齐哑啦？/哦，可——怕！"诗人最后带着钻心的疼痛呼唤人间的良知：

> 原来杨树被割断了喉管，
> 只能直挺挺地站着，像她；
> 那么，你们就这样站着吧，
> 直到有了满意的回答！
> 中国！你真是无声的吗？
> 哦，可——怕！

诗人不仅为被残杀的烈士而愤慨悲痛，并且以杨树的挺立比喻其在人们心目中永不会跌倒，她的精神是永存的。诗人最后面对神州大地大声呼唤迟到的正义快些来临。此诗，作者既没有简单地谴责杀人犯和签发杀人令的当权者，而且也没有浮泛地叙说自己的悼念之情。而是以车轮的"杀杀"声，草中挣扎的槐秧，像紫血痂的野花，挺立不倒的杨树，表达了对杀人者的谴责，并且塑造了张志新烈士的高大形象。此诗与雷抒雁的《小草在歌唱》从不同的角度赞颂了真正的烈士和英雄。前者展示了作者对烈士的崇敬与受蒙骗的自责，后者却以带血的意象谴责了在个人迷信的阴影下对一位正直的女性的残杀。它们的思想价值将永存诗史。

这期间受到好评或引起争议的诗，还有《车过山海关》，对秦始皇的功过有全面的界定，更揭示了其独裁专制的本性。并有批评个人迷信的深意，但否定者便给强加上"明鞭封建帝王，暗笞革命领袖"的罪名。其实诗人只是引发一种对历史现象的深思，并非针对哪位当权者。诗人回答："历史主义的评价历史人物，正是后人应有的职责，那种责难又是在搞文字狱。"①另有《摩西十戒》，诗人本来是借宗教故事解释一种历史现象，说人不会成为神，是在批评造神者和迷信的教徒。非难者又认为是批评领袖。再有《上访者及其家属》，写了"文革"中上访者一家的悲惨命运。上访者本来对中央怀着一种信任的渴望，盼望纠正自己的冤假错案。诗作写得真切感人。批评者却为"文革"中这些坏现象辩护，说这种诗是对现实生活的歪曲描写，情调低沉，和人民群众思想感情相距甚远，社会效果不好，云云。难道为打砸抢的红卫兵、为大搞冤假错案、为随便抄家杀人者、为搞逼供信的人大唱赞歌就是正确描绘现实，就格调昂扬，就代表人民的思想感情吗？可见，七十年代末、八十年代初，极"左"思潮的余毒还是很深重的。其实，正是公刘这类诗，一改"莺歌燕舞"、歌舞升平、粉饰现实生活的旧腔调，同许多归来诗人的作品一样，写出了十年动乱的黑暗和对人性的摧残，具有历史的价值，值得人们反思。公刘也正因此赢得了广大读者的赞誉和信赖。

　　复出后的公刘，除了喷射胸中的愤懑和思考十年动乱给人们带来的无穷灾难外，也在艺术上做了一些新的探索。有些诗已从直抒胸臆和展示现实逼人的惨象中跳出，去思考人生的哲理，并从更高的艺术层面剖析现实生活。其中突出的特色，就是调动了自己敏锐的感觉，展开丰富的艺术想象，呈现出一幅幅独特的画境。诗与感觉紧密相连，正如朱自清所说："诗也许比别的文艺更依靠想象；所谓远，所谓深，所谓近，所谓妙，都是想象的范围和程度而言。想象的素材是感觉，怎样玲珑缥缈的空中楼阁都建筑在感觉上。"②如《家乡》，他说自己是一只鸟，在天地间流浪，与云、风、虹、帆为友，而且是盲人的拐杖，是纸鸢牵着孩子的梦（与纸鸢为伴），也是铁窗后面囚徒的目光（囚徒所见和希望所系），诗人最后申明："他们给我写了多少信啊，/每逢春天，就变成绿叶，/一张，一张，又一张，/挂满在所有的树上。//谁说鸟是没有地址的？/你看，每一棵树，/都是我的家乡。"此诗构思于"文革"期间，"文革"后成诗。在那苦难岁月中，诗人在劳改中，由于心灵的

纪念公刘诞生九十周年

----

　　① 公刘：《仙人掌勘余杂感》，《仙人掌》，四川人民出版社1984年版，第221页。

　　② 朱自清：《诗与感觉》，《新诗杂话》，三联书店1984年版，第15页。

孤独，思念家乡，由身边的鸟引起一系列感觉，并展开多层次的艺术想象，又形成了一个个独具的意象，由大自然的风云彩虹和帆影，引申到孩子们放飞的纸鸢和仍囚禁于狱室的囚徒。自己虽不是关起来的囚徒，实际上也是失去自由的犯人。于是想象大自然中的朋友给他写信，信又变成了绿叶。家乡难回，但每棵树都是家乡。这深入骨髓的悲哀全融聚在多彩的艺术想象中了，耐人思索并扼腕。

诗人还善于把苦难生活加以浓缩，并提炼成独特的意象，并向哲理的深度开拓，被人常引述的《皱纹》（一）就是一例。在长长的二十二年的"异类"的生活中，诗人本来也有快得到"解放"的愿望，却一天天苍老，也一天天失望，于是他从脸上的皱纹写起，说是蜘蛛织的网，对人生的回答就是把希望变作失望：

是什么样的蜘蛛。
在他的脸上
织了一张网，
然后，再一点点地
把他吃光。

蜘蛛呵，
蜘蛛呵，
你的名字
是不是叫作希望？

这是一种非现实的描写，却浓缩着深邃的对现实生活的概括。多少诗人、作家、艺术家乃至普通民众，皆被以莫须有的罪名劳教、发配，过着人下人的生不如死的生活，生命被一点点吞噬，连最后的希望也被岁月的蜘蛛吞没了。这里凝聚着诗人多么深重的悲哀，又隐含着多么巨大的痛苦！诗人以其非凡的想象力，创造出他人未曾展示过的蜘蛛的意象，并把痛苦的哲思告诉他人。因此说，这是一首不可多得的好诗。

在公刘病体稍好的九十年代，又写了一些让人深思的好诗，《致青杏》就是一例。人们都喜欢成熟的杏，诗人反其道而歌之，呼吁青杏不要成熟，要保留苦涩，拒绝暖风的诱惑才不腐烂，其深刻的内涵不言而喻。另一首《干涸的人字瀑》，不但被命作一本书的名字，而且可以说是公刘诗集的压卷之作，其巨大的象征意义非同一般：

一个风干了的巨人
耷拉着脑袋，投环于粗砺的石绳
天与地，远远地瞅着他
目光冰冷冰冷

又见耶稣！
十字架上　替真正有罪者受刑
我们何时惊醒？泪囊盈盈
复活他灿烂的光影——

　　这首写于 1995 年 4 月的又一首八行诗，诗分两节，第一节，一开始就形容干涸的人字瀑如耷拉着脑袋、被石头绳索捆住的巨人，天地都以冰冷的目光瞅着他的惨状。第二节便把他直接比喻成替有罪的人受刑的耶稣，也捆在这大十字架上受刑。但人们麻木、沉睡，诗人便呼唤世人惊醒，复活耶稣，也复活一切受难的巨人的灿烂的光影。诗的跳跃性和内在强大的张力都是很明显的。笔者曾在黄山雨后见过澎湃奔流而下的人字瀑，非常壮观，但未见过它的干涸之状。诗人以自己的所见，创造出一个替人受难的顶天立地的巨人形象，诗的艺术魅力是很感人的，可说是公刘在艺术探索上，在诗艺诗美的营造上取得的新成就。

　　此外，《面对忘川》，也是一首不可不提的好诗。诗人对想象中的忘川，说永不喝其水，喝了会忘掉一切苦难。这是八十年代写的诗，也多次被人论及。不多叙。

　　总之，复出后的公刘，又焕发了艺术青春，其思想之深邃，笔锋之犀利前所未见，在艺术上也做了多方面探索，广泛吸取新的艺术手法，也达到了从未有过的高度。当然，他复出后在新时期写的诗，有一部分也有明显的历史局限性，前文中已论及。对公刘此时的总体评价，可借用谢冕先生文章中的观点，他说："他以诚实的态度拥抱了他的时代和人民，他溶解个人的真实情怀于生活的激流之中。历史总的倾向是前进，有时也停滞乃至后退，他把历史行进的轨迹烙印在自己的诗行里。今天和后来的人们，可以从他的美好的和充满希望的、激愤的甚至也不无局限的诗作中，把握他所生活的这个时代的普遍的情绪。从这个意义上说，公刘的诗属于人民。"① 这说得是非常中肯和到位的。正因为如此，我们可以说，两次发光的公刘，是中国当代诗坛中一颗明亮的星。

[作者单位：山东大学文学院]

　　① 谢冕：《仙人掌的诗情——论公刘的诗》，载《文学评论》1983 年第 5 期。

革命现代性文化阈限下诗歌主体性的确立和颂歌与悲歌的范式转型

——公刘诗歌创作论

苗雨时

诗探索 7 理论卷 2017年 第3辑

如何评价二十世纪五十年代伴随着共和国的诞生而涌现的那批青年诗人？他们当年的诗歌、后来的不幸遭遇，以及历史新时期的重又发声，他们的创作历程，有没有艺术内在的律动和逻辑？也许一句"意识形态写作"，就使他们在文学史上被遮蔽了，至少是看轻了。然而，这不是历史主义观点。其实，即使是意识形态写作，意识形态也不是诗歌之累。巴赫金曾说过："生活，作为一定的行为、事件或感受的总和，只有通过意识形态环境的棱镜的折射，只有赋予它具体的意识形态内容，才能成为情节、本事、主题、母题，还没有通过意识形态折射的所谓原生现实，是不可能进到文学的内容中去的。"① 那些疏离政治的在资本与媒体驱动下的所谓非意识形态诗歌，不也是一种意识形态写作吗？关键是什么样的意识形态？进步的，还是落后的？

由不同的意识形态的演变，我们联想到文化的现代性，乃至社会的现代化。黄曼君主编的《中国20世纪文学理论批评史》，在其第三编《定位与曲折》的第一章开头写道："不论用什么方式表达'现代'这个概念的内涵与外延，如果不是脱离中国的社会历史条件的抽象议论的话，那么摆脱帝国主义、封建主义、官僚资本主义的政治、经济、文化的压迫，必定是'现代'的题中之意，是实现包括文学在内的整个中国社会现代化必需的历史环节。"② 当然，文化的现代性是有其历史渊源的。"五四"新文化运动，是现代性的文化启蒙，在科学与民主的旗帜下，批判的是封建主义意识形态，所谓"打倒孔家店"，而高扬的火炬是"立人"。

---

① 巴赫金：《巴赫金全集》第二卷，白春仁等译，河北教育出版社1998年版，第128页。

② 黄曼君主编：《中国20世纪文学理论批评史》（下），中国文联出版社2002年版，第502页。

正如鲁迅先生在《文化偏至论》中所言："而首在立人，人立而后凡事举"，并使"沙聚之邦，由是转为人国"。但此种启蒙，由于没有现实的社会变革的支撑，只起到了一种先导作用。后来，马克思主义的输入，为文化启蒙增添了全新的质地和动力，并与实际的革命相结合，才开始改变了中国社会的整体面貌。到了抗日战争时期，有人说抗战压倒了启蒙，但为什么不可以说，抗战也是一种民族的启蒙？而且这种启蒙是在炮火与硝烟中进行的，具有根本改变的实质性。经过解放战争，直至中华人民共和国成立，一个民族的灵魂，从长期压抑中而终于扬眉吐气地觉醒，站起来的人民从此成为创造中国现代历史的主体。他们在世界上赢得了自尊，获得了表达自己的权利。

公刘等人的诗歌创作，就是在这种文化历史背景下勃发的。他们所面临的意识形态环境，与旧时代相比，发生了翻天覆地的变化，其总体气象是新生的、积极的、向上的。而此时，文化的现代性构建与民族国家的现代化发展取得了真正意义上的历史同步。这是殖民地或半殖民地人民获得新中国成立后所必然会迎来的历史图景。

关于现代性，哈贝马斯在其《现代性的哲学话语》一书中说：所谓现代性的原则便是主体性原则。而其他西方学人又把主体性划分为两种：个人主体性和人民主权论。而中国文化的现代性，由于共和国的建立，无疑属于人民主权论。战争年代，人民是主力军；和平时期，人民是现代化建设的主体。他们从压迫中获得解放，新建的现代民族国家成了他们整体的自我形象。因此，中国当代文学的现代性的核心意涵是人民主体性。不管经过怎样的断裂、曲折与坎坷，这一点永远不会动摇。人民性，是中国文学现代意识形态的精神、灵魂与血脉。我们以此来观照公刘的整个诗歌创作，就能深刻地领会和认识到他诗歌中的文学现代性特质。

公刘（1927—2003），原名刘仁勇，又名刘耿直。公刘是他发表作品时用的笔名。江西省南昌市人。祖父是农民，父亲读过几年书。世代秉持的是"勤俭持家久，诗书济世长"的生存延续的信条。1946年，他半工半读于中正大学法学院，投身学生运动。1948年赴香港参加党领导下的全国学联宣传工作。1949年，广州解放，他参加了人民解放军，随部队进军大西南，创作了大量诗歌。1955年，去北方，到上海，足迹所至，皆有诗作留存。1957年他被错划为"右派"。1979年予以平反，重回诗坛，创作了一系列反思历史的诗篇。他一生出版的作品有：抒情诗集《边地短歌》《神圣的岗位》《黎明的城》《在北方》《白花·红花》《仙人掌》《母亲——长江》《骆驼》《大上海》《南船北马》《刻

骨铭心》《相思海》《梦蝶》《我想有个家》《公刘短诗精读》《干涸
的人字瀑》，诗选集《离离原上草》《公刘诗草》，长篇叙事诗《阿诗
玛》（与人合作）、《望夫云》《尹灵芝》等。此外，还有诗论集多部。

公刘的诗歌创作历程，以他沉入底层二十多年为间隔，前后可分为
两大阶段。第一阶段，从1949年至1957年。这一阶段之初，他作为随
军记者与部队一起进入云南。这里是一片古老、美丽而神奇的土地。军
旅生涯，使他以战士诗人的身份和姿态，面对少数民族的社会巨变的新
生景象，以及独特的自然风光和绮丽的民族风情。这一切强烈地吸引着
他，给了他无尽的灵感和诗情。他的创作，在新鲜的感觉和想象中，由
于信念的鼓动，在一定程度上深入到了生活的某些本质。因而产生了一
定的艺术魅力。他写浸染着游击队员鲜血的"红色的圭山"；写托举着"撒
尼的灵魂"的"石林"；写"丰富，但曾经贫困""美妙，但曾经荒凉"，
而今迎来春天的"丽江"；写"能感觉到音乐／感觉到辉煌的太阳／感
觉到生命的呐喊"的"勐罕平原"；写"亲吻着我们的土地和岸崖"的"蓝
玻璃一样"的母亲河"澜沧江"。在他的诗中，有帕萨傣的"象脚鼓""岩
可和岩角的舞蹈""细府那遮颂歌""格朗和情歌"，有"炊烟""婚
筵"和孔雀、菩提树……诗人把战士的生命投入这一切，与这片土地血
肉相连。因此，捍卫祖国的边疆和民族的尊严，就成了他"神圣"的使
命："一条小路山间蜿蜒，／每天我沿着它爬上山巅；／这座山是阵地的
制高点，／而我的刺刀则是真正的山尖"（《山间小路》）。而到了早晨：
"在哨兵的枪刺上／凝结着昨夜的白霜，／军号以激昂的高音，／指挥着
群山每天最初的合唱……"（《西盟的早晨》）这是战士对祖国山河齐
应的问安，昭告着新生活美好一天的来临……

这些诗，被谢冕先生称之为体现了"五十年代精神"。其现代性，
就是人民叙事。也即是在诗歌中讲述人民自己的故事。对人民整体的历
史定位和赞颂，凝聚成了这种叙事的基本主题。这无疑是由殖民地和半
殖民地建立起来的现代民族国家的文学现代性的一个重要的意涵和表
征。诗人把自我融入人民之中，在他心上矗立着一座"无与匹敌"的雄
伟的"人民"的阿佤山：

> 阿佤山能显示出它本来的面目，
> 全靠如今在山顶上插着的一杆红旗。
> ……
> 哦，阿佤山，亲爱的阿佤山，
> 我们的拳头，我们的牙床，我们的颚骨。

你应该永远和我们祖国一样伟大，

你应该永远和我们人民一样有力。

公刘这一阶段诗歌现代性的第二个特点，是客观生活的现实主义摹写。歌德在谈到艺术发展的时候曾说："一切前进上升的时代都有一种客观的倾向。"（《歌德谈话录》）二十世纪五十年代，诗人被跃动的现实生活所感染，他们对生活的钟情使他们的审美取向多在生活本身。因而，从生活实感出发，侧重于客观世界及其演化的外在描摹，把自己的热情寄寓于艺术本事之中，就成了当时诗歌表现的主导的艺术倾向。公刘的诗歌也是如此。1955 年以后，他到北方，去上海，写下了一批反映现实生活之作。他写古老的"无边无际一马平川"的"中原"；写"夜半车过黄河"，听三门峡工地上钻探机在隆隆"唱歌"；他登上八达岭，向"照耀万里长城的日、月、星宿"问好，忆起中华民族"雄力"的历史气魄；他来到大戈壁上，看一队队驮着杨柳枝的"骆驼"在风沙弥漫中跋涉；进北京，在天坛，他侧耳倾听回音壁的历史回音："北京，人民的首都，我们爱你！"在中南海，他把"脚步放轻"，愿化作"小小的一滴水"，反射出"永恒的阳光"；在五一节天安门的观礼台上，他看见"整个世界站在阳台上观看，/中国在笑！中国在舞！中国在狂欢！"诗人去了上海，闯入眼前的却是另一番激荡人心的景象："我本想从繁星中寻找牧歌，/得到的却是钢铁的轰鸣。"在那新的生活世界里，他穿越工业的地平线，行走在"烟囱"的森林中，他漫步在黄浦江畔、南京路上。在历史与现实的交互映现中，他仰望大上海的时钟，看指针剪碎一个又一个忙碌的白天，迎来一个又一个百宝箱打开的夜晚，感受到了中国现代化的历史前景（《上海夜歌（二）》）……

公刘回应着生活的召唤，他在新生的大地上漫游，从南到北，从西到东，随处都可以获得诗的机缘。在他看来，记载下人们的劳动奋斗和各民族生活的变迁，不就是讴歌人民的诗篇吗？

诗歌现代性的价值取向、现代性的现实观照，决定了诗歌现代性的审美思维方式和现代性的诗歌话语构成。任何诗歌反映现实，都不可能是纯客观的"原生现实"，一是意识形态个人化的介入，一是拉开距离的个性化的审美凝思。这就使现实主义诗歌写作，必然含纳有浪漫主义的主观因素。它考验着诗人的思考力、概括力和想象力。而诗的意象思维，又必须依托语言，在语言中进行，从而形成"诗—思—言"的话语内在结构和运行规律。在这一过程中，突显了诗人的独创性，也就是要创造独诗的诗歌艺术范型。公刘诗歌的现代性的"颂歌"的特点是：一、以现实为基点的"过去—现在—未来"的思维构架和时空坐标；二、具象与抽象，由实到虚，虚实相生，层递推进，结尾"哲思升华"的运思和话语结构。例如《运杨柳的骆驼》，以骆驼驮杨柳枝为核心意象，把过去的荒凉、现在的劳动与将来的美景有机地组合在一起，形成巨大的内涵张力，从而拓展了诗的深远的艺术境界。又如《五月一日的夜晚》，先写天安门前烟火绽放，人们欢歌狂舞，然后把宾馆阳台上的各国国际友人，概括成全世界观看"中国在狂欢"。具象的抽象，抽象的具象，最后的联想，跨越时空，凝结为一句警语："为了享受这一夜，我们战斗了一生！"他的这种颂歌的构思方式所形成的两节八行的诗体，曾经产生了广泛的影响。

公刘诗歌创作的第二个阶段，是他被打入底层人民二十多年后重返诗坛，这是他又一次诗歌的爆发期。在山西忻州农村与农民相处的日子里，他感受到了农民的勤劳与贫困、农村生活的艰辛。然而，乡亲以他们的善良和质朴，喂养了他的灵魂，给了他生活下去的勇气和信心。诗人的复出，正赶上中国社会发生重大的历史变革。他投入这种变革的浪潮，"既然历史在这儿沉思，我怎能不沉思这段历史"。他以历史使命感，满怀道义、良知，运用思辨的话语和批判的锋芒，创作了一系列关于政治题材的诗作。他写"中国的伤口""还没有愈合""碰一碰就鲜血直流"，写希望之"星"，赞颂"四五"天安门诗歌事件，愤怒地诘问："条条大路通向天安门广场／而广场……怎么通向了……牢房"；他在"十二月二十六日"，歌咏旗帜，但不回避旗帜上的弹孔："无可置疑，他是一面大旗，／旗的概念是什么？是飘扬，是进击，／旗应该永远是风的战友／风，就是人民的呼吸"；在《呼喊》《刑场》《大森林》等诗中，他凭吊和悼念张志新烈士，在《爆竹》里，他以现在欢庆的纪念映现历史的沉重；在《残雪》的消融下，他感觉到"嫩芽在笑""小鸟在叫"："春天，你好！""明媚的春天定会来到！"……

然而，评判历史的根本尺度，还在于人民，在于人民的利益和愿望。检验真理的标准，永远是人民的实践。诗人站在人民的立场，反思历史，关注变革，寄望于未来。他这一阶段创作中的"人民"情结，就接续了他前一阶段诗歌人民主体性的现代性，并表现得更为深刻和彻底。在《读罗中立的油画〈父亲〉》一诗中，他历数了"父亲"手中的碗、额上的汗，历数了他挑担的艰险、耕作的劳累，但收获却不属于他，仍然挣扎在贫困线上，他对此感到不平和激愤。最后这样深情呼告：

父亲啊，我的父亲！
我在为你祈祷，为你祈祷，
再也不能变幻莫测了，
我的老天！我的天上的风云！

1976 年丙辰天安门诗歌运动，标志着诗歌人民性和真实性的回归。公刘新的历史时期的诗歌创作，也致力于现实主义的恢复。针对曾经风行一时的"瞒与骗"和"假大空"，他提出了两个关键词："真诚"与"真实"，来深化和拓展现实主义诗歌。他认为，诗人应该抒真情、说真话。这正是革命现代性诗歌的基本质素。因此，他在对社会、历史弊端批判的同时，也进行自我灵魂的拷问。在《解剖》一诗中，他列举了自身种种的矛盾表现，并这样集中概括道：

我自己生自己的气了，皱紧双眉，
端详这熟悉的陌生家伙那副含嘲的脸；
你到底是谁？是谁？
一组活泼泼的统一的对立面？
一张插满了长矛的盾？
一柄有两头锋刃、难以把握的剑？

巴尔扎克曾说："我观察自己像观察别人一样，我这五尺二寸的身躯，包含了一切可能的分歧和矛盾。"瞻前与顾后、进击与退缩、强大与弱小，乃至爱与恨、生与死，往返冲折，纠结缠绕，但始终不变的则是"对祖国对人民的永远的眷恋"。这就是一个历尽磨难的中国知识分子的历史情绪和精神世界。

一个新时代的来临，伴着诗人的歌与哭，歌哭中的思索，指向历史的光明和希望。他的这种现代性"悲歌"的审美思维范式和话语方式，与他前一阶段的"颂歌"体制，有了较大的差别与变奏。他不再以虚幻的天堂看取艰难的现实，而是从沉沦的历史中磨砺出真正的理想。"真理"的获得，需像寻找"无花果"那样去发现和像剥开"毛栗子"那样突破艰难。然而诗人仍对时代做出了积极的《回答》："如果悲痛迫使命运倾斜"，那么"理智的砝码就会来恢复平衡"，"幸亏我有一点乐观的禀性，/ 常能从灰烬中拨亮火星"，"多风的天空和大地一定还会刮风"，但我们的人民已有了战胜风波的"群鹰"……与此相应，他的诗歌话语表达，也有了很大的转化：不再是清新、明丽、隽永、飘逸，而演进为沉实、雄辩、苍凉、浩气。多用呼告、叩问、反诘和大量排比句式，造成了一种荡气回肠的格调和沧桑悲壮的韵律。如果总括起来打比方，公刘诗歌的艺术调性，从南方的"叶笛"到北方的"唢呐"，再到如今的"铜号"，或者说，它已经从舒曼的云、旷远的风而衍生为今天的雷电之火。虽然艺术随人生境遇的变迁而改变，但贯穿和涵泳其中的却永远是诗人对祖国对人民的"赤子之心"和至真至纯的爱，它像血脉一样奔涌在诗人全部的诗行中。

关于诗人的抒情形象，有人把他比作沙漠中跋涉的骆驼，这固然突显了他诗性坚韧的一面，但从整体上来看，我宁可把他定格为大写的《人字瀑》：

> 狠狠的一撇——血如浆
> 悠悠的一捺——汗似汤
> 血汗交逆处 你将自己
> 站成了一堵人墙
>
> 风也飘飘 雨也飓飓
> 看哪 飘飘飓飓白发三千丈

青山不老，绿水长流，"人字瀑"放射出无数生命的珍珠！……

也许到了二十世纪八九十年代之交，诗歌革命现代性的探索、开拓、追求，已经接近终结。在新的历史文化语境下，换成了另一种现代性，即个人主体现代性。但革命现代性文化所涵养的诗人公刘的文化品格，却仍然闪烁着不灭的历史光辉。他那真诚坦白、不忘初心、不背叛理想、一切以人民为旨归的伟大情愫和正直无私、独立不羁、懂得感恩、敢爱敢恨的人格风骨，以及诗歌与时代的波折共振留下的历史前行的跫跫足音，都将永恒地记载在中国当代文学的史册上。

当时代已进入新的世纪，回眸过往历史云烟中那共和国的文学丰碑，重温作为改变世界文学格局的以人民为主体的中国诗歌的现代性书写，以其精神流脉，呼应当下中国社会现代化进程中的意识形态焦虑，不论是政治的，还是文化的，对于我们实现中华民族的伟大梦想，重建个人与群体相互包容的民族的现代精神价值共同体来说，都不能不是一种现实的启迪和助力。这就是我们至今仍怀念诗人公刘，并重新评价他的诗歌创作的重要原因。

[作者单位：廊坊师范学院文学院]

历史激流中的礁石

——论公刘后期诗作

陈 亮

　　读公刘先生"归来"之后的诗作，不由想起了杜甫对庾信的评价："庾信文章老更成，凌云健笔意纵横。"（《戏为六绝句·一》）庾信少时即有才名，但自他北游羁留他乡之后，诗风一变而苍劲悲凉，终成大器。公刘在 1950 年代就诗名卓著，《西盟的早晨》《五月一日的夜晚》《上海夜歌》等诗传诵一时，在他因罹难沉寂了二十余年后，诗情再次喷涌，也可说是"文章老更成"，为新时期文学留下了浓墨重彩的一笔。

　　公刘 1950 年代的诗歌，有着同新生的共和国一样的青春气息，自信而豪迈，怀着憧憬和希望，呈现出昂扬奋进的气质。而他随后被打为右派，遍历世间苦难，杜甫所说"庾信平生最萧瑟"（《咏怀古迹》），于公刘也颇贴切，而嚼烂苦果的诗人，终于吟出了黄金般凝重而绚烂的诗句，这也是"暮年诗赋动江关"吧。如果把公刘前期的诗作比作时代浪尖上的冲锋舟，那么公刘后期的诗作就是历史激流中的礁石。这样的礁石，就如艾青形容的那样，身上留着波浪冲击的"像刀砍过一样"（《礁石》）的痕迹，它已不愿追随历史的潮头往前，而是用自身的形象讲述着历史，讲述着历史如何从自己的身体上流过。

　　公刘对自己的诗风转变有很贴切的体察，他说较之自己前期的诗作，后期的诗作，"其一，比较不那么单纯、明朗了，……其二，比较不那么轻松、欢快了，……其三，比较不那么肤浅、表面了，……此外，在艺术技巧上，我更看重归真返璞，而不再耽恋于华丽和精巧了。"①这应该是一个比较全面的总结了。但我们不能简单地把公刘后期诗作看作前期诗作的进步和超越，这种差别，更体现了不同的时代气氛和不同的心理境况。公刘自己的总结中，只谈到了后期诗作较之前期诗作的不

纪念公刘诞生九十周年·

---

① 公刘：《从四种角度谈诗与诗人——答中央广播大学中文系问》，载《文学评论》1988 年第 4 期。

同，而没有谈到后期诗作的特点。可以看到，在公刘后期诗作中，早年那种简单的"相信未来"的信念不见了，取而代之的是深沉的思索，是对人性丑恶的诘问，对历史合理性的质疑。这使他的诗呈现出更复杂的意蕴，有了更深长、更值回味的余韵。诗人不再用纯洁的嗓音来讴歌，而是自觉地把自己排除在"歌德派"之外。这不难理解，在很长的一段时间里，"以太阳的名义，黑暗公开地掠夺"（北岛：《结局或开始》），体味过五味的诗人怎能不对那些看似美好的、光荣的事物加以警惕呢？诗人公刘面对大森林，呼喊出："我爱你！绿色的海！"却又不能不想到，这是烈士饮恨的地方，不能不痛苦地质问："为何你喧嚣的波浪总是将沉默的止水覆盖？／总是不停地洗刷！／总是匆忙地掩埋！／难道这就是海？这就是我之所爱？！"（《哎，大森林——刻在烈士饮恨的洼地上》）这样的质问在另一首悼念烈士的诗中化作了一句呐喊："中国！你果真是无声的吗？"（《刑场》）类似这样盘诘似的反问句，在公刘前期的诗中是不多见的，这正说明诗人的语调变了。面对郁郁的春笋，诗人赞美它青葱的模样，却又不禁想到："长大了你干什么？"诗人想象着："也许将七窍通灵箫笛流韵，／也许将编扎火把再次夜行"，"也许将玲珑剔透悬帘铺簟，／为炙手可热者奉献着凉荫"。读到此处，可以想见是一首立意赞美的咏物诗，可诗人笔锋一转："也许将横节竖刺呼啸恶声，／教鲜血淋漓者驯服于命运……"这种体悟，非常人能有，也正是在此处，这首诗的意蕴升华了，成为了对历史的喟叹。类似的还有《花棒（二首）》，在第一首中，诗人赞美花棒"摇着欢乐，摇着色彩，摇着喧哗"，在第二首中，诗人却怀疑花棒是"一根哨棒"，摇曳的花朵是禁卒棒打下囚犯溅下的斑斑血浆，这样的意象触目惊心，令人过目难忘。公刘咏青海的诗，一曲三叹，把"青海"这一地域在中国当代历史的丰富意义呈现了出来。在诗人笔下，青海既是神秘的边疆，是富饶的宝藏，却又是流放者的囚房，进而又是灰烬下的新生之地。这种深沉迂回的咏叹，和邵燕祥咏青海的诗歌一起，成为吟咏青海诗歌的双璧。

赠　人
——给所有认识和不认识的幸存者

由于寥廓，由于萋萋芳草满天涯，
青海，你教我想起了西伯利亚；

由于岑寂，由于无数宝藏埋地下，
青海，你教我想起了西伯利亚；

由于冰风，由于不挂牧铃的牛和桀骜难驯的马，
青海，你教我想起了西伯利亚；

由于十二月党人，由于他们竟和恶棍一道流放关押，
青海，你教我想起了西伯利亚；

由于心底的爱情，由于灰烬中爆发了新的火花，
青海，我愿意忘掉那西伯利亚……

　　沿用上文的比喻，如果说公刘前期的诗作是一艘冲锋舟，这冲锋舟冲在时代的潮头，是永远向前的，那么公刘后期的诗作是屹立的礁石，它更是背朝大海，回望着历史的汪洋。简单地说，公刘前期的诗是向前看的，是面向未来的；公刘后期的诗更多是向后看的，是指向历史的。在一场浩劫过后，如果不是去认真地、坦诚地，甚至痛苦地总结历史，怎么能轻率地向前迈步呢？又怎能避免陷入新的历史陷阱呢？因此诗人拒绝遗忘："我决不是喝忘川水，哪怕是冰凉的一滴，/正相反，我要用热血灌溉活的记忆。//记忆多么执着又多么怨毒！它发誓活下去，为了可爱的国土。"（《面对忘川》）诗人愿意承担记忆和反思的痛苦："甘愿失眠！/不能叛变！/诗的窗口/是枪眼。"（《失眠》）这种拒绝遗忘，勇于面对历史的姿态，是"归来诗人"所共有的。邵燕祥在《记忆》一诗中用的词汇，和公刘十分相似："是的，我至今/纠缠如毒蛇/执着如怨鬼//把我和痛苦一起咽下去——/我要化入你的血/我要化入你的汗/我要让你/比一切痛苦更有力。"（《记忆》）情感和语调的变化，也带来了语言的变化。公刘后期诗歌较之前期诗歌，抒情性淡了一些，议论和讽刺的成分多了些。有些诗歌甚至"杂文化"了，如《从前我们是诚实的》《绳子》《关于〈摩西十诫〉》等诗。早期诗歌中紧凑的语言在有些诗歌中，也显得"散文化"了，如《豺狼、猎人和圣者》中的句子："如果竟折断火枪，泼湿引信，/也许能一时博得众兽的掌声；/但圣者的血肉它们照样大嚼，/并且评论：骨头太嫩，没劲！"这样的句子或许有损诗意，却是诗人此类情绪的合适表达。

　　公刘早期诗歌昂扬向上，但也不能说公刘后期的诗歌只有痛苦的质问，而是早期那种简单的"相信未来"的情绪没有了（在《西盟的早晨》

中，士兵在岗位上，"迎接美好生活中的又一个早晨"，对那时的诗人来说，又一个早晨必然是"美好的"），诗人更是在对历史的审视中，在对个人在历史中的命运的审视中，摸索着历史行进的方向。实际上，公刘诗中的理想信念从来没有消失过，在他感到自己是天地间流浪的一只孤鸟的时候，他还相信："每一棵树，/ 都是我的家乡。"（《家乡》）读公刘的诗歌，不能不感到诗人那充沛的坚强的人格。孟子谓"吾养吾浩然正气"，公刘的诗歌，正是"浩然正气"的自然流泻。黄子平在1980年代初的文章中，把公刘诗歌的变化形容为"从云到火"[1]，这是一个极有概括力的论断。不过公刘 1940 年代的诗歌已有了这样的诗句："火焰必须呼吸空气 / 正像诗人必须呼吸火焰。"（《火焰》）或许"云"和"火"正象征了公刘的两面：一个是高洁和奇崛，一个是激情和正义。虽说新的批评方法强调"文本"，不主张把作品视作作者人生和人格的注释，但对于公刘这样的诗人，孟子所说的"知人论世""以意逆志"的方法还是有效的。

公刘从不讳言，也不断强调自己是一个"现实主义"诗人。无论是他早期的写作，还是他"归来"之后的写作，都把"时代""政治"当作诗歌的主题，把诗歌的"时代性"作为通向"永恒性"的道路[2]。谢冕的评述颇中肯綮："他以诚实的态度拥抱了他的时代和人民，他溶解个人的真实情怀于生活的激流之中。历史总的走向是前进，有时也停滞乃至后退，他把历史行进的轨迹烙印在自己的诗行里。今天和后来的人们，可以从他的美好的和充满希望的、激愤的甚至也不无局限的诗作中，把握他所生活的这个时代的普遍的情绪。从这个意义上说，公刘的诗属于人民。"[3]关于诗歌与政治的关系，在1980年代末期还由公刘的一篇文章引发了一桩公案。公刘在文章中认为诗歌脱离不了政治："我一贯主张面向现实，面向人生。……纯诗之说纯属虚妄，它不过是某些心地善良的诗人头脑中的幻影，是主观世界的产物。……既然明明生活在政治氛围之中，却偏要创造真空，那只能是徒劳无功的白费劲而已。"[4]其后洪子诚、老木、唐晓渡等人有文章回应。洪子诚在文中认为："诗所关注、所寻求的，是与物质的社会活动不同的精神领域，是人的内心

———————

① 黄子平：《从云到火——公刘新作初探》，载《北京大学学报·哲学社会科学版》1983年第2期。

② 见《公刘答〈诗歌报月刊〉记者问》："如果真正体现出时代性，这本身就是永恒。"《诗歌报月刊》1998年第1期。

③ 谢冕：《仙人掌的诗情——论公刘的诗》，载《文学评论》1983年第5期。

④ 公刘：《从四种角度谈诗与诗人——答中央广播大学中文系问》，载《文学评论》1988年第4期。

世界，是穿过种种有限性的、暂时性的因素（包括政治等因素）的掩盖、束缚，去寻找人的灵魂的归属和位置，去用诗的语言，建构一个与现实的生存世界相对立的诗的世界，一个使人的灵性得到发挥、人的心灵自由得到确立，使生存个体从暂时性的生存体制中得到解脱的世界。"因此，"文革"后复出的诗人的局限性就在于"难以拓展的社会—政治视角和政治理想主义的世界观，以及由此制约的社会—政治感受方式和思维方式。" 唐晓渡认为："说到底，诗和政治是两个根本不同的领域，前者包容了后者而决不被后者所包容。……当代诗歌注定要走上淡化、疏离政治的道路，以便彻底告别昔日的奴隶和附庸地位。"① 公刘与洪子诚等人的争论，完全是一次在诗学范畴内的探讨，而且是卓有成效的。应该说，公刘与洪子诚等人的分歧，主要是美学趣味的分歧，并不是谁掌握了永恒不变的诗歌真理。年轻一代诗人的探索，固然不容许，也不可能被抹杀，但也不能持一种"诗歌前进"的观点，以此来否认公刘等诗人留下的宝贵的诗歌传统。何况，公刘并不是一个固执的僵化的艺术保守主义者。虽然见解不同，他还是主张对新诗探索持一种宽容的态度，他先后为梁小斌的诗集《少女军鼓队》和《探索诗选》作序，即是证明。更值得我们注意的是，公刘对现实主义持着一种开放的态度，认为不必在现实主义、浪漫主义、象征主义之间"划清国界"。他说："其实，一个有本事的现实主义诗人，如果他把太阳说成是绿色或者黑色的，说得逼真，说得令人信服，那么，在一定的条件之下，太阳又何尝不可以变成绿色的、黑色的！" 他自己的创作，在 1980 年代初期就曾被人划为"朦胧派"②，而他之后的创作，更是尝试了象征、暗示、通感甚至意识流等多种手法，在诗形上也有所探索。如《碎月滩》：

> 该当蘸多少光年，
> 才能将这片艳阳
> 翻译，
> 且令我不认识的灵魂
> 于溶溶月色中
> 感到惊喜和战栗？

① 唐晓渡：《虚妄与真实之间——与公刘先生商榷兼论当代诗歌的价值取向》，载《文学评论》1989 年第 2 期。

② 公刘：《信手写来——关于〈沉思〉和〈仙人掌〉》，载《诗刊》1985 年第 7 期。

又如写夕阳："眼前一轮夕阳，/煮着深褐色的太平洋。"（《海狗山眺海》）这都非现实主义所能涵盖。《野草》一诗用荒诞的手法，揭示了人生衰败的命运：

> 野草打从脚跟长出来，
> 蓬蓬勃勃，无所不在；
>
> 野草爬满了我的头顶，
> 想炫耀花团锦簇之青春；
>
> 野草爬满了我的私处，
> 好掩饰情欲的蚁穴兽窟；
>
> 野草爬满了我的两腮，
> 乃预告生命之垂萎霉败；

《勐峒河上的七只天鹅》一诗，在诗形排列上别具匠心，重复了七遍"白天鹅"，显示出天鹅错列栖息的倦怠的模样：

> 潭边钟乳浇铸的陡坡
> 栖息着倦舞的一群
> 白天鹅
> 　　白天鹅
> 白天鹅
> 　　白天鹅
> 白天鹅
> 　　白天鹅
> 白天鹅
> 七重无告的喑哑
> 七重幽冥的美丽
> 七重亘古的寂寞

类似这样的例子还有很多，如《干涸的人字瀑》用干涸的人字瀑布这一令人震悚的意象来象征人类的命运，《青杏》中连用排比"拒绝五月吧你青杏 / 拒绝黄金吧你青杏 / 拒绝蜜酒吧你青杏 / 拒绝麦粒的诱惑吧你青杏"，近似癫狂地抗拒着死亡和腐烂，呼唤着青春和生机。公刘

诗探索 7　理论卷　2017年　第 3 辑

似乎在人生的晚境，诗情超脱了衰老的肉体，抵达了一片时而明澈、时而狂放的自由之地。

公刘是"归来诗人群"中的重要一员，然而自 1990 年代以后，他却又在人们的阅读视野中渐去渐远。人们习惯于从文学史教材上去接受那个被定型为"战士诗人"的公刘，却疏于去阅读他的诗作——尤其是他后期的诗作，疏于去体验公刘丰饶的诗的世界。诗歌不是可以"彼可取而代之"，可以各领风骚数年的，相反，诗歌是一件薪火相传的事业，好的诗歌是永垂不朽的事物。公刘的诗歌，不仅对于他的时代有认知意义和审美意义，其中许多优秀之作，值得重新去认识。因此，无论作为阅读者还是研究者，我们都应张开双手，欢迎公刘再次"归来"——毕竟公刘礁石般的诗歌，依然屹立在那里。

[作者单位：人民铁道报社]

诗比人长寿

——《公刘文存》编后代序

刘　粹

历时四载，九卷本的《公刘文存》终于编选完毕，其间的艰辛与劳顿唯自知。

父亲公刘少年早慧然而生活寒涩动荡，青年才思纵横，意兴盎然，却一再遭逢灭顶劫难——"反胡风""肃反""反右"，直至被打入"黑五类"，在炼狱中几近沉默煎熬二十余年，晚年终得以恢复了人的尊严，却又被病魔和死神五次三番地纠缠，真可谓一生命途颠踬坎壈。然而，生命意义中如此高昂的代价，被一个真诚而执着的诗人化作了巨大的勇气，歌吟，抗争，沉思，探索，拷问，由是，灵魂得以长存。

编入本书中的一千零四十六首短诗、两部长诗和所附录的三组诗、歌、译稿，以及所有选入的五百二十八篇文稿（囊括了杂文、随笔、谈话录、序跋、评论及小说、剧本、报告文学等各种文体形式），无论年少时的一派天真、热血、激情，还是嚼烂人生苦果后晚境中的冷峻审视、大胆质疑、苦苦探寻和苍然回望，都生动地证实着这一点。

先说《诗歌卷》。

父亲发表于 1940 年的第一首诗歌《悼张明》，是一首孩童的泪水般晶莹纯洁的悼亡之作，可惜因战火，动荡，加之年湮代远，再三努力也不曾发掘到这枚"古莲子"。辑入本卷的开篇之作，仍是因当年书写于一帧照片的背面而侥幸得以保存下来的《自画像》（1945 年）。我两度专程赶回故乡南昌，在江西省图书馆特藏文献阅览室，苦读馆藏的一盘盘 1949 年前《中国新报》的缩微胶片（那时，这张报纸在南方数省颇具影响，可惜缩微前已不完整），还有部分香港《大公报》以及《力行日报》的缩微胶片资料。聊以自慰的是，几番努力之后，我终于搜寻整理出百十篇（首）1949 年前父亲的诗文。当年那组有名的散文诗《夜

诗探索 7　理论卷　2017 年　第 3 辑

梦抄》也在其间——1980年代，父亲也曾亲自查找过，但那时省图自有的旧报资料更是残破不全；他也曾略去缺失，汇同一些散文短章，整理出一册小小的"曙前丛书"《夜梦抄》（请参见序跋评论卷《〈夜梦抄〉小记》一文），不幸，小书生不逢辰，最终，连同书稿也如一叶扁舟随大浪漩入深潭，不知所终了。权以这辑入的六十四首小诗，作为诗人在1949年前烽火连天月，少小离故乡的片断青春节拍吧。

父亲一生的诗歌乐章，应该说，其高潮由前后两大部组曲构成：前部是1950年代天真的尖新明丽高亢，以饱满而简单的激情，讴歌着理想的未来，大张双臂热切地"迎接美好生活中的又一个早晨"（公刘《西盟的早晨》）；后部则由1970年代末重试诗弦始，合1980年代以降直至1990年代中叶，诗人终于熬过了漫漫流沙岁月而复出，并奋力击退了一再亮出饕餮獠牙的病魔（中风瘫痪）后，熔苍劲雄浑于一炉，诗风时明澈激越时沉郁苍茫，甚至偶有收放自如的桀骜狂放——"噫！您，黑色闪电，烛照天地的好一炷灵焰！""暗默中的大暗默啊，嘹亮中的大嘹亮，孤独中的大孤独啊，辉煌中的大辉煌。""他只是绝对拥有真正的王者气度，风神凛然，游弋所至，肃静回避，教一切四脚和两脚的生物自惭形秽。"（公刘组诗《西部蒙古》）……诚所谓国家不幸诗家幸，诗人不幸诗歌幸罢。

虽然我清晰地记得父亲这样的诗句："呵，诗人！你的诗是子弹也是珍珠！／应高悬于国门呵，／需深藏于武库。"（公刘《哀诗魂》）也由衷地欣慰于曾有诗论者慧眼识珠，以赞赏的目光注意到它们，并以之作为其评论公刘诗作的总纲，但我更愿秉承着父亲早在1994年《并非多此一举》一文中的遗训，平生诗文"说好说坏，由人去"。所以，我谨做好女儿和编者，不宜多做具象的诗评家。

愿与读者朋友分享的，倒是编选过程中的一些细节与心结。

我用了几乎一年半的时间，编选并一行行录入成诗歌全卷。就中自有美的共鸣，却也有伤恸的战栗。譬如，父亲真正的"遗诗"，非《青烟》《夕阳和减法》两首莫属。且引上一段发现并补录这两首诗时就手记录的文字吧，彼时彼刻我内心情感的风暴也无须对诸君回避——

这两首诗是父亲真正的遗作！父亲在生前从未向我提到过、谈起过，老人肯定是怕我读了伤心！直到今天，今天，2012年12月14号，我搬出父亲当年写作用的"科理"机子来查找检读软盘，才从尚能勉强打开的软盘中读到了它们（许多盘已是"不良于读"）。

　　爸爸啊！您走十年了，可我读它们还是伤痛不已，边打字边止不住流泪……

　　前一首，1999 年秋，那年我突发重度的颈椎病，不幸瘫倒在您眼前……我知道，女儿突来的重病，才是对您最大的打击！那之后，这场打击的阴影一直深烙在您的心间。对不起！爸爸，我多么希望，多么希望，我从没病过！

　　后一首，自是您默默地写于家中。2000 年的 7 月，距我们父女第二度同住院同出院方过三个来月；而就在此后八月末的酷暑中，您却因又一次的脑梗入院抢救！……直到翌年 7 月 20 日出院迳飞杭州，正如诗中所言："而我也将奋力跳上一跳，跳上一跳！"哦，我亲爱的父亲！

　　能佐证诗人暮年壮志，直如夕阳般"也将奋力跳上一跳，跳上一跳"诗句的（不幸，一语成谶，此句有如诗的谶言！）正是那些回眸人生的最后数章：《此生》《天堂心》《生命的大诗》和《不是没有我不肯坐的火车》，以及写于 2001 年 8 月暑天杭州的序言《永不碇泊却永不拒载的西湖诗船》。

　　《杂文随笔卷》。

　　开篇的《"一半"哲学》（1945 年底），或许正是大学时代公刘杂文的笔锋初试？在未能查寻到更早的资料剪报之前，谨以此作为青年公刘的杂文、随笔之起点。由此及至回国参军前写于香港的《孝道、兽道及人道》，区区四十八篇，收入《文存·杂文随笔卷》，且算作父亲早年从文的一个略影罢。另有一则同样是写于香港时期的《过河卒子行状》，本该也依时序编排入这一时期的文卷之中；但为了尊重父亲晚年清醒的自我反思，故，援此前的随笔选集《纸上声》之例，仍将其作为附录直接排在了《愧对胡适》（1997 年）一文之后。其实，可以这样做对比阅读的，还有《甘地自有可取处》（1991 年）和《甘地主义》（1947 年），以及诗作《凤凰》（1991 年）和《醉眼朦胧中的信念》（1947 年）。我以为，少年纯真，少年热血，少年革命，少年也易得"左派幼稚病"，这并不丢人。唯有正视自己青少年时代歪歪扭扭的足印，敢于在解剖历史的同时也反省自身的，才是坦诚的勇者。父亲的一生，为文为人，心胸坦荡对天地。

　　本卷之中，另一篇也特意排作了附录的文字《从不识郭衣洞即柏杨说起》，则完全是为了便于读者朋友能比较简洁明了地了解到二十世纪八十年代中叶，当代中国社会文学史上曾因"丑陋"二字翻腾过一折小小的风波罢了。

父亲是襟怀坦荡的。您可以从《三祭岳坟》《流浪汉话故园》《荷李活道旧事》《无论是"得"是"失"都充满了忧伤》《大难不死 尚待后福》《风云琐记》《文字苦力自白》等短章，以及两篇血泪长文《活的纪念碑》和《毕竟东流去……》中，直视诗人坦然裸呈的灵魂和生平，同时，您也就直观了那锻压、磨难着诗人心灵和血肉的沉重的历史。

父亲在高擎着自己的良心秉笔直书。您不妨多读读《也说"文革"博物馆》《密特朗当过战俘》《铁哥们儿扩大化》《小议"舆论一律"》《论当今中国人所需要的"天天读"》《甘地自有可取处》《拜金狂潮与作家心态》《呼唤林则徐》《九三年》《不能缺钙》《"可怕的是混进官场的流氓"》《鬼魂西行》《告别宽容年》《"傍黑"与变黑》，等等，便可知诗人的警醒与思辨的深广。缘于此，诗人的许多杂文才高蹈于即时，因而具有了可贵亦"可怕"的前瞻性。

父亲又是热血衷肠、温情脉脉的君子。读读那些叙事怀人、追忆同侪好友的感人篇什吧，您能体会到什么是君子之交若兰芷，挚友之情纵无法撼动生死之界，亦能如檀如麝般历久远而沉香。譬如《忆秦似》《千岛湖，千湖岛》《最后的电话》《送洪遒》《仁人归天》《黄金海岸识黄金》《老泪纵横哭洛汀》等和泪而歌的篇什。

而由匆忙、潦草的工作日志整理铺展写就的长文《联邦德国见闻录》，父亲当年搁笔之日，也正值时代风诡云谲之时，文稿自然也就冷藏了。此番，我将封存了近四分之一世纪的五百余页手稿——录入，整理成现今的电子文本，这也是这篇长文的首度面世。有心人请不妨与当年曾轰动文坛的《访德（联邦）谈话录》关联着阅读，您自能读出所谓"文人风光"背后的学养储备、人格担当以及其艰辛和劳累，也更能读懂那段过往的历史背景和历史背景影照下的善恶人心。

我依然十分欣赏像《孽缘》《正题歪做》《梦见"公脸……"》《火的境界》《关于杂文》《且慢经典》等文风犀利而又寓庄于谐、庄谐互补的精悍短篇。我同样格外会意诸如《青藤书屋小记》《故园情》《"漂沅水"系列》《美哉凤凰》《日暮乡关》《书香》《江南三凭栏》《"敬惜字纸"》等意韵隽永、回味绵长的长歌短章。我还要特别提及定稿于1998年的长篇散文《我的动物世界》；读它，就如同聆听一位年逾七旬的长者讲述他的"人与自然"的故事。通篇娓娓道来，蕴涵着最本真最朴素的环保意识，人类应懂得与自然生物共享地球家园。

《序跋评论卷》。

首先，同样值得欣慰的，也正是经过一再努力，终于查寻完整并重新录入了父亲青年时代的那篇重要论文：《艾青及其诗作》（1946年）。同时，一并查寻到《鲁迅传》《读〈中国作家〉》等少数几则诗人早年的论文，竟然还发掘到两篇与"新文字运动"相关联的议论：《鲁迅和新文字运动》《瞿秋白和新文字》。窥斑见豹，可见青年公刘之视野及涉猎已比较广泛。

1950年代，是父亲诗歌创作前期的制高点。可惜，那时的文论较少，加之人们都自觉地拥入时代风潮中，不断地用"左"的教条主义来匡正自己，能留下并有其留存意义的文论自然更少。但即便如此，短文《一个根本的问题》还是值得读者朋友给予足够的关注。

同经过大漠流沙的炙烤后喷薄如火的诗情一样，诗人对文学，对人生，对空气一般包裹社会生活方方面面的社会政治（无论你正视或漠视，它都曾是逼人咽喉的真实存在），也积蓄了太多的体味与思考，终于，它们似地火岩浆般地于1970年代末开始喷涌而出。"专政"能禁止人的歌音，却无法禁锢人的思想。正所谓："离离原上草，一岁一枯荣。野火烧不尽，春风吹又生。"

我以为，父亲"复出"后的前期，比较重要且影响深远的文论当首推《诗与诚实》和《新的课题》。其后则有《诗与政治及其他》《我与唐诗》《诗的异化与复归》《关于新诗的一些基本观点》《〈白色花〉学习笔记》《〈九叶集〉的启示》等篇。

"复出"后的中期，最应得到重视的，正是那直抒胸臆的斗胆放言《创作自由臆说》，辅之以两篇短序《〈重放的鲜花〉增订版序》和《关于探索的议论》，以及紧接着的一席《关于现实主义诗歌的对话》。同样，似仍有必要提及那篇曾被一些人误读，也被一些颇为风劲的现代派"围攻"过的论文《从四种角度谈诗与诗人》。风云变幻，时光荏苒三十年，倘使今日能以回溯历史、尊重历史的眼光去重读，相信您依旧能强烈地感受到一个知识分子始终秉承如一的良知与胆识，感受到作家那颗真挚耿介的火热诗心。

及至于己巳年以后，无疑的，《裸体艺术断想》以其胸襟的坦诚与开放，文章的姿质之大雅，仍然有若雪夜品香茗的回味。再有两篇洋洋洒洒的诗论《灵魂的独白》和《烧给浪漫主义的纸钱》，更镌刻着公刘

《可以用诗唱挽歌 绝不为诗唱挽歌》的铭言。晚境中不断体会着"暗默中的大暗默""孤独中的大孤独"的父亲，对诗文，对人生，因为超拔，因为经历过"解体"般的内心苦痛，便有了"生命进入了深秋"之后，秋收般回望的《诗话断简》；便有了更多的《独立苍茫》的心绪；有了如云如絮般挥之不去的《忧患、悲悯及沧桑感》。更有了《诗国日月潭》这般放眼海峡云烟的审美。更添就一宗视诗为宗教的虔敬之情。而步入"古稀之年"后的长篇答问《因为人生是一首大诗》以及稍后续写的《答客诮》，则更多地体现着诗人历经劫波阅尽沧桑后，仍旧葆有的那颗诗意盎然的赤子之心，还有那些经历岁月的淘洗而沉淀下来的思辨睿智与幽默机敏。

纵观本卷中所有收录的序跋之作，无论自序抑或为友作序，其长歌短言，也多能读出泣血之思、金石之声。除却前面已经特别提及的两篇为选本所写的短序外，又譬如《〈离离原上草〉自序》《不撤退者的青铜群像》《我的追求》《风雨故人》《冷暖君自知》《我的散文观》《但愿逢凶化吉》《由"三行体"想到其他》《我想有个家》《代序：一种心境》和《换一种角度看得失》，还有，我以为是必须一读的公刘的最后一篇序言，也是他笔下的最后一篇文章：《永不碇泊却永不拒载的西湖诗船》。

1980年，父亲以顽强的意志击退死神，从数日昏迷的重度脑血栓、中风、偏瘫、失语的打击中重新站起，重习发声，重学走路，重试握笔，重新捕捉诗的灵感，再度深掘创作的涌泉，继续在思索、探寻文学与人生真谛的漫漫长路上奋力奔跑、攀登。此前，便已有一石激起千层浪的《新的课题》，无惧冷风飕飕的倒春寒，率先提出了彼时文学与诗歌必须面对的新课题，同时大力举荐诗歌新人；而此后，更是一如既往地不顾重痾在身，为文学为诗坛推举评介了多少新人与首秀。从《〈大学生诗苑〉漫评》到《序〈城之梦——中国南方城市诗选〉》，从《西北望长安》到《试谈革命的边塞诗派》，从《让希望之星重新升起》《山因诗而增添了高度》到《敦煌赏月》《棋盘格子里也出诗》，从不辞劳苦、一再推介的《漂亮的白水母》《他也是海王星》到《爱应该再版》和《一封给作者的信》，从《传记文学的重大收获》到《留下了一片思索的空地》再到《思想的芦苇》，等等，等等。多少无私的举荐，多少殷切的期冀，有多少回引马扶鞍，又多少次辣语衷肠。真可谓"倘使后起诸公，真能由此爬得较高，则我之被踏，又何足惜"（鲁迅《致章廷谦》）。父亲是甘为人梯的。作为相依为命的女儿，在父亲身上，我痛知了什么叫作"春蚕到死丝方尽，蜡炬成灰泪始干"！既言及于此，不妨宕开一笔，有的青年朋友因诗文成为公刘的忘年交，他们是诗人心底的欣慰；但也有某些"健忘的天才"，登高之后，或曰"发达"之后，便想着最好能抹去文字，踹烂人梯，以便于圆满了自家私撰的"天才传奇"。如是，不免又叫我想起鲁迅先生，想起那形象的"一阔脸就变"的形容，亦想起他也曾说过的另一句话"……我也常对于青年，避到僻静区处去"（鲁迅《复魏猛克》）。于今，"人梯"早已隐入历史，在燃烬生命之烛后，真的是避到远离尘嚣的"僻静处去"了；目睹甚至可谓是亲历了这一切的我，却仍然不免有点好奇，那些"健忘的天才"们，是否会有过夜半梦回的扪心自问？

相对而言，《小说剧本报告文学卷》的编选过程，则比较单纯比较轻松些。

1949 年前，父亲写的小说也许本来就不多，而我此番查寻到的，也只有四五篇吧。除却入编的《吃人世界》《暴动》及《未庄解放记》三篇之外，另有一篇《天亮之前》（父亲曾在他某次的谈文说艺中有所提及），并未编。其不入选的考量，似有必要略加阐释。尽管作为作者本人，这篇小说，曾在父亲的记忆中留下过一笔不曾褪尽的划痕；否则，他就不会回首前尘时还以之援作例证。但我录入整理中一读再读，认为它更多的是一篇描写斯时斯地一个被迫逃亡的革命青年的意志与心绪。作为小说，它并不成功，作为历史的回声，似也失之单薄了。故而舍弃。

有关《吃人世界》，就我记忆所及，应该是父亲由当时（二十世纪四十年代）地方上大面积暴发的蝗灾，和由惨烈的蝗灾而引发的"人相食"的报纸新闻，所给予的创作冲动。迄今，我仍旧记得，在太原南华门东四条小院的大槐树下，曾听父亲讲述过他亲眼所见的蝗灾之可怕（当然，没有叙述"人相食"的可怖旧闻）。如今，随着马齿徒增，我也愈发地明白了，天灾人祸之烈，都是会摧残人生泯灭人性的。（人，原本就是动物的一支进化而来的呀。）

而《暴动》一篇，相信有心的读者会从中读到历史的影子，或曰历史的观照。

从《红云》至《孟丙纪事》，既是父亲当年英姿勃发的军旅亲历，也是二十世纪五十年代前期，整个社会人与人之间充满着明朗、单纯、美好而向上的历史氛围之写照。我想，无论其后社会生活翻覆过多少雷

诗探索 7 理论卷 2017 年 第 3 辑

电阴霾、血雨腥风，曾经的晴朗蓝天终归是不能也不应抹去的。尽管，那蓝天之上，已聚积起团团乌云，"山雨欲来风满楼"了……

"昨天的土地"系列，应当属于公刘小说创作的重要篇章。1984—1985年间于《收获》杂志连载时，曾引起过读者的广泛瞩目，便是文坛，也多有好评。已故老诗人张志民先生就曾夸赞它们是"干馍馍，有嚼头"。令人无尽惋惜的是，由于生活中莫测的风云，由于几次三番的病魔突袭，父亲永远地带走了那属于他的、腹稿于心而未及成形的另外十几具屹立在"昨天的土地"上的焦渴的灵魂。

诗人复出后唯一的中篇小说《头颅》，在一定的意义上，痛定思痛之后，它依旧富有"我以我血荐轩辕，乾坤忒重我头轻"的壮烈情怀。为编选入卷，我在厘定重读中，脑海里叠印而出的，是侦察连连长"邸八百"的头颅，是维新失败、慨然赴死的谭嗣同的头颅，是以"秋风秋雨愁煞人"轩亭口上一声长叹撼九州的秋瑾的头颅，是为了灵魂不受损害而坦然就义的瞿秋白的头颅，是杨靖宇、左权、张自忠、吴克仁、戴安澜等众多为民族抗战而捐躯者的头颅，也是十七岁的少女尹灵芝稚嫩的头颅，也是毅然决然在禁锢中探求真理于孤独中追求自由、在专政的疯狂高压之下仍旧勇敢坚持自己独立思想的林昭、张志新们的头颅……还有一生承袭着屈子精神文山正气，"即在不可能保持于人时坚持做一个人"（沈天鸿《在生活与梦之间醒着》），坚持说真话，坚持"有所为有所不为"，而这"坚持"偏又须"知其不可而为之"的诗人，那颗倔强而苍鬈的头颅。

独幕小剧《卖稿人家》，只是二十世纪四十年代父亲所写的多则讽刺性小独幕剧中的一篇。我所查寻到的不多，仅以之做一个小小的代表。其余几则，更多的具有即时性和时事性，且让它们随时间的长河漫过去罢。

两部电影文学剧本，《阿诗玛》和《望夫云》，它们是开在二十世纪五十年代的芬芳花朵。如今，这并蒂的两朵，自然已属于花了；也许，它们已成为中国电影文学这部大书中收藏的两叶标本了吧。

及至报告文学这一体裁形式的创作，它除了需耗费大量脑力，还需要支付大量体力。无疑，父亲身体的健康条件是无法支撑他多做这方面尝试的，其所写的四篇报告文学，全数收入本卷之中。文章摆在这里，好坏任由评说。需要略加饶舌几句的是《社会栋梁》一文。这篇作品，父亲生前并未发表过。不曾投寄报刊发表的原因很简单：文稿于1982年8月16日深夜在金昌结稿后，作者即返回单位；不多日，金川公司宣传部门的朋友便专门来信，谈到了《社会栋梁》的主人公、老劳模邹本义家属的户口问题已经解决落实，连同其他一些老矿工、老技术人员家属的落户问题，也正在一一逐步解决中。因之，着眼于矿山的新形象、金昌的新风貌，父亲便收拢起一笔笔"爬格子"誊写好的文稿，放入了桌屉。而今日，我之所以重新录入并编选进来，考虑也很简单：三十余年弹指过去，当年虑及一时一地的"负面影响"已不复存；反倒是那种倾心关注劳动者（知识分子、科技人员同样也是劳动者）、关注他们最基本的物质与精神需求的历史担当，应该更有它积极的现实意义。

　　《文存》全书的编选所依据的尺度，自忖不外两点：文学的审美和文史的存真。以之作为编选文稿的纵横坐标系，选或不选，自然就有了我的取舍考量。另有一些篇什，却是暂不宜选的，不必细说，相信您懂的。

　　全书各卷的编排，除却极个别篇章外，均分别以创作的时间为序（唯有《冬日红花》，依文体应该编入《杂文随笔卷》中，然而，出于对烈士的景仰，出于对《〈尹灵芝〉后记》一文资料完整性的考量，我还是遵从了父亲当年出版长诗《尹灵芝》时的排列，将其附录于《〈尹灵芝〉后记》之后）。

　　以时为序，读者朋友，您在阅览诗文时，便可以重历作家一生跌宕起伏的心路，亦可以直接扪触到诗人激越或被淤滞的脉搏，同时，更可以透过这心路这脉搏，聆听历史的喘息，"回望历史的汪洋"（陈亮《历史激流中的礁石》）。甚至，您也不妨转换视角，立足大陆架，面向未来，面向大海，我以为，那些隐退于历史纱幕后的诗文，同样会直如岩礁般兀立于海浪之间——因为，历史总是回旋着前行的，而岩礁，则恰恰总是"保留自己的顽固姿态""厕身于这群峰笔立的 / 前哨头排"（公刘《张家界》）。

　　稍稍需要略做补充说明的是，父亲于 1949 年前的诗文写作，尤其是他奋斗于香港时期的创作，能收入本书的篇章资源十分有限。原因无他，实在是时代更迭，人世沧桑，许多的许多已无从稽考（仅是那用过的二三十个笔名，晚年的父亲也已淡忘近半）。就我所知，在香港的那一年半期间，因为时事需要，因为斗争需要，更因为革命需要，诗人的诗作反而可能是相对较少，而杂文、时评、政论、影评、寓言、讽刺剧、学运概况、时事通讯等大量的"匕首""投枪""号角"一类，恐怕居多。如今回首，无论遗落了多少夏花秋叶，俱已湮入时光，化作了春泥。春泥，也许正是那一阶段众多文字的最好归宿。

诗探索 7　理论卷　2017 年　第 3 辑

作为结语，我想说：生命的局促，正彰显出灵魂的疏放。

诗比人长寿。

2014 年 3 月 26 日—31 日，初稿

2014 年 4 月 16 日，改定

[作者为诗人公刘女儿]

我自海来 我回海去
——送父亲公刘回归大海

刘 粹

> 我自海来
> 我回海去……
> 在自由的大海 我将化作一枚舍利
> 桀骜也罢驯善也罢全由我自己
> 这枚舍利并非佛的骨殖
> 无须玲珑白塔 无须七宝生辉
> 它的唯一心愿是 与波浪无羁嬉戏
> 同海洋融为一体
> 我自海来
> 我回海去……
>
> ——公刘：《舍利》

6月20日，传统的端午节；6月21日，西方的父亲节；而今天，6月22日，青岛蔚蓝色的海面上，海风轻拂，波涛温柔。

东经120°24′757″，北纬36°03′132″，我和朋友们在这里送你，亲爱的父亲。

奕林、亦工和砚家特地从你喜爱的西子湖畔赶来，而青岛的李洁，更是此番面向大海、顺畅回归的一座友谊的栈桥。

我们相约相聚，一道来完成你诗性的久远的遗愿：以海一般的襟怀，回归这生命的摇篮。

犹记得，早在二十世纪的1974年，那年的暑假过后，我才从家乡转学重新回到你的身边。你推荐了《马克思恩格斯通信全集》要我通读。阅读中，我们父女有过不少即兴的对话和家常式聊天。时光流逝，转瞬已过四十多年，许多谈话我早已淡忘；唯独，你对恩格斯遗言逝后骨灰

诗探索 7 理论卷 2017年 第3辑

撒入大海一节那庄重的钦慕和低沉的慨叹，直击少年的灵魂深处，时至今日，仍教我记忆犹新。

1994年，被疾病折磨的你又写下了一则公开的遗言《并非多此一举》，明确提出了身后事，希望唯一的女儿"只要可能，务请将骨灰撒入大海之中"，"回海如回家"。

而今，距你抱憾而逝的2003年，寒暑更迭，已过去十二载的光阴。

若依我心，我更愿多陪陪父亲，再一个十二年，更多几个十二年……可是，乘女儿尚未老，朋友们犹多情，还是让父亲你吉祥入海、平安回家吧。

在辽阔的海洋里，你才能更加轻松，敏捷，健旺，自由而无羁。

从今而后，父亲，鲲潜深海鹏翔蓝天，你将拥有勃大的生命力。从今而后，我知道，阳光中有你，雨露中有你，空气中有你，疾风中有你，那变幻万千的圣洁的雪花中同样有你。父亲！诗在你在。海洋在，你就在。

我以洁白的哈达敬你、送你。

海面上，鲜花和一千只千纸鹤簇拥着你的回归。

那一千只千纸鹤，是女儿用为你编选录入的《公刘文存·诗歌卷》校订稿页而折成。期望父亲永葆诗人风骨，永远是腹有诗书气自华。

我从胸前摘下了串联编织在一起的两枚玉佩——我们父女的生肖玉佩，扬手送入海中——

愿玉的温润和清亮一如女儿的心，洁净细致，永远呵护、陪伴着你，我亲爱的父亲！

愿有来生。来生我们还做好父女。

2015年6月23日草就

[作者为诗人公刘女儿]

把生命放在诗里

褚水敖

一

在阅读赵丽宏新出版的诗集《疼痛》的过程中，许多清辞丽句，激起我情愫的兴奋，更引发我思索的活跃。诗歌的品质最终是思想的品质，诗化的世界最后是审美的世界。透过作者在这部诗集里精心腾挪的意象种种，突现在我面前的，是一道道浸染着哲学色彩的精神的波流。正是这精神的波流，引领着生动传神的以"疼痛"为标志的生命群像。

作者把生命放在诗里。而诗人一些深沉的寄托，因为生命旗帜的高扬，得到了痛快淋漓的实现。

读毕《疼痛》，最好回味一下这部集子的首尾两首。首尾的放置，可以显示结构的安排。结构主义有一个重要观点：一切美的现象背后，结构在起着作用。这部集子的诗篇，是作者新近几年的作品，唯有最后一首《痛苦是基石》，是他早年的旧作。将一篇旧作作为篇篇新作的压轴，这分明是作者的故意。

《痛苦是基石》把痛苦和欢乐对立起来，同时又把它们归结为统一。痛苦必然存在，痛苦又必须存在，"有了它，才能建筑欢乐的楼阁"。"楼阁"可以理解为生命。因为有生命的痛苦作为基石，欢乐的生命才能造成。痛苦与欢乐，作为生命现象的表现，它们的转换，需要通过"建筑"即生命内容的改变来进行。生命内容的改变本身，也充满了痛苦。"在收割后的田野里拾取遗谷"，需要经受劳累；"在积雪覆盖的峡谷中采撷花朵"，需要战胜寒冷。卒彰显其志，在依仗痛苦"建筑"欢乐生命的过程中，生命的崇高感和庄重感油然而生。

很有意思的是，这一生命内容的改变过程，在诗集的第一首《门》里就有了伏笔，或曰暗示。这首诗，以"门"的本来意义的表现情状化为意象徐徐开启，在不知不觉中，"门"已经转换成生命形态，成为意象的提升。于是，呈现出直指人心的生命之门。而诗的结尾"门里的世界，也许是天堂，也许是地狱"，显然指出了生命的命运趋向，暗喻着生命的两种可能，或是欢乐，或是痛苦。伏笔也好，暗示也罢，诗集最后《痛苦是基石》所要传达的作者的精神指向或思想归宿，在诗集的第一篇里就已经开始了。

痛苦是存在，欢乐是追求。必然存在的是痛苦，不断追求的是欢乐。生命在痛苦向欢乐的变化过程中发出夺目的光亮。诗集的第一首是引你入"门"，最后一首是悟出道理。集中除了首尾之外的所有篇章，则环绕着生命所闪现的诸多光泽，五彩缤纷地各显神通。

疼痛是摧心剖肝的。《声带》写出了一种令人讶异的人生遭际，展现在读者面前的是一幅惊心动魄的苦难画卷："我的声带"原是那么美好，"曾经纯亮如琴弦"，但是，"在弥漫天地的喧嚣中"，却遭逢"一度涩哑"的痛苦。"被囚禁在无法看见的地方"的"自己的声音"，正是被痛苦煎熬的生命。不过，这种痛苦尽管被笼罩在"死亡的静穆"里，毕竟是明摆着的，是一种明痛。更加难以忍受的，是隐藏在《疼痛》一诗里的那种无迹可寻的暗痛。这种暗痛莫名其妙，"无须利刃割戳，不用棍棒击打""看不见一滴血，甚至找不到半丝微痕"，然而"尖利的刺激直锥心肺""痛彻每一寸肌肤"。在暗痛里，痛楚因为茫茫难寻和哀哀难诉而臻于极致。

不难看出，作者在不同的诗篇里描绘的明痛与暗痛，实际上是在展示疼痛的类别：物质之痛与精神之痛。在生命的长途中，疼痛有别，有时痛在物质，有时痛在精神，有时则是物质之痛与精神之痛并存。疼痛的样式不一，生命的感受也就五花八门。物质与精神并存之痛，最突出地表现在《一道光》里。"一间没有门窗的屋子里"的黑暗，是物质的黑暗；而当黑暗与"自由和囚禁"相逢，黑暗就成了精神的。与此伴随，"一间没有门窗的屋子里"漏进来的光，是物质的光；而当黑暗表现为精神，光也就成了"一道虚无的光"，即精神之光。作者还在不少诗篇里，将物质之痛与精神之痛做了有意或无意的比较，后者一定比前者更加难以忍受。前者，犹如《声带》一诗所抒写，还可进行"痛彻心扉的呼喊"，而后者，则犹如《我想忘记》一诗中所喟叹"我是定格在水声中，一个发不出响声的音符"了。

对于精神之痛，作者在诗篇里，是通过许多错综复杂甚至诡谲奇异的社会生活与人生境遇来显现，这就不光是个人的一己之痛而是关联着社会弊病引起的诸多痛苦。而只要社会生活依旧有危害人类自由和幸福生存的各种因素存在，当人格上和思想上的真正独立自主和自由解放未能真正实现，人的精神的痛苦总是不可避免。

以上对于《疼痛》中几首诗的剖析，是想就作者在诗集里所驰骋的精神、所寄寓的思想进行追踪。作者如此醉心地沉思"疼痛"，并且把这种执着的沉思蕴含在丰富多彩的意象世界里，显而易见的是作者在形象地表达对生命的关注与尊重。这不禁令我浮想联翩。我不由得想起对生命哲学极有建树的法国哲学家柏格森的一句话："生命的利益在哪里受到威胁，直觉之灯就会在哪里闪亮。"所谓疼痛，所谓痛苦，无论是物质之痛还是精神之痛，都是生命利益受到威胁的典型表现。赵丽宏在《疼痛》里的笔墨施展，可以说都是他的直觉之灯通过思接意象、神驰意境，在诗的字里行间发出了光亮。这是一种创造，是诗人的杰出智慧在遇到"疼痛"这样的生命方式时的创造。这种创造的核心意义在于对"疼痛"的疗救的用心与用力。《一道光》这首诗，最为明显地体现了用心与用力的程度。"那一道虚无的光"以及"我也变成了一道光"，这"光"的象征意义需要一番猜测，但它所寄寓的作者对"疼痛"的化解力量，却非常鲜明。套用道医界常用的一句话"夫唯病病，是以不病"，这道"虚无的光"的作用，乃是"夫唯痛痛，是以不痛"。达到了"不痛"，也就是在"痛苦"的基石上建成了"欢乐的楼阁"。作者在《疤痕》《一道光》等少数篇什里，比较含蓄地描写了痛苦向欢乐的转化。除此之外，诗集大部分诗篇没有直接写到欢乐。但细心的读者不难从《疼痛》整部诗集里感受到一种积极向上的情感指向：即百般痛苦之后，必然会达到欢乐。而痛苦作为"基石"的最终意义也在这里。作者正是在清醒而坚定地把握痛苦与欢乐的辩证关系的基础上，既将痛苦揭示得深沉透彻，又让痛苦包含向欢乐变化的希望。这既是一种身体遭际的刻画，更是一种人生走向的描绘。这时，积极生命的价值与意义便得到体现。而且，也正因为源于对人的生命力量的哲学思考，于是使作者笔下的意象世界不仅外观瑰丽，而且内里深沉。

在这里，引用尼采在《上帝死了》一文中的一段话很有必要："我们必须像母亲一样地不断地从痛苦中分娩出我们的思想，同这种思想一起分享我们的热血、心灵、激情、快乐、痛苦、良心、命运和不幸。""分娩出我们的思想"，应该是一部优秀诗作的美学要求。这一要求的实现，在《疼痛》里形象地彰显了。

（侧栏）诗探索 7 理论卷 2017年 第 3 辑

二

《疼痛》的各种"疼痛"实际所显示的生命状态及其生成原因，远比前文所述的更为错综复杂。"疼痛"承载着不少值得深究的生命学问。要透彻地揭示这些生命学问的深妙是不容易的；而在我的感觉中，更不容易的是如何准确地看待这部诗集关于这些生命学问的意象实现。换言之，作者究竟在什么意义以及在什么程度上，通过对意象世界的开拓，把握着自己的审美倾向，琢磨着自己的艺术追求。

赵丽宏曾经在这部诗集的首发式暨朗诵会上表示，《疼痛》记录了他在年过甲子以后对世界对人生的新的看法。他说："复杂的世界和曲折的经历，使我有了新的感受、新的视角和新的表述方式。"我揣度作者所说的"新的感受"，更多地反映在他的诗集所蕴含的思想意义中，亦即通过对生命学问的探寻与剖析，所融注的他对社会对人生的新的对待与感悟。而新的视角和新的表述方式，则体现在这部诗集艺术层面的掌握，主要是在情思发现和艺术建构双向支撑方面的高度发力。

读《疼痛》里的诗篇，和赵丽宏过去创作的大量诗歌相比较，我曾誉之为"变法"。可以明显地看出他在诗歌创作探索路途上的收获，一种难能可贵的提高；而艺术视角的转换，则是一种突破。这种突破的标志，是艺术视角的把握究竟是向外，还是向内。所谓向外，指的是诗歌的抒情主体虽然也有自我意识，但极其稀薄，主导方向是向外的，包括被动地进行客观世界的描绘。而所谓向内，则是直指内心，怀抱清醒的自我觉悟，以诗的笔触，对人的心灵内在世界进行强而有力的探寻与表现。用诗集中《一道光》来形容："静穆中，我也变成了一道光"。这就是诗人由外向内的自我之光。自我之光投射在《疼痛》的每一首诗里，有的投射得比较内敛，有的投射得十分率性。比如《脊梁》一诗，在对于脊梁的弯曲与挺直的胸臆倾诉中，"自我"的流露显然率性而为。虽然，"我的脊梁总是挺得很直，但却是当年负重远行，扁担磨碎了肩膀的皮肉，压抑的呻吟直刺云天"。不曾提到十分痛苦，却可以体会到痛苦十分。"拉扯我，拥抱我，把我拽往坟墓的方向"，由脊梁弯曲而必然引起的痛苦，也在这句沉重的诗里显露无遗。即便如此，却依旧是"挺直，挺直，挺直，我的还没有折断的脊梁"。弯曲是相对的，挺直则是绝对的，必然弯曲的是身体，永远挺直的是精神！在这首诗里，与痛苦的弯曲相关联的衰老与坟墓，以及具有引力的大地和鸟在拍动翅膀的天空，对应着挺直的脊梁，鲜明的意象牵动着深沉的情感。而诗的意象与人的情感，都是从诗人的内心深处蓬勃流出，流动成感人的形象，流动成诗的内在素质。这种向内的视角，也从《暗物质》《疤痕》《痛苦是基石》等诗里体现出来。伴随着疼痛的感觉，这些优美而沉重的诗句，无不发自沉重而优美的内心："静穆中，有听不见的嘶喊，炸裂声穿越高墙，却音迹杳然，外套沉寂，包裹沸腾的心，不让任何人谛听"；"是忧心忡忡的眼睛，是无微不至的隐痛，每一处疤痕中，都会生出扑动的羽翼，把我托举成轻盈的鸟，去追求流失的时光，重访曾经年轻的生命"；"学一学打夯人吧，把痛苦当作沉重的基石，夯，夯，把痛苦夯入心底，深深地，深深地"。

说赵丽宏在这部诗集里实现了以向内探索为标志的新的视角转换，这也可以通过他自己诗歌作品的比较来证明。他的诗歌创作早已成果丰盈，积累了丰富的写作经验。但毋庸讳言，他过去的创作也有一些不足之处。我以为较为明显的不足，是有些诗篇的抒情主体在向内探寻方面还不够突出，有的书写视角还停留在已经描绘的客观世界的表面，对心灵内在世界的深层次开掘尚未呈现高度的自觉。比如他的长诗《沧桑之城》，在形象地展示上海这座城市的时候，他的诗笔在许多方面展示出诗人的难能才情，内中篇章不乏令人激起审美快感的华彩；但是，也有一些篇章还流于一般化的描摹与展开，缺乏一些足以让人心灵为之吸引甚至震撼的诗的摆布或显现。如果用诗的眼光究竟是观望还是凝视作为衡量高低的尺度，赵丽宏过去写作的一些诗歌，还没有完全摆脱观望的痕迹。而《疼痛》则完全不同，已经不仅是观望，还经常是夺人眼球扣人心弦的凝视。

凝视即是向内探索的表现。这也可以用《疼痛》里的《凝视》一诗来加以渲染。这首诗，最可玩味的是一开头的"无形的光"。这"无形的光""凝集在某一点""没有亮度和声息，却有神奇的能量"。接着，作者写出这道光在"冷峻时"和"灼热时"的状态，最后是"四面八方的聚焦，能穿透铜墙铁壁，让被注视者找不到藏身之处"。凝视的结果，被注视者已无藏身之处，充分说明了凝视的深入和彻底。这是诗人描绘的"无形的光"，但也不妨移用为作者的写作意向，是作者在诗歌艺术上不断向内探索的强光。就此而言，作者无疑是在有意识地对自己的诗歌书写进行有效的突破，于是别开生面。

诗探索 7　理论卷　2017年　第 3 辑

三

凡是优秀的文学作品，往往会在一部或多部中外经典的文学作品中，找到追踪的痕迹。这在艺术表现方式上，可能最为明显。细读《疼痛》，我情不自禁地会想起艾略特的《荒原》。我不是认为《疼痛》的艺术质量已经达到了《荒原》的高度；也不是说，赵丽宏一定对《荒原》这部象征主义文学的巅峰之作进行过有意识的借鉴。我只是说，如果拿《疼痛》的美学构图与《荒原》进行比较，可以在审美探寻的实现方面发现一些相似之处。于是，可能会由此而更加看重《疼痛》的艺术效应。

《疼痛》里的五十余首诗，有的直接抒发"疼痛"，有的是"疼痛"的间接抒发。还有几首看似对"疼痛"未曾涉及，但实际上和"疼痛"存在有机的联系。使这些篇章得以进行诗的飞翔的意象，大都赋予了象征的意义。显而易见，《疼痛》这部诗集富有强烈的时代精神。时代精神的具备，使诗集在内容上的支撑显得结实坚固。而诗集在时代精神的体现上，更多的不是采取现实主义的手法，而是俯拾皆是地借助于象征主义的功用。注重类型性的象征意味，是现代主义艺术的重要特点。象征意义的普遍存在，现代主义也就格外鲜明。

这一点，诗集里表现最为明显的是《疼痛》这首诗。此诗一开头即以"无须利刃割戳，不用棍棒击打，那些疼痛的瞬间，如闪电划过长空，尖利的刺激直锥心肺"这样的句子，造成一种带有恐怖色彩的疼痛的氛围。但这种疼痛，显然不是指向生活中一般意义的疼痛，而是会让读者自然而然地引起对于时代伤痛与社会弊病的联想，借用白先勇的一段话，这疼痛会让人联想到"大时代的兴衰，大传统的式微，人世无可挽转的枯荣无常，人生命运无法料测的变幻起伏"之类。同时联想到的还可能是刻骨铭心的个人精神之痛。联想一旦产生，"疼痛"的象征作用便脱颖而出。在直接或间接地描写"疼痛"的其他诗篇里，也不时地呈现种种具有象征意味的情怀。值得一提的是，这部诗集以"疼痛"为名，这本身就是一种象征。书名用象征，内中的许多诗篇也用象征，这实际上是在提醒读者，无论是就整体结果还是局部效应，象征的意义在引领或者激发着诗集的审美主旨与思想倾向。因此可以这么说，象征主义在《疼痛》里的布置和释放，不仅在艺术作用上呈现出难能可贵的奇异色彩，而且在作品思想内容的掌握上，也令人滋生一种推波助澜的美好感觉。艾略特作为文学大师，他在《荒原》里的象征主义运用，使作品放射的光彩格外夺目；《疼痛》纵不能与《荒原》比肩，但就象征主义的出色存在这一点而言，喻之为异曲同工是并不过分的。

除了象征主义的出色存在之外，《疼痛》的另一艺术特色是陌生化效果的产生。陌生化效果，是所有艺术重要的追求目标，诗歌也不例外。所谓陌生化，我的理解是艺术创造上一种特殊的美学追寻。作品的面目见所未见，或当初曾见而久久不见，一见之后怦然心动，虽然陌生，却是心中所想。陌生化的极致是道学所崇尚的"无中生有"。因为陌生——包括构思陌生、手法陌生、语言陌生，等等，自然会涌动新鲜感、奇特感、刺激感，使作品的审美效果达到引人入胜、夺人眼球的地步。就诗歌而论，陌生化效果可以表现为多方面，还可以表现为多层次。一诗在前，构思的独特、章法的奇峻、诗句的异样，这综合的陌生能使审美结果别有天地，而将诗篇推入清新别致、高标独特的优美境界。诗集《疼痛》从总体上看待，作为题材，并非完全陌生；然而在主旨的开掘、意象的驰骋、语言的采纳等方面，不时呈现出许多新颖别致，于是，陌生化的感觉就总是存在。这犹如集中《访问梦境的故人》一诗所描述："我想见见你们，梦中的门吱呀一声打开，进来的都是我不认识的人，有的甚至从未谋面"。就诗句和语言而言，《疼痛》中的陌生化则屡见迭出。例如《想起死亡》里的"想起死亡，心里涌起一丝神秘的甜蜜""想到死亡，竟然有一种期盼"；《凝视》里的"冷峻时，如同结冰的风，可以使血液凝成霜雪；灼热时，可以使寒酷的表情，熔化成岩浆，烧灼成火焰"；《访问梦境中的故人》里的"我从不害怕，死者成为梦境的访客，他们常常不请自来，让我一时分不清生和死的界限"，等等。

《疼痛》这部诗集陌生化效果的产生，我也同样窥见了艾略特《荒原》的影子。《荒原》的艺术特色五彩缤纷，但其中的陌生化效果是《荒原》一经面世即引起轰动的重要原因。《荒原》的陌生化效果是如何实现的呢？艾略特曾将自己诗歌创作手法的运用归结为"文学上的古典主义"，评论界则有人认为他的诗歌作品得益于新古典主义。古典主义或新或旧，无不以艺术想象的特别奇峻作为重要特征。而诗歌作品的陌生化，其成因，主要也依赖于奇峻的艺术想象的存在。艾略特在他的论文《玄学派诗人》中，曾提及"想象的秩序"和"想象的逻辑"。诗人如果以陌生化作为自己的追求目标，他诗中"想象的秩序"和"想象的逻辑"必须为常人毫不熟悉。诗思海阔天空，让意象的进行呈现诗人完全独特的秩序和逻辑，陌生化就可能萌生于这种别具一格的想象中。细观赵丽宏的《疼痛》，也可以从诗集中面目全新、不胜枚举的陌生化艺术的展现，判定他在写作这些诗篇时的想象特征。他也必然让"想象的秩序"和"想象的逻辑"另辟蹊径，甚至天马行空。"独立之意识，自由之精神"，这句常被引用的话，同样可以移用为赵丽宏在创作这些诗篇的过程中如何达到艺术的陌生化，于是别具匠心。

四

《疼痛》当然也不是完美无缺。比如内中个别篇章无论谋篇还是表述，尚有平平之嫌；还有个别篇章即使思想性与艺术性都较突出，但如果从严看待，其实也可以有更深的主旨开掘与更美的意象飞腾。不过白璧微瑕，《疼痛》终究不失为能使读者记忆并且长久传诵的上乘之作。这部诗集，对于当前的诗歌创作乃至文学创作，无论宏观立意还是微观操作，我认为都具有一定的启迪意义。

诗是心灵的载体。作为诗人，要想写出真正优秀的作品，必须使自己具备强大的心灵。有了强大的心灵，就会有坚定的精神立场，就会有理念、形象、感情三者统一的审美理想，这才可能在诗歌创作的宏观立意上臻于必要的高度与深度。以此为前导，继而在微观操作包括语言文字的打磨方面用力，就不愁诗作优美境界的实现。从《疼痛》所显示的成果不难看出，作者在宏观立意与微观操作上是齐头并进的。比如在掌握诗情与诗意的时间维向、空间维向还有人性维向等方面，作者在许多诗篇里都下了一番功夫，再加上艺术上的精雕细刻，诗集才会有呈现在读者面前的熠熠光彩。

作者放在《疼痛》里的生命现象，在中外古今的无数文字也包括诗歌里常可遇见。但既然在当代生活里，生命问题不但没有淡化而且愈见突出，对它的关注就十分必要。而由不断充当时代号角的诗歌来关注，更是责无旁贷的事。

"疼痛"乃是生命关怀的焦点，通过不是向外而是向内的视角看待"疼痛"，不仅是诗人贴切当代生活、对生命现象十分敏感的表现，而且也是诗人的独立精神、理想追求和担当意识的充分展示。

以"疼痛"为核心内容的生命关注，可以追溯到人类文明史的遥远岁月。早在群经之首的《周易》里，已记载了对于宇宙发生与人类生命存在的一些见地。其中《象传》所说的"内难而能正其志"，道明的是当初文王、箕子在遇到艰难痛苦时，仍能坚持正义、牢守志向。对生命真谛的认知必须有向内的视角；同时，生命真谛的内涵，不能在一般情况下得以感受，只有在艰难痛苦的情形下，这种生命真谛才能充分发挥。

从遥远的历史开始，直至当下，人如何对待生命，如何对待生命中必然存在的艰难困苦，如何在艰难困苦中守望生命的尊严，永远是人类生存的重大课题。用诗歌来形象地探索这一重大课题，让这一探索过程成为意象世界的瑰丽呈现；使读者在欣赏这种难能可贵的瑰丽的时候，不仅激起艺术的感动，而且得到思想的启示：我认为这正是《疼痛》的深层价值。

[作者单位：上海作家协会]

赵丽宏：在疼痛中涅槃再生

杨志学

外形先于内核而撞击读者

拿到赵丽宏先生寄来的诗集《疼痛》（人民文学出版社 2016 年 10 月出版），我感到欣喜，也感到震惊。我自认为，丽宏老师于我，是一个亦师亦友、因交往有年而算得上比较了解（起码在文学写作层面上）的人，但现在，他却以一个完全陌生的诗人形象重新站立在我的面前，我不由得浮想联翩、感慨良多。

不同的内质，相应地，也要以不同的形体来展现。当这部以不同于一般书籍的装帧设计理念与风格，并经由复杂工序诞生的诗集与我的手相遇的时候，像一股电流通过似的，我感受到了它带来的撞击，而在这撞击里便包含了疼痛感。多道工序的印装设计，像是对生命的重组；而网格状的细纱包裹着的硬纸壳封面，也像是医用纱布包扎着的伤口。一种现代性和先锋性，在遭遇的刹那间便让人感受到了。在这个意义上可以说，外形是可以先于内核而抵达人心、击中人心的。

许多读者对赵丽宏的名字并不陌生。赵丽宏最初是以诗歌进入读者视野的。他的第一部著作就是诗集《珊瑚》，1982 年由重庆出版社出版。二十世纪八十年代初，他曾与舒婷、北岛、江河、叶延滨、雷抒雁等众多诗人一起享誉诗坛。与舒婷的委婉细腻、北岛的孤傲冷峻、叶延滨的真切深沉不同，赵丽宏那时候的诗歌表达多以热烈奔放见长，比如他的许多被人传诵的诗篇，如《火光》《友谊》《路灯》《黄河故道遐想》《江芦的咏叹》《祖国啊……》等，大都在理想与现实的交织中让人感受到诗歌的高贵品质，以及它们之于人的巨大慰勉力量。

后来，随着文学与生活的一道前行，赵丽宏对散文写作倾注了更多精力，他的散文也取得了日渐辉煌的成就，以至于读者以为他告别诗坛了。其实赵丽宏的诗歌写作从未间断，只不过在数量上有些减少而已。

这也许是因为散文写作牵扯了他更大的精力，也许是因为他的诗歌写作进入了一个产生困惑并在沉默中寻求新的突破的时段。只不过这种相对沉寂和酝酿大的超越的时间相对长了一些。2013 年，他在塞尔维亚荣获斯梅德雷沃城堡金钥匙国际诗歌奖，为中国诗歌争得荣誉，引起国内外的广泛关注。其后，不断有他的诗歌在国外翻译出版的消息传来。直到诗集《疼痛》出现在我们眼前。至此，一个与过去判然有别的诗人赵丽宏的形象也随之站立在我们面前。

诗集《疼痛》所带来的全新形象和品质，体现于多个方面。

以下试做具体分析。

由外部世界之门到人体内部之门

这部诗集的出版，标志着诗人由以往的注重描绘自然、社会的外部客体世界的表达方式，进入到了一个关注人本身的内部主体世界的写作状态（当然，这并不意味着作者早年没有写过关涉人的主体世界的诗，同时更不意味着今天的作者不会再写关注外部客体世界的诗）。作者早年的诗，大多采取托物言志的手法，通过自然景物描写或外在事物呈现，或隐或显地表达自己的情感、志向、所思、所想。比如写于 1977 年的《石拱桥》一诗，通过对童年记忆中那"一座连着一座"的"拱形的石板桥"的描绘，表达了诗人刻骨铭心的思乡情怀；写于 1979 年的《落日》，从"大海正展开她宽广的胸怀 / 把不断下坠的夕阳迎接……"这样的眼前实景描绘，进而过渡到"到明天，浪花会托出一轮崭新的旭日"这样的想象性场景，既表达了生命周而复始、生生不息，不必为落日哀叹的思想，同时也生发了不惧黑暗、黎明正孕育于黑暗之中的信念；还有作于 1987 年的《台阶》这首短诗，它由身边的一幅照片触发灵感，从平凡事物（台阶）和平常情景（父对子的关爱）中，生发出克服阻碍后到达理想目标的人生大境界。不必再多例举，我们已经可以感受到赵丽宏早年诗歌的诗意生成点，或曰构思与表达的方式。而现在不同了，诗人的兴奋点与思维术已发生根本性改变。被置于诗集第一篇的《门》，也许带有一定的象征寓意，它喻示着诗人的写作开始由一道门进入了另一道门，即由外部世界之门进入了人体内部之门。

确实，在诗集《疼痛》中，我们看到，作者的关注点由外部大千世界转移到了人自身的精神领地和意念世界。这从诗集里一首首诗的题目如《凝视》《灵魂出窍》《冷》《疤痕》《梦的颜色》《预感》《声带》

《访问梦境的故人》《泪腺》《肺叶》《耳膜》《迷路》《梦中去了哪里》，等等，便可以直观地感受得到。而阅读之后，我们又进一步看出，诗人对人的主体性的关注与表现，并没有停留在人的外表以及人与外部世界的关系，而是深入到了人的内心、梦境和潜意识之中。我们感到最难理解的，其实并不是外部世界，而是人自身。现在，诗人赵丽宏就是在以诗的方式，一次次破解困扰人类的斯芬克斯之谜。这里拈出两首诗稍做分析，以见一斑。先看《灵魂出窍》。这首诗呈现了"灵魂飞出肉身在空中游荡 / 却依然未获自由"，它"想念曾经寄附的肉身 / 但是已经无法回去"的灵肉分离的撕裂场景：

> 我就是那只停在树上的
> 我的灵魂
> 好奇地看着另一个
> 正在地上行走的
> 我的肉身
> ……
> 树上的我和地上的我
> 近在咫尺
> 却天涯两隔
> 我的灵魂不知道
> 我的肉身在想什么
> 不知道去向何方
> 肉身抬头仰望
> 却看不见灵魂
> 只有几片枯叶在风中颤抖

弗洛伊德所说的"白日梦"，正是这样一种形式："每一个独立的幻想，都意味着某个愿望的实现，或意味着对某种令人不满意的现实的改进"（弗洛伊德《诗人与白日梦》）我们看到，诗人赵丽宏这里所表达的，既不是那个独立于"我"的外在客体世界，也不是"我"与外部世界的关系，甚至也不是"我"与他人的关系，而是"我"与"我"之间的关系。作者的表达，也许是从现代惊悚电影片中汲取了一些灵感。这种发生于人体内部的"一个人的战争"，尽管是看不见摸不着的，不像人与人、"我"与"他"之间的战争那样轰轰烈烈、刀光剑影，却也是血淋淋的，让人不寒而栗。判断好诗的标准是什么？说法各种各样。明代诗人徐文长就拎出了这样一个别出心裁的判别法：把诗拿来一读，

"果能如冷水浇背，陡然一惊"，便是好诗；"如其不然，便不是矣"。我觉得诗集《疼痛》里的不少诗，读来就具有这种"如冷水浇背"，让人"陡然一惊"的功效。

无独有偶。再看《我的影子》。这首诗也是着眼于"我"与"我"之间的关系，但又弹奏出了迥然不同的主题和弦外之音——它在由"我"与自身"影子"关系的角度切入并做出一定的叙写之后，进一步突发奇想，抖搂出了"人"与"鬼"的关系：

> 据说人鬼之间的区分
> 就看身下是否有影
> 人有影子相随
> 鬼总是孑然一身

这样就写出了新意和深度。而作者的挖掘并没有就此止步：

> 如果这个世界人鬼不分
> 还好有影子
> 我会避开那些无影之鬼
> 只和有影子的人交往
> 影子也会以他的沉默
> 在浮光掠影中提醒我
> 你是人
> 就要像人的样子

这样的诗意联想与思想升华，可以说是振聋发聩的。可见，立足于人体内部的观察、发现与开掘，不仅不单调，而且一样可以写得波澜起伏、五光十色、摇曳生姿，一样可以写得入木三分、内涵深邃、撼人心魄，关键就要看作者的眼光和笔力了。

其他作品，如《X 光片》《暗物质》《发丝》《指纹》《指甲》等，也都各见角度和力量。还有，几首描绘梦境的诗如《梦的颜色》《访问梦境的故人》《迷路》《梦中去了哪里》等尤其值得仔细品读，其中《访问梦境的故人》《迷路》二诗，通过构筑梦境的方式，表达与父亲间的深厚感情，或热情似火，或悲凉彻骨，格外令人动容。

书写疼痛，是诗学观念的飞跃，也是时代变换使然

　　这样一部集中书写"疼痛"的诗集，甫一出版即引起诗坛震动和业内人士的关注。不少专家在诗集的新书发布研讨会上的发言已经提供了佐证。诗歌评论家唐晓渡认为赵丽宏的诗写出了四个痛："心灵之痛，人生之痛，岁月之痛，语言之痛。"诗人西川读了这本诗集后，认为"这是一本重要的诗集"。杨炼的评论中这样说："疼痛一如爱情，堪称人类最古老又积淀最深的诗题，触碰它而不被无数杰作吞没，不仅需要绝大的勇气，更考验超强的能量。"杨炼还认为，赵丽宏诗集《疼痛》的出现"再次证明，诗须臾不会离开真正的诗人，只会冶炼他挣脱虚丽浮华之词，裸出带血的灵魂"。

　　同时，这部诗集的出版，对作者个人的写作而言也具有一种特别鲜明的对照说明意义。诗集里确实有一篇名为《疼痛》的作品，而除此以外的多篇诗作也都打上了"疼痛"的烙印。从时间上来看，诗集里的作品除《痛苦是基石》系早年作品（写于1984年）以外，其余基本上都是诗人最近几年的创作成果。作者为什么会在人生的这个阶段集中书写"疼痛"？这是一个值得深思的问题，这里暂且放下。我们可以看到的是，作者这里的书写，显然不是"少年不识愁滋味"的"爱上层楼"——登高望远，胸怀天下，礼赞自然山川和社会风情；而是"如今识尽愁滋味"的"欲说还休"——直面内心，聚焦伤痛，省察思想隐秘与心灵沟壑。那么，与作者早年的诗歌表现相比，哪一个"我"才是真实的"我"呢？有时候连作者自己也感到困惑，诚如他在《变身》一诗中所写的那样：

> 在我的诗行中
> 在我遗散的文字里
> 我从来路上
> 捡拾起自己的文字
> 那些蒙尘的残片中
> 找不到当初的气息
> 自信的誓言
> 忐忑的疑问
> 都不像我的声音

　　确实，以前的"我"和现在的"我"，它们既是"我"而又不是"我"，因为它们都只是"我"的不同时期、不同方面，而不是完整的"我"。

也许，它们各自互为对方的"变身"吧。值此，也许可以回答前面提出的"作者为什么会在人生的这个阶段集中书写疼痛"这个问题。当然，你可以说，这是因为作者在经历了人生坎坷后，对疼痛有了切身体验和深刻认识。这样解释不能说没有道理，却是局限于个体阅历的判断。实际上作者的书写具有更加深广的诗学意义和社会意义。根据文本，我们感受到，作者显然不是在刻意放大自己的痛苦，更不是在做无病呻吟，而是作者的诗学观念发生重要转变所致，同时也是社会发展和时代变换使然。诗人也许感觉到了，与人类认识外在世界相比，人认识自身内部世界的难度显然要更大一些，但也因此而更有价值。诗歌在洞察人体隐秘和人类心理世界方面也许有着得天独厚的优势。这或许就是作者转变诗歌写作视点的主要原因吧。当然，除了主体因素，作者的这一转变也具有深刻的时代动因和社会逻辑。如此，在经过一番全面而认真的阅读之后，我们便不难得出如下结论：这部把"疼痛"作为集中观照和深层挖掘对象的诗集，其重要意义不仅在于裸露了人的心理感觉世界的幽微神秘，而且对于我们所处的这个日趋麻木的世界来说，它的表达也不能不具有一种特别突出的刺痛、震惊的功效，正如作者在《疼痛》一诗中所言：

> 如果消失了疼痛的感觉
> 那还不如一段枯枝
> 一块冰冻的岩石

诗人提醒我们不要失去感知痛苦的能力，不要丧失我们作为人的人性中所应具有的对不合理现实的对峙与否定功能：

> 即便是一棵芒草
> 被狂风折断也会流泪
> 即便是一枝芦苇
> 被暴雨踩躏也会呻吟

像这样以诗的方式，提示人们感知疼痛且达到相当深度的诗篇，在当今诗坛并不多见，甚至相当缺失。因此，把这样的作品视作当今冰冷世界中诗歌救赎功能的体现，我想也是不为过的。

诗的最高技法是不见了技法

阅读诗集《疼痛》，我们深切地感受到，在语体风格和表达路径上，诗人基本上摈弃了以往轻车熟路般的抒情方式，而代之以冷峻深沉的叙述格调。这种新的叙述风格，与诗人所要表达的内容是比较吻合的。作者以往的诗，因多歌咏外在事物和景观，因此用笔铺排、外张，比如《呵，黄河》《娄山关》《登山之路》《春天呵，请在中国落户》《江芦的咏叹》《北京，我把爱情献给你》等诗，均表现得比较突出。它们多直抒胸臆，题旨也比较外露（尽管这些诗在当时看来算是比较讲究构思角度和诗意转换的作品，因而诗味较足）；而《疼痛》这部诗集以解剖和探测人的内心世界为主，故下笔俭省、内敛。在具体手法上，作者早年的诗多用排比、反复、复沓、对仗、对比、比拟等修辞，而这些修辞手段往往从诗的外观排列上就比较容易看出。以作者的第一部诗集《珊瑚》为例，打开阅读就会看到，《憧憬》《摇篮》《天职》《泉思》《山路》等一些诗里明显运用了排比手法，《呵，黄河》《大海，我的朋友》《母亲》《古老的，永恒的》《雨后》《神女峰》等诗明显运用了反复。有的诗不止运用一种修辞手法，如《思念》《雨啊雨》同时运用了照应、比拟和反复，《你》《等待》同时运用了比拟和排比，《春天呵，请在中国落户》同时运用了比拟、反复和复沓。2008年上海文化出版社出版的《赵丽宏诗选》（上下卷）中的许多作品，大致也是这种情况。

而到了《疼痛》这部诗集，我们看到，上述修辞格已经很少见到，只是作为局部手法偶尔闪现于篇中。阅读《疼痛》这部诗集，我们需要关注的是诗人那带有全局性的手法和策略。随着诗学观念的转变和书写对象的转移，作者在表达手法的运用上做出了根本性的变换与调整：一些比较显在的、略显陈旧的手法被大大舍弃了，同时诗人也并不盲目追逐时下各种各样的新潮笔法，因为他的思想越来越深沉，诗学观念也是愈益开放而成熟。总的来说，《疼痛》诗集里的表现手法显得比较隐蔽了。但诗人也并不故弄玄虚，没有去追求艰涩、断裂、怪异的表现手法。虽然我们从隐喻和象征的角度总体把握作者的笔法也未尝不可，但认真阅读和观察文本，我们可以做出更精确、更贴近作品实际的概括。我们不难发现和感受到诗人在《疼痛》集里最擅长使用的笔法：时空跳跃、意识流动和梦幻呈现，它们在诗集里的使用是普遍而充分的，带有笼罩全局的性质；加之疾徐有致的节奏，浓重的忧郁感伤氛围，冰冷而又不失温馨的格调，使诗集里的作品大都具有引人入胜的魅力和强烈的艺术感染力。这里仅以《访问梦境的故人》一诗为例稍做解剖分析。

首先，这首诗采取了梦幻呈现的方式，其中包括时空交错。这种手法也叫"幻化"或"叠映"。幻化是一种超现实变异，具体分为幻觉、幻想和梦幻三种图式。这首诗的呈现显然主要是梦幻图式。它是现实与梦境的叠现，是生者与死者的重逢，从不同层面和多向维度表达了对生命的思考以及对潜意识的发掘。

其次，在结构上，此诗运用了四部曲的映现方式，其结构形式是：A1+B1+A2+B2。其中 A1、A2 是梦的个案——两个不同的梦，和梦里出现的两个不同的访问者；而 B1、B2 则是个案基础上的概括提取，是从普遍意义上对梦境所做的反思。

第三，对梦境及访问梦境的故人，诗人善于抓取人物特点和细节，做出逼真而细腻的描绘。如在梦境 A1 中，访问者是"我"的"离开人世二十多年的父亲"，诗人抓住父亲那永远的"微笑"，以及从来没有对"我"发过怒的特点，把一个和蔼、亲切、慈祥、善良的父亲刻画得栩栩如生，宛在目前。

第四，诗的最后一节即全诗的 B2 部分，诗人的表达非常独特，也非常有分量。这一节前半，诗人先用排比和隐喻对"梦究竟是什么"做了一番精辟的勘测；后半部分则以"梦见死神"的梦幻呈现结束全篇。这里的梦幻呈现采用了五个排比句式，它们全是意象化的场景，显示了作者丰沛的想象力。同时，以这样的方式结束全篇，又给人以戛然而止、余味不尽的感觉。

总之，不难看出，诗人在这部诗集里的表现手法是出色而内在的，其表达也非常高妙、自如，不着痕迹，丝毫没有刻意为之。说到底，诗的最高技法就是不见了技法，因为技法已经消融到诗的境界里去了，使人浑然不觉。我以为，赵丽宏诗集《疼痛》向我们展现出来的，就正是这样一种深邃圆融的艺术境界。

[作者单位：中国作家出版集团]

诗歌是我的心灵史

——吟余答问

赵丽宏

问：很多人认为，诗歌是年轻人的事情，您从六十年代开始写诗，写了四十多年，还在继续写，为什么您的诗歌创作能保持这么久的生命力？您如何理解诗人的成熟？

赵：我从来没有想过什么是诗人的成熟。真正的诗人也许一生都纯真如孩童，不知成熟为何物。我最初的诗作，是写在"插队落户"的岁月中，还不到二十岁。那些在飘摇昏暗的油灯下写的诗行，现在读，还能带我进入当时的情境，油灯下身影孤独，窗外寒风呼啸，然而心中却有诗意荡漾，有梦想之翼拍动。可以说，诗歌不仅丰富了我的生活，也改变了我的人生。诗歌之于我，恰如那盏在黑暗中燃烧着的小油灯，伴我度过长夜，为我驱散孤独。人人心中都会有一盏灯，尽管人世间的风向来去不定，时起时伏，只要你心里还存着爱，存着对未来的希冀，这灯就不会熄灭。和诗歌结缘，是我的幸运。我写诗的数量，随着年龄的增长而减少，这并非说明我对诗歌的热爱在消退。诗是激情的产物，诗的激情确实更多和青春相连，所以诗人的特征常常是年轻。然而这种年轻应该是精神的，而非生理的。只要精神不老，诗心便不会衰亡。

问：《火光——冬夜的断想》是青春年少的您在崇明岛的黑夜里写下的第一首诗吗？在这首诗中，感觉是用诗歌的光亮驱散黑暗和迷茫。写诗四十多年，在对诗歌形式和技巧的把握上一定有了变化和发展，能否谈谈这些变化和发展？哪些诗作是您诗歌之路上的标志性作品，代表着您在诗意、诗域和诗歌形式上的拓展？

赵：《火光》是我到崇明岛插队初期在日记本上写的一首诗，不是第一首，那时还写了不少别的诗，如《哑巴》《梦境》《友谊》等。那时写诗，不是为了发表，是一种心情的表达，一种情绪的宣泄，"用诗歌的光亮驱散黑暗和迷茫"，是评论家的说法，那时心里是不可能产生这样的念头的，只是觉得在油灯下用分行的文字抒写自己的心情，描绘当时的生存状态，赞美大自然，是一种愉悦，有时沉浸在自己编织的文字幻境中，甚至会忘记肉体的疲惫。那时写诗，确实是一种在孤独困顿中的自慰和自救，是一个落水绝望的人在波涛和漩涡中抓到的一根救命稻草。从最初在日记本上写诗到现在，已经过去了将近五十年，可以说，诗歌陪伴了我的青春，陪伴了我的人生。对诗歌艺术的追求，对我来说也是一辈子的追求吧。这四五十年中，其实也一直在求新求变，从诗歌的形式、题材，对诗意的寻找和思考，对意象的发现和处理，对文字修辞的提炼，这是一个漫长曲折的过程，三言两语无法说清。但我认为诗歌应该是有灵魂的，这灵魂，取决于写作者真诚的态度、坦荡的心襟、自由的思想、浪漫不羁的想象，缺乏这些，形式再新奇绚烂，也不会有力量，不会有感染力和生命力。就像一具僵尸，即便身披华袍，总归了无生趣，没有生命。

问：2005 年上海文艺出版社推出的《沧桑之城》，是上海诗人创作的关于上海的第一首长诗。隔着十二年的岁月之河，您现在对《沧桑之城》有着怎样的评价？您书写《沧桑之城》的初衷是什么？上海是一座变化、发展着的现代都市，上海有着丰富的前生今世，也有着一以贯之的个性，上海对您的文化个性和文学创作有着怎样的影响？

赵：《沧桑之城》是我献给故乡的一部长诗。我在这本诗集的扉页上有这样的题词："谨以此诗献给我亲爱的父母之城"。父母之城，也就是生我养我的故乡之城。中国几千年历史，进入现代社会之前，基本是农耕社会，传世的文学作品，大多以山林自然为描写对象，若写到故乡，也多是乡村，是和大自然相关联的。在诗人的作品中，故乡就是一间草屋、一缕炊烟、一条河、一棵树、一弯荷塘、一片竹林、一群牛羊、一行归雁。所谓"乡关""乡梦""乡情""乡愁"，很重要的一部分就是诗人对童年时代所相处的大自然和乡村的依恋、向往和怀念。羁旅途中，眼帘中所见也多是乡野山林，触景生情，引发乡愁，是很自然的事情，譬如宋人王禹偁的怀乡妙句"何事吟余忽惆怅，村桥原树似吾乡"，就是由此而生。近一个世纪以来的中国现代白话诗，也是延续了这个传统，那是因为那个时代的诗人，大多也来自乡间。但是时代发生了变化，现在的很多诗人，出生在城市，成长在城市，他们的童年和故乡，就是城市。这和古代诗人完全不同。如果还要在诗中学古人，学出自乡村的前辈，那就不合情理了。譬如我，我的故乡就是上海，我在这个城市出生，在这个城市长大，所有童年的记忆，都发生在这个城市中，羁旅在外，思乡之情都是和这个城市发生关联。我想，和我同时代的或者比我小的诗人，大致也是这种情况。写城市的诗篇中，出现了很多古诗中没有的意象，楼房，街道，工厂，商店，人山人海，也许很多人认为这些意象与诗无关，其实不然。所谓诗意，未必只和特定的对象发生关系，只要心中有诗意，有对美的追求和向往，有灵动的想象之翼在心头扇动，天地间的一切皆可入诗。故乡到底是什么？其实不仅仅是具体的地域，更是感情的寄托，父母亲情，手足之情，儿时的伙伴，一段往事，一缕乡音，都可能是记忆中故乡的形象，这些无关乡村还是城市。所以在《沧桑之城》中，我写了亲情，写了记忆中印象深刻的往事。虽然没有想过把这首长诗写成史诗，但也在诗中追述了我所了解的上海近现代历史，并将我在这个城市中所经历的悲欢离合诉诸文字，化为诗情。所谓史诗，其实未必是摆开架势叙述评价历史，如果能将历史的画面和思考以个人独特的视角呈现，哪怕是滴水之光，一孔之见，或者是大时代的一两个真实的回声，能让读者从中窥见历史的真相，也不失为史诗的一部分。有些微观的描述，因其真实细腻，因其独特真切，也许比那些试图以宏观浩瀚的姿态书写的史书更让人感觉亲近。

上海这座城市，这大半个世纪以来经历了巨大的变化，从城市的形态，到市民的心态，都有大变化。我亲身感受了这种变化。这座城市对我的影响，如同水之于鱼，泥土之于草木，树林之于鸟雀。这种影响，是千丝万缕、难以摆脱的。可以说，我写作的源头和动力，都藏在这座城市中。也许身在其中，感觉不到这座城市变化的巨大，"不识庐山真面目，只缘身在此山中"。但是在这座城市性格中，有一些恒定不变的元素，也可以说是一种文化的品格，虽然历尽沧桑，依然被坚守，成为支撑这座城市的风骨。我在《沧桑之城》写了几个人物，有的是从传闻中所知，有的是我认识的前辈。如1937年12月日本侵略军占领上海，在市区武装游行时，从大世界顶楼高喊着"中国万岁"跳下来以死抗议的殉国者；如抗战期间蓄须明志，誓死不为侵略者唱戏的梅兰芳。我也在长诗中写了晚年的巴金，他的真诚和坦白，为天下的文人指出一条朴素之路，通向真和善的境界，他是这个时代知识分子的良心。写这首长诗时，巴金正住在医院里，但他已经无法和人交流。我去医院里看望他时，曾在心里默默地吟诵那些为他而写的诗句。

问：2013年10月，您获得塞尔维亚斯梅德雷沃金钥匙国际诗歌奖，给世界诗坛留下中国当代诗人的形象。一年一度的塞尔维亚诗歌最高奖在世界范围内遴选诗人有什么样的要求？您的哪一本诗集被翻译成了塞尔维亚文？您的诗歌最打动评委的是什么？他们做出了怎样的评价？您获奖的感受是什么？

赵：斯梅德雷沃城堡金钥匙国际诗歌奖是塞尔维亚最高规格的诗歌奖，起始于1970年，每年从全世界范围内评选出一位有影响的诗人颁授此奖，是欧洲著名的国际诗歌奖。能获得这个奖项，当然有一个前提，获奖者的诗歌在塞尔维亚有翻译介绍，否则不可能进入评委视野。获奖其实也是运气吧，你的诗被翻译了，被评奖者关注并器重了，一项桂冠突然就从天而降。文学评奖总是挂一漏万的事情，有多少优秀的作家一生和奖无缘，这并不影响读者对他们的喜爱。这个诗歌奖的获奖者大多是欧美诗人，除我之外，还有两位亚洲诗人曾获得此奖：1992年，中国诗人邹荻帆获奖；2010年，日本女诗人白石嘉寿子获奖。在2013年的金钥匙诗歌奖颁奖典礼上，塞尔维亚作家协会主席安德里奇宣读了很长的颁奖词，其中有这样的话："赵丽宏的诗歌让我们想起诗歌的自由本质，它是令一切梦想和爱得以成真的必要条件。"他还当场吟诵了我年轻时代的诗歌《梦境》。我的诗集《天上的船》的塞尔维亚语译者德拉格耶洛维奇是著名塞尔维亚语诗人，他在颁奖会上介绍了我的诗歌，他在致辞中这样说："赵丽宏是一位自我反思型的诗人，他的诗歌继承了中国古典诗歌最宝贵的艺术价值，同时又兼容了时代的敏感话题。从他的这本诗集中，读者能够很直接地感受到赵丽宏的个人经历和生活的时代，了解他的生活，他的为人。""中国的诗歌传统和他们的文化一样悠久而丰富，往往在平淡中见真知，在不经意间透出新意。人类几千年的诗歌体验已经证实：简练的语言，丰富的想象，深远的寓意是诗歌的理想境界，永远不会过时。赵丽宏诗集《天上的船》再一次向我们证明了这一点。"

我在颁奖典礼上发表了简短的获奖感言，且摘录如下：

> 能用中国的方块字写诗，我一直引以为傲。我的诗歌，被翻译成塞尔维亚语，并被这里的读者接受，引起共鸣，我深感欣慰。
>
> 诗歌是什么？诗歌是文字的宝石，是心灵的花朵，是从灵魂的泉眼中涌出的汩汩清泉。很多年前，我曾经写过这么一段话："把语言变成音乐，用你独特的旋律和感受，真诚地倾吐一颗敏感的心对大自然和生命的爱——这便是诗。诗中的爱心是博大的，它可以涵盖人类感情中的一切声音：痛苦、欢乐、悲伤、忧愁、愤怒，甚至迷惘……唯一无法容纳的，是虚伪。好诗的标准，

诗探索 7　理论卷　2017年　第 3 辑

最重要的一条，应该是能够拨动读者的心弦。在浩瀚的心灵海洋中引不起一星半滴共鸣的自我激动，恐怕不会有生命力。"年轻时代的思索，现在回想起来，仍然可以重申。

感谢斯梅德雷沃诗歌节评委，给了我这么高的荣誉。这是对我的诗歌创作的褒奖，也是对中国当代诗歌的肯定。感谢德拉根·德拉格耶洛维奇先生，把我的诗歌翻译成塞尔维亚语，没有他创造性的劳动，我在塞尔维亚永远只是一个遥远的陌生人。

中国有五千年的诗歌传统，我们的祖先创造的诗词，是人类文学的瑰宝。中国当代诗歌，是中国诗歌传统在新时代的延续。在中国，写诗的人不计其数，有众多优秀的诗人，很多人比我更出色。我的诗只是中国诗歌长河中的一滴水，一朵浪花。希望将来有更多的翻译家把中国的诗歌翻译介绍给世界。

问：您最新的诗集是2016年出版的《疼痛》，从内容到形式，从书的装帧设计到诗集的内容，都给读者以鲜明的视觉体验和心理冲击：一种现代性和先锋性油然而生。您为什么会在人生的这个阶段集中书写疼痛？是经历了人生坎坷后，对疼痛有了切身体验和深刻认识，还是您的诗学观念发生了重要转变，或者时代的变换、现实的生活对您写作产生了影响？这是一次主动选择的重要改变，是什么促使了这次重要的转变？您对此书别致的装帧设计满意吗？

赵：《疼痛》出版后，有评论家和同行认为这是我的变法之作，和我年轻时代的诗风有很大改变。一位评论家说我"以一个完全陌生的诗人形象重新站立在读者面前"，说得有些夸张，但确实是很多读者的看法。其实我还是原来的我，只是写诗时改变了原来的一些习惯。年轻时写诗追求构思的奇特、形式的完整、语言的精美，诗作吟咏的对象，大多为我观察到的外在天地，写我对世界对人生的实在的感受，每写一首诗，都要力求清晰地表达一种观点，完成一个构思。而这几年写的诗，更多的是对人生的一种反思，也是对我精神世界的一种梳理。经历了大半个世纪动荡复杂的时事，追溯以往，来路曲折，并非一目了然。这本诗集中的作品，不求讲明白什么道理，只是通过各种意象片断地袒示自己的心路历程，也许不是明晰的表达，但是是对内心世界的真实开掘。我并不在乎别人怎么看。如果说，年轻时写诗是对外开放，现在的诗，更多的是向内，向着自己内心深处的灵魂所在。每一首诗的孕育和诞生，都有不一样的过程，有的灵光乍现瞬间完成，也有的煎熬数年，几经打磨。一首诗的完成，也许源于一个词语、一句话、一个念头，也许源于

赵丽宏研究

一个表情、一个事件、一场梦。但是一定还有更深远幽邃的源头，那就是自己人生和精神成长的经历。

《疼痛》的装帧设计，是别出心裁的，人民文学出版社的美编确实下了功夫。封面用纱布包裹，使人联想起包扎伤口的绷带，书名的含义是契合的。内页的设计，也非同一般。这本诗集，我不是用电脑写的，每一首都有手稿，而且改得密密麻麻，我的老习惯，喜欢随手在手稿上涂鸦，画一些和文字相关或无关的图像。其实也是写作心路历程的一部分。诗集的设计者将我的手稿处理成黑底金字，每一页的呈现方式都不一样。我感谢设计者为这本诗集的装帧进行的创造，他们为此耗费了心思，诗集出版后，读者对这本书的装帧设计有很多好的评价。

问：诗人杨炼认为，赵丽宏诗集《疼痛》的出现"再次证明，诗须史不会离开真正的诗人，只会冶炼他挣脱虚丽浮华之词，裸出带血的灵魂"。真正的诗歌是挣脱虚丽浮华之词，真正的诗人应该裸出带血的灵魂，这是您的追求吗？

赵：杨炼读了《疼痛》之后，从国外寄来了他的评论。他评论中那些话，让我感动，也使我心有共鸣。他在评论中这样说："我们这一代的短短人生，已见证了数度生死沧桑。谁亲历过那些，不曾伤痕累累？但，又有几人甘愿直面自己的伤痕，甚或撕裂假装的愈合，读懂深处暗红淤积的血迹？""当代中文诗不缺小聪明，唯缺真诚的'笨拙'——大巧若拙。真人生这首'原诗'，拼的不是辞藻，而是人生深度和厚度。一种'无声胜有声''功夫在诗外'，严厉裁判着我们写下的每个词句。"这是知音的评语。最近即将在塞尔维亚出版的《疼痛》塞语译本，已将杨炼的这篇评论翻译成塞尔维亚语作为序文。

问：疼痛是人最直接的生理反应和心理体验，身体的创伤、心灵的创伤，都会让人感觉疼痛。您将诗集命名为《疼痛》，是一种坦诚，是一种勇敢，还是思想的重新出发？

赵：在写这本诗集时，并没有想过以《疼痛》作为书名，最后整理、编辑时，对书名斟酌再三，曾经想过几个不同的书名，最后还是觉得《疼痛》似乎可以对集子中的诗作做一个情绪和思绪上的概括。这大概无所谓坦诚和勇敢，只是觉得《疼痛》是个合适的书名，尽管不新鲜，也没有什么独特，但对于这本诗集而言，对于我这些年写诗的心绪而言，这两个字恰如其分。

问：《疼痛》是从疼痛的角度，深入观察自我和内心，探究自我生命的状态。强烈的痛苦正是一个人生命力的反应，在疼痛中思索，人在

诗探索 7　理论卷　2017年　第 3 辑

麻木和混沌中是不可能思索的。您为何疼痛？是自我坚守的代价？是对不合理的现实的对峙？是因为善良被摧残、是非被颠倒、弱者被欺凌而疼痛？

赵：其实，你提这些问题，已经对何为"疼痛"做了一些解读，也是做了一些猜测。我不想揭谜底似的回答这些问题，觉得没有必要回答，也难以回答。所有的想法，都在我的诗中，有的已经明白道出，有的或许隐藏在文字中，隐藏在意象里，甚至隐藏在诗句的阴影和回声中。不同的读者，也许可以读出不同的情绪和意境。从评论家们的解读中，我已经感觉到，这使我欣慰。

问：写于1982年的《痛苦是基石》，是您刚出港的文学之舟的压舱之作吧？三十四年后依然让你印象深刻，将它收入《疼痛》诗集，它是您书写疼痛的起点？您还记得三十四年前您写《痛苦是基石》的缘起吗？那时您就认识到痛苦是人生的基石？

赵：每一首诗的构思和写作，都有起因，也许是生活中的一段际遇，也许是思考很久的问题有了一点眉目，也许是一种无法摆脱的困惑，也许就是心灵一颤，是灵光乍现。写作《痛苦是基石》的年代，是思想活跃却也颇多纠结的年代，在一些人实现抱负的时候，更多的人在现实中遭遇挫折甚至头破血流，而人群中爱情的喜剧和悲剧永远在同时上演，后者往往给人更深刻的印象。诗人应该是思想者，对人性对人生有自己的思考。这首诗，当然是有感而发，当时写在笔记本上，是一个草稿，没有收入诗集。诗集《疼痛》的作品序列，以新作为先，诗集中只有这首写于二十世纪八十年代的旧作，所以便排在了最后。评论家称之为"压舱石"，也引起我会心一笑。

问：《疼痛》中有好几首诗写到了梦，写到了梦境。据说您有几首诗完全是梦中出现的。诗和梦，是一种什么样的关系？

赵：《疼痛》中确实有多首诗写到梦，展现了梦境。我是一个多梦的人，从小就喜欢做梦，常常有非常奇特的梦境。有时候现实的生活会在梦境中以异常的方式延续，有时候会在梦中走进天方夜谭般的奇境。梦境一般醒来就会模糊，会忘记。但如果一醒来就赶紧写几个字记下来，梦境便会围绕着这几个字留存在记忆中。有时写作思路不畅，睡梦中会继续构想。譬如《重叠》这首诗，就是梦中所得，混沌的梦境中，有一个清晰的声音，一句一句在我耳畔吟诵回萦，吟毕梦醒，我用笔记下了还能记起的这些诗句。逝去的亲人，有时会走进我的梦境，《访问梦境的故人》便是写梦境中遇见故人，有我对生和死的思索。《迷路》也是写一场梦，是写在梦中遇到去世多年的父亲，整首诗，是对一场奇异梦境的回顾，梦中有梦，梦醒之后，依然在梦中，当然，所有一切都围绕着对父亲的思念。梦入诗境，当然是几个偶然的特例，可遇不可求。写诗不能靠做梦，但是诗的灵感如果在梦中降临，那也无法拒绝。

问：《疼痛》出版后，海外很快翻译出版了不同的译本，这在当下的诗歌创作中很少见，有何契机吗？现在已经有了几个译本？

赵：谈不上什么契机，是因为这本诗集中的部分作品，包括英译，陆续在国内外报刊发表，引起一点关注。或许也是因为前几年在国际上获奖，有多种不同文字的诗集译本在国外出版。《疼痛》的英译近日已由美国 Better Link 出版社出版。翻译者是年轻而有才华的加拿大华裔女诗人 Karmia Chao Olutade，哈佛大学著名的汉诗翻译家 Canaan Morse 是这本诗集的特约编辑。《疼痛》的塞尔维亚语和保加利亚语的翻译已经完成，马上会在两个国家分别出版。法语和西班牙语的翻译出版也在进行中。塞尔维亚翻译这本诗集，是因为我曾在那里获诗歌奖，有不少同行关注我。保加利亚前几年曾翻译出版过我的诗集和散文集，那里有我的读者。

问："新诗百年"已成为近两年诗坛关注的热词，一百年来，中国经历了无数时代的动荡和变革，历史的潮流中涌动着无数诗人的身影。您从他们的身上汲取过精神和诗艺的滋养吗？思索过诗人诗歌创作和时代风云之间的关系吗？

赵：新诗百年，风云变幻，走过曲折的长路。这也是文学评论家的话题。每个时代的优秀诗人都值得尊重，我也曾从他们的文字中汲取营养，也获得教训。百年以来，不少诗人风云一时却逐渐被人淡忘，有些诗人曾经被批判、嘲讽却重回当代人的阅读视野并地位日升。其中有政治对文艺的干扰的原因，也有各种各样的媚俗的结果，很多人自以为清醒，却迷失在追风趋时的喧闹之中。而那些真正的诗人，即便孤独，即便曾经被忽略被嘲笑，却用自己不朽的文字告诉世界，什么样的诗才真正具备生生不息的灵魂。每一个现代诗歌写作者的经历中，都可以发现此类轨迹，包括我们这一代人。

问：您以散文、诗歌、小说三种形式，画出你的文学坐标，有评论家指出，赵丽宏的散文是站在他的诗歌的肩膀上的，他的散文和诗，是互相生发、互为补充的。您如何看待您的诗歌创作和您的散文创作的关系？您的诗歌创作对散文写作有着怎样的影响？

赵：我的诗歌和散文确实互相生发、互为补充的。诗歌是我的心灵

诗探索 7　理论卷　2017年　第 3 辑

史，是我的心路历程和精神履历；散文是我的生命史，是我的人生经历和对世界的观察和思考的表达。这两者，有时候交织在一起，诗中有散文，散文中有诗，所以还有散文诗。有评论家专门评述过我散文中的诗意，这样的评论，大概也反映了我写作的一种习以为常的状态吧。写散文，犹如和朋友交谈，写诗，是和自己的心灵交谈，而且常常是扪心自问。

问：在一篇题为《诗意》的散文中，您曾引述一位西方哲人的如下话语："我愿把未来的名望寄托在一首抒情诗上，而不是十部巨著上。十部巨著可能会随着时光的流逝被人忘记得干干净净，一首优美而真挚的小诗却可能长久地拨动人们的心弦。"在所有的创作中，您觉得诗歌创作是最重要的吗？

赵：我当然看重诗歌。那位西方哲人的话，引起我的共鸣。文学家的写作，其实都是灵魂的袒呈，是生命的感悟，是人性的思索，是对自己所处的自然和时代的评论。诗歌尤其是这样。如果有真挚、睿智、优雅的文字能留存下来，被一代又一代读者记住，那你就没有白写。我读唐诗宋词时经常这样想，这些写于千百年前的诗词，现在还在被人诵读，使人共鸣，这真是文学的奇妙魅力和伟大力量。有些诗人，他的一两句诗歌被读者记住并且世代流传，他就进入不朽的行列。当然，没有一个诗人在写作时想着自己会不朽，这是读者和历史的选择，也是文学真谛的选择。如果你的文字所呈现的是狭隘的偏见，是平庸的陈词滥调，那么，被遗弃被淡忘是必然的。有多少著作等身的文人，在历史长河中留不下一点回声。

问：互联网对我们的生活带来了巨大影响，也对当代诗歌的传播产生了很大的影响，网络加速了诗歌"草根性"的发展，大量草根诗人的诞生，就是诗歌大众化的一种注解，您读过草根诗人的作品吗？如何评价草根诗人的诗歌创作？

赵：我不太认同"草根诗人"的说法。那些挣扎在生活底层，却依然在寻找诗意，追求文学的理想，并把他们的追寻诉诸文字，其中有一些有才华的作者，写出了让很多人感动、共鸣的诗歌。将这些人称为"草根诗人"时，发明这种称谓的人是居高临下的，为什么要俯瞰他们？你俯瞰他们就可以自称为"鲜花诗人"或者"大树诗人"了吗？很荒唐。如果让"草根诗人"这个名字存在，我认为它可以涵盖所有写诗的人。在浩瀚自然中，我们人人都是一棵小草。当然，草和草是不同的，有自生自灭的野草，有生长期很短的杂草，也有"野火烧不尽，春风吹又生"的生命草，也有珍奇仙草，如虫草灵芝。那些生活在底层的写作者，如果真有才华，超群出众，不是没有成为虫草灵芝的可能。套用《史记》中陈胜的名言："王侯将相，宁有种乎？"换而言之，"诗人才子，宁有种乎？"纯文学意义的诗歌创作，一定是小众的写作，任何时代都是如此，即便是盛唐，留名青史的诗人也只能是写诗者中很少一部分人。诗歌读者和作者因互联网的繁衍而壮大，这对诗歌创作当然是好事，关注参与者多，对诗的挑剔和要求也会随之增多增高，诗歌审美的眼光也会愈加丰富犀利。那些真正的好诗一定能遇到真正的知音。

（本文综合整理于三篇访谈，提问者为：王雪瑛、舒晋瑜、陈仓。）

2017 年 5 月于四步斋

[作者单位：上海作家协会]

西娃诗歌"藏密"元素
在现代生活的转化

陈大为

在当代藏族汉语诗歌"原乡写作"的研究视域当中,优先浮现于众人脑海的肯定是在地的藏族诗人,因为这种名单最可靠。事实其实正好相反。原乡写作的先决条件是距离——时间和空间的距离。离开原乡越是久远,诗人越能发现在地人已经麻木的东西,由此挖掘出属于他个人或足以扩大到整个族群新的崭新意义。当初阿来倘若没有经历大草原的壮游,他看不到嘉绒藏族文化的深邃;列美平措要是不曾丧失,就不会去展开漫长的朝圣之旅;扎西才让正因为有了兰州与杨庄的距离,他后来体验到的甘南才不致扁平;才旺脑乳、旺秀才丹兄弟是天祝地区的活佛之子,因而对以拉萨为中心的密教文化,有更执着的追寻;最年轻的嘎代才让,也尝试着去刻画藏密佛教的存在与体悟。对某个事物的追寻,总在失去或远离它之后,经过时空距离的疏远再重合,当事人才能对他的追寻物产生更深刻的洞悉与体悟。所有出色的原乡写作,都不会由土生土长又从不离乡的本乡人完成,不管什么文类都一样。

在藏族作家的谱系中,高度汉化的西娃是很容易被忽略的名字,甚至从未被纳入其中。可她是远乡最久远的一个,西藏文化的铀矿在她的生命体验中渐渐转化,流失了传统的文化记忆(她不能像阿来那样写下《灵魂之舞》,让学者考据出诸多传统文化的意涵),也没有溯源或朝圣的动机,她怀抱着文化铀矿的核心——藏传佛教——远走北京,在个人的性灵成长内部(包括长达二十年的禅修经历),佛教信仰不断增生,不仅仅成为诗歌的表层元素(比如意象,或视觉对象),更是驱动其创作的"脉轮"(或称"查克拉,cakra")。

西娃并没有选择才旺脑乳、旺秀才丹、嘎代才让的路径,远离了故土、圣地、佛寺,这个拥有藏族血统的女诗人尝试了另一种较为叛逆、犀利的前卫情诗写作①，让西藏诗歌里圣洁不容侵犯的佛法降临凡俗的人间，一如佛陀当年在尘世中的修行与说法。西娃有一首乍读之下宛如乱伦之恋的《外公》（2002），她很熟练地把男女情欲注入历久弥新的记忆图像中，外公成了她心中第一个既负面又饱含魅力的男人形象：

> 久远的年份里 你妻妾成群
> 抽着旱烟躲在女人们的香气和风骚里
> 体验恋情 爱情 滥情及纯粹的性
> 没有一个男人比你更清楚 女人
> 情欲把你洗涮得干干净净
> 死去的那一刻你两眼澄明 无所牵挂
> 和无所贪住的样子 像我心中的神
>
> 我却在道德和伦理里 迷惑不定②

即使"多年后的今天 我远离家乡的青稞和帐篷"③，她依旧摆脱不了外公的风流形象和多情的灵魂，让她总是产生一种清晰的错觉：轮回转世之后的外公，再度"附着"在她邂逅的男人身上，高度同构型的灵魂，使她意乱情迷，"他让我叫他外公 这个称呼 / 和他苍老的眼神他高贵的骑士风范 / 使我相信 他就是外公你 / 我叫了一声外公 便闻到满嘴的亲情和亲近"④。这里用"附着"并非正式的转世，主要是为了让外公的灵魂在诗末可以"离开"男子的身体。附着亦不等同于神灵附体，它更大的作用在于将传统迷信元素转化成合乎现代心理学的恋（祖）父情结。昔日记忆里的外公形象，已悄悄植入心中成为潜意识里最排斥又最钟情的真男人典范，掩埋内心多年的恋（祖）父情结，在诗中所叙的千年古刹前，被一触即发。轮回的爱情，有了现代的解释，更有了"罪与醉"的挣扎⑤，时而清醒时而迷乱的思绪，让轮回和伦常元素成了爱欲纠葛之中，戏剧张力十足的叙事轴心，她甚至提出这样的解读："他过去所

---

① "西藏＋感情故事"原本是她长篇小说创作的主题，她把部分的叙事手法和情感思维转注到诗里，跟西藏主题在矛盾里糅合。

② 西娃：《我把自己分成碎片发给你》，北京十月文艺出版社2016年版，第39页。

③ 同上。

④ 同上，第40页。

⑤ 西娃在诗中很巧妙地利用了"罪"与"醉"的同音关系，来刻画内心的挣扎："我逃出他的怀抱 跌进 / '乱伦'的罪恶里 这份甜言蜜语 / 却把我包裹得像情爱中的醉意"（《我把自己分成碎片发给你》，第42页）

有的风流 都是为了在今世 / 给你一份这样的 而不是那样的爱情"①。西娃肆无忌惮、本性难移的写法，将现代女性的炽烈爱情、西藏传统的轮回转世、现代心理学的恋父情结、古今皆然的伦常禁忌，混纺为一体，突破了藏文化写作的神圣框架，令人眼睛一亮。

另一首《或许，情诗》（2010），则让佛法和诸佛菩萨踏入五浊恶世，在与维摩诘、药师佛、燃灯人（佛）、阿育王、地藏王、莲花生、阿弥陀的对话过程中，重新审视诗人常见的伪文化心态（假文青心态），"药师佛，你到来前 / 我从不知自己病得如此之深 / 我用'怪癖''离群索居''孤傲''牺牲品'……/ 这些文人惯用的词，掩盖着自己的病灶"②，在药师佛的面前她越是觉得"自己多像将被人翻阅的经卷 / 在人类通用的病历上，我却拒绝签下自己的名字 / 那偶尔的忏悔、救赎、赦罪。这些不了义的行为 / 也仅仅是带着文化的标签和腥味"③，药师法门，果真救得了这具久病的肉身吗？此外，西娃对诸佛菩萨的倾诉，很能够看出她自由出入于经藏，适度借用佛教的意象系统，来铺陈她娓娓道出的心路历程，在表露真性情与修行体悟的平衡上，颇见功夫。

在《前世今生》（2012）里，西娃再次写到转世，它是藏传佛教很重要的形象元素，谁都可以用它来写诗，不管是写进诗里成为一笔带过的、时髦的"西藏贴图"，或者成为全诗的主题，都得面对严苛的检验。这次，西娃把轮回放到一个学步的陌生女孩身上，让她得以重逢父亲生前的熟悉眼神：

我在院子里散步，一个正在学步的小女孩
突然冲我口齿不清地大喊："女儿，女儿。"
我愣在那里，一对比我年轻的父母
愣在那里

我看着这个女孩，她的眼神里
有我熟悉的东西：我离世的父亲的眼神
……
我向她的母亲要了小女孩的生辰八字
那以后，我常常站在窗口 看着我的变成小女孩的"父亲"
被她的父母，牵着

① 西娃：《我把自己分成碎片发给你》，北京十月文艺出版社 2016 年版，第 41 页。
② 同上，第 115 页。
③ 同上，第 116 页。

牙牙学语，练习走路。多数时候

跌跌撞撞 有时会站稳，有时会摔倒……①

　　西娃内心如何看待轮回转世是很重要的，在了解她修行的事迹之外，她在《答樊樊问——历史进程中的汉语诗歌》（2012）里说："轮回不是一个词，是一种生命现象。我相信。佛教，印度教都相信轮回；轮回也一直是犹太教的基石，只是 1800 年到 1850 年为与西方接轨，才改变了东欧犹太教的观念；《新约圣经》早先也有记载轮回转世的文字，在公元四世纪基督教成为罗马法定宗教时，被君士坦丁大帝删除，目的是怕转世观念减轻教徒信心，不再寻找救赎之路。"②看来，轮回转世之说是西娃笃信不移的生命现象，暂且不论诗中所述事件的真伪，她注入的信仰和情感是真实的，当女孩口齿不清地大喊"女儿，女儿"，疑惑中的西娃进一步看到熟悉的眼神，冲击不小，她深信那是转世的父亲，生辰八字巩固了她的念头。在诗末，西娃目击了父亲今生的童年，不再渲染，只是默默旁观，字里行间却能感受到一种时空错乱，无比疼惜的亲情。这种具有完整故事性的藏密元素运用，十分罕见。一般藏族诗人不会把诗写成极短篇小说，一般汉语诗人不语怪力乱神，特别是迷信色彩较重的轮回③。

　　同一年，西娃写了这首《吃塔》（2012），见证了宗教信仰在现代都市的日常生活中势必经历的磨损。塔是藏传佛教的重要建筑形象，甚至是宗教心灵的一种地景，西娃在都市生活范畴内很难遇上佛塔（除了汉传佛寺内的宝塔，但形象不同），她最常遇到的是 tart，可吃的塔。于是，分别代表宗教和食欲的两种东西便在这个"塔"字里冲突起来，"参拜"一词，极为讽刺地成为两者共同持有的仪式：

在南方的某个餐桌上

一道用猪肉做成的

────────────────

①　西娃：《我把自己分成碎片发给你》，北京十月文艺出版社 2016 年版，第 169~170 页。

②　见西娃博客 http://blog.sina.com.cn/s/blog_49cd78c4010127kx.html，截取时间 2015 年 11 月 11 日。

③　唯色在《德格——献给我的父亲》一诗中写到死亡和轮回："这部经书也在小寒的凌晨消失！/我掩面而哭/我反复祈祷的命中之马/怎样更先进入隐秘的寺院/化为七块被剔净的骨头？//飘飘欲飞的袈裟将在哪里落下？/我的亲人将在哪里重新生长？/……吉祥的幢幡将浮动暗香般的祝福/来生我们又在一起/承受一切报应"（收入《前定的念珠·诗歌卷》，第 251~252 页）。德格是唯色父亲和祖父的家乡，也是刻印佛经的重镇，德格版经书是佛经里的善本。此诗以经书的消失来暗示父亲的往生，有多重寓意。

红亮亮的塔
（我宁愿忘记它的名字）
出现那一刻起
我的目光
都没有离开过它

桌上其他的菜肴
仿佛成了它的参拜者
我亦是它的参拜者
接下来的那一刻
我想起我的出生地
西藏
多少信众在围绕一座塔
磕长头，烧高香
我曾是其中的那一员
现在我是其中的这一员

许多年来，我一直保存着
对塔庙神秘的礼仪
也保存着对食物诸多的禁忌
看着，这猪肉做的
红亮亮的塔
我知道了人类的胃口：
他们，可以吃下一切可吃下的
亦将吃下一切吃不下去的

当他们举箸，分食着
这猪肉做成的
红亮亮的塔
我没听到任何的声音
却仿佛看到尘烟滚滚
我们的信仰与膜拜
正塞满另一人类的食道里

诗探索 7　理论卷　2017年　第 3 辑

他们用百无禁忌的胃液
将之无声地消解①

在南方的某个餐桌上的"猪肉塔"，是人类普遍食欲的象征，一音两义的"塔／tart"是饵，西娃借此设计了一个由它所诱发的参拜局面，跟"我"脑海中"多少信众在围绕一座塔／磕长头，烧高香"的西藏记忆相互叠合，并产生冲突，"我"更先后成为两者的参拜者。从塔的参拜者到 tart 的参拜者，"我"没有多大的心理挣扎或摩擦，只说了一句"我亦是它的参拜者"，任凭记忆的宗教画面流畅地播映。由塔至 tart，个中的宗教急速贬值，这项贬值参拜行为所暗示的，是整个宗教信仰和饮食文化环境的转换，内在西藏（"对塔庙神秘的礼仪"），进入南方之后被庸俗世道的食欲同化，原生地的藏文化信仰，在南方汉人的食道里无声消解，而且这种欲望是无穷无尽的，"将吃下一切吃不下去的"，所以西藏的原生文化，乃至所有天然资源和事物，都有危险。外来的文化吞噬，本是藏文化在现代社会的存在危机，西娃借"吃塔"，表达了深沉的忧虑。

从《外公》《或许，情诗》《前世今生》到《塔》，都是西娃远离出生地西藏之后，进入汉文化圈的思考，她本来就不具备文化地理学上的西藏优势，所以得有所变革，她必须不断尝试将藏密元素置入高度现代化的中国都市生活，赤裸裸地进入"无宗教语境"的汉文化区域，让崇高的藏传佛教观念产生颠覆性的诠释。她的原乡不是地理，而是更抽象的宗教文化思维。这些潜在的西藏宗教元素，不仅影响了部分诗作的主题选择，更在根本之处改变了她在诗歌里抒发"真性情"的方式，圣洁与情欲经过一连串的对峙与消融，撞击出别具一格的声音，在西藏汉语诗歌当中显得更为独特。其次，西娃诗歌即使拐入女性诗歌的论述领域，也显得很另类，因为她舍弃了女性诗歌一贯的——对抗男性沙文主义——刻板戏码，女性身体不再披上陆战勇士的迷彩，或硬摆出令人生畏的战斗姿态，她肆无忌惮地书写自己和自己的男人。当这两个特质结合为一，西娃在七〇后诗人当中便能取得相当高的能见度。

远离藏文化圈的藏族诗人原本就不多，跟西娃一样把西藏主题置入现代都市生活的诗歌更少，但它确实是一条值得探索的险境。

[作者单位：台北大学中文系]

---

① 西娃：《我把自己分成碎片发给你》，北京十月文艺出版社 2016 年版，第 223～224 页。

· 结识一位诗人 ·

摧毁的世界

——读西娃的《两人世界》

灯 灯

西娃写于 2012 年的《两人世界》，当我读到时，已是 2015 年的夏天。坦白说，开始我并没有对它一见钟情，尽管我认为它是首好诗。但在接下来的几天，出人意料的是，《两人世界》成为我念念不忘的一首诗，而诗中的"我"和"你"，不停地在我眼前闪烁，交替着出现并实现人物对话，甚至我的思想背着我，一次又一次潜入诗中，以至于我什么都做不了，一定要为这首诗，写下点什么。

必须承认，读西娃的这首诗歌，对我来说是一个挑战——视觉的挑战、观念的挑战。她基本颠覆了像我这样的读者，对情感、对生活和对世界的美好想象，使我的审美一度弯曲成一个痛苦的"O"型，但发不出任何声响。和西娃其他的爱情诗歌一样，《两人世界》延续了西娃一贯的表现手法，从一个私密空间到另一个私密空间，从一种伤害跳进另一种伤害，弥漫着永不消散的对人性的怀疑、不屑和追问。而站在这一主题中心下的西娃，她的声音不高亢，甚至是柔和的，它清晰、冷静，仿佛手术刀上行走的光芒，无情地解剖着这个世界。

一首好诗，通常语言只是它呈现的一小部分。而站在诗歌背后，那些未呈现的，才是它真正所要表达的。所以，《两人世界》给我的撞击，不是它的语言本身，而是它充斥其间的深度感，以及它绵绵不断的对生命的思考，一种没有止境的，关于人性本质的脆弱和孤独。

在我的理解里，西娃是自由的、反叛的，她的心灵没有边界。她选择了一条主动去爱、主动受伤、主动不妥协的道路。她选择了不停构筑又不停摧毁自我世界来表明存在。她永不会停下来，除非她想停下来。她永不受约束，除非她想要约束。而在爱中的西娃，飞蛾扑火，当爱摇晃，她全身而退，只把影子留在情境里，以一种强烈的讥讽和不屑实现自身的反抗。

在《两人世界》中，西娃对不同身份的认同，比如"无限水，三级片，岔道，烂瓦片，泼妇，贱人……"在某种程度上，几乎是让人难以忍受的，但正因为如此，也许我们可以看到，正因为她"我都答应，都承认——我都做过"，对不同身份的认同，恰恰表明了它隐在的含义，也就是没有一种身份可以是她，没有一种身份配是她，灵魂的高贵已在黑暗处悄然显现。

也许，我们也可以这么理解，什么是传统世界所肯定的，什么就是她从真相里要去揭露的。什么是阳光，她就会告诉你，什么是阴影。

而阴影是真实存在的。所以，当我看见她以一种批判的勇气，以一种直面生命真相的态度，不停地构筑又不停地摧毁自己亲手构筑的世界，我的感觉非常悲凉，我感觉我被无情地留在了那个闪烁着碎片光芒的世界，我感觉我被成功置换成《两人世界》中的"我"，甚至是"你"。甚至，有一刻，我感觉所有的人，不停地出场，不停地穿上"我"和"你"这个人称，在人世上走来走去。

《两人世界》的意义，也许就在于它摒弃了外在的遮蔽，自觉进入一个生命写作的层面。它犀利的笔触，反叛的精神，把一个用痛感撑起的巨大悖论呈现在读者面前：即对爱情的渴望和对爱情的不信任，在寓言化的二人世界中，这种相互不信任转化的伤害，像伤疤一样四处呼吸。

而更触目惊心的还在诗后：在这个缺乏安全感的时代，本质上，每一个人都是孤独的。

[作者为湖北诗人]

結識一位詩人

两人世界

西　娃

你爱我的时候，称我
女神，妈妈，女儿，保姆，营养师
按摩师，调酒师，杜冷丁，心肝……
你想念我的时候，叫我
剧毒草，银杏，忍冬花，狗尾巴草
罂粟花，冷杉，无花果，夹竹桃……

你饥渴的时候，唤我
肉包子，腊肉干，口语诗
无限水，三级片，荞麦面

你恨我的时候，骂我
疯婆娘，白痴，破罐子
岔道，烂瓦片，泼妇，贱人……

我都答应，都承认——我都做过
在你的面前，经常或有那么些时刻
当然，有更多的名称，你还没说出来

基于宗教情结的两个诗性亮点

——评西娃的诗《"哎呀"》

张无为

　　本诗已被多位诗人评荐过。如诗人陈先发认为："西娃凭其敏感度，以细节之力在语言中复活和再塑父亲，干净、利落，令人感伤。"另一位诗人沈浩波则评论说："（西娃）以常见的经验和细节写父女，但父亲已经去世了，因情感的真挚而产生的生花妙笔，体现出爱和思念的真实、诚挚。"他们都认定，这是写"丧父"或"亡父"的经典诗。

　　我以为，欣赏本诗首先应认定：西娃的核心诗性情结即宗教与人，佛性与存在，并由此触摸亲情，缅怀逝者，跨越生死域值，体验存在情怀。其主体既是诗人自我，亦有向"他者"的辐射力。那么，作者无论是写日常生活如饮食、起居，还是写节日、亲人等，均与佛道等宗教感与生灵神奇密切关联。在此要说明的是，宗教感只是某种宗教情怀或情结，与宗教并不等同。

　　基于以上判断可见，这首《"哎呀"》至少有两个令人惊奇的亮点：

　　一是建构日常化诗性机制。"我"因宰鱼受伤"哎呀"了一声，父亲就会手拿创可贴及时出现。继而诗中的"我"突然"被惊醒"并表明父亲已死去多年。就是说，刚刚发生的是现实中的不可能，这既出人意料，也由此验证出日常小节中父爱的常态表现。其中"我被惊醒"是节点，它会促成诗性机制在情理之中就可以催生出多维度的可能场景：例如可以是"我"在亡父后的一次现实经历与习惯心态，亦可能是"我"眷念亡父，耿耿于怀持续之际的突发幻觉或者心理期待，还可以是一次梦魂牵绕中的惊醒，等等。由此也会核裂变一般平添了女儿思父之意蕴，从而实现父女双向情深的旨归。

　　二是宗教情怀的诗意处理。该诗的末节写父亲在另一个世界"孤零零地举着创可贴"找不到"我"手指的情形，可谓神来之笔。诗人显然是在宗教理念下接续展示甚至升华人间与超人间二元世界中的父女情，

这是将其拓进到深层的有效路径。尤其是诗的最后，写父亲"把它贴在 /
我喊出的那一声'哎呀'上"，可谓神来之笔中奇葩般点睛，不仅切题，
而且诗意也和盘托出，由此显示出作者对诗歌三昧的真正体悟。

由以上两方面可见，佛道轮回理念被作者做了个人化的诗性处理，
使之已然成为深化亲情的关键依托，而又并没有什么宗教宣扬。正因此，
对该诗或可这样结论，与其说令人感伤，不如说更令人惊叹。

"哎呀"作为生活中极为常见一种心态表达，在被这两个亮点围绕
之后，立马获得了意想不到的效果，包括女性意识、感恩亲情、存在遗
憾、生命孤独，等等。此外，西娃从如此日常细节，以区区十几行短句，
展开特有的个性及丰富蕴含，实属难得。近年来诗写固然多元，也不乏
怪异探究，但诗质乏善可陈，尤其是网络诗歌大多依然平庸，浮皮潦草。
那么，西娃的诗在宗教情怀、女性意识，特别是诗意经营等方面，均可
提供某种参照。当然，不独这一首诗，如她近年来的《吃塔》《灵魂》
《清明》《涛声》等亦可圈可点。

[作者单位：赤峰学院文学院]

"哎　呀"

西　娃

我在飞快宰鱼
一刀下去
手指和鱼享受了，刀
相同的锋利

我"哎呀"了一声
父亲及时出现
手上拿着创可贴
我被惊醒
父亲已死去很多年

在另一个世界，父亲
找不到我的手指
他孤零零地举着创可贴
把它贴在
我喊出的那一声"哎呀"上

诗相：一切有为法，如幻如泡影

西　娃

1

写诗的过程，有时是丰满自己的过程，更多的时候是发现自己缺陷的过程：灵感一闪时，你发现自己并不是"灵感的捕猎高手"；你希望某个闪念能沉淀下来，却发现它仅仅是个闪念；你希望你能把某个闪念变成文字，而说出的文字却如一件过时且肥大且窄小的衣服，都不适合这个闪念……于是，你发现自己被打败。

2

写诗的过程，你会发现自己是和"灵物或虚无的物质"相守的过程，如果在某一刻，你能极大限度地调动自己身上灵性世界，与它们相容，相碰，相知，如果你能很好地守住它们，好诗歌就产生，反之，你被创造再次游戏。

3

写诗的过程，你发现自己对你所处的外界是不存在的，是消失的，也许你的肉体在那里。但魂灵在你的创造中，创造把自己带离得很远，这像一个神游的过程，做梦的过程。这是创造诗歌的过程，也是创造自己的过程。

4

"唯有创造"，生命呈现她的价值。这时，你会发现自己是闪亮的，踏实和安宁的，像在试图与自身的源头接轨。一次又一次，失败的时候

诗探索7　理论卷　2017年　第3辑

多于成功的时候，不要紧，这会让我们的身体更沉寂，思维更活跃，灵魂的光亮度越明细。虽然，更多的时候，因为失败，沮丧把我们打回现实。但这个过程，正把我们磨亮。

5

我一直热爱自己的肉体，对"肉体是个臭皮囊"充满反感。我努力保持她的洁净，并把她当成我的寺院。灵魂居住在里面，诗歌既是她的贡品，也是灵魂在升腾变化时的产物。里面装着什么，都从我们的气质中显现出来。我祈望达到的最理想的状态之一：某一天人们看着我，能真诚地说："你本身就像一首好诗。"

6

诗歌在一切地方。它们像一个个没找到肉体的"散灵"，漂浮在一切处。诗人的存在，就是在某一刻，用文字把这些"散灵"套实。最终她们是否成功，这取决于诗人的境界与个人魅力。能否直接抵达别人的心灵和魂灵，这是验证她们是否成功的标志之一。

7

"所有的心是一颗心"与"一颗心是所有的心"是一个问题，修行的大德们能轻易找到她们的结合点，诗人某些时候能触碰到这个结合点。

8

"梦"能带我们去很多空间，诗歌也能；"梦"补缺了我们无翅而翔的缺憾，诗歌也是；睡眠能为我们补充自己消耗的能量，诗歌也是，表面上它们在消耗我们的能量，其实不是。

9

个人能量越强大时，"心力"越强大，每个念头都是一份力，强弱而已。一首诗歌是心力的呈现，里面是哪一种心，她在文字之中，也在文字的背后。

10

某些时刻，突然从创造中回来，面对这个熟悉的世界，一下子感到陌生，感觉自己像一个孤儿，我把这种状态誉为"与源头的脱离"。我们所有的焦虑，悲伤，失望，茫然……本质上就是与源头的脱离。诗人以诗歌创造消解这些失落。

11

我们身体里有无数个"我"，这不是分裂，是个我的丰富。在诗歌创造中，无数个"我"在撕扯，无数个"我"在相遇，在合一。最好的诗歌让无数个"我"在某一刻达到统一。

12

在读《金刚波罗蜜心经》时，我记住了两句对我影响很深的话：一切圣贤，皆于无为法而有差别；一切法，如筏喻者法，不可执。在诗面前，任何诗者，都有面对她的方法，这些方法是千差万别的、绝不固定的。于是她形成每个人诗的不同。同样一个方法，在这首诗里用过，她像让你过江的筏子，丢了它。面对下一首诗，可能你像一个要坐飞机的人，背着筏子干什么，她会成为你的负担。

13

我在 2002 年到 2006 年坐禅期间，每天基本上用一个小时，静观一个汉字"藝"，它是我的上师用毛笔字写成的楷书，贴在我墙上的一个字。一是让我集中注意力，把意念集中于这个字上，通常初禅者观上师像或集中于一个法门，手印什么的，而我的生命与写作有关，我的上师就用这种方式让我集中精力。二是因为他希望我在禅坐中，悟透"艺"的含义，对我的写作有帮助。我一次次把这个字拆开又组合，组合又拆开。仅从字面意义上，我悟到：无论你飘多高，你必须把自己落入现实中，而包裹你的是你的本质，一个弹丸一样的东西，曰魂，曰核，曰亮点，与本性并肩而行。形而上，形而下，实与虚，锋利与柔软，互为对峙的东西与"我"融入一体……后来，我在诗写中，渗入了我的感悟。当然，后来还有别的感悟，还有别的文字的繁体字，进入我的静坐中。

诗探索
7

理论卷

2017 年

第
3
辑

14

说严酷一点，每种方法或技艺，只适合一首诗，如果我们执着于这种方法和技艺，我们便在复制性写作，我们的惰性在这时肯定占了上风。诗人的蜕变，便是与这种惰性抗争，而我们的抗争往往处于下风，创造者在这时成为复制者。

15

当你到达一个境界的时候，任何一个文字，都是一个生命，它带着自身的能量进入你的组合中。创作一首诗，就像创造一个生命。我们用了多少心血，多少时光和爱意。一首诗去到人群中，她带来回声。

16

我喜欢烹调，在烹调的过程中，我会自然想到诗。比如做馒头时，我会花很长的时间去揉面，揉出劲道，揉进自己的体温、专注和耐心……由此做出的馒头不会差到哪里去，只要后面的程序没出差错。我因而引出诗，很多诗语言是散的，构架与诗核是散的……像面都没糅合在一起，就蒸出了馒头。还端出来放在了桌面上。我告诫自己不要写出这种诗。

17

我排斥惯性的写作。面对每首诗，我都企图给她一种与别的诗不同的叙述方式、叙述口吻、表现形式……（在我知道要写什么的前提下），我能肯定不同的诗有不同的面貌，而写作的过程是如何找到与之匹配的构成，我由此耗费了很多的时光。写作的时光也是跟自己以前的写作惯性、习气作对的时光。

18

我有喜新厌旧的癖好，在别的地方，这种癖好没给我带来任何好处，而在写作上，它甚至拯救了我。我要不停地去琢磨新的东西，它减少了我的复制性写作。

19

我已经远离了灵感对我的带动，当"灵感"突然而降时，我会压抑住自己，在本子上，文档里，匆匆记一笔。一周后，这东西还在我内心，我会坐下来，慢慢写。如果它只是一闪而过，无法让我接下来沉淀出好的东西，放过这种灵感没什么可惜。这可以减少没必要写的"诗"。

20

我平常不会轻易触碰诗，多数时候，我游离于诗外而看别的书，在诗以外的地方消磨自己。我有意拉开与诗的距离，从而等待与诗的生疏感和逢迎感，我要的是宛如与情人久别经过相思的苦闷后猛然相遇的那种激情、渴解，以及内心的震颤。长期待在诗里，她会让你惯性、麻木、熟视无睹。距离可以保持自己对诗的灵敏力，仅对我而言。

21

熟悉我博客的朋友，可能已经觉察到我的一些习性。我写一段会停下来，以此中断对诗的惯性写作，从而思考另一个段落诗歌的写作。还在于，我要彻底忘记前面写过什么，这些书写过程中留给我的"法"。"太会写了"是我的禁忌。

22

当一个段落的诗写成后，我不会马上发出来，我会用十天以上的时间冷却它们，当我再次写诗的欲望被唤起后，我会拿出来，其中再也触动不了我心的诗，我会删除。我留下的诗远没有我毁掉的诗多。

23

一个题材来临，我会横竖挖掘它们可能的通达地，直到再无可挖为止。这个题材在我内心装了多少可能，我会一次倒尽，从不会想到再留给第二首诗的可能。写好后再凝练，再做减法，再把十句完成的，尽可能用一句去完成。

诗探索 7 理论卷 2017年 第3辑

24

我有时也会硬着头皮去读我反感的诗人的诗，当然是别人吹捧的那些大师（国内国外的），我以此来消磨我固执的诗观。

25

在我的一个柠檬色的笔记本里，间断地记录着世界很多位诗歌大师的诗观，有那么几年，我背诵这些"法"，这些法和观念，让我形成对诗的看法，我以他们的诗观去阅读诗，诗写。我在别人的影子里走得歪歪斜斜，很多时候也无从下笔。翻开这个笔记本，有如下句子：诗在顶峰上显得格外外在，诗越是复制到自我当中，就越是通往了衰败的路（歌德）；不是情感，而是词汇构成诗（马拉美）；诗不是情绪的放纵，而是情绪的逃避，诗不是个性的表达，而是个性的逃避（艾略特）……这些大师在我写作的过程中，或多或少地产生过影响。当有一天，我一声暴喝"去他妈的"，扔掉了他们。我想说的是：诗是他们说出的这些，而恰好诗也是他们还没说出的那一切，诗对我们的诱惑，就是我们去找到他们还没说出的那一部分。当然，我也企望读到我这篇文章的朋友们，也一声暴喝"去他妈的"，然后扔进垃圾桶，去找到我没说出的那许许多多，所有诗者还没说出的那许许多多。

26

我说过，我不喜欢在"诗"之外去谈诗，"诗"不需要它以外的东西去填充。相反它是一种削弱，甚至对读者的想象空间的次次掠夺，我以为，诗不是给读者塞入了多少，而是为他们的想象空间打开了多少，对他们阅读此诗时撞击了多少，让他们获得了多少感受……而去谈如何写诗，无疑塞给读者堵堵围墙。

27

我最沮丧和觉得自己最荒废的时光，是写不出任何东西的时光，我荒废的时光很多，我有时会安慰自己：诗歌需要用荒废和沮丧的时光来养。

[作者为诗人]

· 结识一位诗人 ·

诗歌与真实

——论谷禾

王士强

作为诗人的谷禾一定程度上是被忽视、被遮蔽的，其诗歌编辑身份的知名度盖过了其诗人身份。这本身并不太正常，反映了当前诗歌环境中的粗疏、虚浮、功利等问题。不过，谷禾本人对此似乎并不以为意，他只是安静地写他的诗，不自我炒作、不拉帮结伙、心不浮气不躁，这在争先恐后、急功近利的时代环境中已经近乎一种美德。究其原因，还是因为他清醒、有定力、有智慧。他明白，写出优秀的作品、写出好诗才是最重要的，否则，一切的喧闹不过是浮云，意义不大。谷禾的诗，虽然不显山不露水，没有太多话题性，不会造成轰动性效果，但是，却很有质量，独具特点，有不少的干货、硬货，他其实是一位已"修炼"到一定境界的诗歌高手。

一

如果让我选择一个词来讨论谷禾的诗，我愿意用"真实"。对谷禾的诗而言，真实既是其出发点，也是其最高追求。在一篇创作谈中，谷禾写道："在我看来，文学的第一要义仍然是'真实'，对真实的揭示程度决定了它的品味。而想象，不过是到达真实的一条路径而已。"①他对"真实"的强调在一些人看来或许不无失当，诗歌毕竟应该以审美为本位，但是如果我们联系当前诗歌写作来看，则可知谷禾的上述言说是有针对性，同时也是可贵的、值得提倡的。

而今的诗歌写作虽然从规模和数量上来看已经非常可观，但其中的

---

① 谷禾：《说几句心里话（自序）》，《大海不这么想》，陕西师范大学出版总社有限公司 2011 年版，第 3 页。

诗探索 7 理论卷 2017 年 第 3 辑

绝大部分恐怕是虚假、无效的。许多人在写乡村，但其诗中所写既不是现实中千疮百孔、面目全非、进退失据的乡村，也不是写作主体真正认同的作为精神家园和归属的乡村，而只是一种逃避甚至投机，在提供精神按摩、麻醉的同时回避了真正的问题，堪称诗歌版的"心灵鸡汤"。许多人在写城市，看似有现代性、批判性，但却只是简单地罗列符号、堆砌意象，是从理念、观念而非个体的心灵、情感出发的，非常表象而浮浅。许多人将诗写得很美，将语言打磨得非常精致、耐读，美则美矣，但却与个人的生活、命运无涉，而只是语言的空转、修辞的自我循环。许多人倒是将生活写进了诗，但只是日常的平面化的复制生活而并无对生活的发现与洞察，类似于流水账、记日记，并无真正的诗意可言。如是种种，在我看来都是虚假的、不真实的写作。真实，本来应该是写作的前提和基础，而今却似乎成了遥不可及的目标。写作中的真实，意味着将写作主体放入其作品中，能够从作品中见出其个性、情感、追求，同时，作品应该能够与其现实生活、时代背景、人生遭际、个体宿命等发生密切的关联，对之做出有效的表达。在一个价值迷乱、黑白颠倒、诚信体系溃败的社会环境中，"真实"的匮乏与缺席其实也属正常，并不令人意外。然而，诗歌之存在的价值，正在于一种矫正、提醒，一种"反其道而行之"，"虽千万人吾往矣"。所以，对真实的提倡与追求，于当今时代的中国尤其显出意义与紧迫性来。谷禾对诗歌之"真实"的强调与追求，应该从这个背景下来看待和理解。

谷禾的诗均有感而发，是与自己的生活、情感、经历息息相关的，绝不装腔作势、故弄玄虚，不玩弄语言游戏，不回避现实问题。到目前，谷禾的写作大致有两个中心，一个是河南周口的农村，一个是大都市的北京。这两个地点一个是他的故乡，代表过去，另一个则是他而今工作、生活的地方，代表现在。这两个地点如此不同，一个是前现代、农业文明占主导的乡村社会，一个则是后现代、光怪陆离、多元杂陈的国际都市，但它们之间却又是血脉相连、互为映照、互相依存和影响的。如此种种的文化冲突构成了诗人谷禾的基本处境。这样的人生经历和文化处境在当今的中国是比较普遍的，许多诗人早期都有乡村生活的经验，童年、少年时期在乡村度过，而后通过读书、工作等途径离开农村而来到城市生活，乡村、农村构成了其成长的一种背景和底色，而城市则构成了现实的生活内容，承载着对生活的梦想与追求。"城"与"乡"之间构成了一种纠结、缠绕、龃龉的关系，现实中的大多数人，正是在这种矛盾的作用力之间生存、游移的。许多的诗歌写作所处理的也是这一主

中生代诗人研究

题，当然在此过程中有着不同的取向，有的将乡村塑造为纯美的、乌托邦般的存在，有的则对现代都市、现代文明充满艳羡，徜徉其中乐而忘返，有的则对乡村与都市均持激烈的批判态度，但最后却发现茫无所从、不知归处……在这其中，谷禾是有自己较为独特的立场与态度的，他不极端，不虚无，不推翻一切，却也不自我粉饰、自欺欺人，而是理性、客观地对待现实中的城市与乡村，对两者同时进行反思，好处说好，坏处说坏，写出了其真实、现实的状况。他写出乡村的宁静、美好，也写出它的凋敝、沉寂，他写出城市的华丽、丰饶，也写出它的迷乱、冷酷，他的书写不是理念性的而是经验性的，其目的是呈现出一种真实。这种真实是个人化、个体性的，同时也是历史化和社会性的，如此构成了作为"这一个"的诗人谷禾。

二

韩东曾有诗句云："我有过寂寞的乡村生活／它形成了我生活中温柔的部分"，对谷禾而言也是如此。在写到乡村时，谷禾也颇为"温柔"，用情颇深（他用生长于乡村大地的"谷"与"禾"作为笔名即是体现），其诗歌有较强的抒情性、伦理性。在离开故乡之后，故乡便永远也回不去了，现实中的故乡已经千疮百孔、面目全非，而作为价值归属的故乡在很大程度上已经成为一种"过去时"的存在，很美好、值得珍惜，却在无可挽回地老去。故乡主要的依托在于亲人，而亲人在不断地老去、故去，所以面对故乡的时候在内心不能不"一声叹息"。但是，这种叹息不是无病呻吟，不是软弱的感伤，而是一种无可逃避的宿命，同时也包含了丰富的人情、人性的内容，有着感人的力量，也有超越性、普泛性的价值。在这方面，《再写父亲》《婚姻生活》《中年雨》《我的父亲母亲》《异地的爱》《再次写给父亲，也写给母亲》《父亲回到我们中间》《中秋夜梦见母亲》等较具代表性。在谷禾这里，乡村书写不是封闭的、趣味主义的，而是开放的，有对于普泛性价值伦理的坚持，有对落后与糟粕的清醒认知和扬弃。他曾经在创作谈《说几句心里话》中谈到对写作"敞开性"的追求和"自然之子"的立场："我的诗歌写作从开始就是面向当代和生活无限敞开的（这也是其价值之所在），而且我一直对那种虚幻的乡村镜像保持着足够的警惕。""我不是坚守乡村的基督，也不是混迹城市的犹大。我是自然之子，从泥土的黑暗中喧哗而来，亦必将在某一天重新安息于泥土的黑暗里。这就是宿命，它不可

诗探索 7　理论卷　2017年　第 3 辑

逆转。"的确，谷禾不是狭隘的乡土、故土的守望者，而是天地、自然的卫护者，同时也是人性、人的价值的卫护者。

如果说谷禾在关于乡村的书写中体现更多的是一些恒常、古典的价值的话，其关于城市的书写则更多地体现了其个人主体、现代个体的一面，这些作品更为强调个体的价值、尊严与自由，有更多的主体意识和反抗精神，体现着更多"现代性"的价值维度。在都市北京，谷禾关注的主要是一些边缘人、底层人，在这一过程中他往往将自己"代入"其中，写他人同时也是写自己，呈现出了城市生活中的压抑、窘困、势利、冷漠，写出了个人在这个城市、这个时代中的卑微处境，突显了作为一个现代公民对于权利、公平、正义等的追求。他在诗句中说："我以沉默，表达着／内心的反抗，这是我唯一能够坚守的，也是／所有能够坚守的"（《问自己》）。他在创作谈中也说道："社会转型的各种社会矛盾交织和突显，一个优秀的诗人当然不能做一个旁观者，更不能做一个盲从者，他有责任在众声喧哗里发出自己的声音，来彰显诗歌和自己作为一个诗人的价值。""诗人必须有作为公民的担当，他不可能'跳出三界外，不在五行中'。""诗人必须通过自己的诗歌写作，介入时代，介入当下和历史，并通过发出自己独特的声音，其诗歌写作才有大众的、民族的、文化的意义和价值。而且他发出的声音必须根植于本民族的历史和现实土壤，同时也忠实于自己的心灵。"①谷禾的诗的确具有介入性，有着公民的意识，体现着公民的担当，这其中有着诗人作为"报警的孩子"的清醒，同时也有着"说真话"、反抗"瞒与骗"的勇气。这方面的作品，《宋红丽》《农贸市场》《孙家湾矿难》《建筑工张文夺》《盲流张志清》《小敏在天上》《为京城的雾霾天气而作》《收废品的小伙子骑着他的平板车边走边唱》《叙利亚之诗》等较具代表性。在当今这个风花雪月、莺歌燕舞弥漫而价值关怀缺失的时代，这种写作自然是有意义、值得肯定的，这同时也是其诗歌写作之"真实"特征的体现，它楔入了时代生活的内部，表达着时代的秘密，呈现着个人生活的真实处境与宿命。

在谷禾的写作中，长诗作品《庆典记》和《少年史》值得特别关注，在当前的长诗写作中是比较独特甚至卓异的作品，其所受到的重视尚显不足。简单地说，《庆典记》所处理的是个人与国家、与时代的关系，《少年史》所处理的是个人与历史的关联，一纵一横，两首诗的主题都可谓

① 谷禾：《诗人与自我（代自序）》，《鲜花宁静》，长江文艺出版社 2014 年版，第 2~4 页。

"宏大"，但写得都非常个人化，具体，不空洞，使个人／自我，与集体／国家／社会／历史两个序列均得到了体现，两者互相加强、互为映照，处理得很成功。《庆典记》所写是 2009 年国庆六十周年这一历史性庆典，但其中所写显然与主流政治所营造的锣鼓喧天、欢天喜地景象不同，诗中更多的是一种审视，全诗主要聚焦于眼前、身边的一些普通人、普通事，而它们正是被上述的"国家想象""集体狂欢"所遗忘、遮蔽、忽视的一些存在。诗中有很强的批判性，写出了"这个恶的质素肆虐蔓延的秋天"的诸多内在真相，对时代之恶既有正面强攻，也有旁敲侧击、嬉笑嘲讽。他写庆典中的花，从"五湖四海""天南地北"赶来，"它们乘飞机轮船火车汽车平板车／星夜赶来现场／同一时辰绽放，同一时辰凋零／／同一时辰被扔进垃圾堆"；写同一时刻的不同人："月光照着所有痛哭的人／河水从他眼眶里流过／有时呈现赭红，有时呈现炭黑／／另一些人在睡梦里反复起立鼓掌／山呼万岁"；他写孤独的舞者："今夜无人喝彩，她在漆黑的刀尖上／孤独地寂灭"；写城市外人们的生活："人民／在垃圾里洗澡／一群弃学的孩子，庄严地放飞／列队进城的细菌／／河水不断丧失，田园荒芜了，龟裂的河床上／大地的蓝在向着罪孽鞠躬"；他写庆典中的朗诵会："朗诵渐趋高潮，众大腕／纷纷登场／排在后边的，已准备好登台／他们诗中的祖国，他们手上的乳房／他们的胃里／虚无的明月沿着酒嗝冉冉升上天空"……总体而言，他确实像是那个面对"皇帝的旧装／随风招展"而说出真相的"光屁股孩子"，道出了一个巨大时代不同切面庞杂、无奈、坚硬、暧昧的真实。《少年史》则是一部个人化的历史，从 1966 年写到 1990 年。1966 年是"文革"发生的年份，其时他在母腹中开始孕育，1967 年的端午节他出生，如此每年一首诗，到 1990 年，他二十三岁，已结婚，将生子，"少年史"结束，人生进入了另外一个阶段。这首长诗所写主要是个体性的事件，但又折射出时代、社会、历史的一些侧面，诗中写到了从出生到长大、孤独、疾病、读书、教书、情窦初开、恋爱等的个体成长经历，以及村中大伯母受批斗自杀、知青轮奸女青年被枪毙、种棉花的人中毒身亡等发生在乡村周边的事件，以及更大的诸如"文革"发生、林彪事件、唐山大地震、粉碎"四人帮"、"改革开放"、发展市场经济等的历史事件，将个体性与社会性、"诗"与"史"进行了较好的结合，可谓小中见大、四两拨千斤。谷禾在访谈中曾如此谈这首诗："'我只写了一个少年成长过程中的孤独'，并且顺便把带来这种孤独的时代的、家庭的、个人的因子给真实地呈现了出来。""写了一些大事件在一个少年心中激起的小回声，因为接近了真实，它才有了锋芒和疼痛，有了对那一段荒诞历史的反思和批判，有了力量。"[①]一定意义上，《庆典记》和《少年史》均是以诗歌写成的历史，它有别于官方、主流、宏大的历史叙述（很大程度上甚至与之针锋相对），而是个人化的、以"我"为中心（同时也是以"人"为中心）的，具有更多的人文关怀和诗意空间，这样的写作是更为真实、更有价值的。

三

诗歌与真实之间的关系其实很微妙，既不可太远，也不可太近，诗歌之不真实固不足取，但诗歌"太真实"恐怕也有问题。诗歌太切近社会现实、太追求反映现实、强调社会功用，则容易为其灼伤，失去自身的主体性和独立性。或者说，诗歌应该追求诗歌意义上的真实而非社会现实意义上的真实，诗歌应该以诗歌的方式、以诗意的存在为前提，在诗意与真实之间应该保持恰切的平衡，两者得兼。有诗意而不真实，容易成为狭隘的趣味主义者，脱离现实与生存本质，其写作意义不大，有真实而无诗意，虽然可能获得一时的社会反响，有一定的现实针对性，但是艺术本身的成色不足，难以行之久远，难逃很快被遗忘的命运。谷禾本人对此有着清醒的认识，在与评论家霍俊明的对谈中，他说："如果仅仅想用诗歌去进行社会批判，不如去写时评，那样更有战斗力。所以重要的是你表达的东西一定要有诗意，你要能发现残酷现实里的诗意，又要做得恰到好处。""诗歌既非'不朽之盛事'，更非'经国之大业'，也许只是人们（写作者和阅读者）内心残存的那一点点柔软。从文学的社会学功能来讲，诗歌似乎已经变得越来越无用，但无用之用，恰恰是诗歌的大用，我因此更敬畏诗歌，更热爱诗歌。"诗歌的意义其实正在于那一点诗意的"柔软"，它是一种飞升、超越，是"无用之用"，是生命之大美、大自在。在《身份说》中，他写到了关于"诗人"身份的定位："你有一支笔，在黑夜里醒着。""你有一支笔，在口袋里站直了。""你用一支笔，在纸上记录下这一切。""在合唱队之外，你因为拒绝合唱而发光。""你写出真理的火焰，心中的美丽新世界。"如此的诗歌，自然是富有诗意、魅力无穷的。诗歌的

·中生代诗人研究·

[①] 谷禾、霍俊明：《"为了救赎，我们必须病得更深？"》，见谷禾《鲜花宁静》，长江文艺出版社 2014 年版，第 277 页。

确具有一种软弱的力量，它坚韧、顽强，看似柔弱却又强大无比，在《拆》中，所有现存的一切都将被拆除，但诗歌却似乎是个例外，作者将其喻为"这个世界上最懦弱的钉子户"，"它要以命相搏，守着/最后一寸白纸的疆土"。在《一首诗能改变什么》中，谷禾写道："一首诗仅能螳臂当车！/但走在雨夹雪的街头，/一首诗，让你如沐春风"。诗歌，在寒冷的季节带来一个春天，这何尝不是它最大的意义！

　　谷禾为诗冷静、客观、贴近事实、秉笔直书，但是，却是有发现、有提升、有穿透性的，因而能够有余味、有想象空间、有普泛性、有诗意。《婚姻生活》中，在描述了婚姻中的诸种平常、晦暗的情状之后，他写道："偶尔，莫名的泪水溢出眼眶，/犹如交叉路口的红绿灯，让整条街道/变得拥堵，然后，继续空旷。//这时火车开进来，我的身体/就是一座废弃的车站：荒凉。无人。枯草飒飒。"这里显然触及了人生中的一些普遍处境，有丰富的人生况味。《中年雨》中写中年的雨："……透过袅袅的青烟，/看四起的暮色/缓缓拉严带星星的窗帘/把日子过得简单，再简单些——/让一页白纸把我带走……"同样余韵悠长，诗意缭绕，让人品味不尽。《为北京的雾霾天气而作》是写现实问题，其最后部分是这样的："——是的，你屈辱地活，不发出声音/窒息你的，不是石头和铁器/而是散不去的雾霾——它扼紧了你的呼吸//而你，必须发明一个癌症/来一遍遍赞美这阴霾不散的祖国"，结尾的"发明癌症"与"赞美祖国"没有就事论事，极具普遍性与启发性，形成了无尽的诗意空间。《叙利亚之诗》所写有关国际政治、国家主题，其结尾写道："我写下这些分行的文字，没有愤怒，没有乱箭穿心的疼痛/甚至没有疏离的耻辱，也没有些许欣慰/然后，我把光明熄灭，把自己投入寂静无边的空茫"，这里同样是有余味的，没有封闭而是打开了问题的想象空间，让人深长思之。《大海不这么想》中，谷禾写道："海啸过后，海滩上留下万千尸体/有政客、将军、银行家、富翁、贵妇/也有叛徒、乞丐、妓女、小偷/救援人员低头辨认着死者的身份/更多的人，被一条绳子拦在安全线之外/或伤心欲绝，或神情肃然/但大海依旧平静如初，耐心地把海浪/和沙砾，一遍遍洒在死者身上……"笔触极为冷静，而内心又极不平静，其中有大悲悯与大关怀，篇幅简短而意蕴无穷。谷禾诗歌有着很强的消化、处理现实，进行诗意转化的能力，在无诗意的状态中发现诗意、写出诗意，其诗歌既有生命之内涵、现实之指向，亦有诗之余味、趣味。

　　总体说来，谷禾的诗歌体现了一种"真实"的品质。"真实"与"诗意"有互相排斥、龃龉的一面，也有互相生发、成全的一面，在谷禾这里则主要体现为后者，谷禾诗歌的诗意体现为一种"真实"的诗意，是从现实生活出发、与个体处境相连的，而不是自我封闭、凌空蹈虚的。其真实则是有诗意的真实，而非干瘪、乏味的自然主义实录。一定意义上，诗意对于诗歌而言是基础和前提，没有诗意，不成诗歌。而写出"真实"的诗意、"及物"的诗意、开放的诗意，于当下而言是具有更大意义、更值得提倡的。当然，两者之间的平衡是极其微妙的，有的时候过于追求真实但导致诗意欠缺、诗味不足，有的时候诗写得固然有诗意，却脱离真实、流于感伤、过于封闭，这样的情况在谷禾的诗歌中也偶有出现，大概也是他此后应该进一步着力避免的。此外，他的写作风格比较"温柔敦厚"，自律性很强，这固然不错，但有时如果能够更"放开"、更"狠"一些，这样写出的作品可能会更有力量，更能够进一步逼近真实、一针见血。"真实"在一定意义上总在前方却无法真正抵达，追求真实的道路是无止境的，正如追求诗意的道路是无止境的一样。由这样的关于"真实"的诗学追求出发，所通往的，是"无边的现实主义"，是开阔、有力、智慧与澄明。

[作者单位：天津社会科学院文学研究所]

触摸现实与超越现实

——读谷禾诗作《坐一辆拖拉机去耶路撒冷》

李文钢

　　对现实的关注，尤其是对其笔下的乡土世界所隐喻着的人类精神现实的关注，是谷禾很多诗作的共同特色。萨特在《什么是文学》一文中说："作家的功能是要使自己的作为能让世人不对世界漠视，不要让世人对周遭所发生的事漠然无知。"谷禾的写作，显示出了他对于一个如萨特所言的作家使命的自觉，呈现于他的诗篇中的很多场景，曾经一次次带给读者以精神的冲击和震动，并让人们一次次情不自禁地联想到了现实的粗粝与沉重。可贵的是，谷禾笔下的抒情主人公，在这些诗篇中并没有沦为激烈的呐喊或简单的控诉，而是常常在不动声色的冷静描摹中引人深思，自然而然地达到了"让世人不对世界漠视"的效果。我们这个时代的故事，被尽呈于其冷峻的笔端。不过，本文所要分析的《坐一辆拖拉机去耶路撒冷》一诗，却并非我们已经熟悉的那种典型的谷禾式的诗，陌生的背后，甚至隐约让人感到了一些问题的存在。

　　这首诗，仍是一如既往地书写农村、农民，但诗作的整体风格却有很大的转变，呈现出了以前谷禾诗作中不常见的一种喜剧色调。开篇一句"我记得多年前的一个夏日"，首先将时间背景虚化，"多年前"的不确指，为后续的展开提供了一种虚幻的感觉。紧接着，出现了"练沟河"这一确切的地点，则强调了一种真实性，为赢取读者的信任提供了可能，也为下文的情境提供了基础。再下面，"如蘑菇生长，又如初堆起的新坟"的"一垛垛麦秸"的意象，则在生机与死亡的对比中，呈现出了人世冷暖交织的无奈，也为后文的冷幽默埋伏下了冷峻的底色。及至随后出现的在回乡路上偶遇陷入泥坑的拖拉机的情节，则仍可看作是记录式的"写实"，农民们那"单纯的笑脸""黧黑的面皮"，是我们多么熟悉的形象。而当"我"帮着几位农民将拖拉机"推出泥泞"之后，诗作的气氛突然由沉重变得轻松了起来，甚至有了一点调侃般的喜剧味道。"他们问我从哪里来，热情地邀我／与他们一起去耶路撒冷／他们说那里是耶稣的家乡／他复活后一直与上帝生活在一起／那里有人世间的天堂／坐一辆拖拉机天黑前就可以到达"。这些农民的话，假如在文本的前后情境中去理解，本应并非异想天开的胡扯，因为前文呈现出的"单纯的笑脸"，已经在文本的逻辑上保证了他们的言谈的可信性。但我们又都知道，这样的情节在现实中是不可能的，坐一辆拖拉机，在傍晚从中原大地出发，可能在天黑前抵达耶路撒冷吗？我猜想，作者是想用这样一个黑色的幽默，在对耶路撒冷的向往中，衬托出现实的无奈和精神的苦难，因为全诗的底色仍是诗作的开始部分所铺垫出的冷峻基调。但相形之下，之所以说这首诗已并非典型的谷禾式的诗，原因就正在于其结尾处的这个黑色幽默所带来的一抹格外刺眼的亮色。

在这里，涉及了诗歌应该如何触摸现实与超越现实的问题。诗，并非现实的直接反映，而是在文本中再造一个现实，是对既有的现实的阐释、说明或补充，因而，好的诗作，常常能在触摸现实的同时又超越现实，用想象补足了现实的虚空。但这样的补足，应"出人意料之外，又在情理之中"。我们都理解"白发三千丈，缘愁似个长"式的夸张，因其源于情感的真实而不会令人觉得是"失真"，在愁的"长"与发的"长"之间，有一个人们能接受的情感逻辑。而坐一辆拖拉机，能否在天黑前到达耶路撒冷？这样的细节显然无法经受起逻辑的考验与推敲，因而，让谷禾这首本来立意很不错的诗呈现出了不自然的裂缝。

从某种程度上说，诗是在用文字"说谎"，但谎言的可信度，决定了诗能否有效、成功。在叙述的虚实之间的张力，决定了读者能否认同作者的虚构。诗当然要有想象，但若要想象得有逼真感，不至于悬空，则是对诗人更大的考验。如诗评家简政珍所指出的那样："最难写作的是想象逼真地扣住现实情景的诗作……诗的好坏也取决于对想象与现实逼真感彼此距离的拿捏"，"对想象力尽可能地延伸而不至于崩解的临界点的选择，是对诗人最有力的检验。"坐拖拉机在天黑前就能赶到耶路撒冷，这样的"谎言"显然是不可信的，这一显见的"马脚"，令人感到十分遗憾。作者力图在触摸现实的同时超越现实，却没有拿捏好想象与现实的距离。

谷禾在《纪事》一诗中写道："不可能用一部戏剧／把梦境重叠现实的舞台"，其实，将梦境与现实在戏剧或诗歌中重叠并非不可能，但合情合理的天衣无缝、恰到好处的距离拿捏将成为成败的关键，这可能是我们在处理触摸现实与超越现实的关系时尤其需要注意的。

同时，《坐一辆拖拉机去耶路撒冷》一诗中将"耶路撒冷"的意义简单地明晰化为"天堂"，不仅削减了耶路撒冷这一地名带给读者的厚重感，让诗中那些"单纯"的农民显得幼稚，而且也会令整首诗失去了耐人寻味的思索余地，破坏了诗歌叙事所应保持的事物本身的神秘性的张力，使全诗的魅力大减。严沧浪曰："诗有别材，非关书也。诗有别趣，非关理也。不涉理路，不落言筌者上也……诗者，吟咏情性也。故其妙处透彻玲珑，不可凑泊，如空中之音，相中之色，水中之月，镜中之象，言有尽而意无穷……诗道惟在妙悟。"（《沧浪诗话》）当诗中的意义被展示得一览无余时，会让读者失去了妙悟的空间。在笔者看来，作者若将明晰的"耶路撒冷"虚化为"远方"，或者干脆直接把"耶路撒冷"这一确定的地点删去，将其书写为"开着拖拉机去寻找天堂，在天黑以前就能到达"，说不定效果将会更好一些。因为，当我们"以实代虚"的时候，就要经得起"实"的推敲，而直接"以虚表虚"，则重在其"妙"而非其"实"。

　　当然，对于任何一个诗人或作家来说，其立意运笔都有其独特的匠心，恐非肤浅的阅读所能道尽。笔者不揣浅陋，提出这个问题，也是想就此表达自己的困惑，求教于作者和方家。谷禾的写作成绩在诗坛有目共睹，相信他一定能够不断为我们呈现出新的佳篇。

　　　　　　　　　　　　　[作者单位：河北科技师范学院文法学院]

坐一辆拖拉机去耶路撒冷

谷　禾

我记得多年前的一个夏日
练沟河两岸的麦子已经收尽
一垛垛麦秸，在夕光下
如蘑菇生长，又如初堆起的新坟
我回村子里看望老去的父母
在土坡路上相遇了一辆陷入泥泞的拖拉机
拖拉机上坐满了一群出远门的农民
他们有比我单纯的笑脸，更黧黑的面皮
我帮他们一起用力
把突突突的拖拉机推出泥泞
他们问我从哪里来，热情地邀我
与他们一起去耶路撒冷
他们说那里是耶稣的家乡
他复活后一直与上帝生活在一起
那里有人世间的天堂
坐一辆拖拉机天黑前就可以到达
他们扶老携幼坐上去
唱着上帝的赞美诗
在我的注视下，一会儿消失在了晚霞里

看树的诗人

——由《树疤记》谈及新诗意象的能量流转

冯　强

看树，是不衰的文学原型。它最早可能起源于旧石器时代的采集和狩猎活动，彼时对植物或动物的凝视更多是为了生理和身体的温饱，一旦温饱解决，看树自然而然成为一种审美实践，此时精神能量取代生理能量在诗歌意象间流转。薇依认为理解形象和象征的方法"不是设法对它们进行阐释，而是注视着它们，直至光芒放射出来"[①]。汉字"相"即以目观木，意味着中国古人相信"观看行为本身具有某种振魂之力，可使生命力变得旺盛"[②]。法国历史学家阿兰·科尔班甚至写有《树荫的温柔：亘古人类激情之源》一书，专门探讨西方历史上看树的人。

按照意象能量流转的通畅与否，大致可以分为四类。一类是成功的沟通，比如"瞻彼淇奥，绿竹猗猗。有匪君子，如切如磋，如琢如磨"，翠翠绿竹的意象流转为君子的切磋琢磨，《诗经》里不乏这样的诗篇，与之相比，"根，紧握在地下，叶，相处在云里"（舒婷《致橡树》，1979）已然有些粗鄙。二类是沟而不通，比如南星《苦难》（1946），"那些不了解生活和死亡／和人类的苦难的／柳树们，槐树们，桑树们，和蛛网们／紧紧地围绕住我，／我仍然不能成为它们之一"。三类是不沟不通，比如鲁迅《秋夜》（1924），"在我的后园，可以看见墙外有两株树，一株是枣树，还有一株也是枣树。"叙述者索然的观看还使能量处在一种微弱的潜伏状态，更甚的是萨特的《恶心》（1938），主人公洛根丁见到一棵板栗树的主要体验就是恶心，悖逆的是这才使他意识到了自己的存在。四类是一种能量过于巨大，根本无法与另一种构成交流，比如多多《一个故事中有他全部的过去》（1983），"一个瘦长的男子正坐

---

①　薇依：《重负与神恩》，顾嘉琛、杜小真译，中国人民大学出版社2003年版，第123~124页。

②　白川静：《常用字解》，苏冰译，九州出版社2010年版，第275页。

在截下的树墩上休息 / 太阳正在他的指间冒烟 / 每夜我都手拿望远镜向那里瞄准 / 直至太阳熄灭的一刻 / 一个树墩在他坐过的地方休息",大自然此时显现以万物为刍狗的冷酷,将人的存在和历史注销得一干二净。

多多的诗歌,有一种被麦芒称为与"文化革命"之间的"不可能的告别"(an impossible farewell),一种否定性的"过去和历史成为无意识中不可祛魔的部分,它总是从压抑中回归,并以语言和形式的创新进一步显露出来",语言和形式成为意识形态的表征,暴露了主体性内部的斗争和撕裂,即多多用以祛"文革"之魔魇的方法是进一步强化它的极端和疯狂①,树在此时变成枷锁:"面对悬在颈上的枷锁 / 他们唯一的疯狂行为 / 就是拉紧它们"(《教诲——颓废的纪念》,1976)。多多无法离开过去和历史的诗歌悖谬恰与米沃什构成比较。根据《创世纪》,上帝在第一天创造了光,把光和暗分开,第四天创造了自然界的两大光源,于是有了昼夜。一边是上帝的神恩,一边是自然界里的必然性法则,区分这一点对米沃什是重要的:"什么是光呢?就是人身上反对天然成分的神圣成分——换言之,就是不同意'无意义'、寻求意义、嫁接在黑暗之上像一根高贵的嫩枝嫁接在野树之上、只有在人身上并通过人长得更大更壮的理解力。"②"嫩枝"扎根于上帝,高贵过"野树"。米沃什抱怨艾略特"荒原"的后退时间模式,是因为其中没有伸向未来的"嫩枝"。多多同米沃什有相逆但效果不同的诗歌结构,前者试图通过自然的循环时间克服革命的直线时间,但是自然时间的循环也收走了革命的救世主义乌托邦,结果陷入更深的挣扎,后者则在尊重自然客观性的前提下转向即将到来的、肯定性的上帝,正如他对诗歌的著名定义,"对真实的热情追求(the passionate pursuit of the real)","真实"在他那里不是简单的现实,而是意味着上帝③。上帝超出自然的那一点点的神正论纠正了自然以万物为刍狗的非人性化。像米沃什一样,多多拒绝像古代东方思想那样站到自然循环之外,但不可能捕获"真实"的猎人虽然永远悲伤,没有神正论内容支援的形式探索可能更多的是捕捉到绝望。

在谷禾那里,对自然的敬畏是明确的:"人类从自然里诞生,一步步走到终点,无论一生多么轰轰烈烈,最后必化成灰烬,回到分子的形

① Mai Mang(Yibing Huang), *Contemporary Chinese Literature: From the Cultural Revolution to the Future*, New York: Palgrave Macmillan, 2007, pp.19-61.

② 切斯拉夫·米沃什:《作家的自白》,《拆散的笔记簿》,绿原译,漓江出版社1989年版。

③ Czeslaw Milosz, *The Art of Poetry No. 70*, Interviewed by Robert Faggen, http://www.theparisreview.org/interviews/1721/the-art-of-poetry-no-70-czeslaw-milosz

式，继续参与宇宙的轮回。"这种表述回到了自然时间的革命（revolution）本义，即天体运动和循环。"从本质上说，四十岁之后，我蜕变为了一个彻底的宿命论者，但我心中的神灵并非耶稣、释迦牟尼、穆罕默德，或者玉皇大帝们中间的任何一个，而是一个高于人类的存在，它随物赋形，充满了神秘和不确定性，让我心存敬畏，甘于命运的不断重临。当然，并不是我发现了自身的命运，而是它一直在那里"①。某种能量周而复始的"不断重临"被诗人指认为"命运"。

禾谷没有像多多那样将时间体验为"文革"记忆的压抑性回归——这一回归是倾向于空间化的对抗时间体验——而是"不断重临"本身的时间，与米沃什诗歌中以上帝的另一世界为背景的垂直性崇高也不同——它同样是一种空间化的时间——禾谷在日常生活中将有限个体在无限上帝面前的垂直崇高感受转化为置身复数有限个体间的平铺的崇高感受，这些个体，可能是长着疤痕的树，也可能是逝者的骨灰（《许多的骨头》）。被耕耘出土的骨头秘密地生成为葡萄藤结出的累累蜜果和柿子树上挂满照亮诗人回家脚步的红灯笼，而掌心里骨头内部沁出的细密液体，和诗人凝视下骨头恢复肉体颜色、一点点重新聚拢在一起的能量流转，让我们遭遇了吉尔·德勒兹的重复与差异主题。意象的再现（原型）以同一性为前提，而重复又以每一次重临间的差异为前提。这个意义上，重复是新生。中国古训所谓"日日新"（make it new），姜夔《诗说》所谓"波澜开阖，如在江湖中，一波未平，一波已作，如兵家之阵，方以为正，又复是奇，忽复是正，出入变化，不可纪极，而法度不可乱"，用谷禾的话来表述，这是"随物赋形，充满了神秘和不确定性"的命运韵律，恢复了个体运动和循环的自然时间，禾谷诗歌意象在差异与重复中的能量流转也恢复了"革命"的本义。

有了上面这些烦冗的铺排，我们回过头来分析诗人如何在《树疤记》里"看树"。"我见过的每一棵树，都留有／大小不一的疤痕"，点明了树和树疤在抒情者那里有原型意义，而能量就聚集在原型当中。"你说它得自风雨／我不信，却无法举证"，生成一个虚拟的"你"，打开一个对话性的复数空间。"蚂蚁也不信，它爬上去，小心地／探测，一点点地，／进入疤痕内部。出来时，／却生出了明亮的翅膀"，"也"使蚂蚁具备了与抒情者虚拟同一的功能，"进入疤痕内部"意味着对树的

---

① 程一身、谷禾：《访谈谷禾：请不要怀疑我来自那里》，http://blog.sina.com.cn/s/blog_473cd3550102eaph.html.

侵啮，但是树疤提供的能量却使蚂蚁发生了带翅的形变。伤疤是聚集能量的地方，需要被运用。"也许它有 / 甜蜜的黑暗，我不曾啜饮，/ 但它一定也有秘密的疼痛，孤独，/ 自我治愈的本领"。伤疤同时携有"秘密的疼痛"和"甜蜜的黑暗"，二者的同时存在使"孤独，/ 自我治愈的本领"，一裂为二而又合二为一，一个安东尼·史蒂文斯式"受过创伤的治疗者"的原型浮现出来[①]，在基督教的历史中这一原型是死而复活的耶稣，泛神宗教中则多由巫师承担这一使命，而此时的抒情者无疑扮演了这一角色。"一块块 / 疤痕，并不影响 / 树木生长，而且愈多愈茂盛"。承受创伤之后的树继续生长，并且继续承受苦难："一块疤痕，有时流出清澈的汁液，/ 也有做了蚁穴"，但每一棵树不同的创伤经历并不影响不同树木之间趋于同一的"理"，叶燮《原诗》所谓"譬之一草一木，其能发生者理也；其既发生，则事也；既发生之后，天矫滋植，情状万千，咸有自得之趣，则情也"，于是，"冬去春来，/ 依然生出新枝，绿荫"。"对着疤痕哭泣的女人，疤痕记住了她 / 也在她心上留下疤痕"，相似律和接触律在这里发挥作用，强化了之前已经生发的巫感。被聚焦的"女人"再一次拉伸了场景，"我年轻时用刀子刻下的名字"，刻下谁的名字？这个他者同前面的"你"和"女人"是一种怎样的关系？他们是同一个人吗？诗歌不必讲述一个故事，重要的是树疤，重要的是那些往事"如今也变成了 / 旧疤痕，随树生长"，过往"风雨"留在树上的疮疤被兑换为生长的能量，但差异性的疮疤并未消失——"一次次地，把我从梦里喊起来，/ 坐到灯下，忆及从前，/ 低头时，看见数不清的疤痕，/ 又从骨头深处泛出来"——它们只是稀释在诗人"不断重临"的命运中。这看似宿命论恰恰是革命性的，就像维特根斯坦所说，"能对自己进行革命的人才会成为革命者（The revolutionary will be the one who can revolutionize himself）"。此时"树疤"意象不再是单纯的审美客体，它是日常生活本身，用以"积极拥抱作为人类有限性之镜的偶然性"，"培育日常生活断裂和挫折经验带来的崇高痛苦[②]"，斯蒂芬·怀特将其称为"日常生活的崇高（sublime of everyday life）"，其核心的结构特征就是愉悦与痛苦并举的矛盾情感。

①　安东尼·史蒂文斯：《二百万岁的自性》，杨韶刚译，中国社会科学出版社 2003 年版，第 116 页。

②　Stephen K.White，Edmund Burke，*Modernity，Politics and Aesthetics*，SAGE Publications，Inc，1994，pp.83-90.

"人，意象之树 / 语言是花朵，花朵是果实，果实是行动"①。帕斯曾在超现实主义那里看到"所有人都可以成为诗人"，"闭上眼睛就能让各种意象涌现出来"，"再进一步，我们都能成为诗歌。在诗歌中生存就是成为诗歌，成为各种意象"②。超现实主义运动虽然失败，但帕斯将"革命"视为"诗与行动"的结合并不过时③，意象作为诗歌与生活的中间环节，担负着二者之间的能量流转，从这个角度看，意象工作是我们解决浪漫主义到先锋派的现代诗歌核心悖论——即艺术和生活的关联——之关键。

（本文为广西师范大学"师范类高校文科通识教育整体研究"阶段性成果。）

[作者单位：广西师范大学文学院]

① 尼克·凯斯特：《帕斯》，徐立钱译，北京大学出版社 2013 年版，第 69~70 页。
② 帕斯：《帕斯选集》（上卷），赵振江等译，作家出版社 2006 年版，第 437 页。
③ 帕斯：《印度札记》，蔡悯生译，南京大学出版社 2010 年版，第 228 页。

【附　诗】

树疤记

谷　禾

我见过的每一棵树，都留有
大小不一的疤痕，
我从没想过它的来处
和去处。你说它得自风雨，
我不信，却无法举证。
蚂蚁也不信，它爬上去，小心地
探测，一点点地，
进入疤痕内部。出来时，
却生出了明亮的翅膀。也许它有
甜蜜的黑暗，我不曾啜饮，
但它一定也有秘密的疼痛，孤独，
自我治愈的本领。一块块
疤痕，并不影响
树木生长，而且愈多愈茂盛。
我见过一片树叶上的星空，
以及它内部的浩瀚。
一块疤痕，有时流出清澈的汁液，
也有的做了蚁穴。但冬去春来，
依然生出新枝，绿荫。
对着疤痕哭泣的女人，疤痕记住了她，
也在她心上留下疤痕。
我年轻时用刀子刻下的名字，
如今也变成了
旧疤痕，随树生长，
一次次地，把我从梦里喊起来，
坐到灯下，忆及从前，
低头时，看见数不清的疤痕，
又从骨头深处泛出来。

向杜甫致敬

谷　禾

　　春天的时候，翻译家舒丹丹给我寄来了她新译的英国诗人菲利普·拉金的诗集《高窗》，我曾半开玩笑半认真地对她说，等我读完后，就写一篇关于杜甫和拉金之比较的文章给她批评。因为忙于编务，我终于还是食言了，但后来我曾多次在心里问自己：我为什么突然想到了杜甫和拉金？关于杜甫，近年来，我读完了最新版的十卷本《杜甫全集校注》外，还拜读了冯至的《杜甫传》、洪业的《杜甫：中国最伟大的诗人》、吕正惠的《诗圣杜甫》等介绍杜甫的生平和艺术成就评价的书籍。当我再一次问自己，是否当下众多汉语诗歌写作者们言必提及的诸如米沃什、布罗茨基、沃尔科特甚至艾略特和庞德等二十世纪的西方大师级诗人们，其艺术成就和影响力已经超越了我们的先辈杜甫时，我的答案显然是否定的。

　　如吕正惠先生所言，杜甫之所以当得起中国历史上最伟大诗人的称谓，源于他对前人的继承和发展以及对后世的深刻启示和广泛影响。在杜甫之前，以"初唐四杰"和陈子昂为代表的主流诗坛一直提倡上承《诗经》之脉，以及汉魏之朴素、本真和开阔，而对离其最近的南北朝诗歌遗产则报以坚决唾弃之的态度。只有杜甫保持了难能可贵的清醒，并最大限度地学习和承继了前代诗歌的三大传统（即汉乐府诗为代表的民歌传统，以古诗十九首、阮籍、陶渊明为代表的咏怀传统，以曹植、陆机、谢灵运及鲍照、齐梁诗人、庾信为代表的美文传统），尤其后者，这在杜甫同时代的诗人中是独树一帜的。杜甫的学习并非全盘继承，而是汲取精髓，扬其糟粕，并推陈出新，集大成而终开一代诗风。

　　在杜甫之前，如果撇开民歌，我们至今还没有发现哪一位诗人的写作是以日常生活中的小事物与小感情作为主体，去书写平凡人的喜怒哀乐的。我们能从他们遗留的诗篇中看到太多的诸如咏怀、游仙、山水、宫体、应制、应酬、社交之作，却看不到他们作为父亲、儿子、丈夫、农夫、官僚等的日常生活状态和存在。只有从杜甫开始，我们才看到了通达现代人生活的日常之诗，诗人的笔下不再只见天地，而始可见众生。诗人从"酒神的祭祀"（海德格尔）降格为我们身边的有血肉、有温度的世俗之子。所以我们说，是杜甫搭起了诗歌通达现实的桥梁。我这里所说的现实，不是山河草野之间的客观存在，而是个体化、碎片化、细节化的倒影于诗人心灵间的现实映像，是可触摸、有血有肉、有痛感，甚至鲜血淋漓的日常生活，是比现实更广大更深刻的诗人的心灵真实。

我们无数次谈及并根植于中国人血脉中的家国情怀，在杜甫的诗中得到了最深刻最具体生动的体现。杜诗之所以被后人称之为"诗史"，并非"三吏""三别"的存留，亦非杜甫那时就有了以诗写史的意识、担当和理想，而恰恰在于他并无这样的自觉性，而专注于书写作为芸芸众生之普通一员在大历史背景下的个人遭际和歌哭。即使在晚年写下的诸如"细草微风岸，危樯独夜舟。星垂平野阔，月涌大江流。名岂文章著，官应老病休。飘飘何所似？天地一沙鸥"的诗行里，他的困厄、他的惶惑、人生的漂泊无定，都因其渺小，反而更真实、更触动人心。可以说，杜甫的诗，就是他完整的个人生活记录。他的壮志消磨、为国事忧心忡忡、为百姓经受的苦难而愤愤不平，从他在秦州落荒、在川地闲居、在夔州苦闷、在两湖落拓潦倒，以至漂泊病死于洞庭湖一叶扁舟之上，我们都可以清楚地掌握他的行踪，以及大致朝廷变故，小至个人生活琐事和细节——他可能并不显得高尚，却血肉丰满，亲切宜人，就是这种对大时代背景下的个人境遇与内心动荡的真实书写，给杜甫带来了开一代诗风的无上光荣。

杜甫是中国古典诗歌技艺的集大成者，他对前人所给予的诗歌营养广泛汲取，家国与天地、现实与理想，在杜诗中并没有单独拎出来作为个案存在，而是分化成了无数个小我而隐现，以至后世的读者在阅读杜甫的时候，随手都能找到陌生或熟悉的自己。

在阅读《杜甫全集校注》的过程中，我确信，也许杜甫还是极少数不需要传记就能被全面了解的诗人，因为你只要按编年体例读完他的全集（杜甫也是为数不多的需要按编年体例读完全集的诗人），他的一生就像一棵生长的树，从苗壮成长到枝繁叶茂，再到落叶飘零、枯枝横斜，最后归于岑寂，已历历如在你目前了。诗人不再是祭司、隐、士、仙、道，而仅仅是和历史一起忍受煎熬的最平常的血肉之躯——这就是杜甫最真实的形象。也恰恰因此，不是所有的阅读者都能认识到杜甫的伟大和重要，更不是所有的人从一开始就能认识到杜甫的伟大和重要。对真正的写作者来说，杜甫是一个在前边很远的地方等着他的诗人，终有一天，你们会互相看见。我无法知道杜甫在世时是否有这样的信心，不，他一定是没有的，否则，也一定不会发出"百年歌自苦，未见有知音"的慨叹了。但在他去世后百年，韩愈、白居易、元稹、李商隐等渐趋看到了杜甫作为一个巨人的存在，在杜甫去世后三百年，更有苏轼、黄庭坚不遗余力的鼓吹，终于把杜甫引向神坛，并在伟大的唐诗之后，为中国古典诗歌开辟出了崭新的以写日常为特色的宋诗之"白银时代"。在离世一千二百年后，杜甫走出国门，更深刻地影响了以庞德、罗伯特·勃莱和詹姆斯·赖特为代表的西方现代诗写作，并成为其重要的写作资源。

在今天，我们是否可以重提"向杜甫致敬"？我所谓的"致敬"并非倡导形式的复古，而是希望现代诗歌也能够继承和发扬杜甫诗歌所涵盖和代表的艺术追求和诗歌精神，让我们的现代诗歌因为拥有了以杜诗为代表的广纳百川和不断创新的古典诗写传统而更加强大和源远流长。

而写《高窗》的英国诗人菲利普·拉金，在西方也被誉为"着力于描绘现代人生活和精神的细部，在艾略特之外，开辟了一代诗风"的诗人。和杜甫一样，菲利普·拉金并非一个高产的诗人，在他活着的年代里，其重要性也并没有特别显现出来，这让我同时也想到了他的同胞 R.S. 托马斯和近邻谢默斯·希尼。

近乎囊括了拉金一生诗作的汉语版拉金诗集《高窗》所收入的也不过一百六十首诗，其中不少还是拉金去世后朋友收集整理的遗作，但拉金却因为对艾略特的反叛和对日常生活书写的固执坚守被称为"写平凡的大师"，1992 年诺贝尔文学奖获得者德里克·沃尔科特曾这样评价拉金："平凡的面孔，平凡的声音，平凡的生活——也就是说，不包括电影明星和独裁者的，我们大多数人过的生活——直到拉金出现，它们在英诗中才获得了非常精确的定义。他发明了一个缪斯：她的名字是庸常。她是属于日常，习惯和重复的缪斯。她住在生活本身之中，她不是一个超越生活的形象，不是一个渴求中的幻影，而是一个习惯于长期独身的男人朴实无华的伴侣。"

早期的拉金即表现出了与前辈大师艾略特的不同，年轻的拉金曾写下这样的诗句："鸽群在薄薄的石板瓦上群集／身后是西边洒来的一阵细雨／它扫过每一个缩着的脑袋，每一片收紧的羽毛，／鸽子们拥挤在最让它们舒服的，温暖的烟囱周围。"（《鸽子》）他只是把我们熟悉的日常化的场景清晰地呈现出来——它们散发着让人舒服的、温暖的人性而非神性的光辉，尽管它并不多见。在我看来，菲利普·拉金也一定从中看到了自己与前辈的不同，以至于在他终生的诗歌写作里，写日常

诗探索 7 理论卷 2017年 第 3 辑

成为不懈的追求和行为准则。他的书写甚至不无琐碎之嫌，小到了诸如"……一个名字刺耳的小站 / 庇护了黎明时分的工人们；转身投向 / 属于天空，稻草人，草垛，兔子和野鸡的孤独，/ 还有，变宽的河流缓慢的流动 / 层层金色的云，那闪光的，点缀鸥鸟的泥巴……"（《这里》）小到了"小便之后摸索着回床上……"（《悲伤的脚步》）这样的正统诗歌所不屑。

如果说谢默斯·希尼的个人诗泉是朝向爱尔兰历史和个人记忆的，R.S. 托马斯的祈祷是朝向上帝的，菲利普·拉金则坚持认为自己的写作源头是托马斯·哈代，而非写《四个四重奏》和《荒原》的艾略特，他对自己写平凡写日常的追求和方向一直有着难能可贵的清醒。不同于上述几位英语诗人所拥有的优裕的稳定生活，作为名将杜预的后人和前朝名臣杜审言的嫡孙，"致君尧舜"才是杜甫终生的不懈追求，虽不为当权者所用，并历经战乱，颠沛流离，晚年几乎到了每天要面对饥饿、疾病和死亡，到了"亲朋无一字"的地步，只能借宿在洞庭湖上的一条孤舟上苟延残喘，却仍然"戎马关山北，凭轩涕泗流"，对国家和朝廷念念不忘。在杜甫身上，"诗人"不是作为一种身份或职业而存在，写诗仅仅是他灵魂的出口，他呼吸的方式而已。这样一个诗人，他不可能或者根本无暇去刻意选择"写什么"，而"怎么写"也一定是源于生命磨难和历练的自然呈现。

换句话说，对于杜甫来说，写日常也许是一种自然而然的选择，也许是一种无奈的选择，而唯独不是一个自觉的选择。我们可以说，杜甫只是一个诗人，而非理论家或者哲学家，也并没有给后人留下一个系统的诗学体系。当然，我们也可以说，杜甫的诗就是他杰出的理论和哲学。从这一点上讲，无论谢默斯·希尼，或者 R.S. 托马斯和菲利普·拉金，和伟大的杜甫并无太大的可比性。

这样看来，多年以来深陷于"口语"和"学院"之争的当下汉语诗歌写作显得多么幼稚和浅薄。曾几何时，作为一个汉语诗歌写作者，我也以为杜甫作为一种传统一直在我们的血脉里汩汩流淌，然而事实并非如此，没有任何古典传统是与生俱来的，伟大的传统更需要我们去正本清源，去再回溯和再学习。唯有如此，写作者才能既不妄自菲薄，又不忘乎所以，才能从最小的可能开始，去书写和呈现我们每一个诗人决然不同的日常生活的伟大诗篇。

2016 年 7 月 28 日

[作者单位：十月杂志社]

理性精神——何来诗歌的基石

师 榕

回眸曾经光芒耀眼的中国西部诗坛，在西部诗人发出的多声部的雄浑交响乐中，那些在 1950 年代和 1960 年代成长起来的一批诗人经受住了时间的考验，昌耀、杨牧、周涛、何来、李老乡、章德益、沈苇、娜夜、叶舟成为进入当代文学史的西部诗歌旗手。诗人何来今年已有七十八岁高龄，他无疑是二十世纪九十年代一位具有深刻哲思和持久影响力的中国诗人。

如果我们把诗人何来大学时代的成名作《烽火台抒情》算作诗人创作道路上的第一座里程碑，那么，二十年后蜚声诗坛的《爱的磔刑》（百花文艺出版社，1989 年第 1 版）无疑标志着诗人的第二次飞跃。此次飞跃不但证明何来已迈入创作的成熟期，而且预示着诗人创作高峰的到来。长诗《侏儒酒吧》（《飞天》1991 年第 12 期）以其新颖独特的艺术构思，反思生命意识的深刻性、批判丑恶现实的理性精神迎来了诗人创作生涯的第三次飞跃。

《侏儒酒吧》：一个令人瞠目结舌的社会畸形儿形象

何来写诗起步于 1970 年代，但他绝对不是循规蹈矩的抒情诗人。尽管他的诗作明显笼罩着炽烈的情感氛围，而这仅仅只是一种表象而已，其丰赡的诗歌底蕴融涵在情感外延的理性思考中，因而属于一种"冷抒情"的范畴。这种"冷抒情"的长处在于：它完全剔除了诗歌表面空泛无力的牧歌式的抒情格调，放弃了对客观生活现象的单纯写实，转而聚焦人的生存状态和生命价值的追寻和探索，继之而来则在于体现一种潜在的人类精神和自由生命意识，即趋向追求诗歌的高层次境界，实现诗歌的纯粹性，注定这是一种超越现实的诗歌建设。在何来的创作活动中，在诗人的认知结构和心理定式中，包容着使作品产生巨大冲击力的理性力量，所以说何来是一位哲思型的诗人。

诗探索 7

理论卷 2017年 第 3 辑

《爱的磔刑》可以说是一曲为普天下诗人的冤魂所吟唱的凄婉的、感人肺腑的心灵挽歌，诗人跨越了生与死、爱与恨、真诚与虚伪的困扰和纠结，成功地完成了爱情与人生、诗与人生的多重灵魂交响。而《侏儒酒吧》呈现的是大工业社会城市文明带来的崇高与愚昧、进步与倒退、正直与欺诈、艺术与现实的裂变状态。"记住 你来这里／不仅仅是为了品尝酒和果露／重要的是获得巨人的品格"，这是进入侏儒酒吧者的心态。"在我们体内穿行了许多个世纪的酒／而今 在这些奇怪的酒具里／终于悄悄变质"，他们饮下的是"有毒的笑"。在第四部分，何来对赝品充塞的诗坛现状进行了严厉的斥责和无情的嘲讽：

> 雅座和华贵的盒子包装了我们
> 从来没有嚎叫过的金斯伯格
> 自称深得老庄真谛的大学士
> 庞德和高仓健的正宗传人
> 我们好像坐在地球的两端
> 隔着所有的水和岩石说话
> 不厌其烦地剥啄着
> 世纪末诗歌的果肉和果核
> 确定如何摒弃各种各样的杂质
> 就像从皱褶的被单上 拂去夜的形象
> 使诗歌变得真空一样纯粹
> 然而麦子陶罐石头水 T 恤衫牛仔裙
> 牛仔裙 T 恤衫水石头陶罐麦子

这种对丑恶灵魂的大胆剖析，凭借诗人责无旁贷的艺术良心，趋于一种新的激情、自足和自我人格完善。"我们还没有变得真正单纯／我们还没有力量拿起斧头／从自己的身上删节多余的枝叶／贪婪的枝叶自私的枝叶腐败的枝叶"，在一种双向悖逆的情感流程中，我们进入了诗人崇高的心灵世界。正如何来自白："真诚，是人格和诗的第一要义。"作为缪斯的信徒，诗人的笔触一直毫不动摇地指向人类精神冲突的自身缺陷，他犀利的艺术锋芒坚定地洞穿人性恶的一面，以期还原人类的原始情感。出于对人类命运的高度观照，何来的诗思总是构筑在不断撕裂和重塑的人性格局中。

《侏儒酒吧》以非凡的艺术气度，高度概括出了"笔挺笔挺的服装／皱皱巴巴的人"，这样一个令人瞠目结舌的社会畸形儿形象。这是一个特殊时代的真实写照，作品获得了一种超越现实和生命的审美价值。美国作家亨利·索罗说过："给我造个智力所不解的句子吧！一定有属于它的某种生命和悸动存在，而且在它的话语下面，一定有某种血液在永恒地循环。"何来的苦心营造确实是做到了这点。从《侏儒酒吧》里，我们感受到了一个刚直不阿的诗人所承受的精神重压，触摸到了诗人寄予人类进步的拳拳爱心。

《侏儒酒吧》在对奇丑不堪的客观世界施行大手术的同时，力求"清除身体每个角落的杂物""用最坚硬的骨骼思想"，更新一个灵魂得到净化和圣洁洗礼的理想世界。显然，这种理想的审美境界的实现得力于对人性恶和民族劣根性的致命一击，同样是对客观世界的一种再造。

恩格斯指出："恶是历史发展的动力借以表现出来的形式。这里有双重的意思。一方面，每一种新的进步都必然表现为对某一神圣事物的亵渎，表现为对陈旧的、日渐衰亡，但为习惯所崇奉的秩序的叛逆。另一方面，自从阶级对立产生以来，正是人的恶劣的情欲——贪欲和权势欲成了历史发展的杠杆。"① 试看，"金钱的含义"构成了"酗酒者的骄傲""欲望的引擎在发动健壮的肉体"。在一个物欲横流、人性沦落、道德败坏，精神萎靡的历史阶段，只有真正的诗人敢于直面惨淡的人生。何来以诗人独立不羁的高贵品质承担了生命的悲哀，将尘世的罪恶裸露给人看，以期获得真善美的回归和纯洁心灵的上升。二十世纪的最终极限正以闪电般的速度向我们逼近，已腐朽的尚未灭迹，该燃烧的还未苏醒。各种世界文化思潮同时冲刷着我们精神存在的根基，人类如何面对未来的挑战呢？作为边缘生命群体的一员，诗人以全身心的抗争体验到了"世纪末"人的困惑、焦灼和希望。因此，诗人的理性思考也必将成为历史本身的思考。何来对人类命运的关注总是愤世嫉俗而又诚惶诚恐的，促使诗人重建人类美好的精神家园，这是人类超越文化属性的历史使命。

任何一个热爱生活的人读了何来的诗，都会为之发出心灵的悸颤。这种生命的强音恰恰是《爱的磔刑》中人生悲剧精神的深化和延续，富有浑厚的文化内涵。理性精神已然成了引发诗人内心情感基域的导火索，完成了从情感自觉到理性自觉的过渡。《侏儒酒吧》的问世，使当时处于疲软、低潮的中国诗坛为之一振，何来的可贵探索势必为当代诗歌的进一步繁荣与发展起到推波助澜的作用。

---

① 见《马克思恩格斯选集》第4卷，人民出版社1972年版，第233页。

诗探索 7　理论卷　2017年　第 3 辑

《牛头骨》：叙事诗的新突破

在何来的创作生涯中，叙事诗本不占有较大的比例。可是《牛头骨》（《诗刊》1992年8月号）的发表，则使我们看到了诗人在叙事诗艺术上的成功尝试。

在这首结构严谨的叙事诗里，叙事的成分只在开头和结尾，发自内心的抒情与理智的思考构成了诗的主体框架。第一、二部分，寥寥几笔就点示了事件的发生，一辆宰杀牦牛的吉普车开进了草原。"一个残缺的短语／从一部失传的史诗里滑落"，叙事带有很大的跳跃性。作者撷取带有哲理寓意的意象，在浓浓的抒情氛围中完成了对事件的整体推进。之后，诗人以一浪高过一浪的炽热情感，诅咒"拒绝养活羊和牦牛"的"怪物"——城市。人类越来越少的自然生命被城市蚕食，而那些冠冕堂皇的骗子，却恬不知耻地说："要知道，活着，有血有肉的是生命／死了的白骨才是艺术"。面对虚伪和欺诈的病态生存境况，诗人以振聋发聩之笔质问："艺术附丽于生命／还是附丽于／金钱冷酷而迷人的灿黄"。善良的牦牛忍辱负重地耕耘了一生，而今，连你的尸骨也不能幸免于难。至此，诗人又将批判的笔触指向那些"恍恍惚惚的诗人""难道你有过假深沉／或者在诗的稿纸上漂过／痛苦而廉价的泪光"，这些伪诗人面对人的灵魂的嬗变却麻木不仁，诗作烘托出典型环境中的主体情感，对人物的行为进行了诗意的提炼。到第九部分，作者精心选择了一个富有童话色彩的"放羊的小女孩"做结尾，看到运走牦牛远去的汽车，"小女孩来到这个世界／第一次感到忧伤"，给读者留下了发人深思的余韵。

"牛头骨"这一象征意象是具体的、单纯的，但掠夺"牛头骨"事件内涵意蕴的丰富性强化了叙事诗整体形象的象征性。这里，"牛头骨"已然成了至真至善的人类精神的总体象征了。何来竭力表现的是现代都市生存状态下被扭曲的人性，从而希冀人类文明进程中永恒情感真善美的回归。作者在深远的历史长河里，透视假恶丑的裂变态势。显然，它是一种积极融合了哲学意义上的理性积淀了。

《牛头骨》的成功还在于它完美地完成了情感与语言、抒情与思考、内容与形式的有机契合，拓宽了叙事诗的艺术表现力度，使叙事诗仍不失含蓄隽永的抒情美，从而更能震撼读者的心灵。打破了自中国现代文学以来，以人物塑造为模式的传统叙事诗的框架；走出了一条以整体象征意象为主体，而将人物作为抒情陪衬的新路子，做到了诗境和语意的和谐交融。这种叙事方法留给读者更多遐想和玩味的余地，因而更具有诗美的价值。何来总是着眼于从诗的本质上不断超越自己，寻找到了一种新的适合大容量内涵的表现形式。

《牛头骨》让我们清晰地看到了新时期自《小草在歌唱》（雷抒雁）、《在浪尖上》（艾青）以来，叙事诗在艺术手法上的质的变化。这种高品位的诗歌不仅表现了质的、空间意义上的审美价值，同时，增加了它们存在和流传中的量的、时间意义上的历史价值。因此，它是具有划时代意义的诗歌精品。

《热雨》：我和世界的接壤

《热雨》（华夏文化艺术出版社出版）收集了何来1990—1991年发表的大部分力作，由此可窥见诗人历尽沧桑的心灵历程。"黑暗和光明/都无法统治我/我被一个面影所垄断"，"世界就这样接近我/用一个面影接近我"，这便是诗人对人与世界关系的呈现。置身浩渺无垠的宇宙，有限的生命个体更多拥有的是对自身生存空间的理性审视。"你看死亡的翅膀在窥伺/要在我们停顿的时候/来窃取我们的整个天空"（《涂写不要停顿》），这种对抽象时空的把握使诗人的犀利笔锋显得更加冷峻和练达。何来在努力实现梵高的艺术主张，他力求从不断流逝的事物中把握永恒，从无可奈何的困顿和悲哀中解脱出来。深刻的自我灵魂剖析，实现了自身的悖逆选择，实际上这是对生命现象的更深入更广阔的一种领悟。它触及了自我赖以存在的社会环境和深层的文化背景，这使何来的诗歌显示出沉郁浑厚的艺术匠气。

何来以蓄满理性光芒的眼睛透视万物，他笔下的一切都烙上了自然与人生的哲理品格。"噢 在时间的尽头/曾弥漫着沾满泪水的声音"，诗人捕捉到的是一种心灵的独语。不论是从"铁轨是不可更改的命运"（《归途》），还是"没有道路的道路是整个天空"（《浪鸟》），"洁白的墙/切断了祈祷和想象"（《在医院里》），都可以得到充足的印证。

在"纪念的象征"这辑诗中，诗人以练达之笔，怀着对人类精神的一种大悲悯和大爱怜，以智慧的发端竭力寻求个体生命价值的实现。"我将微笑着/孑立于时间的尽头/站成一座活着的墓碑/孤苦无绝"。这是诗人逾越有限生命的局限，在有限与无限的对立中，把握超越时空的永恒。"乞求上帝宽恕我们/还是乞求我们宽恕上帝"，这种内含悖论的理性意味更是对人类精神保持持久影响的一种永恒境界。诸如《最后的一场雪》中所吟诵的："我们最深刻的需要/只是我们相互的体温"，

诗探索 7 理论卷 2017年 第 3 辑

何来的深刻与机智正在于他提炼出了被身边的人所感知，并被广泛的社会生活现象所验证，被人生经验所涵盖，凝聚着诗人一生血泪的理性精神。正如诗评家庄伟杰所说："诗歌的本质并非现实的产物，而是理想的产物，是那些在现实中插上想象翅膀的思想在语言世界的飞翔和实施，并作为人类自我意识和想象能力的拓展。"[①] 尽管这种理性精神也含有浓缩的抽象意味，它最大限度地超越语言的局限，而直接指向诗人的全部经验世界。同时，它又融合了新的审美意识和哲学底蕴。

《乌尔瓦希》可说是何来对世界的一次预言式观照，"那么 我祈求你 / 先用你的鸩酒毒死现在的我 / 然后用你的生命之水 / 灌溉我的躯壳 / 让我获得一条新的 / 未被污染的生命 / 我要用它重新开始"。诗人借助迷人的印度神话，面对天国舞女乌尔瓦希投来的逼视的眼光，诗人期待再度涅槃，完成灵魂的嬗变，以迎接圣洁的热雨不停滴落在每个众生身上。这是很有现代启示录意味的一种认识，诗人的情感和境界都得到了极致的升华。

捷克诗人塞弗尔特说："诗应该有某种直觉的成分，能触及人类情感最深奥的部位及他们生活中最微妙之处。"何来是刻意追求这点的，他的诗歌留给读者更多的是意味深长的思辨力量。何来总是听从于心灵的召唤，将自己对命运的思索和生命的缺憾加以艺术的修复和表现，对生命的领悟渗透着现代文明孕育的高度自觉性和智慧性，从而使个体有限的生命空间得到有效的拓展，唤起人类对未知世界的巨大兴味和向往，给读者提供更多有益的思路。而理性精神已成为贯穿何来整个诗歌创作的一种坚实基石，它将支撑起辉煌的诗歌大厦。

[作者单位：甘肃省平凉市作家协会]

· 姿态与尺度 ·

---

① 庄伟杰：《认识自己与寻求意义》，载《语言与文化研究》2017 年总第 6 辑。

诗意地栖居于北平原

徐 晓

德国古典浪漫派诗人荷尔德林曾写下"人充满劳绩,但还诗意地栖居于大地之上"这一名句,将人类对生存的诗意追寻和大地的挚爱之情一语道出。随着人类文明的发展和城市化的不断推进,乡村逐渐成为一个被人们遗忘的角落,在很多文学作品中,乡村也成为落后、凋敝、蛮荒的代名词,然而,乡村作为大地的重要组成部分,人又作为栖居于大地之上的唯一有思想的物种,自然与乡村有着密不可分的联系。山东诗人陈亮近年来以一系列书写乡村经验、乡土情怀的诗歌惊艳于诗坛,尤其是最近出版的诗集《乡间书》,引起了诗歌界的广泛关注。

作为"农民诗人"的典型代表,陈亮的诗歌既有着与"农民诗人"普遍一致的书写对象——乡土、父母、亲人以及那些身在最底层的人们等,也有其独具个人特色的美学风格与艺术追求。

陈亮的诗集《乡间书》是一部兼具悲悯情怀和现实关照的人性之书,诗人把目光放在乡村的一草一木、一石一鸟、鸡鸭牛羊、父亲母亲、邻里乡亲,既把自己当作一个当局者,又把自己放置在一个局外人的视角,以多重身份对乡土世界进行审视和关照。

一 独具风格的乡土叙事

北平原不仅是一个地理坐标,而且还是陈亮为他的诗歌王国构筑的一个精神世界。陈亮诗歌中所有涉及的人、物、事,都来自于北平原,他用诗歌在这片广袤的土地上谱写出了一曲曲缠绵悱恻的田园哀歌。

相较于大多数诗人在诗歌中着力表现抒情性,陈亮的诗歌以叙事为主,叙事节奏或密实紧凑,或舒缓平静,读他的诗,读者脑海中首先会浮现出一幅形象的画面,或悲凉,或温暖。陈亮是一位生于斯长于斯的诗人,是一位扎根于乡村大地的赤子,因此他的诗歌语言特色鲜明,他善于将普通寻常的意象、朴实醇厚的语言以及真挚绵长的感情熔于一炉,

诗探索 7 理论卷 2017年 第3辑

将敏锐的触角伸向他最熟悉最饱含感情的生活和生命中，由此营造出一种沉郁顿挫的情感基调和诗意氛围。

陈亮的诗歌写父亲、母亲，写小路、村庄，写落日、坟头，还写拾荒的老人、夜游者、月光下的小偷、树上的孩子……他所选取的素材广泛，视角独特，感情细腻，所有乡村事物在诗人眼中都有其特殊的使命，都是诗意的存在。

在《春天里》《在乡村》《父亲已经说不出话了》《空》《做饭的母亲》《梦见父亲》等写父亲、母亲的诗歌中，陈亮用平静的语调娓娓道来，他直面亲情，直面生命中不期而遇的苦难与悲伤，却像一位医术高超的医生一般，拿起手中的手术刀冷静地刺入生活的病变中，而所有隐忍克制的背后却隐含着他内心里的无限深情与悲痛。

对童年经验的反复书写，在陈亮的诗歌中非常普遍，诗人通过回忆与想象，将现实与记忆打通，架起沟通两者的桥梁。在《做饭的母亲》一诗中，诗人写了做饭时候的母亲，并回忆了小时候的一幕温馨的场景：

> 母亲也会像儿时那样，用她皲裂的手
> 摸摸我们的肩膀或者腰身
> 她的手和我们接触，会发出锯锉
> 才有的沙沙声。阳光下
> 有什么正从我们身上飞舞着脱落
> 但每次我们都很温暖
> 如躺在棉花的梦里——有一天早上
> 睡梦里突然没有了那些声音
> ——原来是我们睡过了头
> 当我们惊慌地走进那个被母亲呛了几十年
> 要掉渣的灶房，才发现母亲已经
> 不知去了哪里

相信每个读到此处的读者，心中都已唤起儿时的记忆，关于童年，关于母亲，关于亲情。"惊慌地"一词将孩童对母亲的依赖之情生动地刻画在纸上。整首诗中，弥漫着浓浓的亲情，结尾"那天早上 / 我们从村里村外一直喊到了天上 / 却再也找不到她的踪影了——我们 / 都很饿很饿，似乎几十年都没吃过饭"，我们找不到母亲了，就像几十年没有吃过饭一样饿，言外之意，母亲就是我们的一切，失去了母亲便意味着失去了世上的一切，这首诗更是从侧面写出了孩子内心的孤独和对这个世界的恐慌与不安。

在《他们到底去了哪里》一诗中，陈亮把叙述视角转向村子里的那些突然不见了的人，来表达死亡带给乡村的恐慌以及工业文明对农耕文明的碾压：

> 那个往家里运石头、木料和泥土的人
> 手推车还在使劲爬坡，他去了哪里
> 那个爬上屋顶用一条绳子拴着秤砣
> 打烟囱的人，烟冒出来，他去了哪里
> 那个挖井的人，井挖好以后
> 只把一些奇怪的话留在井底
> 再也没有上来
> 那个在河里洗澡的人
> 衣物缠在了稻草人的身上
> 那个在牛头岭上放羊的人
> 羊群哭嚎着自己回来了

诗人用一系列的排比句——陈列那些失踪的人，发出多个"他去了哪里"的疑问，最后，一句"他们到底是去了哪里呀"，将诗人心中所有的困惑爆发出来：

> 他们到底是去了哪里呀
> 在这个熟悉得不能再熟悉的村里
> 土路上，庄稼地里
> 扔下了半截子活计，像一阵风，一束光
> 一些灰尘，愣了一下神，轻易地就散了

村子里这些饱受苦难煎熬的贫苦人，有一天悄无声息地突然不见了。实际上他们的消失并非毫无征兆，而是背负着自身的苦难离开了这个世界，然而诗人却艺术地将他们的离世用诗性的语言表现出来，像"一阵风，一束光，一些灰尘"般轻盈地飘走了，这样举重若轻的叙述，使得死亡这个沉重的话题产生了强烈的感染力，引发读者的共鸣。

二　对宇宙的悲悯情怀及现实关照

一个拥有宇宙情怀、关注现实生活的诗人，便能心系苍天，悲悯众生，站在历史和时间的高度俯瞰人世，书写出一个时代的悲欢离合。诗集《乡间书》不仅仅是陈亮自己的个人史，更是一部丰富多彩的乡村史。陈亮始终以一个谦卑的姿态和焦灼的目光在北平原这片土地上搜寻那些落寞的身影，安抚那些不安的魂魄。他的诗歌中有反讽，有隐喻，他毫不避讳现实生活中出现的种种矛盾，也不遮掩那些丑陋与不堪的现象。不回避苦难，正是一个优秀的诗人所具备的必要素质。

《电话》是一首非常有代表性的诗歌，读后令人震撼并悲痛。这首诗写"我"卖掉的一些家畜在半夜给"我"打电话哭诉它们的悲惨遭遇：

> 二更时分
> 被我卖掉的一群白羊打来电话
> 说正在等待灌水，宰杀
> 很快就轮到它们了
> 几只小羊吓得腿肚子转筋
> 下跪，告饶，瑟瑟发抖却无济于事

这首诗将造成悲剧的矛头直指"人"，隐喻和讽刺了现代社会的人对动物以及生态的破坏，具有极强的现代性意味。诗中自始至终都流露着一种生命意识。在诗人的眼中，世间一切生命本该是同等的，自由的，人与自然本该是友善的，然而总有些渺小的生灵承受着命里注定的灾难，它们无法发声，但是有人替它们发声。由此可见，陈亮是一位有着宇宙情怀的诗人。

《一盏灯》同样是一首以牲畜为主题的诗歌，写父亲帮临产的母羊生产的温馨感人的一幕，"马灯"作为一个普通的意象在诗中起着点睛的作用：

> 只有那盏马灯，还一直暖暖地亮着，晃着
> 怜悯灯影里，母羊在舔着她的羔羊——
> 羊羔们跪爬着，颤巍巍地发出咩咩的嗓音
> 声音很虚弱，但没有不安和恐惧

"马灯"象征着温暖、光明和希望，在迎接新生命到来的过程中，父亲和母羊始终保持着庄严的仪态，而一盏"马灯"的照耀，使得这一过程具有一种肃穆的仪式感。陈亮从羊羔的出生写出了生命的神圣与奇妙，让人心生柔软。

真正杰出的诗人其内心都是单纯而善良的，他们是最先替弱者发声

的人。陈亮的诗歌但凡写到孩子、底层的劳苦人们、精神病患者、边缘人群等，都把一种体恤式的关怀倾注到他们身上，使读者在感叹命运无常的同时感到些许温暖。

在《落在卡车后面的孩子》这一首诗中，诗人将一个没有赶上卡车的孩子那种孤独、茫然而又无助的状态写了出来：

> 等这个孩子回过神来，卡车已经
> 开出很远了，他就举着手
> 惊慌地吆喝起来，声音很破
> 很显然，这辆混蛋的卡车
> 已经听不见了，这个孩子就无声
> 而又无助地晾在了那里
> 没有哭声，只有些泪水在孤独地
> 分割着那张苍老的脸
> 天很快就黑了，而他的眼睛
> 是亮的，这些亮哆嗦着
> 飘到不远处，那只瘸腿的母羊身旁

可怜的孩子被卡车遗弃，他在黑暗中的一双眼睛找到了那只瘸腿的母羊。这忧伤而又温暖的结局，让人从心底融化出一汪春水。陈亮在这首诗中不单单是写了一个孤苦的孩子的遭遇，更是对整个人类在精神上孤立无援的真实写照。

《乡间书》这本诗集可以说是一部纪实性的乡村图景，比较完整地彰显了陈亮诗歌的艺术追求。广袤苍茫的北平原造就了陈亮诗歌辽阔、悠远、深沉的美学风格，也造就了陈亮悲天悯人的宇宙情怀。北平原的故事还在发生着，陈亮那颗敏感而慈悲的心仍在关怀着这里的一切。陈亮的北平原，让我们看到了中国的乡村、世界的乡村，以及我们每一个人内心中那最遥远而又最熟悉的乡村。

[作者单位：山东师范大学文学院]

《嚎叫》之后金斯堡的创作倾向

李嘉娜

诗探索7 理论卷 2017年 第3辑

二十世纪五十年代，金斯堡模拟狗在月亮下的一声疯狂、歇斯底里般的"嚎叫"震惊了美国文化界。身为一代文化代言人金斯堡与垮掉派由此被载入史册，《嚎叫》从1956年诞生到今天已近六十年，人们对金斯堡诗歌似乎还停留在《嚎叫》上，对于其后诗歌创作的认识较为模糊。金斯堡的诗歌创作从四十年代开始到其1997年谢世，其间诗歌创作累计五百多首长短诗歌，数量如此庞大，质量又如何认识？总之，如何认识金斯堡在《嚎叫》后的创作思路及其美学追求，对正确认识《嚎叫》以及金斯堡都是非常重要的，而这些还少有人去关注和分析。

一 亦真亦幻及高度个性化成就了《嚎叫》

《嚎叫》是幻觉与现实隐射的完美结合："我看见这一代最杰出的头脑毁于疯狂……"第一节一连用了五十九个以"who"（他们）开始的诗行一气呵成，贯穿到底，直面现实政府体制的邪恶和重塑当代青年的叛逆形象，其语言既含沙体制和政府，更是弥漫着幻觉的迷雾，如"他们孤独地穿行在艾达荷的大街小巷寻找爱幻想的印第安天使因为他们是爱幻想的印第安天使/……他们带着俄克拉荷马的华人一头钻进轿车感受冬夜街灯小镇雨滴的刺激/……他们出没于西海岸留着胡须身穿短裤追查联邦调查局，他们皮肤深色衬得反战主义者睁大的双眼十分性感，他们散发着费解的传单/……他们一头钻进肉食卡车寻找一枚鸡蛋/……他们纵身跳下布鲁克林大桥确有其事然后悄悄走遁入雾蒙蒙的窄巷和水龙头忘乎在唐人街的精神恍惚里，甚至顾不上一杯免费的啤酒……"①整首诗歌将客观写实、主观情感与粗俗语糅合一道用"极富节奏感的冲

---

① 本文有关金斯堡诗歌译文参考文楚安先生的《金斯伯格诗选》，四川文艺出版社2000年版，有所改译。

动力通过长长的浪花般滚动起伏的诗句表达出来"①，其意境完美融合，浑然一体，构架起一种亦真亦幻的诗意，被当作一首集写实、写意融合一体，文学意义大于现实所指的诗歌创作②。

愤怒中的歇斯底里及写实中裹挟着怒火形成了《嚎叫》的主调，基于此诗人怒火如织、疯狂吼叫，长长的诗行携裹着粗俗语迸发："……他们进行了狂野的鸡奸和吸毒/……抖动着阴唇器和手稿/……他们造爱于清晨……/他们的液体欢畅地撒向任何可以达到高潮的人/……又在地板上和客厅里继续进行直到眼中浮现出最后的阴门昏倒在墙壁上在意识消散的最后一刻达到高潮/……"粗俗语大量进入诗行，对此旧金山法院审判法庭上美国著名学者马克·萧勒教授（Mark Schorer）认为：《嚎叫》具有"美学结构"，它"展现了地狱般的现代生活"，整首诗歌在形式、语言、风格上都与既定主题相吻合，因此不能把它看作直接写实，当法庭上有人问如何解释"用梦幻，用毒品，用清醒的噩梦，用酒精、阳具和数不清的睾丸"。萧勒回答："这是指那些在美国背井离乡、四处游荡，沉迷于幻想和毒品的人。"萧勒总结说，这是一部非常出色的文学作品③。

《嚎叫》在裹挟着愤怒、谩骂和淫秽语背后是诗人情感的怒火在燃烧，愤怒的情感通过其严谨的诗的结构而呈现。《嚎叫》第一节里连用五十九个他们（Who）起首的诗行，贯穿到底；第二节里一连用八个以"摩洛神"开始，以感叹号结束直指社会体制的方方面面，它指出整个社会被"摩洛神"所操纵，它所滋生出来的一切窒息人的"机械"（指僵化的思想）、"金钱""军队""发电机"（指体制）和"坟墓"（拒斥变革的传统）等；而在第三节里一连用了十九个"我和你一同在罗克兰（精神病院）"曝光了精神病院里住院的尽是没有精神病的正常人。第一节每一行都以金斯堡长长的呼吸节奏为诗行节奏，到了第二节诗行节奏量和长度递减，到了第三节由更短的诗行组成，这样诗人的愤怒之火形成了一个由高到低、由近及远、由愤怒到失望的渐次过程。每一节诗行句首的第一词语重复产生了非凡的连环效果，一词反复吟诵、旋环复沓构建起音响的此起彼伏、一唱三叹，从而衬托起诗歌的主题：五十年代的纽约在金斯堡眼里如同地狱、疯人院，"无辜的天使被窒息的体制

① 海伦·文德勒：《金斯堡40年来的诗歌》，参见费林格蒂著《透视美国——金斯伯格论坛》，文楚安主编，四川文艺出版社2002年版，第153页。

② 参照《嚎叫》受审过程陪审团的意见。

③ J. W. Ehrlich（ed.），*Howl of the Censor*，California：Nourse Publishing，1961，pp.26-33.

逼向了疯狂"①。它的成功实现了金斯堡要把《嚎叫》写成记录二十世纪灾难的伟大诗歌之一②。

《嚎叫》的成功还应得益于金斯堡在语言探索上所带来的活力。金斯堡汲取艾略特、塞尚等艺术创作特点创造出高度个性化的词语，尤其是学习塞尚"通过非透视法把不同的颜色放在一块制造出空间感"，他也试着"把不同的词叠放在一块，词之间产生出空白由读者根据存在的感觉去自行填补。"③ 如"他们整夜沉浸于比克福德自助餐馆海底的灯光，漂游而出然后坐在寥落的福加基酒吧喝一下午马尿啤酒，倾听命运在氢气点唱机（hydrogen jukebox）上吱呀作响 /……一群迷惘的柏拉图式空谈家就着月光跳下防火梯跳下窗台跳下帝国大厦……"这里的"氢气点唱机"（hydrogen jukebox）便是学习塞尚绘画的一例。此外，金斯堡还创造出字词重复并列产生的音响效果，陶醉在字词创造以及字词所发出的声响中，如 boxcars boxcars boxcars racking through snow toward / lonesome farm（货车厢货车厢货车厢里穿过雪地驰往 / 孤寂的农场）④。今天打开《嚎叫》依然感觉到语义与声音结合产生的张力和活力，这是金斯堡向塞尚学习让语言"发出一种极乐的电荷"的结果。由于上述这些诗意特色，《嚎叫》尽管用了许多粗俗语，它们起着调和作用，产生亦真亦幻的梦幻感，因而其粗俗感被稀释和虚化了，反而增添了一层后现代超现实主义诗歌的魅力，其效果是夸张的、梦幻的、如歌的。在上述三大特点的有机融合以及对当时新批评风尚的强力反冲和颠覆使得《嚎叫》一举成为五十年代开放潮诗歌的领头羊、一首划时代的巨作。

二 《嚎叫》后金斯堡的创作打破诗与生活的界限

《嚎叫》之后，金斯堡力争再创作一首堪比《嚎叫》的诗歌，他创作了《向日葵箴言》（1955）、《美国》（1956）、《卡迪斯》（1957）、《维基塔中心箴言》（1966）等被看作其重要诗作。从数量上他创作出

---

① Jonah Raskin, *American Scream：Allen Ginsberg's Howl and the Making of the Beat Generation*，Berkeley：University of Chicago Press，2004，pp.185-186.

② Allen Ginsberg, *Journals：Mid-Fifties，1954-1958*，Edited by Gordon Ball，New York：HarperCollins，1995，p.124.

③ David Carter（ed.），*Allen Ginsberg, Spontaneous Mind：Selected Interview，1958-1996*，New York：HarperCollins，2001，p.30.

④ 在英文中突出开大口元音和长元音产生出铿锵有力的音响效果。

一千多页的庞大数量的诗歌①，但无论从任何角度看，这些后续诗作没有一首堪比《嚎叫》，更勿论超越。原因是其创作的散文化倾向徒然增长，诗歌情感呈单薄、真实化倾向。如在《卡迪斯》里金斯堡完全用写实、准传记的大白话记录其母真实的一生：其母娜阿米从俄国移民到美国、加入了美国共产党、患上精神病后不时发作连累一家等，诗人以真实笔墨详述其母患病及治疗过程、几次大发作、折腾被迫送进精神病院的细节及其最后在医院病亡等事件。客观而琐细的记录填满了整首诗歌。纵观这首原文长达二十页的诗歌除了写实外还是写实，缺少诗歌应有的诗情、诗意，作为一篇纪念文字、回忆性散文《卡迪斯》真切感人，但作为一首诗歌似乎缺少些什么。

我们不会认为《嚎叫》是真实的事件，即使有真实的影子也已完美转化为一种艺术化的发泄。而《卡迪斯》里每一句都是真实事件，不仅真实，其叙述还略显啰唆冗长，如"就在那个下午我逃学待在家里侍候你——从此再没能如此——那时我终于宣布一旦人类不同意我对宇宙的看法，我不知所措无计可施——/……我给医生打电话——'那好，回家静养吧'——我披上外衣把你送到街上——路上一个中学生尖叫起来，声音大得不可思议——'哪儿去，女士？找死吗？'我不由浑身发抖——/……难道那公共汽车司机也是那伙人中的一员？……/我们在那儿熬了两个小时，不断抵御难以察觉的虫子的袭击……/现在，这几个姑娘都老了，要么死去，在坟墓里留下长发——庆幸的是她们后来都有了丈夫——"《卡迪斯》一诗充斥了此类的客观陈述。也许这首纪念其母的诗歌逼真写实的确重要，而当写实盖过了写意的时候，我们又能用什么来判断这首诗歌的诗意价值呢？艾布拉姆斯曾经说过"诗歌的基本要求不是真实，而是逼真"，"诗之有别于历史和科学，在于它模仿时情愿以可能的而不是现实的世界作为素材"②。我们不能说《卡第斯》记录的就是真实历史，但该诗少了一种必要的艺术化处理，即没有诗意的呈现，因此无论从内容或形式看《卡第斯》都过于纪实，大有跨越了诗歌与散文的界限，把一篇散文或准传记按照诗歌的形式排列了。

金斯堡在六十年代创作的《维基塔中心箴言》也是其后期重要诗作之一。该诗分两部分，第一部分写于1966年，第二部分写于1969年。第二部分金斯堡在该诗里记录了关于越战的真实情景："……1954年，80%/越南人民都一致投票选举胡志明/艾克如此写道 多年后《授权改变

---

① 见 Allen Ginsberg, *Collected Poems 1947—1997*, London: Penguin Group, 2009.

② M.H. 艾布拉姆斯：《镜与灯》，郦稚牛等译，北京大学出版社 2004 年版，第 334~343 页。

局势》/对五角大楼这是一个糟糕的估计/而且鹰派一直都在算计/轰炸东南亚200000000/斯特里斯就在密西西比州叫嚣/我猜就在三星期前/霍尔姆斯·亚历山大这位地方报社记者/……"诗歌用流水账语言记载美国参加越战的诸种无端理由均来自美国政府的"猜疑"及越南国内分裂、美国参战给越共带来重大的死亡人数——越共每月丧生三千五百人、美国军队在招兵买马、美国在越南参战、在大众媒体中颠倒真实等事实，诗人还把报纸新闻报道的标题、文章、广播等都揽入诗行，整首长诗是对美国政府无端行径的声讨和谴责，诗行排列参差不齐，完全无序。诗人站在反战角色抨击美国政府参加越战突显了金斯堡作为一代垮掉派诗人的文化形象——反政府、反体制，其声音依然咄咄逼人，该诗是对美国政府的控诉，反战情绪十分可贵，但作为一首诗歌也如《卡迪斯》挪用了太多真实经验、历史事件而没有经过艺术加工，读起来不过是一篇纪实文字而已，生硬有余，诗意不足。

金斯堡一生都在探索一种新型的诗学，一种与生活话语完全无异的诗学。他认为，文学记录的内容应该与现实生活同步，既然文学是人生活的反映，表现我们的生活不都是高雅和装腔作势的，而应该是凯鲁亚克的《在路上》反映的那样，把它与生活的界限完全打破，这是金斯堡一生信奉的创作观点。金斯堡曾如此自白："我们写下来的东西与我们所知道的东西不应该是不同的。文学的虚伪在于所谓的正规文学，与我们日常经历过的生活在主题、措辞，甚至整体结构上都不一样。"①金斯堡在这里有意向文学程式挑战，开创新型诗风，然而诗歌中究竟能容纳下多少写实成分呢？苏珊·朗格在论及诗歌与客观物关联时认为："用诗歌的形式陈述事实的诗歌对我简直就是一种艺术欣赏的践踏。诗歌创造情感象征不是靠诉诸客观物来引发情感本身，而是靠编织词语结构——负荷词语意义、增加文学联想色彩——近似情感的动态结构来履行（这里'情感'大于'状态'：情感是一种进程，不仅呈序列态势，还多头并进；复杂而意义捉摸不透）。"②我国学者蓝棣之认为："从世界上来说后来出现的超现实主义、心理现实主义、魔幻现实主义等等，似乎都在说明现实主义这个概念有毛病。"③韦勒克在阐述文学与思想

---

① David Carter（ed.），*Allen Ginsberg*，*Spontaneous Mind：Selected Interview，1958–1996*，New York：HarperCollins，2001，p.24.

② Susanne K. Langer，*Feeling And Form*，*A Theory of Art developed from Philosophy in a New Key*，New York：Charles Scribner's Sons，1953，p.230.

③ 蓝棣之：《关于诗歌中的现实主义问题》，载《贵州社会科学》1987年第2期。

时认为："诗歌不是思想的替代品；诗歌有自己的标准和目标。阐述思想的诗歌与其他诗歌并不由题材的价值来评判，而必须由艺术的含金量以及与思想融合的程度来评判。"韦勒克在分析"现代文学史中各主要时期"时提到了这样一些术语，即文艺复兴、古典主义、浪漫主义、象征主义，以及后来被反复定义的巴洛克艺术风格，而没有提及现实主义，即使现实主义和批判现实主义文学里有多少是真实世界的直接记录呢？文学理论家都不看好诗歌中的完全纪实。由是观之，《嚎叫》之后金斯堡的创作尽管雄心不减，其创作理念本身已突破《嚎叫》时期诗的框架，失去了诗意也就注定了其后的创作脱离了诗歌创作轨道。

三 《嚎叫》后金斯堡粗俗语用得太实

金斯堡本质上是个感性诗人，《嚎叫》出台后美国著名评论家霍兰德（John Hollander）承认金斯堡是个"真正的才子"——具有"非凡的耳力"和"对荒诞的幽默感"[①]。回顾《嚎叫》，这里用到不少像fuck、ass、bullshit这些粗俗的语言，它之所以被认可是因为这些词语用到了虚处后不被当作粗俗的脏话，而是被当作诗人愤怒的诳语，它们的用法是朦胧的、情绪化的、虚幻的，读起来少了真实感而转化为艺术层面愤怒情感的表达；强化诗人反叛现有体制内心的愤怒，疯狂的词语指向造成疯狂的社会以及疯狂的体制，诗歌呈现出语言背后的张力和力量，因此粗俗语带给读者的是其幻觉力量。在《嚎叫》之后金斯堡也照样沿用了不少粗俗语入诗，但由于其后的诗歌风格的变化——从《嚎叫》的浪漫大于现实的有机糅合到只剩下干瘪的粗俗语，粗俗的辞藻一旦剥离了虚化情景后裸露出淫秽义来，少了点幽默与调侃味道，缺少《嚎叫》里的虚化氛围之后其效果无法与《嚎叫》相提并论。

如《向日葵箴言》："你压根儿一点儿也不神圣的破烂东西，我的向日葵，我的灵魂，可我仍然多么爱你/……那煤烟弄脏的手或如同阳具或远比任何污垢还有肮脏的人造的突起物——工业化的——现代的——所有这一切文明把你那美妙的金色的花冠玷污亵渎——/……我还能再例举一些别的什么，那阴茎般雪茄抽吸后剩下的烟灰，那如女阴状的手推车和乳房般的奶白色小汽车，那磨损屁股般的椅子以及括约肌般发电机——一切一切难以例举。/……"情感的干瘪配上粗俗大白话

---

① Jonah Raskin, *American Scream: Allen Ginsberg's Howl and the Making of the Beat Generation*, Berkeley: University of Chicago Press, 2004, p.199.

留下的也只能是粗俗话语，诗人喊出"我仍然多么爱"也未能用语言手段体现，也显得情感干枯。另在《美国》一诗里，金斯堡也用这样的语言风格调侃道："我的国家资源包括两卷大麻成百万的阳具"。而在《世界下面有无数的屁股和阴部》（1973），整首诗歌在裹挟着诗人的愤怒之火中触及人的私密处部位，语言用得过于粗俗不堪入眼，如"许多江河入口许多阳具／世界底下男性精液、女性分泌液和唾液流向河流／世界底下是大便，从城市下水道流向江河／世界底下涌动着尿液／工业鼻孔里尽是鼻涕，世界铁臂在流汗，鲜血／从世界的心脏流溢"。这里通篇尽是粗俗语的污水肆虐，看不到其背后任何诗意。

在《主人，请》（1968）这首诗歌里金斯堡一连用了二十个请求，其中："让我触摸你的脸颊／跪在你的脚下／脱了你的裤／凝视你的毛腹／脱了你的内裤／对着你的臀部／再脱去我的衣服／亲吻你的脚踝和灵魂／再用我的嘴唇吻你坚硬光滑的大腿／我的耳朵贴在你的肚子上／双臂环抱你的屁股／舔着你腹沟浅色的软毛／我的舌头伸入你的玫瑰红屁眼／脸颊对着你的睾丸……"整首诗歌描述了一次同性恋性行为全过程，语言十分大胆、裸露、淫秽，没有经过任何艺术化处理，仅是记载一次同性恋行为，不是情感的衬托，更像是实景实录与现实毫无二致。真实做爱情景直接进入眼帘时现实成分增强了，诗意也就荡然无存。总之，金斯堡的这些诗歌的情感是现实实景的记录式，尽管带着些许调侃，然而调侃因太实压过了情感的表达，读起来淫荡十足，无法转化为艺术层面或诗歌层面的表达和宣泄。艾布拉姆斯指出"艺术的真实与自然的真实是完全不同的"，"诗的世界与经验世界也是不同的"，诗的真实只与哲学意义上的真实一致[1]。也即诗歌中难以容纳经验世界的一切，克罗齐认为："语言在诗中并不是披上的外衣，而就是诗本身。……既然诗的表现始终是诗所固有的东西，始终是形象，亦即创造性幻想的产物，那么又怎能把诗所'固有'的语言同'比喻性语言'，亦即出于想象的语言区别开来加以划分呢？"[2]克罗齐指出比喻的语言和诗本义趋向同一、诗意与语言同一，如此金斯堡的这些诗拎起下半身语言是不是用得太实了呢？

再看《卡第什》中，金斯堡作为儿子也毫无避讳，大胆使用粗俗语言呈现其母的私密处："她用指甲剔着牙缝，嘴唇张大成圆形，疑虑丛生——犹如思维陈旧破损的阴道——……（纽瓦克衰老的奶子一掠而

---

① M.H.艾布拉姆斯：《镜与灯》，郦稚牛等译，北京大学出版社2004年版，第344页。

② 克罗齐：《美学或艺术和语言科学》，黄文捷译，中国社会科学出版社1992年版，第100页。

诗探索 7　理论卷　2017年　第 3 辑

过）"。同诗的另一处描写其患精神病的母亲："衣衫凌乱没把臀部遮掩，一丝阴毛犹如砍伐的荒野，手术疤痕……双腿间阴唇狭长粗糙——甚至于屁眼散发出的味儿？"如此语言描写其母绝不是要达到《嚎叫》里那种嬉笑怒骂皆成文章的豪爽吧，诗人亦绝非在恶意玷污其母，而只是想在记录其病母的真实过程中添加些调侃而已，可是他除了添加污浊感外别无其他，诗人极力要在诗歌中建筑起一种新型诗歌语词：让"一切皆可入诗"。与金斯堡同时代的威廉斯（William Carlos Williams）通过小诗《这么说》力图让一种家庭用语入诗，威廉斯希望通过自己的诗歌创作来改变美国诗歌语言从而最后改革诗歌的美学趣味，金斯堡比威廉斯更大胆更进一步，他力图使一种不入流的粗俗语入诗，但是他的步伐无疑迈得太快、太大了，《嚎叫》之后金斯堡的诗歌今天已逐渐被人遗忘，说明了其后期尝试的失败。

四 《嚎叫》之后金斯堡迷恋"自发的波普诗学"

《嚎叫》的创作不仅仅是自发的，从字、词、句都经过了仔细斟酌、反复修改，对此金斯堡的好友凯鲁亚克曾经"十分有意见"，但金斯堡"这一次不听他的"，他不仅重组了各个诗节和各个部分，也换掉了一些字词和句式，进行了上百次的修改。金斯堡花了一年左右的时间继续凯鲁亚克戏称的"返工"——重新思考订正，尽最大努力使诗歌尽可能完美。从来没有一首自发的诗歌如此反复修改①。但在《嚎叫》之后金斯堡的创作可没那么认真了，金斯堡抛弃了这种"反复修改"的创作态度去实践凯鲁亚克"自发的波普诗学"，追求自发和即兴，认为在诗歌创作中只要把自己的诗思记录下来就可以，即他自己所说的："这是一种'放飞思维'的沉思过程——既不消除诗思也不期待它降临，只是坐着等待诗思自己流淌、升起、开花、消失，离你而去，这么说吧：就像气候变化你难以把握，因为你无法预先知道下一个诗思是什么。"②

对比金斯堡的创作，《嚎叫》之前金斯堡的诗歌创作有深度、力度和艺术的追求③，《嚎叫》之后他转向通俗的、打油诗式的、口语化的诗歌，这与他接受了波普诗学理念不无关系。金斯堡的诗歌创作理念成

① Jonah Raskin, *American Scream: Allen Ginsberg's Howl and the Making of the Beat Generation*, Berkeley: University of Chicago Press, 2004, pp.165-171.

② Allen Ginsberg, *Deliberate Prose*, New York: HarperCollins, 2000, p.264.

③ 这可从其1949—1952年诗集《空镜》看出。

· 外国诗歌研究 ·

形于四五十年代，受到当时波普艺术观的影响，波普艺术（pop art）即大众艺术，它的理念是把生活与艺术的界限打破，是艺术走向通俗化的起点。自发、即兴就是最好，这个观念对金斯堡创作的冲击很大，他投入通俗艺术中去，写与时代联系紧密的大众化的诗歌，结合他从宗教领袖那里学来的"自发的思想，最好的思想"[①]。《嚎叫》之后他沿着这一方向坚定地走下去，金斯堡十分赞同凯鲁亚克的诗学主张，并在一篇专述凯鲁亚克的"自发散文精要"里概述了其要点，其中提到"不必三思去'改进'或修改印象，最佳写作永远是从最初思维摇篮里抖出的最能感同身受的个人痛苦经历——你自己吟唱你的自我之歌，大声——即刻——以你自己的方式——或'好'或'坏'——永远诚实（'尽管荒唐可笑'），自发的'自白'才有意思，因不是'加工过的'，而技巧却是加工的。"金斯堡把凯鲁亚克的主张提升为"自发的波普诗学"，大声读出来，注意句子与实际生活的高亢、说话间的对应[②]。总之"自发""波普"是造成金斯堡在词语与结构层面平庸的根本原因。

在"自发""波普"理念下金斯堡创作出任何诗行或许都有理由，但未必都能被接受。金斯堡创作思想开放后，步伐迈得更大，其结果诗行和诗思也因过于随便、无所顾忌而显得平庸。《向日葵箴言》写道："你这压根儿一点儿也不神圣的破烂东西，我的向日葵我的灵魂，可我仍然多么爱你！/……一朵美丽无比的向日葵！一朵妙趣无比举世无双的向日葵！……你从来就不是机车，向日葵，你就是一朵向日葵！/而你机车，你就是一台机车可别忘记我说的话！"基于"你不是……从来不是……而你就是……"这里句式和情感极其平铺、自发乃至平庸，而"一朵美丽无比的向日葵！一朵妙趣无比举世无双的向日葵！"句式也少了些应有的联想和诗意，语言太露而显苍白，情感贫乏、牵强，味如嚼蜡。

《卡迪斯》里写道："回想人生犹如梦幻，你的光阴——还有我的一同奔向天启，/最后的时刻——花儿在燃烧——接着又会发生什么，/在心灵中回顾它自身见到的是一座美国城市/一缕思绪掠过，关于我的抑或中国的一个伟大的梦，要么你的以及幻影般的俄罗斯，或一张从没存在过的皱巴巴的床第——/这就像黑暗中的一首诗——完全逃之夭夭全被遗忘——"这里的"接着又会发生什么……要么……"诗思极其随便、涣散，结构因而松散，诗歌情感干枯、脉络模糊阻滞。而在

---

① David Carter（ed.），*Allen Ginsberg，Spontaneous Mind：Selected Interview，1958-1996*，New York：HarperCollins，2001，p.xvii.

② Allen Ginsberg，*Deliberate Prose*，New York：HarperCollins，2000，pp.344-346.

《维基塔中心箴言》里整首诗歌措词和结构也松散杂乱，诗句层次纷乱；再看另一首受到金斯堡自己珍爱的《美国》诗的结构则是意识流式的，该诗用铺叙的语言提及真实事件，全诗共三大节，第一、三节写美国的不足。诗歌的思维脉络似意识流式流动："美国别咄咄逼人，我明白我的行为。/美国，那丛梅花正在凋零。/数月来我没读报纸，每天总有人因为杀人而受审⋯⋯/美国，我年少时曾是共产党者却从不后悔。/我抽大麻只要有机会。/我接连成天坐在家里凝视壁柜里的玫瑰。/每逢到唐人街我喝得烂醉从没倒地。/我已有预感会有麻烦缠身。/你一定看见我阅读马克思。/我的心理医生认为我压根儿没什么毛病。/我可不愿向上帝祈祷。⋯⋯"整首诗歌结构纷乱、诗思涣散，每一行述说一件事，调侃、自由联想、意识流痕迹严重，大有爱怎么写怎么写、爱写什么写什么，似乎随便抽出几行或塞进几行也照样。

作为《嚎叫》作者金斯堡在诗歌创作上无疑有自己的探索，他最重要的艺术探索在于探究威廉斯开创的以呼吸长短决定诗行节奏的实验，《嚎叫》及之后的诗歌里都出现他长长的呼吸节奏替代诗行节奏的例子。除了上述的诸种实验探索外，金斯堡在诗歌大声诵读、甚至裸体给学生上诗歌课、对新意识的探索（主要是同性恋介入诗歌）等等都表现出其非凡的勇气和胆识。五十多年前由于《嚎叫》人们对于金斯堡充满了敬意，五十多年后历史也将重估他一生的创作成败。金斯堡到了晚年似乎开始明白自己的宿命：永远束缚在自己名字的牢笼里，成了永远的垮掉派诗人。1983年，他在一首题为《我是爱伦·金斯堡的囚徒》诗中道出了些许觉悟，在诗中他用痛苦、反讽和幽默的方式写出心声——"就是这个奴隶主，他迫使/我以他的名义回信/年复一年地写诗，维持着/面子。"金斯堡似乎看到了半个多世纪来自己成为自己名字的奴隶而未得行进、进展半步的惨状。美国诗歌从五十年代《嚎叫》出台以来到九十年代金斯堡去世，大量俗文化入诗、诗坛乱哄哄，派别林立，一些诗人仿效"嚎叫派"和"自白派"操起即兴诗歌，这种现象遮蔽了美国诗坛的半壁江山，对此当代著名诗人、诗评家丹拉·乔伊亚（Dana Gioia）曾发出深深的失望："美国诗歌今天已经属于俗文化。不再是主流艺术和智慧生活的一部分，它已经成为相对孤立的一小部分人的职业，它所聒噪起来的疯狂活动也很难影响圈外了，诗人作为一个阶层不能没有文化身份，不可知论墙内的牧师还依然保持着一点余温，但作为有个性艺术家的诗人已经从人们视野里消失了。"①

　　这段话是对当代美国诗坛发出的一声警告。乔伊亚在另处评论金斯堡诗歌风格时进一步写道："我很难能把金斯堡或费林盖蒂看作是革命诗人……在我看来他们呈现的是传统价值观，他们除了新颖的噱头外，大多诗作是寻套路、冗长啰唆和感伤基调。"②这几行话是其二十世纪末的沉思，对金斯堡及其半个世纪的诗歌创作的一个认识，固然这只是乔伊亚个人的观点，那么我们还可借鉴《剑桥美国文学史》对金斯堡的评价，该书除了提及其垮掉派诗人身份外，对其艺术未做任何总结或评价，却清楚地表明了该书的立场："金斯堡作为文化偶像的地位有时很可能会盖过他在诗歌上的成就。他自己曾说过，他的三十几本诗集是他探求觉悟的副产品。"③这一段话读起来意味深长！深度解读之：金斯堡作为《嚎叫》作者喧嚣一时，毋庸置疑，《嚎叫》连同垮掉派都一起被载入史册，但《嚎叫》之后金斯堡的创作追求与现实生活同步、粗俗语用得太实以及追求"自发的波普诗学"，后期诗歌不仅缺少《嚎叫》的文学色彩，其艺术价值应当受到深度质疑和拷问，这种质疑声还将随着历史进程越发突显。尤其是当历史过去了半个多世纪之后，尽管《嚎叫》极具美国文学史意义，但金斯堡在《嚎叫》之后的创作应予以重新考量，我们应以公允的态度看待金斯堡的后期创作。

诗探索 7　理论卷　2017年　第 3 辑

---

① Dana Gioia, *Can Poetry Matter*, Minnesota：Graywolf Press，2002，p.1.

② 同上，p.219.

③ S. 伯科维奇主编：《剑桥美国文学史第八卷：诗歌和文学批评，1940—1995 年》，杨仁敬等译，中央编译出版社 2008 年版，第 222 页。

Poetry Exploration

（3rd Issue，Theory Volume，2017）

CONTENTS

//POEITCS RESEARCH

//POETRY ECOLOGY UNDER NEW MEDIA VISION

//MEMORIAL GONG LIU

//STUDIES ON ZHAO LIHONG

//MEET A POET

//STUDY OF MESOZOIC POETS

//STANCE AND ATTITUDE

//FOREIGN POETRY STUDY

（Contents Translated by Lian Min）

图书在版编目（CIP）数据

诗探索 . 7 / 吴思敬，林莽主编 . — 北京：作家出版社，2017.9
ISBN 978-7-5063-9724-7

Ⅰ . ①诗⋯　Ⅱ . ①吴⋯　②林⋯　Ⅲ . ①诗歌—世界—丛刊
Ⅳ . ①I106.2-55

中国版本图书馆 CIP 数据核字（2017）第 236532 号

诗探索 . 7

主　　编：吴思敬　林　莽
责任编辑：张　平
装帧设计：刘营营
出版发行：作家出版社
社　　址：北京农展馆南里 10 号　　　　邮　　编：100125
电话传真：86-10-65930756（出版发行部）
　　　　　86-10-65004079（总编室）
　　　　　86-10-65015116（邮购部）
E-mail: zuojia@zuojia.net.cn
http: //www.haozuojia.com（作家在线）
印　　刷：北京盛兰兄弟印刷装订有限公司
成品尺寸：165×260
字　　数：426 千
印　　张：26
版　　次：2017 年 9 月第 1 版
印　　次：2017 年 9 月第 1 次印刷
ISBN 978-7-5063-9724-7
定　　价：75.00 元（全二册）